사랑할 일은
절대 없어

사랑할 일은 절대 없어

ⓒ진양 2018

| **초판1쇄 인쇄** | 2018년 10월 24일 |
| **초판1쇄 발행** | 2018년 11월 1일 |

| **지은이** | 진양 |

펴낸이	박대일
편집	이문영 · 임유리 · 신지연 · 박현주 · 전보라
교정	박준용
마케팅	임유미
디자인	이매진

| **펴낸곳** | 파란미디어 |
| **출판등록** | 2004년 9월 14일 제313-2004-00214호 |

주소	03992 서울시 마포구 동교로23길 14 국제빌딩 6층
전화	02.3141.5589 영업부 070.4616.2012 편집부
팩스	02.3141.5590
전자우편	paranbook@gmail.com
카페	http://cafe.naver.com/paranmedia
페이스북	http://www.facebook.com/paranbook

| ISBN | 978-89-6371-545-2(03810) |

사랑할 일은

절대 없어

진양 장편소설

파란

Contents

누군가 던진 시답잖은 농담에 와르르 웃음들이 터졌다. 테이블 위에 초록색 참이슬 소주병이 나뒹굴었다. 그 옆에는 반쯤 찢어 먹은 김치전 접시가 놓여 있었고, 또 그 너머 테이블에서는 감자탕이 식어 갔다. 걸그룹 노래가 귓전을 때렸고, 웃고 떠들고 술잔을 부딪치는 와글거림이 밀폐된 공간의 탁한 공기 속에 떠돌았다.

효신이 몸을 일으키자 곁에 바싹 붙어 앉아 있던 유림의 시선이 그를 따라왔다.

"가려고?"

솔직하게 대답하면 그녀가 뒤쫓아 올 것 같았다.

"담배 한 대 피우려고."

온전히 거짓말은 아니었다. 담배를 한 대 피우고 나서 인사

없이 슬그머니 사라질 참이었다.

"빨리 와."

콧소리 섞인 유림의 목소리에 같은 테이블에 앉아 있던 일행들이 장난스럽게 야유를 보냈다.

술집 문을 열고 나온 순간 한 무리의 사람들이 효신 앞을 지나쳐 갔다. 등 뒤로 술집 문이 완전히 닫히자 흥청거리던 한국 걸그룹 노래가 사라지고, 밤공기에 남은 것은 희미한 마리화나 냄새를 가르는 타국어였다.

아, 맞다. 여긴 한국이 아니지.

'홍대포차' 안에서 자신도 모르게 잠깐이나마 이곳이 진짜 홍대에 있는 술집이라고 착각하고 있었던 모양이다.

효신은 담배를 꺼내다 잠깐 흠칫했다. 길에서 담배를 피우는 게 이 나라에서 불법이던가. 불법이라 해도 최소한 구석진 곳에서의 흡연을 적발하진 않는다는 것은 확실했다. 공강 시간이면 어학원 건물 옆 으슥한 공터에선 유럽과 남미, 그리고 한국과 일본에서 온 유학생들이 뒤섞여 담배를 피워 댔다. 그때만큼은 청정 자연을 자랑하는 단풍국의 하늘도 너구리굴로 변했다.

효신은 담배를 입에 문 채 술집과 세븐일레븐 사이의 어둡고 좁은 골목으로 들어갔다. 그곳에는 이미 한발 앞서 담배를 피우러 나온 사람들이 있었다.

"못생긴 게 눈치도 없고. 진짜 진상이지 않냐?"

"목소리는 또 왜 그렇게 커? 걔가 말할 때마다 다른 테이블에서 쳐다보는 거 쪽팔려 죽겠다.”

“딴에는 서울말 쓴다고 끝만 올리는 거 졸나 웃겨. 얼굴도 개그, 몸도 개그, 목소리도 개그.”

낄낄거리며 빈정대는 목소리가 귀에 거슬렸지만 효신은 못 들은 척 담배에 불을 붙였다.

“쟤가 가야 여자애들이랑 짝이 맞는데. 이래 가지고 어디 짝 맞춰 찢어질 수 있겠냐.”

“다니엘 형, 저 뚱땡이가 자기한테 목매는 거 다른 여자애들한테 보여 주려고 일부러 안 보내고 있는 거 아냐?”

연달아 욕지거리와 ‘뒤룩뒤룩’, ‘돼지년’ 운운의 원색적인 표현이 이어졌다.

듣기 불편해진 효신은 결국 담배를 포기했다. 골목을 나서며 효신은 흘끗 그들을 바라보았다. 이제 갓 스무 살이나 되었을까 싶은, 남자라기보다 소년이라고 불러야 마땅한 앳된 얼굴들이었다.

효신은 세븐일레븐으로 가서 생수를 한 병 샀다. 계산을 하고 난 뒤 바로 뚜껑을 열어서 발칵 들이켰다. 입가에 묻은 물기를 손등으로 훔쳐 내던 효신의 눈에 창 너머로 담배 소년들이 ‘홍대포차’로 돌아가는 모습이 들어왔다.

반쯤 물이 남은 생수병을 손에 들고 세븐일레븐을 나온 효신은 그대로 술집을 지나쳤다. 하지만 몇 걸음 떼지 않아 그는 멈추어 섰다. 잠시 제자리에서 미동 없이 선 효신은 조금 전 물을 마셨던 것을 잊은 사람처럼 가벼운 갈증을 또 느꼈다. 다시 물을 마시는 동안 등 뒤로 '홍대포차'의 문이 열렸다.

그곳에서 밀려 나온 한국의 공기가 캐나다의 달짝지근한 밤바람 속으로 스며들었다.

일어나지 않은 상황을 돌이켜 헤아려 본들 변하는 건 아무것도 없다. '만약'이라고 생각하는 건 하릴없는 반성과 후회에 지나지 않는다. 그럼에도 불구하고 효신은 한참의 시간이 흐른 후 그런 생각을 했다.

왜 그랬을까. 그러지 않았으면 어떻게 되었을까.

만약 다시 그 술집으로 돌아가지 않았다면, 그래서 뒤에서 자신을 조롱하고 비웃었던 소년들을 향해 속도 없이 웃어 주는 그녀를 보지 않았다면, 그랬다면 우리는 어떻게 됐을까.

인생, 리셋하고 싶다

— 프로젝트 엎기로 했다. 미안하다, 홍연아.

홍연은 핸드폰을 꽉 쥐었다. 그녀 앞에 교복을 입은 여학생이 딸기맛 우유를 가져와 내려놓았다.

— 어떻게든 버티려고 했는데……. 월세가 밀려서 사무실도 빼야 할 처지였던 건 홍연이 너도 알고 있었지?

"아줌마, 계산이요."

— 이 작품 들어가려고 다른 일도 못 하고 기다렸던 스태프 애들한테도, 그리고 너한테도 면목이 없다. 진짜 미안하다, 홍연아.

"아줌마, 계산해 달라고요!"

퍼뜩 정신을 차린 홍연이 우유의 바코드를 찍고 여학생에게 거스름돈을 거슬러 주었다. 다시 핸드폰을 고쳐 들었을 땐, 이미 전화는 끊긴 상태였다. 홍연은 빨대로 우유를 초로록 빨며 편의점을 나가는 여학생의 뒷모습을 물끄러미 지켜보았다.

"나도 다시 교복 입고 싶다."

인생 리셋하고 싶다.

"아니, 다시 태어나고 싶다."

태연한 척, 씩씩한 척, 긍정적인 척 사람들 앞에서 한참 진을 빼고 나면 정작 혼자 옥탑방에 돌아갔을 땐 기진맥진해서 손가락 하나 까딱할 수 없을 만큼 지치기 일쑤였다. 그 팍팍함 속에서도 꾸역꾸역 손에서 놓지 않고 썼던 시나리오였다.

모니터링을 부탁하려고 시나리오를 건넸던 홍연에게 밴쿠버 필름스쿨 선배였던 윤 피디는 공모전 출품 대신 자신의 영화사와 계약하자고 제안했다. 영화사 사무실, 사실 작은 원룸에 달랑 책상 두 개가 전부인 그곳에서 홍연은 계약서에 사인을 했었다. 수개월을 매달려 쓴 시나리오의 계약금은 고작 200만 원이었지만 홍연은 세상을 다 얻은 듯 행복했다.

누굴 원망할까. 투자사와 투자자들을 사로잡기에 내 시나리오가 재미없고 허접했기 때문이다.

홍연은 내려놓으려던 핸드폰을 다시 들어 문자 메시지를 확인했다. 핸드폰 요금 연체 안내 메시지를 제외하면 모두 스팸 광고였다. 문자를 닫고 카톡 창으로 들어갔다. 무심함을 가장한 손길이 친구 리스트를 훑었다.

'기다림.'

바뀌었다.

그의 프로필이 그새 바뀌어 있었다. 벤티 사이즈 컵에 담긴 커피 한 잔. 홍연은 사진을 클릭해 화면 가득 크게 띄워 놓고 노려보았다.

뭘? 뭘 기다리는 거야? 홍연은 핸드폰을 뒤집어 계산대 위에 던지듯 내려놓았다. 그리고 물끄러미 편의점 창밖을 바라보았다. 사무실로 쓰이는 건물들이 빽빽하게 늘어선 거리의 사람들은 한눈팔지 않고, 걸음 한번 흐트러지는 일도 없이 바삐 지나쳐 갔다.

그가 기다리는 것이 결코 자신이 아니라는 것을 알고 있다. 하지만 그럼에도 불구하고 홍연은 손을 뻗어 다시 핸드폰을 집었다.

오늘은 자존심 따위보다 그의 따뜻한 말 한마디가 절실했다.

[오늘 날씨 춥네.]

메시지를 보내려다 말고 멈추었다. 잠시 고민하던 홍연은 메시지를 지우고 고쳐 쓴 뒤 전송했다.

[뭐 해?]

연이어 손님들이 편의점 안에 들어섰다. 다행이었다. 손님이 골라 온 물건들을 포스기에 찍고, 돈을 받고, 거스름돈을 건네고, 그새 컵라면 용기와 커피 캔 등으로 어질러진 간이 테이블을 치우는 동안만큼은 그의 답을 기다리느라 마음을 졸이지 않아도 됐다.

그는 칼같이 답장을 하는 타입이 아니었다. 그럼에도 매번 그와 연락을 주고받을 때마다 수십 번씩 메시지 창을 들락거리며 그가 자신의 메시지를 읽었는지 확인하면서 초조하게 기다리게 되는 건 어쩔 수 없었다.

채반을 끼워 둔 쓰레기통에 남은 라면 국물을 쏟아 버리고 계산대로 돌아오던 홍연은 한쪽에 밀쳐놓았던 핸드폰이 진동하자 순간 짧은 숨을 들이마셨다.

[갤러리 관장이랑 미팅 중.]

홍연이 미처 답장을 쓰기도 전에 그의 메시지가 창에 또 떠올랐다.

[저녁에 잠깐 볼까?]

시나리오가 영상화될 수도 있었던, 그나마 기회라고 부를 수 있었던 일은 지난 10년 동안 딱 두 번 있었다. 오늘은 그 두 번째 프로젝트가 엎어진 날이었다.

"이 와중에 좋냐, 이홍연?"

홍연은 메시지를 다시 읽었다. 하지만 인정할 수밖에 없었다. 만성이 되어 버린 상실감과 자괴감 속에서, 지금 이 순간만은 그의 메시지가 이 세상 유일한 위로였다.

나쁘지 않다.

여자는 효신의 시선을 수줍게 피하면서도 그를 가만가만 곁눈질했다.

"많이 바쁘시다고 들었어요. 제가 괜히 시간 뺏은 게 아닌가 모르겠네요."

"아니에요. 이렇게라도 잠깐 숨을 돌려야 저도 살죠."

카운터 뒤에 서서 손가락으로 오케이 사인을 보내는 태율과 눈이 마주쳤다. 효신은 눈살을 찌푸렸다. 소개팅 장소로 태율의 카페를 선택한 건 단순히 회사에서 가까웠기 때문이었지만, 벌써부터 후회가 밀려왔다.

"왜 그러세요?"

여자의 의아해하는 시선과 눈이 마주치자 효신은 쓴웃음을 지어 보였다.

"아니에요, 아무것도. 뭐 좋아하세요? 제가 맛있는 거 사 드릴게요."

미리 맛집을 찾아보지 못했다며 효신은 사과를 덧붙였다. 여자는 개의치 말라는 듯 손을 저었다.

"저 아무거나 잘 먹어요. 저녁 먹고 다시 사무실로 돌아가서 야근해야 한다면서요. 간단히 먹어요."

태율이 엄지를 치켜들 정도로 훤칠한 미인에 이 정도 배려심이라면, 연일 야근으로 강행군을 이어 가는 상황에서도 소개팅을 하기 위해 억지로 시간을 뺐던 것이 효신은 전혀 억울하지 않았다.

"근처 맛집이라도 검색해 볼⋯⋯."

효신이 주머니에서 핸드폰을 꺼내 들었던 그때 문이 열리고 찬바람과 함께 카페 안으로 홍연이 들어섰다. 폭 눌러쓴 털모자 밖으로 늘어뜨린 긴 머리칼, 쌍꺼풀 없이 커다란 눈, 두꺼운 방한 파카도 칼바람을 모두 막아 주지 못한 듯 그녀의 앙증맞은 코끝이 발갛게 달아올라 있었다.

손바닥으로 뺨을 비벼 대며 태율을 향해 곧장 걸어가던 홍연의 시선이 문득 카페 한구석에 앉은 여자, 그리고 그녀와 마주 보고 있는 효신에게 멈추었다.

홍연의 눈이 가늘어지고, 고개가 살짝 비틀렸다.

"뭐야, 저 그림은?"

홍연은 여전히 효신에게서 눈을 떼지 않은 채 태율에게 다가섰다.

"보면 몰라? 소개팅."

태율은 홍연을 위해 바리스타에게 라테를 만들어 달라고 주문했다.

"바빠서 잠잘 시간도 없다 그랬잖아."

홍연의 뺨이 불만스럽게 불룩거렸다.

"올해 가기 전에 그렇게 송년회 한번 하자고 해도 미뤄 놓고서."

"잠 못 자고 밥은 못 먹어도, 여자 만날 시간은 있는 게 남자

16

들의 유전자에 새겨진 본능이랄까."

효신의 소개팅 장면을 지켜보느라 태율이 건네주는 컵을 무심히 받아 들던 홍연이 짧은 비명을 질렀다. 뜨거운 커피가 그녀의 손등 위로 흘러넘쳤다.

"야. 괜찮아?"

태율은 홍연을 바 안으로 데리고 들어와 그녀의 손을 찬물에 담갔다. 손등은 금방 발갛게 달아올랐다. 등 뒤에서 효신의 시선이 느껴지자 홍연은 물에서 손을 빼고 서둘러 바에서 나왔다.

"나 갈게."

"연고라도 바르고 가."

"됐어. 약속 있는데 커피 가져가려고 잠깐 들른 거야."

효신이 자리에서 일어나는 것을 본 홍연은 이미 식어 가는 라테 컵을 낚아채듯 집어 들었다.

"나중에 전화할게."

효신이 미처 카운터에 도착하기도 전에 홍연은 도망치듯 카페를 나가 버렸다.

"왜 그래? 홍연이 어디 다쳤어?"

"너 소개팅하는 거 구경하느라 손에다 커피 쏟았어."

"근데 왜 그냥 보내? 안 다쳤어? 연고 같은 거 없어?"

"약속 있으시단다. 야, 홍연이가 애도 아니고 자기가 알아서 하겠지."

태율은 효신의 등을 떠밀었다.

"저런 여신이 앉아서 너를 기다리고 있는데 지금 이홍연 따위가 중요하냐?"

효신은 테이블로 돌아가기 위해 한 걸음 내딛었다. 소개팅 상대는 의아하다는 눈빛으로 그를 바라보고 있었다. 그녀를 향해 한 걸음, 또 한 걸음 내딛던 효신의 발끝이 어느 순간 돌아섰다. 그를 부르는 태율의 목소리를 뒤로하고 효신은 카페를 나섰다. 문을 열고 나가자마자 날카로운 바람이 효신의 감색 니트 사이로 파고들었다.

퇴근길 도심 거리는 부산스럽고 복작거렸다. 효신의 시선은 바쁘게 홍연을 찾아다녔다. 도로 가까운 인도 한쪽에서 파카에 파묻힌 듯 서 있는 홍연을 발견했을 때, 효신의 몸은 추위로 바싹 굳어 있었다.

"홍연아. 야, 이홍……."

홍연을 부르며 달려가려던 효신은 그녀 앞에 멈춰 서는 자동차를 발견했다. 동시에 효신의 걸음도 멈칫했다. 운전석에 타고 있는 은석이 눈에 들어왔다. 홍연은 은석의 옆에 올라탔고, 차는 무심히 그리고 빠르게 달려가다 이내 효신의 시야에서 사라졌다.

카페로 돌아왔을 때 소개팅 상대가 앉아 있던 자리는 비어 있었고, 태율이 혀를 차며 주인 없이 남은 커피잔들을 치우고 있었다.

"걔가 애야? 뭐 한다고 쫓아가?"

"내버려 두면 홍연이가 혼자서 약이라도 바를 애야?"

효신은 의자에 걸쳐 두었던 코트를 입었다.

"지금 누가 누굴 걱정하는 건지. 네 앞가림이나 잘해. 이게 뭐냐? 그 여자 황당해하는 표정을 네가 봤어야 하는데."

틀린 말이 아니었다. 소개팅 상대에게 어떻게 사과를 하고, 주선자에게 뭐라고 변명해야 할지 벌써부터 골치가 아팠다. 지금이라도 소개팅 상대에게 전화를 걸어 사과하고 저녁을 함께 먹자고 해 볼까 잠시 고민하던 효신은 이내 그만두고 회사로 돌아가기로 마음먹었다.

"나 간다."

허탈한 발걸음을 돌리던 효신의 시선이 카페 벽에 걸린 사진 액자에 멈췄다. 그의 시선을 따라 쳐다보던 태율이 키득 웃어 보였다.

"몸값이 서너 배는 뛰었어. 이홍연이 닦달해서 살 때는 사진 한 장 값이 뭐 이렇게 비싼 건가 했는데, 은석인가 만석인가 몇 달 새에 이렇게 유명해질 줄 알았나. 하여간 인생은 한 방이다, 진짜."

호젓한 시골길을 찍은 흑백사진이었다. 양옆으로 아치형 동백나무들이 마치 줄을 선 듯 완벽한 구도로 여백을 채우고 있었다.

"저기 거제도 근방 어느 섬에서 찍은 거라는데. 홍연이가 같이 갔었대. 그때 걔 머리채라도 잡아서 말렸어야 했는데. 사진 값 오른 건 좋지만 아무리 생각해도 영 마음에 안 들어, 만석이."

태율이 고개를 살짝 흔들었다.

"너무 좋았다고 다음에 다 같이 놀러 가자는데, 그게 섬이 좋아서겠어? 그놈이랑 같이 갔으니 좋았던 거겠지. 그런데 요즘 연락도 잘 안 되는 눈치야."

오늘은 연락이 된 모양이니 괜한 걱정 할 필요 없다고 태율에게 말해 주려다 효신은 그만두었다.

"갈게."

"아무리 주효신이라고 해도 그 정도로 예쁜 여자 만나는 게 쉬운 줄 아냐. 다시 전화해서 꼭 만나라, 너."

돌아보지도 않고 태율에게 손을 흔들어 준 효신은 카페를 나섰다. 은석의 차에 올라타던 홍연의 모습을 떠올리던 효신은 찬바람에 파뜩 정신을 차렸다. 그리고 사무실로 돌아가기 위해 걸음을 떼었다.

"나."

언젠가부터 만남은 고사하고 연락도 줄었다. 어렴풋이 어떤 예감이 들었고 사실 반쯤은 체념하고 있었다.

"결혼해."

하지만 이건 아니다. 이건 정말 아니다.

"너한테."

어서 입을 열어. 소리라도 질러. 너는 엔조이였지만 나는 진심이었다는 걸 너는 알고 있었으니, 이런 식은 반칙이라고.

"오라고는 못 하겠다."

이건 예의가 아니라고. 차라리 거짓말을 하라고.

홍연은 자신 앞에 놓인 붉은 생선살을 노려보았다. 만남은 줄어들었지만 간혹 만날 때마다 점점 만남의 장소는 전에 없이 호사스러워졌다. 오늘도 은석이 그녀를 데려온 곳은, 불과 몇 달 전만 하더라도 가난한 시나리오 작가 지망생과 무명 사진작가였던 두 사람이 오기엔 가당찮은 고급 일식집이었다.

"가타부타 말없이, 자연스럽게 멀어지는 게 나을 거라고 생각했었어."

그런데 내가 눈치 없이 계속 연락했던 거지. 무시하기 쉬운 '오늘 날씨 춥네' 대신 '뭐 해?' 하고 물으면서 답을 구걸하는 걸 차마 모른 체할 수 없었던 거지.

"어떤 여자, 아니, 언제……."

말을 잇지 못하고 홍연이 허둥거리는 손길로 젓가락을 내려놓는 것을 바라보며 은석이 말했다.

"전 여자 친구야."

"전 여친."

어리고 예쁘긴 하지만 감당하기 어려울 만큼 제멋대로였다던 그 전 여친? 가난한 사진작가와의 연애가 이토록 구질구질할 줄 몰랐다며 마지막까지 속을 긁고 갔다던 그 전 여친? 네 입으로 욕지거리를 섞어 가며 속물이라 비난했던 그 전 여친?

어떤 말을 해야 할지 몰라 홍연의 입술이 달싹거렸다.

"어쩌다 다시 만나게 됐는데……, 너한테 말할 타이밍을 놓쳤어."

"축하……."

웃을까, 울까, 화를 낼까, 심드렁한 척할까. 어떻게 행동하는 것이 그나마 자존심을 지키는 것인지 가끔 혼란스러울 때가 있다. 홍연은 마음이 아픈 와중에도 초라해지고 싶지 않은 빈약한 자존감이 부끄러웠다.

"아니, 축하한다는 거짓말은 차마 난 못 하겠다. 차라리 내 카톡 씹지 그랬어."

"홍연아."

"이렇게까지 친절하게 마주 보고 앉아서 설명할 필요 없잖아. 어차피 너한테 나는 심심할 때, 술 마시고 싶을 때, 너 하소연하고 싶을 때, 외로울 때, 여자 필요할 때 전화 한 통이면 달려오는 밸도 뭐도 없는 거지같은 여잔데. 이거 무슨 착한 남자 코스프레야, 아님 쿨한 남자 코스프레야?"

"야, 이홍연. 무슨 말을 그렇게 해?"

홍연은 몸을 일으켰다.

"네가 뭘 어떻게 하든, 어떻게 너 스스로한테 포장을 하든."

혼란 속에서 기를 쓰고 찾은 것이 최선의 답이었다고 항상 착각한다. 하지만 시간이 한참 지나고 나서 다시 생각해 보면 내가 한 행동이, 내가 하지 않았던 행동보다 더 굴욕적이었다는 걸 깨달을 때가 많았다.

"너는 개자식이야."

[그래도 주 대리가 꽤 마음에 들었나 봐. 역시 남자는 잘생기고 봐야 돼. 내가 그렇게 행동했음 그 자리에서 빰 맞았지. 뭔가 급한 일이

있었던 것 같다고 대충 둘러댔으니까 연락해서 사과하고 몇 번 더 만나 봐.]

소개팅에 나왔던 상대가 나쁘지 않다고 생각했었다. 분명 몇 번 더 데이트를 할 생각도 가졌었다. 효신은 주선자의 메시지를 확인하고도 한참 동안 답을 하지 않았다. 당장 해결해야 할 업무에 치여 바쁘기 때문이라고 스스로 핑계를 댔다.

효신은 팀장이 던져 놓고 간 프로젝트 기획안들을 집어 들었다. 각 영화 제작사와 드라마 제작사에서 보내온 것들이었다. 모두 읽고 내일 회의 때 팀원들이 함께 검토할 만한 것들을 추려 내야 했다.

무심하게 기획안을 훑어가던 효신의 눈길이 한곳에 정지된 듯 머물렀다. 감독 우지민. 이름 위에 붉은 펜으로 동그라미가 쳐져 있었다. 팀장이 관심이 있는 기획안이며, 관심의 이유가 동그라미 속에 있단 뜻이었다.

2년 전 개봉했던 그녀의 두 번째 장편영화는 작품성을 인정받으면서도 흥행에도 성공한 몇 안 되는 영화 중 하나였다. 특히 투자 단계에서 그들의 회의 테이블에까지 올랐던 기획안과 시나리오였기에 고수익 실적을 눈앞에서 놓친 팀장으로서는 그녀의 새 영화에 관심을 쏟는 것은 당연한 일이었다.

'말하지 마.'

지민의 목소리가 떠올랐다.

'헤어지는 데 꼭 이유가 필요한 건 아니야.'

몇 해 전, 그들이 헤어지던 날 그녀의 마지막 말이었다. 목소리의 잔영이 효신의 머릿속에서 사라질 때쯤 책상 위에 올려두었던 핸드폰이 진동했다. 태율이었다.

— 야, 당장 튀어 와.

"나 야근하고 있는 거 알잖아."

— 이홍연 개 됐다.

"술 먹었어?"

은석과 데이트라도 하러 가는 줄 알았더니.

"어쨌든 안 돼. 아직까지 퇴근도 못 하고 사무실에 있는 거 보면 몰라?"

— 야, 너 이러기 있어? 아까는 손 살짝 덴 것 가지고 소개팅 자리도 박차고 나갔던 놈이.

효신은 코끝을 찡그렸다. 괜히 신경 쓰이게 만들어 소개팅도 망쳐 놓고서, 은석과 차를 타고 훌쩍 사라져 버린 홍연에 대한 심통이 전혀 없다고는 말할 수 없었다.

"네가 알아서 집에 데려가."

— 지금 홍연이 한강에 뛰어든다고 난리야. 쟤 말릴 수 있는 사람 너 말고 또 있어?

엄살은 아닌 것 같았다. '놔, 놔라!' 술에 완전히 취했을 때 간혹 나오는 홍연의 억센 사투리 억양이 전화 건너편에서 희미하게 들려왔다. 효신은 핸드폰을 어깨와 턱 사이에 끼워 놓고 두 손으로 기획안들을 분류했다.

"걱정하지 마."

'부산이 고향이면 바다 수영 정돈 눈 감고도 할 수 있는 거 아니야?' 눈부신 햇빛이 쏟아지던 잉글리시베이 해변에서 농담처럼 물었던 효신이었다. 뭐, 이런 멍청한 놈이 다 있나 하는 눈빛으로 자신을 바라보던 홍연의 가늘어진 눈빛도 기억났다.

"수영도 못 하는 애가 겁 없이 뛰어들겠어?"

— 어어어어엇! 야! 이홍연!

"그런데 걘 또 왜 그런대?"

무심한 목소리로 효신이 물었다. 데이트하러 갔다가 싸우기라도 했나? 뭐, 싸움이 되기나 해? 좋아하면 남자한테 간이고 쓸개고 다 빼 주는 이홍연인데.

— 결혼한대.

키보드 위에서 효신의 손가락이 얼어붙었다.

"뭐?"

— 은석인지 만석인지 하는 그 새끼 결혼한다고.

술에 취해 서강대교 위에서 날뛰는 홍연을 뒤쫓아 다니느라 혼이 반쯤 나간 태율은 효신의 짧은 침묵을 눈치채지 못했다.

"결……."

순간 목이 꽉 막히는 기분에 효신은 헛기침을 한 번 한 뒤 다시 말을 이었다.

"결혼하면 하는 거지. 자기가 더 좋아하는 주제에 뭐가 그렇게 심란한 일이라고 술을 퍼마셔."

— 이 자식이 나이 먹으면서 눈치도 같이 말아먹었나. 둘이 결혼하는 거면 이홍연이 왜 이 한강 칼바람 속에서 미쳐 날뛰고

있겠어?

"뭐?"

— 그 새끼가 다른 여자랑 결혼한다고!

딜 취한 걸까. 파카 깃 사이로 파고드는 겨울바람이 바늘처럼 따가웠다.

"술 먹고 한강 다리 뛰어다니는 것도, 그것도 지쳐서 청승맞게 앉아 있는 것까지도 봐준다. 그런데."

느릿한 목소리를 향해 천천히 고개를 돌린 홍연은 저만치 떨어져 서 있는 효신을 발견했다. 카페 로고가 박힌 일회용 컵을 손에 든 그는 난간에 기대어 비틀거리는 그녀를 바라보고 있었다.

"울지는 마."

천천히 걸음을 옮겨 홍연의 곁에 다가선 효신은 그녀의 손에 커피 컵을 쥐여 주었다.

"이홍연이 울면 나 속상할 것 같다. 그 새끼 찾아가서 속상한 마음 풀릴 때까지 패 줄지도 몰라."

"저얼대 안 울 거야. 안 울 거야."

느릿하게, 그렇지만 한마디 한마디 힘을 주어 말하며 홍연은 효신이 사 온 커피를 한 모금 마셨다. 커피에 아직 온기가 남아 있었다.

"태율이는?"

"약 사러."

홍연은 자신의 청바지 무릎께를 가리켰다. 찢어진 틈 사이가 검은 핏자국으로 얼룩져 있다.

"아까는 손, 지금은 다리야? 너도 참 가지가지 한다."

상처를 살펴보려고 효신은 허리를 굽혔다. 하지만 홍연의 짜증 섞인 손길이 그의 어깨를 툭 밀어냈다. 홍연을 올려다보는 효신의 짙은 눈썹이 꿈틀거렸다.

"왜 나한테 화풀이야?"

홍연은 입을 꽉 다물고 있었다. 무고한 자신을 향한 날 선 태도에도 아랑곳하지 않고 효신은 그녀의 파카에 달린 후드로 손을 뻗어 홍연의 머리 위에 씌워 주었다. 그리고 무심한 손길로 홍연의 긴 머리칼을 후드 안으로 정리해 주었다.

"그런 새끼 때문에 감정 소모하지 마. 그러기엔 우리도 이제 젊지가 않다. 그냥 쌍욕 한번 시원하게 하고 털어."

홍연이 자신의 머리칼에 닿아 있는 효신의 손끝을 잡았다.

"나 욕해도 돼?"

두 사람의 눈이 마주쳤다.

"나한테 그럴 권리가 있어?"

"해도 돼. 바보같이 굴지 마. 사귀자는 말만 안 했지, 그 새끼 니 옆에서 애인처럼 굴었어. 내가 봤고, 태율이가 봤어. 지금 이 순간 자책감을 느껴야 하는 사람은 네가 아니라 그 새끼고, 남자라는 게 어떤 짐승인지 뻔히 알면서도, 책임감은 빼놓고 즐기려고만 한 그 새끼 검은 속 뻔히 보면서도 널 못 말린 나랑 태율이야."

홍연은 효신과 태율이 그녀의 자존심을 위해서 가끔씩 무심한 듯 내뱉었던, 하지만 의미심장했던 충고들을 못 들은 체했던 사람이 다른 누구도 아닌 자신이었던 것을 알고 있었다. 지금 효신은 그저 그녀의 자괴감을 덜어 주려고 죄를 뒤집어쓰는 것뿐이었다.

　"너희한테 말 못 한 것들이 많아, 사실은."

　은석에게 물었었다. 우리는 손도 잡고, 입도 맞추고, 잠도 같이 자는데 어째서 너는 나에게 사귀자고 말을 하지 않느냐고. 그는 꼭 그런 관계 정의가 필요한 거냐고 되물었고, 그렇다고 하면 그가 떠날까 봐 홍연은 아무런 대답도 하지 않았다.

　"말하지 마. 안 해도 돼."

　"너무 쪽팔려서 너희들한테도 말 못 했던."

　"말 안 해도 된다고."

　추위 때문에 코가 빨개진 홍연을 내려다본 순간 효신은 눈을 크게 깜빡였다. 눈썹 언저리에서 차가운 촉감이 느껴졌기 때문이라고 그는 생각했다.

　"효신아."

　눈이었다. 먼지처럼 작은 눈이 겨울 찬 공기를 타고 다리 위를 떠다녔다.

　"그 여자는 되는데 왜 나는 안 되는 걸까?"

　홍연의 이 눈빛을 효신은 기억하고 있었다. 찌릿한 무엇인가가 효신의 가슴 한구석을 파고들었고 둔탁한 통증이 뒤통수를 스치고 지나갔다.

"그 여자가 누군지도 모르는데 내가 그걸 어떻게 알아?"

억지로 퉁명스럽게 대꾸한 효신은 그녀의 팔을 붙잡았다.

"여기서 이러지 말고 가자. 감기 걸려."

"너도 옛날에 그랬잖아. 그 여자는 됐는데."

반쯤 졸음이 묻어나는 목소리였다.

"나는 아니었잖아."

순간 눈앞이 아득해지는 이유가 단지 굵어지기 시작한 눈송이 때문이 아니란 것을 효신은 깨달았다.

"그러니까 너는……, 알 거 아냐, 주효신."

왜 그렇게 화가 났을까

다리 위를 달리는 차들의 소음이 효신의 귓가에 가까워졌다가 멀어졌다. 나 아픈 건가. 태율에게 전화해서 내 약도 사 오라고 해야 하는 걸까.

"뜬금없이 옛날이야기 하는 걸 보니 아직 술이 덜 깼네, 이홍연."

요 며칠 과로하긴 했다. 따뜻한 물에 샤워하고 침대로 기어들어 가 쉬고 싶었다. 하지만 술에 취한 홍연을 혼자 두고 가 버릴 수는 없었다.

"술주정 그만하고 일어나."

효신의 마음 한구석을 순간 서늘하게 만들었던 홍연의 달뜬 눈빛도 술기운에 사라지고, 어깨도 힘없이 흔들렸다.

"뭐야, 잠든 거야?"

늦은 밤 문을 연 약국을 찾지 못해 결국 편의점에서 일회용 밴드를 사 온 태율이 어느새 효신의 등 뒤에서 혀를 찼다. 효신은 묵묵히 홍연을 등에 업었다. 알코올로 인해 올라간 홍연의 체온이 등을 타고 뜨끈하게 전해졌다.

홍연을 업은 효신과 태율은 다리를 건넜다. 피부를 찢어 놓을 듯 뺨을 에는 칼바람에 태율이 투덜거리며 코트 깃을 단단히 여몄다.

"매번 얘 때문에 이게 뭔 고생이야."

하지만 두 사람은 약속이나 한 듯 은석에 대한 이야기를 입에 올리지 않았다. 잠이 들어 변변찮은 넋두리마저도 할 수 없는 홍연에 대한 최소한의 예의라고 생각했는지도 모른다.

효신의 차는 주인 없이 비상등이 켜진 채 서 있었다. 효신은 조수석 의자를 최대한 뒤로 젖히고 잠이 든 홍연을 그곳에 뉘었다.

"오늘 그냥 너희 집에서 재워."

잠든 홍연의 몸 위로 안전벨트를 매 주던 효신의 손길이 순간 멈칫했다.

"옥탑방 보일러 또 고장 났대."

"너는?"

"이홍연 때문에 나까지 덩달아 우울해졌는데 이대로 그냥 집에 들어갈 순 없지. 친구들이 아직 클럽에서 놀고 있다고 해서 그쪽으로 가려고."

가는 길에 내려 주겠다는 효신에게 태율은 택시를 타겠다며 손을 내저었다. 태율이 탄 택시가 시야에서 사라지자 효신도 차에 올랐다. 겨울의 밤거리는 한산했고, 어쩐 일인지 신호 한 번 걸리지 않고 차는 매끈하게 거리를 내달렸다.

오피스텔에 도착해 주차를 하고 시동을 껐지만, 효신은 미동 없이 운전대를 잡은 손을 놓지 않았다.

'너도 옛날에 그랬잖아. 그 여자는 됐는데, 나는 아니었잖아.'

술에 취한 녀석의 말을 마음에 담아 둘 필요는 없었다. 끝없이 귓가에 맴도는 홍연의 목소리를 지워 버리려고 효신은 가볍게 고개를 흔들었다.

운전석에서 내린 효신은 조수석으로 가서 홍연을 다시 둘러업었다.

"그러지 말지. 그러지……, 말았어야지."

홍연은 잠꼬대인지 술주정인지 모를 말을 반복했다. 그녀의 파카 옷깃이 효신의 목덜미를 간질였다. 터벅터벅 주차장을 가로질러 가던 효신은 그녀의 몸이 늘어질 때마다 추슬러 고쳐업었다.

도대체 이 몸 어디에서 나오는 열정일까. 홍연은 끊임없이 솟치는 감정에 휩싸여 살았다. 최소한 효신이 알고 있는 홍연의 지난 10년은 늘 그랬다.

호감을 느끼면 성큼 다가섰고, 상처를 입으면 거침없이 토해 냈다. 보는 사람이 조마조마할 정도로 걱정스런 선택을 하곤 했는데, 아슬아슬해 보이는 좌절을 겪으면서도 끝내 포기하지 않는 사람이었다. 배신을 당하고 가난에 시달리면서도, 홍연은 사랑도 꿈도 놓는 법을 모르는 사람 같았다.

집에 도착한 효신이 그녀를 침대 위에 뉘었을 때, 홍연이 게슴츠레 눈을 떴다.

"무, 물."

지독한 술 냄새가 그녀에게서 풍겼다. 눈살을 찌푸린 효신은 주방으로 가 냉장고에서 생수병을 꺼내 들었다. 홍연에게 돌아가기 전 효신이 먼저 물을 마셔 병을 반쯤 비웠다. 그녀를 둘러업고 온 일이 그다지 힘든 것도, 목이 마른 것도 아니었지만 물이라도 마시면 답답한 가슴이 해소되지 않을까 기대했다. 하지만 헛수고였다.

"물 가져왔어."

효신은 홍연의 등을 받쳐 일으켜 앉혔다. 효신이 물병을 입가에 대 주자 홍연은 눈을 감은 채로 물을 꿀꺽꿀꺽 받아 마셨다. 물줄기가 홍연의 입가에서 넘쳐흘렀다. 효신은 손등으로 홍연의 턱까지 흐른 물방울을 닦아 주었다.

"나 왜 이렇게."

아주 작은 목소리였지만, 두 사람이 너무 가까웠기 때문이었을까.

"너한테."

효신의 중얼거림에 대답이라도 하듯 홍연이 다시 눈을 떴다.

"화가 날까, 이홍연."

그의 말을 이해하지 못하겠다는 듯 홍연의 고개가 갸우뚱했다. 동그란 얼굴 속 커다란 눈망울이 그를 응시했다. 10년이라는 시간이 무색할 만큼 그녀는 처음 만났던 그때와 변한 것이 하나도 없었다. 효신이 그런 말을 할 때마다 태율은 코웃음을 쳤었다.

'변한 게 없다니? 밴쿠버에서 같이 찍었던 사진 보면 난 지금도 움찔한다니까. 솔직히 이홍연 살 빠지고 용 됐지, 뭐.'

효신의 눈빛 속에 몰아치는 혼란을 홍연이 눈치챈 건지도 모른다. 홍연이 천천히 팔을 들어 손바닥을 효신의 뺨에 가져다 댔다. 그녀의 손바닥은 뜨겁고 부드러웠다. 효신은 몸에 긴장감이 스미는 것을 느끼며 마른침을 삼켰다.

그녀는 상처받은 채 술에 취했고, 자신은 그런 그녀를 보호해야 할 사람이었다. 지금 당장 뒤로 물러나야 한다고 효신의 머릿속 이성이 경고를 보냈다. 하지만 몸이 움직이지 않았다. 치열한 싸움 끝에 효신의 손가락 끝이 홍연의 뺨에 닿은 순간이었다.

"은석아."

효신의 팔이 허공에서 얼어붙었다. 지금 홍연이 마주하고 있는 사람은, 그녀가 보고 있는 사람은 자신이 아니었다.

"결혼하지 마."

효신의 얼굴이 차갑게 굳었다.

"그 여자랑 결혼하지 마."

망치로 뒤통수를 내리치는 듯한 두통과 함께 홍연은 눈을 떴다. 후끈하게 달아오른 공기 속에 소주 냄새가 배어 있었다.

그 냄새는 그녀를 어젯밤 술집, 태율과 마주 보고 있던 탁자 앞으로 도로 앉혀 놓았다.

윤 선배의 회사에서 프리프로덕션이 진행되는 동안에도 홍연은 수정 작업을 놓지 않았었다. 시나리오가 11고를 거칠 때까지 술을 마시지 않았던 터라 소주는 썼고, 그 쓴 것을 달게 삼키며 순식간에 술병을 비웠었다.

'이 자식은 왜 전화를 안 받아?' 태율은 불안과 초조함이 뒤섞인 눈빛으로 한 손으로는 효신에게 전화를 걸었고, 다른 손으로는 소주병을 드는 홍연의 손길을 막으려고 애썼다. 태율에게 소주병을 빼앗긴 후 고래고래 소리를 질렀던 것 같다.

'누가 물어봤어? 누가 결혼하냐고 물어봤냐고! 나는 그냥 바쁘냐고, 왜 요즘 연락이 이렇게 뜸했냐고 물었단 말이야. 그런데 왜 결혼한다고 대답해? 누가 물어봤어? 누가 물어봤냐고!'

쏟아지는 사람들의 시선과 당혹스러워하던 태율의 얼굴이 기억난다. 창피함보다 절망감이 컸다. 태연한 척하며 지켰어야 할 자존심이 자괴감에 졌다. 서른두 살 짝사랑의 끝은 구질구질했다. 그것뿐인가. 어쩌면 내 인생에서 마지막 기회라고 생각하며 썼던 시나리오도 세상에서 제일 쓸모없는 종이 뭉치가 돼 버렸다.

신물과 함께 구역질이 목구멍을 치고 올라왔다. 홍연은 손바닥으로 입을 막으며 부스럭 몸을 일으켰다.

"그 라텍스 침대, 이번에 큰맘 먹고 산 거야. 토하는 그 순간 남자에 이어서 친구도 잃을 거야."

노트북 너머로 눈길도 주지 않은 채 효신이 말했다. 신물이 목구멍 안으로 쓱 내려가는 것을 느끼며 홍연은 얼굴을 찌푸렸다.

"잔인한 놈. 지금 그게 나한테 할 소리야?"

결국 그녀를 효신에게 떠넘기려고 한 태율의 시도가 성공했던 모양이다. 하지만 사실 어젯밤 홍연의 마지막 기억 속에 효신은 없었다.

"나 왜 여기 있어?"

홍연은 효신의 오피스텔을 휘 둘러보았다. 넓지는 않지만 단출한 세간 덕분에 남자 혼자 살기엔 적당한 크기였다. 아직 어스름한 새벽녘, 책상 위에 켜 놓은 스탠드 불빛만이 방 안을 흐릿하게 채웠다.

"내가 묻고 싶다. 네가 여기 왜 있겠니?"

탁탁탁, 규칙적인 키보드 소리가 숙취를 더 지독하게 만드는 것 같아 홍연은 손목으로 이마를 짓눌렀다.

"언제까지 나랑 태율이가 술 취한 네 뒤치다꺼리해 줄 수 있을 것 같아?"

효신의 목소리가 유난히 싸늘했다.

"오늘 이상하게 까칠하다, 주효신. 내가 오라 그랬어? 태율이가 전화했지 내가 한 거 아니잖아. 난 너 온 거 기억도 안 난단 말이야. 그리고 이렇게 짜증낼 정도로 귀찮고 싫었으면 태율이가 뭐라고 하든 무시하고 안 오면 됐었잖아."

탁, 키보드 소리가 멈추자 홍연은 순간 흠칫했다.

"외투 입어. 출근하는 길에 데려다줄게."

"아직 6시도 안 됐는데?"

"누구 덕분에 어제 야근을 못 했거든."

홍연은 가만히 눈살을 찌푸렸다. 타박과 면박은 언제나 태율의 몫이었고, 효신은 주로 위로하거나 무심을 가장해 모른 척하는 쪽이었다. 빈정거리는 말투로 화를 내는 효신은 낯설고 이상했다.

그의 차 안에서 서늘한 침묵이 이어졌다. 평소와 사뭇 다른 효신의 냉랭함은 유리처럼 얇아진 그녀의 감정의 보호막을 민감하게 건드렸지만 홍연은 그 상처에 반응할 수 없을 정도로 지친 상태였다.

"언제까지 그러고 살래?"

침묵 끝에 던져진 질문에도 홍연은 화를 낼 기운이 남아 있지 않았다.

"해 바뀌면 우리 서른셋이야. 넌 왜 사람들마다 다 있다는 그 흔한 자존심이란 게 눈곱만큼도 없는 건데? 간도 쓸개도, 빼줄 수 있는 거 다 빼 주고 왜 넌 항상 이 꼴인데?"

"그만해. 아까 둘밖에 없는 친구 중에 하나 잃을까 봐 라텍스 침대에 토하고 싶은 것도 겨우겨우 참았거든? 이 할부금 16개월 남은 차 시트 위에 토하는 꼴 보고 싶지 않으면 조용히 가자."

홍연은 김이 서린 차창 너머로 시선을 던졌지만 효신은 아랑곳하지 않고 말을 이었다.

"상처받는 대신 상처도 좀 주고. 사랑받고. 받은 만큼 주려

고 노력하면서 주위 사람들 신경 안 쓰이게 좀 편하게 연애하
는 게 그렇게 어려워?"

"어!"

홍연은 저도 모르게 소리를 빽 질렀다.

"어려워. 됐어?"

간신히 묶어 두고 있던 분노와 무안이었다. 왜 스스로 한심
하지 않을까. 쪽팔렸다. 더 쪽팔릴까 봐 울더라도 손바닥만 한
옥탑방으로 가서 이불을 뒤집어쓴 다음에 터뜨릴 참이었다.

"그래. 나한테는 세상에서 제일 어려워. 그래서 너한테 과외
라고 받고 싶은 심정이야. 너는 쉽잖아. 네가 좋아하는 여자들
은 항상 널 좋아했으니까, 넌 그냥 눈빛 한번 던지고 손만 내밀
어도 그 여자들이 마음 다 줬으니까. 아마 어제 소개팅한 그 여
자도 네가 좋다고만 하면 일주일 안에 네 여자 친구라고 우리한
테 소개할 수 있겠지. 너한텐 그렇게 가볍고 쉬운 일이 나한텐
얼마나 어렵고 힘든 일인지 넌 죽었다 깨어나도 이해 못 해."

울분을 터뜨리던 홍연이 갑자기 손바닥으로 옆구리 언저리
를 틀어막았다.

"홍연아, 왜 그래? 아파?"

"뱃속이 뒤틀리는 것 같아."

"뭐?"

"다른 여자 손잡고. 다른 여자 안아 주고. 말하고. 웃어 주
고. 그럴 거라는 생각만으로도 뱃속이 뒤틀리는데, 너는 이런
것도 모르지! 느껴 본 적도 없지!"

효신이 순간 운전대를 꽉 쥐었다.

"나 혼자 좋아한 거니까. 내 마음 설레게 한 게 그 사람 잘못이 아니니까. 왜 그 여자는 되고 나는 안 되는지 너무 궁금한데 쪽팔려서 묻지도 못해. 묻지도 못하는데 마음이 너무 아픈 게 억울해서 미칠 것 같아."

효신이 브레이크 대신 액셀러레이터를 밟자 차는 굉음을 내며 겨울 거리를 내달렸다.

"나는 왜 이렇게 되는 일이 없는지, 매번 구질구질해서 나도 진짜 미쳐 버릴 것 같다고!"

새벽안개가 짙었다. 효신은 안개로 흐릿해진 전방을 노려보며 홍연이 울음을 삼키기 위해 한마디 한마디 힘을 주어 내뱉는 목소리를 들었다.

"그리고 귀찮게 만든 거 너랑 태율이한테도 항상 미안해. 사과할게. 너희가 내 친구로 남아 있는 이상 평생 다신 안 그러겠단 약속은 못 해. 그래도 당분간 노력은 해 볼 테니까, 술을 먹더라도 혼자 골방에 처박혀서 깡소주 마실 테니까 이제 그만 떠들고 조용히 가자, 좀."

홍연의 옥탑방으로 가는 골목은 좁았고 효신은 차를 골목 언저리에 세워야 했다. 차에서 내려 희뿌연 새벽 골목길을 가로질러 가는 동안 홍연은 한 번도 뒤돌아보지 않았다.

효신은 뒤늦게 차에서 따라 내려 담배를 입에 물었다. 불을 붙이고 고개를 들었을 때, 안개 너머 연립주택의 높다란 계단을 오르는 홍연의 모습이 효신의 눈에 들어왔다. 입고 있는 파카가 버거워 보일 정도로 힘없이 늘어진 걸음걸이를 보고 있자니, 후회가 밀려왔다.

왜 그렇게 화를 냈을까.

왜 그렇게 화가 났을까.

담배 한 개비를 모두 피우고 나서도 답을 구할 수 없었다. 효신은 이미 홍연의 모습이 사라지고 문이 닫힌 옥탑방을 한번 더 올려다본 뒤 다시 차에 올랐다. 이내 그의 차는 새벽의 적막을 깨고 골목을 빠져나갔다.

보일러가 고장 난 옥탑방에는 온기가 남아 있지 않았다. 홍연은 파카를 입은 채로 침대에 기어들어 가 이불을 뒤집어썼다.

잠을 자야 했다. 뱃멀미 같은 울렁거림과 머리가 깨질 듯한 두통에서 벗어날 수 있는 유일한 방법은 자는 것뿐이었다. 하지만 빙글빙글 돌아가는 천장을 응시할수록 졸음은 달아났다.

"아무것도."

홍연의 입 끝에서 더운 김이 피었다가 싸늘한 방 안 공기 속에 퍼지지도 못하고 사라져 버렸다.

"안 남았다."

억지로 눈을 감은 홍연은 손바닥으로 눈두덩 위를 지그시 눌렀다.

영화는 엎어지고, 사랑했던 남자는 개자식이 되었다. 비참했고, 쪽팔렸고, 추웠다. 기력은 완전히 바닥나서 호의적인 내일을 상상하려면 다시 태어나는 수밖에 없을 것 같았다.

'언제까지 그러고 살래?'

지금 홍연에게 닥친 모든 무자비한 것들 중에서 가장 끔찍한 것은, 그 말을 한 사람이 다른 누구도 아닌 주효신이라는 사실이었다.

그렇게 꾹 눌렀건만 끝내 눈물 한 줄기가 눈가를 비집고 나와 흘렀다.

떨림의 시작

....

"네?"

효신은 되물으며 핸드폰을 고쳐 쥐었다.

— 처리할 일이 많은 데다 차마 홍연이 얼굴을 마주하고 말할 면목이 없어서 전화상으로 말을 했거든. 그런데 계약서 정리도 해야 하고, 아무래도 만나야 할 것 같아서 전화했는데 계속 전원이 꺼져 있네.

"그러니까 홍연이가 쓴 시나리오, 선배 회사에서 준비하던 영화가……."

효신은 문득 주위를 둘러보고 책상에서 몸을 일으켜 휴게실로 향했다.

— 그렇게 됐다.

컵을 대고 에스프레소 머신 버튼을 누르자 위이잉, 요란한 기계음과 진한 커피 향이 휴게실을 채웠다.

— 홍연이가 아무 말 안 했어?

윤 선배는 한숨을 한 번 내쉰 뒤 말을 이었다.

— 태율이하고 너한테는, 아니, 적어도 너한테만은 말했을 거라고 생각했는데. 아우욱, 천하의 백치긍정왕 이홍연이 너한 테도 이야기 못 할 정도로 상심해 있다는 거잖아. 나 미안해서 앞으로 홍연이 어떻게 보냐.

효신은 커피가 담긴 컵을 노려보았다. 잠시 뜸을 들이던 효신이 다시 입을 열었다.

"미안해요, 선배."

뜬금없는 사과에도 윤 선배는 그 뜻을 알아차렸다.

— 네가 뭐가 미안해?

효신은 차마 대답하지 못하고 커피 머신 위의 컵을 꺼내 들었다.

— 효신이 네가 노력 많이 해 줬던 거 알아. 다 내가 모자라서 이렇게 된 거지, 뭐.

효신은 윤 선배의 영화 기획안을 몇 번이나 회의 때 상정해 올렸지만, 무명의 시나리오 작가가 쓰고 A급 배우라고는 찾을 수 없는 캐스팅의 작은 영화 제작사의 기획안은 번번이 열외로 밀렸다.

— 어쨌든 나는 다시 홍연이한테 전화해 봐야겠다.

"선배."

— 응?

"홍연이랑 통화가 되더라도 말하지 마세요. 제가 알고 있다는 거요. 그리고 저기 선배……."

전화를 끊고 나서도 효신은 한참 동안 커피에 입을 대지 않았다. 옥탑방을 향해 계단을 오르던 홍연의 힘없는 뒷모습을 떠올리자 입 안이 바싹 말라 왔다.

'나는 왜 이렇게 되는 일이 없는지, 매번 구질구질해서 나도 진짜 미쳐 버릴 것 같다고!'

울음과 분노가 뒤섞였던 홍연의 목소리가 귓가에 스쳤다. 효신은 짧게 눈을 감았다가 다시 떴다.

"주 대리님, 여기 계셨어요? 회의 시작한대요."

"네. 갈게요."

휴게실을 나가기 위해서 걸음을 옮기던 효신은 그제야 식어 가는 커피를 한 모금 마셨다.

강력한 카페인은 효신에게 어떤 도움도 주지 못했다. 회의가 시작된 후에도 효신은 집중하지 못하고 죄책감에 시달려야 했다. 갑자기 회의실 사위가 어두워지고 나서야 효신은 책상 모서리를 응시하던 시선을 거두었다.

감독 우지민.

다른 생각에 빠져 방심하고 있던 효신은 빔프로젝터가 영사한 스크린 위의 이름에 순간 숨을 짧게 들이마셨다.

"밴쿠버영화제, 선댄스영화제, 모스크바영화제……, 이력도 화려한 데다가."

팀장이 못마땅한 얼굴로 흘끗 효신을 바라보았다.

"〈척후병〉으로 대박 난 걸 우리만 놓쳤지."

효신은 자세를 고쳐 앉으며 다시 스크린을 바라보았다. 회의실 가운데 빔으로 밝혀진 스크린을 채운 것은 지민의 필모그래피였다.

"여러 투자 배급사에 책이 돌고 있는데 다들 긍정적이에요."

지민의 영화를 회의 안건으로 올린 직원이 마우스를 클릭하자 스크린은 다음 페이지로 넘어갔다. 얼마 전 기획안을 이미 검토했던 효신은 가만히 시놉시스를 응시했다.

"관심 있어 하는 특A 배우들도 꽤 있다고 제작사에서 흘리더라고요. 저희가 한발 늦고 있어요. 피디랑 미팅할 때 돌아가는 눈치를 보니 캐스팅도 그렇고 편집권도 그렇고, 저희가 제작 전반에 통제권을 가지려면 다음 주까지는 사인해야 할 것 같아요."

"주 대리."

팀장이 효신을 불렀다.

"기획안 읽어 봤지? 어때? 지난번 저 감독 영화 결사반대했던 게 주 대리잖아."

효신은 곧장 대답하지 못했다. 결사반대라는 단어는 조금 억울한 매도였다. 우지민이 독립영화계에서야 이름을 날리고 첫 장편영화로도 호평을 받긴 했지만 아직 상업영화에 제대로 발을 디뎌 본 적 없는 여자 감독의 시대물이라며 회의실의 대다수가 반대했던 영화였다. 심지어 그때 효신은 발언권도 제대로 없었던 신입 사원이었다.

"캐스팅만 잘되고 저희 같은 대형 투자 배급사가 붙는다면."

결국 효신은 사적인 감정을 버리고 이성적인 판단을 내렸다.

"〈척후병〉만큼은, 아니, 그보다 더 흥행 가능성이 크다고 봅니다."

회의실이 어두워서 다행이었다. 그렇지 않았다면 회의실 안에 앉아 있던 동료들은 그의 복잡한 심경이 고스란히 담긴 표정을 보고 의아해했을 게 분명했으니까.

홍연이 일하는 편의점과 태율의 카페는 고작 500미터 남짓한 거리였다. 효신의 회사 건물이 편의점과 카페에 가까운 것도 우연은 아니었다. 효신이 입사하고 난 뒤 태율이 그를 따라 근처에 카페를 오픈했고, 두 사람을 따라 홍연이 근방에 아르바이트를 구했으니 말이다.

엉망으로 취해 주사를 부린 민망함이 완전히 사라진 건 아니었지만 이대로 녀석들 얼굴을 안 보고 살 수도 없는 노릇이었다. 아르바이트를 가던 홍연은 잠시 망설이다 이내 체념한 얼굴로 태율의 카페에 들어섰다.

"뭐야, 이홍연. 살아 있었네."

혀를 차는 태율을 향해 눈을 가볍게 흘긴 홍연은 카페 의자에 털썩 앉았다.

"커피나 줘."

태율은 바리스타 대신 자신이 직접 커피를 만들어서 홍연에게 가져다주었다.

"무슨 대단한 놈이라고 며칠씩이나 잠수를 타?"

"머릿속에서 지워 줘."

"뭘 지워? 만석이를? 아니면 만석이한테 까이고 미친년처럼 한강 다리 위에서 지랄발광한 이홍연을?"

은석이라고 정정해 줄까 하다 홍연은 그만두었다. 만석인지 은석인지 알 게 뭐람.

"둘 다."

커피를 마시던 홍연의 눈에 은석의 사진이 들어왔다.

"저것도 내다 버리고."

"미쳤어? 저게 얼마짜린데?"

홍연이 눈을 가늘게 뜨고 태율을 노려보았다.

"그러고도 니가 친구야?"

"친구 아니면 네가 지금 여기서 공짜 커피를 마실 수 있을 것 같아?"

얄밉게 빈정거리는 태율에게 할 말이 없어진 홍연이 불만스레 뺨을 실룩이고는 다시 커피를 한 모금 마셨다.

"있잖아, 태율아."

말을 꺼내긴 했지만 홍연은 쉽게 잇지 못하고 잠시 태율을 바라보았다.

버스 회사를 운영하는 집안의 막내아들로 태어나서 하루가 멀다 하고 사고만 치고 다니는 형들과는 달리 얌전하게 학창 시절을 보낸다는 기특함에 돈 걱정이라곤 없이 하고 싶은 영화 공부를 하며 유학했던 녀석 옆에서 학비와 생활비를 벌기 위해 아등바등거릴 때도 한 번도 초라해지지 않았었다.

영화감독이 되길 포기한 뒤에는 부모님의 지원으로 서울 한복판에 카페를 차린 뒤, '난 좋아하는 영화나 실컷 보면서 마음 편하게 살아야겠다.'라고 태율이 말했을 때 가난하지만 포기하지 않았던 자신이 오히려 자랑스러웠었다.

하지만 지금 홍연은 시작도 포기도 쉬운 녀석이 부러웠다.

"영화 엎어졌어."

태율은 잠시 입을 다물고 홍연을 물끄러미 바라보았다. 셋 중에 유일하게 아직도 미련을 놓지 못하는 사람이 홍연이었고, 그런 자신을 가끔은 부러운 듯 보기도 하고, 또 가끔은 안쓰럽게 생각하는 사람이 태율이라는 것을 그녀는 알고 있었다.

"왜?"

홍연은 웃어 보이려 애썼다.

"엎어지는 데 왜가 어디 있어. 크랭크인 성공하는 일에 왜냐고 물을 정도로 이런 일, 영화판에서 비일비재하잖아. 심지어 다 찍어 놓고 개봉 못 하는 영화도 허다한데."

태율이 영화 일을 그만두겠다고 선언했던 그때, 효신과 홍연은 태율에게 이유를 묻지 않았다. 효신은 대기업 계열사인 영화 투자사에 갓 입사해 연수를 끝냈던 참이었고, 홍연은 시나리오를 쓰겠다며 그녀의 작은 옥탑방에 틀어박혀 꼼짝도 안 하고 있을 때였지만 그 이유를 물을 시간마저 없이 바빴기 때문은 아니었다.

이미 그들은 녀석의 이유를 너무나도 잘 이해하고 있었던 것이다. 그때 이미 먼저 꿈을 버린 효신이었고, 홍연은 꿈과 현실의 괴리감을 애써 모른 체하며 하루하루를 버티던 때였다.

"효신이 퇴근하면 술이나 한잔할까?"

포기할 수 있을까. 효신처럼 서울대 간판과 명석한 머리도 없는 내가, 태율처럼 서울 한복판에 카페를 차려 줄 수 있는 부모도 없는 내가 지금 포기한다고 해서 달리 방도나 있을까. 아마 밴쿠버에서 유학했던 경험 덕분에 부산 구석진 동네 영어 학원에서는 받아 줄지도 모른다. 한때는 밴쿠버필름스쿨에서 수업을 무난하게 들었던 그녀였지만 벌써 10년 전 일이다. 이제 그녀의 영어 실력이라고는 길에서 만난 외국인에게 겨우 길이나 가르쳐 줄 수 있는 정도라는 사실이 곧 들통 나겠지.

홍연은 태율을 향해 고개를 흔들었다.

"아냐. 그냥 알바 끝내고 집으로 갈래."

홍연은 탁자 위에 올려놓은 자신의 노트북을 노려보았다.

"오늘은 위험해. 오늘 취했다가는 저 노트북을 한강에 내던져 버릴지도 몰라."

그때 카페 아르바이트생이 태율을 불렀다.

"잠깐만. 원두 들어왔나 봐."

태율이 탁자를 떠났을 때, 홍연의 핸드폰이 울렸다. 발신자를 확인한 뒤 홍연은 잠시 고민하다 전화를 받았다.

— 전화기가 내내 꺼져 있어서 얼마나 걱정했는지 알아?

"미안해요, 선배."

누구도 만나고 싶지 않았다. 누구와도 대화하고 싶지 않았다. 아무 생각도 하고 싶지 않았다. 절망하고 싶지도 않았지만, 그렇다고 희망을 품고 싶지도 않았다. 그렇게 죽은 듯이 방 안에서 며칠을 꼼짝하지 않았지만 아무 일도 일어나지 않았다. 세상은 멸망하지 않았고, 보일러가 고장 난 방은 여전히 끔찍하게 추웠고, 배는 고팠다.

"선배는 괜찮아요?"

영화 제작 준비 때문에 윤 피디는 살고 있던 아파트 전세금도 뺐었다.

— 뭐, 굶어 죽기야 하겠냐. 그건 그렇고…….

태율은 통화를 하는 홍연에게 돌아오며 그녀의 묘한 표정에 잠시 걸음을 멈추고 지켜보았다. 웃는 것 같기도 하고, 살짝 찌푸리는 것 같기도 한 얼굴이었다.

"누군데 표정이 그래?"

전화를 끊고 난 홍연에게 태율이 물었다.

"윤 선배. 선배 아는 제작사에서 각색 작업할 보조 작가 구하고 있다고, 한번 가 보라네."

"잘됐네."

잠시 테이블 모서리를 노려보던 홍연이 고개를 들고 태율을 마주 바라보았다.

"진짜 그렇게 생각해?"

태율이 의아하다는 듯 눈살을 살짝 찌푸렸다.

"잘된 일 아니야?"

사실 나는 모르겠어. 이게 좋은 일인지 나쁜 일인지 이젠 정말 모르겠다. 지금이면 손을 털고 돌아서야 할 때가 아닌가 싶을 때, 포기한다 해도 나 스스로에게 최선을 다했다고 떳떳하게 말할 수 있는 게 지금이 아닌가 싶을 때, 더 늦어지면 지나온 모든 열정이 후회로 남을지도 모른다고 생각될 때 마치 동정하듯 던져지는 이 작은 희망을 가차 없이 버려야 하는 게 아닐까.

"맞아."

홍연의 얼굴에 천천히 쓴웃음이 떠올랐다.

"좋은 일이지. 나 이제 알바 가야겠다."

홍연은 노트북 가방을 품 안에 꽉 끌어안으며 자리에서 일어났다. 카페를 가로질러 나가던 홍연이 문득 무슨 생각이 들었는지 걸음을 멈추고 홱 고개를 돌렸다. 그 성난 기세에 태율이 순간 움찔했다.

"주효신 미친 거 아냐?"

"뭐? 왜?"

"어떻게 그렇게 헤어져 놓고 전화 한 통을 안 해?"

시재 점검을 끝낸 뒤 이전 타임 아르바이트생을 돌려보낸 홍연은 냉장고 속에 부족한 음료들을 채워 넣었다. 쉴 틈도 없이 곧장 본사의 트럭이 편의점 앞에 들어와 상품들을 내려놓았고 홍연은 그것들을 정리하는 틈틈이 계산을 기다리는 손님들을 향해 달려갔다.

삼각김밥과 도시락을 냉장고에 진열하던 홍연의 등 뒤에서 팔 하나가 쑥 뻗어 오더니 샌드위치를 하나 집어 들었다.

"손님, 그건 유통기한이……."

돌아선 홍연은 눈앞에 서 있는 효신의 모습에 하던 말을 멈추고 입을 다물었다. 아직 유감이 남아 있는 듯, 홍연은 짐짓 한쪽 눈썹을 찡그리며 마음 한구석에 슬며시 고개를 든 반가움을 감추었다.

"이 시간에 웬일이야?"

"바빠서 점심을 걸렀어."

홍연은 효신의 손에 들린 샌드위치를 휙 빼앗아 들었다.

"이거 폐기 찍어야 해. 다른 거 먹어."

등 뒤로 자신을 멀뚱히 바라보는 효신의 시선을 느끼며 홍연은 계산대로 돌아왔다. 효신은 도시락과 삼각김밥, 컵라면과 생수를 집어 들고 홍연에게 다가왔다. 홍연은 눈을 가늘게 뜨고 계산대 위에 놓인 음식과 효신을 번갈아 바라보았다.

"이걸 다 먹으려고?"

"같이 먹자. 혼자 먹기 싫어."

카드를 내미는 손길은 가벼웠고, 목소리는 부드러웠다. 원래의 효신이었다. 따뜻하고 다정한 주효신. 살 떨리게 추웠던 그날 새벽, 불같이 화를 내던 낯선 그의 모습은 어디에서도 찾아볼 수 없었다. 뒤에서 기다리던 손님이 헛기침을 하며 눈치를 줄 때에야 홍연은 재빨리 효신이 가져온 음식들을 집어 들고 바코드를 찍었다.

연이어 들이닥친 손님들이 모두 빠져나간 편의점에 또다시 두 사람만 남았다. 효신은 셔츠의 팔을 걷어붙이고, 긴 다리를 편안히 쭉 뻗은 채 간이 테이블에 앉아 그녀를 기다리고 있었다. 통유리창을 관통하고 스며드는 겨울 오후의 빈약한 햇볕에 드러난 허공의 먼지 알갱이들이 편의점의 미적지근한 공기 속에서 천천히 부유했다.

홍연은 천천히 계산대를 돌아 나와 효신 앞에 마주 앉았다.

"옛날 생각 난다."

효신은 삼각김밥의 포장을 벗겨 낸 뒤 홍연의 손에 쥐여 주었다.

"우리 밴쿠버에서 갓 돌아왔을 때였나? 연출부 지원하는 건 매번 떨어지고, 같이 편의점 야간 아르바이트했을 때 매번 유통기한 지난 삼각김밥으로 끼니 때웠잖아."

"나는 아직도 폐기된 걸로 때워."

홍연의 말에 효신의 손길이 허공에서 잠시 멈칫했다.

"그때나 지금이나 난 참."

'언제까지 그러고 살래?'

"변함없이 발전이 없다. 그치?"

'해 바뀌면 우리 서른셋이야. 넌 왜 사람들마다 다 있다는 그 흔한 자존심이란 게 눈곱만큼도 없는 건데? 간도 쓸개도, 빼 줄 수 있는 거 다 빼 주고 왜 넌 항상 이 꼴인데?'

두 사람은 동시에 효신의 날카로웠던 목소리를 떠올리고 있었다. 효신은 아무 대답도 하지 않고 그저 물끄러미 홍연을 바라보았다. 라면을 끌어당겨 후르륵거리고 먹던 홍연이 고개를 들어 효신과 눈을 마주쳤다.

"안 먹어? 라면 불어."

"그날."

효신은 천천히, 말을 고르며 이어 나갔다.

"내가 일도 많고 잠도 잘 못 자고 그래서 좀 예민했어."

일이 많아 스트레스를 받았기 때문이라니, 잠을 잘 못 자 예민했기 때문이라니. 지난 10년 동안 고작 그런 이유로 홍연에게 화를 내 본 적 없었다. 아마 그녀도 납득하기 어려울 것이다. 하지만 효신은 왜 그렇게까지 자신이 화가 났는지 끝내 답을 찾지 못했고, 사과를 하기 위해서는 변명이 필요했다.

"미안해. 그때 내가 말이 좀 심했어."

"틀린 말도 아닌데, 뭐. 나 원래 생겨 먹길 주책맞고, 눈치 없이 질척대고, 간도 쓸개도 없는 그런 애잖아."

순간 효신의 턱이 굳었다. 그렇게 상처받고도 은석에게 결혼하지 말라며 애원하던 홍연을 마주했을 때와 같은 분노였다.

"홍연아, 도대체 왜 넌……."

"그런데 말이야, 주효신."

홍연이 효신의 말을 중간에 잘라 내며 젓가락을 내려놓았다.

"너한테 그런 말 듣는 건 좀……."

홍연의 음정이 살짝 흔들리며 쇳소리가 흘러나왔다.

"진짜."

홍연은 목을 가다듬은 뒤 애써 태연한 척 웃으며 말했다.

"쪽팔렸어."

홍연을 마주한 순간부터 내내 은근히 손끝에 맴돌던 저릿함이 어느 순간 회오리치듯 명치까지 치닫고 올라와 효신은 순간 숨을 들이마셨다. 홍연에게 대꾸하기는커녕 숨을 제대로 내쉴 수조차 없었다.

그때 편의점 안으로 손님이 들어오지 않았다면 홍연에게 하얗게 질린 얼굴을 보여 줄 수밖에 없었을 터였다. 서둘러 자리에서 일어나 계산대로 향하는 홍연의 뒷모습을 지켜보던 효신은 간신히 작은 한숨을 내쉬었다.

혹시 홍연이 때문일까

곳곳에 붉은 펜이 그어지고, 파란 펜으로 첨삭한 흔적으로 너덜너덜해진 시나리오를 물끄러미 바라보던 홍연은 닳아서 말려 올라간 종이 끝을 만지작거렸다. 이제 쓸모없어진 종이 뭉치였다. 한참 동안 망설이던 홍연은 시나리오 뭉치를, 딱 그만큼 쓸모없어진 계약서와 함께 큼지막한 서류 봉투에 넣었다.

그리고 봉투를 책상 서랍 중에서도 가장 아래쪽, 그리고 그 속에서도 가장 깊숙한 곳에 밀어 넣었다. 서랍을 닫고 나서도 마치 명복을 빌듯 손가락 끝이 낡은 서랍에 한동안 머물렀다.

의자에 앉은 홍연은 노트북을 열기 전에 책상 여기저기 널려 있는 자료들과 메모들, 서랍장에 묻어 버린 예전 시나리오의 흔적들을 정리하기 시작했다. 달력에 붙어 있던 포스트잇을 떼어 내던 홍연은 오늘 날짜에 동그라미가 그려진 것을 발견했다.

"오늘……."

그러다 퍼뜩 스친 생각에 책상 옆 자석 화이트보드로 고개를 돌렸다. 동그란 자석에 매달려 달랑거리는 티켓 두 장이 그녀의 시선을 잡았다.

"아."

앙리 카르티에 브레송 사진 전시회 티켓이었다.

티켓을 찢어 버리려는 마음과는 달리 홍연의 손길은 쉽게 움직이지 못했다. 두 장의 티켓 가격은 그녀의 2주일 치 식비와 맞먹었다. 결국 홍연은 짜증스럽게 티켓을 구겨 버렸지만 차마 찢어 버리진 못했다.

홍연은 효신과 태율 중에서 누구에게 먼저 전화를 걸까 고민하다 결국 효신에게 전화를 걸었다. 주말 오후라 태율은 카페에서 바쁠 터였다.

"뭐 해?"

— 회사 나왔어. 너는? 밥은 먹었어?

"대충. 전시회 같이 가자고 하려고 했는데 바쁜가 보네. 일해. 방해 안 할게."

— 홍연아.

전화를 끊으려는데 효신이 다급히 그녀를 다시 불렀다.

— 같이 가. 일 마무리하는 중이었어.

홍연은 효신과 미술관 앞에서 만날 약속을 정한 뒤 전화를 끊었다. 다행이었다. 티켓을 버리기도 쉽지 않았을 테고, 그렇다고 은석과 함께 가고 싶었던 전시회에 혼자 바득바득 찾아가서 청승맞게 서 있고 싶지도 않았다. 홍연은 작은 안도의 한숨을 내쉰 뒤 자리에서 일어났다.

"죄송합니다."

팀원들이 모두 출근한 주말 특근이었다. 일하고 있던 동료들에게 미안한 마음이 들었지만 노트북을 덮고 책상을 정리하는 효신의 손길은 점점 더 빨라졌다.

"제가 오늘 밤 안에는 꼭 예산안 검토하고 정리해서 선배한테 보내 놓을게요."

"뭐야, 데이트라도 있는 거야?"

옆에 앉아 있던 동료 직원이 놀리듯이 물었다. 사무실에서 나갈 준비를 하던 효신이 잠깐 멈칫했다.

"아니에요. 그냥 친구 만나러 가요."

"친한 친구인가 보네. 주 대리가 전화 한 통에 일도 다 제쳐두고 달려가는 거 보니."

효신은 어색한 미소로 대답을 대신했다.

"그럼 먼저 들어가 보겠습니다."

주말 오후 미술관으로 향하는 길은 교통 체증으로 꽉 막혀 있었다. 느릿하게 움직이는 차 안에서 효신은 운전대에 턱을 살짝 기대고 끝도 없이 이어진 자동차 행렬을 바라보았다.

'너한테 그런 말 듣는 건 좀……. 진짜 쪽팔렸어.'

짐짓 태연한 척하는 말투가, 살짝 떨리던 목소리가 내내 머릿속을 떠나지 않았다. 분명 그 말은 홍연이 스스로의 창피함을 말하는 것이었는데, 왜 자꾸만 내게 실망했다는 뜻인 것만 같을까.

차를 근처 주차 타워에 맡기고 효신은 미술관을 향해 걷기 시작했다. 꽤 유명한 전시회인지 미술관에 가까워질수록 인파가 많아졌다. 품 안으로 파고드는 찬바람에 코트 깃을 여미며 걷던 효신은 미술관 긴 계단 아래 홀로 서 있는 홍연을 발견하고 걸음을 멈추었다.

유니폼처럼 입고 다니던 두툼한 파카 대신 와인색 코트 차림의 홍연은 그를 기다리며 한참을 서 있었던 모양인지 뺨이 코트의 붉은빛 못지않게 달아올라 있었다. 늘 신고 다니던 운동화 대신 구두를 신어 키도 한 뼘쯤 커 보였다.

"왔어? 1분만 늦게 왔음 동사했을 거야."

홍연이 발을 동동거리며 투덜거렸다. 말하는 그녀의 입술이 반질거리며 빛났다.

"너."

효신이 고개를 갸웃거리며 뚫어지게 바라보자 홍연은 민망한 듯 괜히 가방을 만지작거렸다.

"화장했어?"

"왜, 이상해?"

"아니."

효신이 고개를 흔들었다.

"예뻐."

짧지만 진지한 효신의 대답에 말끄러미 그를 바라보던 홍연이 이내 작은 웃음을 터뜨렸다.

"다행이다."

긴장했던 어깨의 힘을 풀며 홍연은 계단을 한 계단 올라섰다. 효신은 홍연의 곁에서 그녀의 걸음에 맞췄다.

"나오려고 준비하는데 갑자기 내가 가진 옷 중에서 제일 예쁜 걸 입고 싶더라고."

미술관으로 들어서자 히터 바람이 후끈했다. 홍연의 얼었던 두 볼이 더 발갛게 달아올랐다. 효신도 금방 열기를 느끼고 코트를 벗었다.

"화장도 하고."

전시장을 찾아가며 홍연은 코트 주머니에서 전시회 티켓을 꺼내 들었다.

"머리도 말고."

꼬깃꼬깃 구겨진 티켓을 손바닥에 올려놓은 홍연이 빙긋이 웃으며 효신을 올려다보았다. 조금씩 느려지던 효신의 걸음이 끝내 제자리에 멈추었고, 그는 앞서 나가는 홍연의 등짝을 가만히 지켜보았다.

저 구겨진 티켓이 누굴 위한 것이었는지, 그리고 최소한 저 구겨진 티켓보다는 덜 후줄근하고 싶었던 홍연의 마음이 어떠한지도 어렴풋이나마 짐작할 수 있을 것 같았다.

"뭐 해, 안 오고?"

의아하다는 듯 홍연이 돌아보았다. 효신은 고개를 짧게 흔든 뒤 홍연을 따라 전시장 안으로 향했다.

두 사람 모두 사진에 대해선 잘 몰랐다. 하지만 브레송의 유명한 사진들 중에 몇몇은 밴쿠버필름스쿨 시절 이미지 수업에서 다루었던 것들이라 낯설지 않았다. 전시회 막바지라 전시장 안은 사람들로 붐볐고, 효신은 홍연의 뒤에서 그녀를 따라 천천히 걸음을 옮겼다.

그녀가 오랫동안 걸음을 멈춘 곳에서는 그도 그 사진을 좀 더 유심히 바라보았고, 그녀가 무심히 지나쳐 간 액자 앞에서는 그도 사진을 보는 둥 마는 둥 대충 훑었다.

다음 전시장으로 옮겨 가기 위해 모퉁이를 돌던 홍연의 걸음이 흠칫하며 멈춰 섰다. 이내 한 걸음 뒤로 물러나던 홍연의 등이 효신의 가슴팍에 부딪쳤다. 효신은 의아한 눈길로 그녀를 내려다보았다.

"그만 가자."

"뭐?"

"재미없어. 무슨 전시회가 티켓 값도 못해."

그때 무슨 생각이 들었는지 효신은 홍연이 팔을 잡아끄는 것을 물리치고 모퉁이를 돌아섰다. 예상했던 대로 은석이 그곳에 있었다. 그는 혼자가 아니었다. 은석은 손을 맞잡은 여자를 더없이 사랑스런 눈길로 내려다보며 쉴 새 없이 떠들어 대고 있었다. 사진에 대해 설명해 주기라도 하는 듯 가끔 손가락으로 액자를 가리키기도 했다.

효신은 홍연에게 돌아섰다.

"왜 도망쳐?"

"그런 거 아니야."

"네가 뭘 잘못했다고 도망쳐? 누구였지? 전전 남친이었나, 아니면 전전전 남친이었나. 걔가 너 두고 바람피웠을 때 너 어떻게 했어? 그 여자애랑 머리 뜯고 싸웠잖아. 말려도 죽어도 안 떨어졌잖아. 또 누구였지? 너 호프집에서 같이 알바했던 다섯 살 연하 남자애한테 고백하고 차였을 때, 쪽팔린다면서도 내내 그 남자애 옆에서 알짱거리고, 괜히 건드리고, 또 고백하고, 결국 너한테 백기 들게 만들었잖아."

차라리 자존심도, 체면도 없이 굴던 모습이 보기 쉬웠다. 기껏 예쁘게 하고 나와서, 부들부들 떨면서 도망치려 하는 홍연의 하얗게 질린 얼굴이 못 견디게 보기 싫었다.

"머리를 잡아 뜯든지, 바짓가랑이를 붙잡든지 뭐라도 하란 말이야. 왜 저 자식한테는 아무것도 못 하는 건데?"

다시는 홍연에게 화를 내지 않겠다던 다짐이 이렇게 쉽게 무너질 줄 몰랐다. 효신은 자신의 말을 끝까지 듣지도 않고 휘적휘적 도망치듯 빠르게 걸음을 옮기는 홍연의 뒷모습을 지켜보다 그녀를 뒤따랐다.

"내가 가서 한 대 때리고 올까?"

홍연은 전시장 밖 간이 의자에 앉아 있었다. 효신이 어색한 농담처럼 건넨 말에도 그녀는 웃지 않았다. 효신은 짧은 한숨을 내쉰 뒤 홍연과 나란히 앉았다. 커다란 전시회 광고 현수막이 눈에 들어왔다. 〈생 라자르역 뒤에서〉라는 브레송의 유명한 흑백사진이었다. 비가 고인 바닥을 밟지 않으려 점프한 사진

속 사내의 발은 허공에 살짝 떠 있었다. 발돋움의 여파로 흔들린 고인 빗물의 잔결까지 잡아낸 절묘한 사진이었다.

"여자애가 참."

홍연의 담담한 목소리를 들으며 효신은 현수막에 인쇄된 사진을 물끄러미 바라보았다. 사진 위에는 브레송의 유명한 사진집 제목과 함께 그 뜻이 인쇄되어 있었다.

"예쁘더라."

〈결정적 순간〉.

"효신아, 나 영화도 엎어졌어. 참 지지리 되는 일도 없다."

효신은 그녀를 위로하고 싶었지만 무슨 말을 해야 할지 좀처럼 생각나지 않았다.

"첫 단추를 잘못 끼운 것 같은 기분이야. 왜, 기억나? 나 첫 번째 영화 엎어졌을 때. 그 기막힌 불길함이, 그 우연한 불행이 아직까지도 내 인생에 남아 있는 것 같은 기분이 들어."

또 기회가 올 거란 말을 하려고 입을 열던 순간, 이어지는 홍연의 말에 효신은 다시 말문이 막혀 버렸다.

"그리고 앞으로 남은 내 인생에도 걷히지 않는 트라우마처럼, 낙인 된 불행으로 남아 있을까 봐 무서워."

'렌즈가 맺는 상像은 끊임없이 움직이고 있지만, 그것이 시간을 초월한 형태와 표정과 내용의 조화에 도달한 절정의 순간.'

지친 듯 홍연은 잠시 효신에게 몸을 기댔다. 효신은 '결정적

---

* 프랑스의 사진작가 앙리 카르티에 브레송의 〈결정적 순간〉.

순간'의 의미를 읽고 또 읽으며, 자신에게 전해져 오는 홍연의 온기를 무시하려 애썼다.

"야, 이홍연. 소개팅이나 할래?"

소주잔을 입으로 가져가던 효신의 손길이 순간 허공에서 멈추었다. 안주로 시킨 달걀말이를 뒤적거리던 홍연의 젓가락도 함께 멈추었다.

"소개팅?"

홍연의 눈길이 가늘어졌다.

"나 어디 내놓기 쪽팔린다고 한 번도 그런 거 해 준 적 없잖아."

"너 걸핏하면 남자랑 엮여서 개진상 되잖아."

"싸우자는 거야?"

홍연이 발끈하며 젓가락을 치켜들었다.

"그것도 그거지만, 알잖아. 내 주위에 제정신 박힌 사내놈이라고는 주효신밖에 없었다는 거."

"그런데 갑자기 제정신 박힌 사내놈이 나타나기라도 했어?"

"아니."

태율은 어깨를 으쓱거리며 잔을 들어 소주를 마셨다.

"생각해 보니, 내가 소개 안 시켜 줘도 넌 항상 개차반 같은 놈들만 만나는 것 같아서. 지금 내가 누굴 소개시켜 줘도 여자 뒤통수나 치는 그깟 놈보다는 나을 것 같고."

"야, 김태율. 너 지금 소개팅을 빙자해서 계속 교묘하게 나를 디스하는 것 같은데⋯⋯."

"그 형, 약간 결벽증이 있긴 한데 그것 빼곤 괜찮아. 키 크고 얼굴도 훈훈하고. 집도 잘살아. 혹시 아냐? 그 형이 만에 하나 콩깍지라도 씌어서 너 데리고 살겠다고 하면, 너 평생 편하게 쓰고 싶은 시나리오 느긋하게 쓰면서 살 수 있어."

"지금 나더러 취집이라도 하란 말이야?"

"발끈하지 마. 그건 쉬운 줄 알아? 내가 볼 땐 넌 그럴 능력 도 없어."

"뭐, 까짓. 해."

홍연의 가벼운 대답에 효신은 고개를 들어 그녀를 바라보았 다. 정작 소개팅 얘기를 꺼낸 태율도 조금의 고민 없이 승낙한 그녀의 대답이 예상 밖이었는지 눈을 살짝 치켜떴다.

"하자, 소개팅."

불과 두 시간 전, 은석과 그의 연인을 보고 숨어 버렸던 홍 연이 너무나 의기양양하게 말을 이었다.

"내가 꼬셔 보지, 뭐."

"그 형 진짜 예쁜 여자들만 만나거든? 나 쪽팔리게 만들지 말고 너 소개팅할 때 제대로 예쁘게 하고 나가."

"이 정도면 충분하지. 나 오늘 힘 좀 준 건데, 티 안 나?"

태율이 혀를 찼다.

"넌 그게 문제야. 쥐뿔도 없는 게 겸손하지도 못해."

홍연과 태율이 티격태격하는 것을 지켜보며 효신은 그제야 들고 있던 잔을 입으로 가져가 술을 단번에 마셨다. 혀끝에 쓴맛을 남긴 소주는 목구멍을 타고 넘어가 속을 뜨끈하게 데웠다.

겨울 해는 유난히 짧았다. 어느덧 사무실에는 형광등 불빛이 하나둘 빛을 밝혔다.

운 좋게 야근을 피해 간 직원들은 곁에서 퇴근 준비를 하고 있었다. 효신은 야근을 시작하기 전에 태율의 카페로 가서 샌드위치로 간단히 저녁을 해결하고 커피를 사 올 참으로 책상에서 몸을 일으켰다.

"있잖아, 주 대리."

효신의 책상으로 사수인 선배가 다가왔다. 지민의 영화 기획안을 컨택해서 미팅 때 올렸던 선배였다.

"이 프로젝트, 주 대리가 맡아 줘야 할 것 같아."

선배가 내민 것은 지민의 영화 기획안과 시나리오였다.

"나 유럽필름마켓 때문에 이번에 베를린 출장 잡혔어. 도저히 이 계약 마무리하고 갈 여력이 안 돼."

효신은 천천히 기획안을 받아 들었다.

"어제 우 감독하고 전화 통화했거든. 두 사람 아는 사이라며? 담당자가 주 대리인 게 저쪽이나 이쪽이나 편하지 않겠어?"

어깨를 툭툭 치며 선배는 자리를 떠났지만 효신은 선배가 건네주고 간 명함 속 선명하게 인쇄된 우지민이란 이름에서 눈을 떼지 못했다.

'헤어지는 데 꼭 이유가 필요한 건 아니야.'

그녀 이전에도, 그녀 이후에도 연애를 했었다. 하지만 지민은 특별했었다. 그녀와 함께했던 모든 것이 처음처럼 여겨졌고, 의미가 새겨졌고, 아프게 남았었다. 그녀는 그의 모든 연애의 기준이 되었었다.

이를테면, 우지민은 주효신에게 첫사랑이었다.

엘리베이터로 향하며 효신은 핸드폰을 꺼내 들었다. 명함을 바라보며 번호를 누르는데 망설임은 없었다.

— 우지민입니다.

"주효신입니다."

전화 건너편에서 짧은 침묵이 흘렀다.

"오랜만이에요."

— 어색하다, 존댓말.

웃음기 섞인 목소리였다.

"사적인 전화가 아니니까요. 제가 제작사로 찾아갈까요? 아니면 밖에서 봐도 좋고요."

— 그쪽이 갑인데, 을 주제에 감히 여기까지 오라고 할 순 없지. 밖에서 봐. 일단은 피디 없이 둘이서 한번 봤으면 하는데?

"그러죠."

짧은 통화였다. 전화를 끊고 난 효신은 허탈한 웃음을 터뜨렸다. 한때 인생의 전부였던 그녀를 만나는 일이 이렇게 쉬워지다니 의아한 일이었다. 다시는 그녀를 볼 일이 없을 거라고, 있다 해도 죽을힘을 다해 도망쳐 다닐 거라고 생각한 적 있었던 그였다.

지민에게 그 어떤 감정의 동요마저 남아 있지 않게 된 이유가 혹시.

띵 소리와 함께 엘리베이터 문이 열렸지만 효신은 다른 생각에 잠겨 미동도 없이 제자리에 서 있었다. 엘리베이터는 이내 빈 채로 문이 닫혀 버렸다.

혹시 홍연이 때문일까.

"네, 정박이 형. 그럼요."

통화 중이었던 태율은 카페에 들어서는 효신을 향해 인사 대신 손을 가볍게 들어 보였다.

"괜찮아요. 걔가 안 꾸며서 그렇지 얼굴 예쁘고, 성격 털털하고. 솔직히 형한테 아까워서 지금까지 소개 안 시켜 주고 있었는데."

아르바이트생에게 샌드위치와 커피를 주문하고 카드를 내밀던 효신의 손길이 허공에서 멈칫거렸다.

"외로운 사람들끼리 얼마 안 남은 크리스마스라도 따뜻하게 보내면 좋은 거죠. 음, 글쎄요. 뭐……, 안 가리고 다 잘 먹어요. 소탈해요. 너무 으리으리한 데 데려가면 오히려 부담 느낄 애예요. 우리 가게 근처에 걔가 좋아하는 파스타집이 있긴 한데."

효신은 더 이상 듣지 못하고 돌아서서 테이블에 자리를 잡고 앉았다. 태율은 전화를 끊고 효신의 커피를 직접 뽑아서 바를 돌아 나왔다.

"오늘도 야근하는 거야?"

"응."

뜨거운 커피를 한 모금 마신 뒤 효신은 컵을 테이블 위에 내려놓았다.

"밥이나 좀 든든히 먹고 일하지, 이걸로 돼?"

고개를 끄덕였지만, 입맛이 달아난 효신은 아르바이트생이 내려놓고 간 샌드위치 접시에 손을 대지 않았다.

"어떤."

묵묵히 커피를 마시던 효신이 망설이다 물었다.

"사람이야?"

"누구?"

"아까 그 전화, 홍연이 소개팅시켜 주려는 사람 아니야?"

'아.' 하고 태율이 피식 웃었다.

"예전에 한창 놀 때 어울렸던 형들 중 한 명. 다른 형들은 다 결혼했는데 이 형만 남았어. 곱게 자라서 좀 예민하고 까다롭긴 한데, 홍연이가 무던한 편이니까 뭐, 만나 보는 것도 나쁘지 않겠다 싶어서. 잠깐이나마, 그냥 이 겨울이나마 홍연이를 버티게 해 줄 수 있음 좋은 거고."

녀석은 녀석 나름대로 상처받은 홍연이를 위해 마음을 쓰고 있는 중이었다.

"아니면 말고."

그 사실을 알면서도 효신은 유난히 입이 썼다.

너를 다시 사랑할 일은 절대 없어

이건 절대 우연이 아니야.

레스토랑 안으로 들어서는 효신을 바라보며 홍연의 두 눈이 가늘어졌다.

"왜 그래요?"

"아, 친구가……."

얼굴을 잔뜩 찌푸린 홍연의 시선을 따라가던 소개팅 상대 역시 효신을 발견했다. 효신은 정확하게 두 사람이 앉아 있는 테이블 앞에서 멈춰 섰다.

"너 여긴 웬일이야?"

"식당에 왜 왔겠어? 밥 먹으러 왔지."

우연히? 소개팅 상대를 앞에 두고 차마 묻지 못한 홍연이 쓴 웃음을 지었다.

"혼자?"

"아직 일행이 도착 안 했어. 오기 전까지 잠깐 앉아도 돼?"

"응?"

그냥 가라, 주효신. 홍연은 눈을 찡긋거리며 눈치를 줘 보지만 녀석은 꿈쩍도 하지 않았다. 이건 정말 효신답지 않은 행동이었다. 아니, 이건 태율이라 하더라도 하지 않을 행동이었다.

짜증과 의아함이 뒤섞인 홍연의 시선을, 효신은 담담히 마주하며 그녀를 내려다볼 뿐이었다. 짧은 헛기침 소리에 두 사람은 서로에게서 눈을 뗐다.

"홍연 씨 친구면 혹시 태율이하고도 친구?"

효신은 그제야 처음으로 홍연의 소개팅 상대에게로 시선을 던졌다. 훤칠한 외모에 갖춰 입은 모양새도 세련되고 말끔했다.

"반가워요."

목소리는 나긋했고 말투도 예의 발랐다.

"홍연 씨, 나 때문에 곤란해서 그런 거죠? 일행 오기 전까지 함께 있어도 난 괜찮으니까 앉으세요."

그는 불청객에게 반감을 보이지도 않았다. 최소한 지금까지는 태율이 말했던 까다롭던 성격도 발견할 수 없었다.

흠잡을 데 없이 멀쩡한 홍연의 소개팅 상대를 보고 나니, 그제야 효신은 지금 자신이 무슨 일을 저지르고 있는 것인지 정신이 반짝 들었다. 홍연이 어깨에 잔뜩 힘을 주고 자신을 노려보는 건 당연했다. 도대체 무슨 생각으로 약속 장소를 이곳으로 바꿨을까. 도대체 무슨 생각으로 덜컥 홍연 앞에 섰을까.

"죄송합니다."

이처럼 무례하고 눈치 없이 굴어 본 적이 그의 인생에서 몇 번이나 있었을까. 효신은 혀끝으로 마른 입술을 살짝 핥았다.

"제가 우연히 홍연일 만나서 반가운 마음에 눈치 없이 굴었네요."

차분한 효신의 목소리에 홍연의 얼굴에 천천히 안도가 퍼져 나갔다.

"나 저쪽 자리에 가서 일행 기다릴 테니까, 편하게 밥 먹어."

"그래. 나중에 태율이 카페에서 보⋯⋯."

그때 홍연은 레스토랑 안으로 들어서는 지민을 발견하고 효신의 팔을 붙잡았다. 홍연의 시선을 따라가던 효신도 지민을 마주하고 바라보았다.

몇 년 만의 재회였지만 그녀는 변한 게 없었다. 까무잡잡한 작은 얼굴도, 큰 눈과 커트 머리도, 늘씬한 다리에 잘 어울리는 청바지도 그대로였다.

"뭐야."

자신과 달리 효신이 놀라는 기색이 없자 홍연이 눈을 크게 떴다.

"너 저 여자랑 약속 있었던 거야?"

"응."

홍연이 입술을 달싹이며 말을 잇지 못하는 사이 효신이 홍연의 소개팅 상대를 향해 가볍게 고갯짓을 해 보였다.

"기회 되면 다음에 또 뵙겠습니다."

'나중에 전화할게.' 하고 홍연에게 속삭이듯 중얼거린 효신은 지민을 향해 뚜벅뚜벅 무심한 걸음을 옮겼다.

"저 친구가 효신이라는 친구죠? 태율이가 자주 이야기했어요. 잘생기고 똑똑하고 성격 좋고. 사기 캐릭터라고."

효신이 지민에게 다가가는 모습을 지켜보느라 홍연은 소개팅 상대에게 한 박자 늦게 대답했다.

"네? 아, 네. 얄미울 정도로 다 가진 애죠. 쟬 보면 가끔 억울하다니까요. 그런데 뭐, 오늘처럼 눈치 없이 굴 땐 좀 인간미가 느껴지네요."

농담을 던졌지만 홍연의 얼굴에는 다시 웃음기가 사라졌다.

도대체 효신이가 우지민을 왜 다시 만나는 거지? 일 때문인 건가. 일 때문이라면 회사가 아니라 이런 곳에서 단둘이 만날 이유는 없잖아. 혹시 헤어진 이후로도 내내 연락하고 지냈던 걸까. 우리에게 한마디 말도 없이? 하긴, 효신이가 일일이 그런 이야길 하는 성격은 아니지.

"저 친구가 홍연 씨 좋아하는 건 아니고요? 어쩐지 약간 심술부리면서 방해하고 싶어 하는 느낌이 있던데?"

상대의 목소리에 장난기가 섞여 있었다.

"네?"

홍연은 고개로도 모자라 두 손까지 번쩍 들어 흔들었다.

"아니에요. 저희 진짜 친구예요, 친구. 태율이 같은."

효신이가 나를 좋아한다고? 차라리 내가……, 하고 생각했다가 홍연은 흠칫 놀랐다.

혼자 제풀에 찔리긴, 그게 뭐라고. 효신이가 나를 좋아할 일은 내가 효신일 다시 좋아하게 되는 것보다 벌어지기 힘든 일이지.

마주 앉은 효신과 지민은 잠시 말없이 서로를 바라보았다. 오래전에 헤어진 옛 연인을 다시 만난 두 사람이었다. 어떤 인사말로도 어색한 기류를 지우지 못할 것이란 사실을 깨달은 순간 효신은 메뉴판을 집어 들었다.

"식사하면서 이야기하죠."

"비싼 걸로 골라. 투자사 담당자한테 접대한다고 법카 들고 나왔으니까."

지민은 홍연을 고갯짓으로 가리켰다.

"약속 장소 바꾼 거 홍연이 때문이야?"

"죄송해요. 갑자기 바뀌서."

"너희는 아직도 붙어 다니네. 엄청 예뻐졌네, 홍연이. 살도 많이 빠지고. 몰라볼 뻔했어."

효신은 대답 없이 음식을 주문하기 위해 직원을 향해 손을 들었다.

"사실 나 옛날에 되게 쿨한 척했었지만."

고른 메뉴를 주문한 뒤 지민이 장난스럽게 웃으며 다시 입을 열었다.

"홍연이 신경 쓰였어. 질투도 났고."

효신은 몰랐었다. 그때의 효신에게 지민은 존경을 넘어 숭

배의 대상이었다. 그녀의 영화, 그녀의 손짓, 그녀의 눈빛, 그녀의 말 한마디 한마디가 효신의 마음에 파문을 일으켰었다. 그토록 완벽한 줄로만 알았던 지민이 사실 홍연을 질투하고 있었다는 사실을 효신은 상상조차 하지 못했었다.

"가끔 짜증도 났었고. 홍연이가 너 좋아하는 것 때문에도, 또 그걸 알면서도 홍연이가 상처받을까 봐 모질게 대하지 못했던 너 때문에도."

"물밑 작업 중이라는 배우가 누구예요?"

지민은 입꼬리를 올려 살짝 웃은 뒤 대답했다.

"아직 오케이 사인 안 났어."

"박재영 어때요? 우리 쪽에서 생각하고 있는 배우가 몇 있어요."

효신은 가방에서 시나리오와 계약에 필요한 서류를 꺼내 테이블 위에 올려놓았다. 사적인 대화를 차단시키는 효신의 모습에 지민은 잠시 그를 지그시 바라보다 한참 후에야 입을 열었다.

"오늘은 영화 이야기 대신, 둘이서 그냥 얼굴이나 보자는 거였어. 제작사 대표나 피디, 또 다른 담당자들이랑 다 같이 있는 자리에 멀뚱하고 어색하게 앉아 있기 싫어서. 그렇지만……, 좋아. 너랑 영화 이야기 하는 거. 옛날 생각도 나고."

해후의 인사말은 그로서 끝이었다. 그들은 수년 만에 다시 만난 연인이 아니라 마치 어제 만나서도 일 이야기를 한 사람들인 양 시나리오와 기획안을 들고 의견을 주고받았다. 주로 효신이 상업성과 흥미가 떨어지는 부분을 지적하면, 지민이 캐릭터와 서사의 개연성으로 방어하는 식이었다. 직원이 주문한 음식을 가져와 테이블 위에 내려놓는 바람에 두 사람은 잠시 멈추어야 했다.

"주효신, 변한 게 없다고 생각했는데 달라지지 않은 건 겉모습뿐이네. 내가 기억하는 너는 할리우드랑 충무로 메인스트림 대신 얼터너티브 플롯 신봉자였던 마이너 주효신이었는데."

직원이 자리를 떠나자 다시 두 사람만 남았다.

"예전엔 어떻게 해야 PPL이 잡음 없이 자연스러운지, 어떻게 캐릭터를 포장해야 원하는 배우들이 덥석 무는지, 엔딩을 어떻게 풀어야 관객들이 좋아하는지……, 그런 것들을 입에 올리는 것조차 영화에 대한 모독이라고 생각했던 애였잖아."

내내 감정 없이 무뚝뚝하던 효신의 눈빛이 순간 흔들렸다.

"광고를 받아야 돈이 되고, 특급 배우가 탐을 내야 영화가 화려해지고, 작가주의보다는 법칙에 따른 시나리오가 흥행이 잘되거든요. 그리고 흥행이 잘되고 투자 수익이 나면 보너스라는 걸 받아요. 성공하고 싶고, 돈 벌고 싶고, 유명해지고 싶고……, 다들 그래서 못 놓고 이 영화판에 매달려 있는 거 아니겠어요?"

지민이 고개를 살짝 비틀어 그를 바라보았다.

"다음 미팅 때는 피디랑 같이 저희 회사로 오세요. 계약서에 사인하죠."

"너."

한때 누구보다도 효신에 대해 잘 알던 그녀였다. 꼭 연인이었기 때문만은 아니었다. 뛰어난 관찰력과 기민하고 예민한 감지 능력은 '인간 심리를 잘 표현해 내는 독립영화 감독'이라는 평을 듣게 한 그녀의 천부적인 자질이었다.

"영화 그만둔 거, 진짜 부모님 반대 때문에 그랬던 거 맞아?"

"기억이 안 나요. 난다고 해도."

그때 들려온 작은 웃음소리에 효신은 말을 멈추었다. 그리고 애써 외면하고 있던 홍연에게로 천천히 시선을 돌렸다.

"이제 그런 이야길 우 감독님한테 할 이유도 없고요."

홍연이 웃는다. 불과 며칠 전만 해도 다른 남자 때문에 울었던 그녀가 오늘은 또 다른 남자 앞에서 웃는다.

"그럼, 먼저 일어나겠습니다."

지민을 남겨 두고 테이블에서 몸을 일으킨 효신은 천천히 레스토랑을 가로질러 걸음을 옮겼다.

그냥 나가, 주효신. 더 이상 멍청하게 굴지 마. 홍연이를 곤란하게 하지 마.

하지만 결국 효신은 레스토랑 가운데서 걸음을 멈추고 말았다.

내내 화가 났다. 홍연이만 보면 안쓰러우면서도 화가 났다. 이제 효신은 인정하지 않을 수 없었다.

더 이상 정의하기도, 부정하기도 지친 그 분노의 정체가 뭔지 나는 아직도 정확하게 몰라. 하지만 지금 이 순간에도 화가 나. 이홍연 때문에.

효신은 또다시 홍연 앞에 섰다.

"이홍연."

새치름하게, 더할 나위 없이 나긋한 여자같이 손으로 입을 가리고 웃던 홍연이 바싹 다가선 효신 때문에 놀라 눈이 동그랗게 커졌다.

"홍연아."

홍연은 쓴웃음을 지으며 효신에게 팔을 뻗어 살짝 밀쳤다.

"지금은 각자 볼 일 보고 나중에……."

홍연의 팔이 효신에게 붙잡혔다. 의아하다는 듯 효신의 손길에서 팔을 빼려던 홍연이 순간 움찔거렸다. 효신의 손아귀에 실린 힘은 무겁고 단단했다.

"홍연아."

두 사람의 눈이 마주쳤다.

"나가자."

"뭐?"

뭔가 달랐다. 여전히 눈빛은 선하고 목소리는 부드러웠지만, 전에 없던 단호함은 당혹스러울 정도로 낯설었다. 자신을 일으켜 당기는 견고한 힘에 홍연은 하릴없이 이끌려 나갔다.

"놔!"

레스토랑을 완전히 빠져나오고 나서야 효신은 그녀를 놓아주었다. 벌겋게 자국이 생긴 자신의 손목을 어루만지던 홍연이 그제야 무슨 일이 벌어진 것인지 깨닫고 입술을 살짝 벌렸다. 퍽, 홍연이 주먹으로 있는 힘껏 가슴을 내리치는데도 효신은 꿈쩍도 하지 않았다.

"이게 무슨 짓이야?"

길을 지나치는 사람들이 흠칫 놀라며 두 사람을 피해 갔다.

"너 돌았지?"

힘껏 때린 뒤 오히려 홍연이 제 힘을 못 이겨 뒤로 한 걸음 밀려났다.

"제정신이야? 지금 무슨 짓을 했는지 알아? 일단 나 돌아가서 사과하고⋯⋯."

효신은 다시 레스토랑으로 돌아가려는 홍연의 손목을 낚아채 잡았다.

"제정신이야. 말짱해."

"뭐?"

"저 사람한테 너 뺏길까 봐 그랬어."

홍연의 입술이 살짝 벌어졌다.

"나 너 좋아해."

효신은 한마디 더 덧붙였다.

"친구 말고 여자로."

효신의 짧고 단호한 고백에 홍연은 순간 할 말을 잃고 그저 그를 올려다보았다. 눈 한번 깜빡하는 순간마저도 잊은 듯 숨죽인 적막이 흘렀다. 굳어 버린 홍연을 내려다보던 효신이 천천히 다시 입을 열었다.

"좋아한다고."

손끝이 가볍게 떨리는 것이 느껴지자 홍연은 주먹을 꽉 쥐었다.

솔직히 말하자면, 이런 상황을 상상해 본 적 있었다. 하지만 그 상상에 설레며 잠 못 이루었던 것은, 그때 그를 좋아했기 때문이다. 정작 지금 이 순간 가장 먼저 홍연에게 찾아온 것은 당혹감이었다.

"지금 장난치는 거지?"

"장난하는 거 아니야."

홍연의 시선이 추위로 얼어붙은 바닥으로 향했다. 더 이상 효신을 똑바로 쳐다보지도 못했다. 무슨 말을 해야 할지 모르겠고, 그의 고백에 어떻게 반응해야 할지 갈피를 잡지도 못했다. 지금이라도 효신이 장난이라고 말해 주기만 한다면 홍연은 소개팅 자리에서 자신을 난감하게 만들었던 그를 기꺼이 용서해 주고 감사히 여길 수 있을 것 같았다.

"내가 고마워해야 하는 거야?"

한참 후에 입을 연 홍연의 목소리에는 억지스런 장난기가 묻어 있었다. 인내심을 가지고 그녀의 대답을 기다리고 있던 효신의 한쪽 눈썹이 치켜 올라갔다. 이 상황을 자연스럽게 매듭짓고 싶은 홍연은 일부러 과장스럽게 얼굴을 찌푸렸다. 효신과의 사이가 어색해지는 일은 결코 원하지 않았다.

"내가 옛날에 너 짝사랑했었다고 해서 지금도 네가 나 좋다고 한마디 하면 '감사합니다.' 하며 넙죽 받아들일 줄 알았어? 야, 내가 아무리 구질구질하다고 해도 남자 주효신은 나한테 너무 케케묵은 짝사랑이지."

"그런 건 기대도 안 했어. 그렇지만 그렇다고 말은 해야."

제발 이쯤에서 장난이었다고 말해. 그렇게 마무리하고 우리 이 어색한 상황에서 벗어나자. 간절한 홍연의 눈빛에도 효신은 거침없이 말을 이었다.

"네가 알 거 아니야."

마주하고 선 두 사람 사이로 뚜렷하게 단정할 수 없는 복잡한 감정의 시선이 얽혔다. 홍연은 조금 전 그의 말이 오래전 자신의 입에서 나왔던 고백임을 기억하고 있었다.

'내 마음 받아 줄 거라는 기대는 안 했어. 그렇지만 내가 너를 좋아한다고 말은 해야 네가 알 거 아냐.'

어색해지는 게, 멀어지는 게 죽도록 싫어서 모른 척하고 도망치고 싶은 이 기분을 효신이도 그때 느꼈을까? 영원처럼 이어질 것 같았던 아슬아슬한 침묵을 깬 사람은 홍연이었다.

"우리 이러지 말자."

자신이 어떻게 행동해야 하는지 분명히 알고 있는 듯한 차분한 말투였다.

"우린 친구잖아. 지금 이대로 너무 좋잖아. 그래, 한순간 마음이 선을 넘을 수도 있지. 특히 요즘 너 좀."

그래, 동정. 홍연은 쓴웃음을 지었다. 오래전 그때처럼, 녀석은 내가 불쌍해서 어쩔 줄 모르는 거야. 그걸 잠깐 착각한 거야.

"나 불쌍하게 여기고 있잖아. 그냥 넌 지금 잠깐 헷갈린 거야."

"난 지금 지난 며칠 중에서 제일 정신이 또렷해. 그리고 최소한 지금 내가 뭘 원하고 있는지, 뭘 해야 하는지 확신해."

효신은 홍연을 향해 손을 뻗었다.

"미안해. 그때 친구로 지내는 게 더 좋다고 말해서."

"효신아."

자신의 머리를 가만히 쓰다듬는 효신의 손길에 홍연은 흠칫 놀랐다.

"친구인 너를 잃고 싶지 않다고 말해서."

그는 모든 것을, 그녀가 했던 말과 그가 했던 대답을 모두 기억하고 있었다.

"그게 이렇게 상대방을 화나게 만드는 말인 줄 몰랐어."

순간 목구멍 가득 따끔한 통증이 홍연을 찾아왔다. 그건 효신에 대한 미련도 아쉬움도 아니었다. 왜 주효신은 나를 사랑하지 않을까, 길을 가다가도 울컥 서럽던 오래된 시절의 자신에 대한 동정이었다.

효신은 홍연의 턱을 살짝 들어 올려 자신을 바라보게 했다.

"지금 당장 뭘 하려는 게 아니야."

홍연은 그의 말 한마디 한마디가, 과거의 짝사랑을 떠올릴 때마다 덜컹하고 내려앉는 자괴감을 회복시켜 준다는 사실을, 그래서 뱃속 깊숙한 곳에서는 묘한 떨림이 일렁인다는 것을 인정해야 했다.

"너도 나한테 몇 번이나 고백했었잖아. 최소한 나한테도 그만큼의 기회는 달란 뜻이야."

"그건 내가 미련해서 그랬던 거야. 나 미련하다고 잔소리하는 사람이 너랑 태율이잖아. 미련 떠는 거, 그거 아무나 못 해."

홍연은 자신의 얼굴에 닿아 있는 효신의 손을 떼어 냈다.

"그때 네가 미웠던 적도 있어. 그렇지만 지금은 고마워. 깨끗하게 선을 그어 줘서. 친구인 너를 지금 내 옆에 둘 수 있게 해 줘서. 그래서 나도 지금 그렇게 행동해야 할 것 같아."

갈 곳을 잃은 효신의 손끝이 허공에서 꼼짝하지 않았다.

"주효신."

홍연의 목소리는 차가울 정도로 단호했다.

"마음 접어."

서로의 입김이 닿을 듯 가까웠지만, 다가가려고 갖은 애를 써도 결코 닿을 수 없을 만큼의 거리가 그들 사이에 존재했다.

"내가 너를 다시 사랑할 일은 절대 없어."

결정적 순간. 렌즈가 맺는 상은 끊임없이 움직이고 있지만, 그것이 시간을 초월한 형태와 표정과 내용의 조화에 도달한 절정의 순간.

우리에게도 결정적 순간이라는 기회가 있었다면, 그 10년 속에 우리가 무심히 지나치고 놓쳤던 순간은 언제였을까. 우리는 왜 우리일 수 없었을까. 우리는 왜 조화에 도달할 수 있는 절정의 그 순간을 놓쳐 버렸을까.

나는 왜 그때 너를 사랑하지 못했고, 너는 왜 지금 나를 사랑하지 않을까.

그 너석의 그 사람

．．．．．．．．．．．．．．．．．．．．．

2011년.

"아, 눈이다."

대걸레로 바닥을 닦다가 무심코 허리를 펴고 창밖을 마주했을 때, 홍연은 나풀거리며 떨어지는 진눈깨비를 발견했다. 아주 작은 눈송이가 널찍한 유리창 위로 떨어진 뒤 금세 물방울이 되어 아래로 미끄러져 내려갔다.

첫눈이었다. 홍연은 걸레를 벽에 기대 세워 놓고 눈을 감상했다. 진눈깨비는 금방 온전한 빗방울로 바뀌었다. 나도 같이 야외촬영 가고 싶었는데, 새무룩하게 기계적으로 걸레질을 하던 중에 찰나의 첫눈을 목격했으니 꽤 운이 좋았다.

"뭔가 오늘 느낌이 괜찮은데."

홍연은 점점 물방울이 굵어져 가는 겨울비를 바라보았다.

"오늘……, 할까?"

날씨가 궂어 촬영이 지연된 건 아니겠지? 촬영을 나가기 전 지민은 예민하게 날이 서 있었다. 사실 오늘의 촬영은 스크립터의 실수 때문에 하는 것으로, 원래는 전혀 계산에 없던 촬영이었다. 보충 촬영에 날씨까지 이 모양이니 지민이 얼마나 스태프들에게 심술궂게 굴고 있을지 눈에 보듯 뻔했다.

"그런 마녀 할망구가 뭐가 좋다고."

홍연은 뺨을 실룩거렸다. 효신과 지민 사이에 맴도는 야릇한 분위기는 이미 스태프들 사이에서 눈치채지 못한 사람이 없을 정도였다. 다만 지민의 비위를 건드릴까 싶어 다들 모른 척할 뿐이었다.

언제부턴가 지민을 바라보는 효신의 눈빛이 달라지는 것을 홍연은 지켜보았다. 경외심으로 차 있던 그 자리에 동경과 호기심이 짙어졌다. 지민의 신경질적이고 거만한 태도에 기가 질린 스태프들이 뒤에서 지민의 험담을 할 때도 효신은 결코 입을 떼고 거드는 일이 없었다.

"아우, 안 그래도 추운데 비까지 오고 난리야."

촬영을 나갔던 연출부와 촬영부 스태프들이 장비를 챙겨 들고 하나둘씩 스튜디오로 들어섰다. 난방을 낮춰 싸늘했던 공기가 사람들의 열기로 미지근해지고 창에 뿌연 김이 서렸다.

"효신이는요?"

사람들 중에 효신의 모습이 보이지 않았다.

"감독님 차 탔는데, 아직 안 왔어?"

대걸레를 쥔 홍연의 손에 힘이 들어갔다.

"효신이만요?"

"감독님 옆에서 그 히스테리 기꺼이 받아 줄 사람이 조감독 말고 누가 있어? 비 때문에 차 밀리나 보다. 겨울에 웬 비야."

'눈이었는데.' 하고 중얼거리며 홍연은 창 너머로 시선을 던졌다. 창밖으로는 어느새 추적추적 걸쭉한 겨울비가 내리고 있었다.

홍연은 묵묵히 스튜디오 바닥을 마저 닦았다. 청소 뒷정리까지 끝냈을 때 홍연은 핸드폰을 꺼내 들었다. 첫 번째 시도에서 효신은 전화를 받지 않았다. 홍연이 포기하지 않고 다시 전화를 걸었을 때 비로소 그의 목소리를 들을 수 있었다.

— 아, 홍연아.

"왜 아직 안 와?"

— 감독님 차가 접촉 사고가 나서. 미안해, 내가 다시 전화할게.

"효신아! 야, 주효신!"

효신은 그대로 전화를 끊어 버렸다. 홍연은 구석 소파에 앉아 어느새 어두워진 창밖을 물끄러미 바라보았다. 30분이 지나고, 한 시간이 지나도 다시 전화를 한다던 효신에게서는 연락이 없었다. 홍연은 핸드폰을 쥐었다가 내려놓길 반복했다.

근거도 없는 이상한 초조함이었다. 심상치 않던 효신과 지민 사이의 미묘한 기류가 오늘, 바로 지금 이 순간 그 정체를 드러내며 폭발하고 있을 것만 같은 불안함이 홍연의 속을 예민하게 긁어 댔다.

"안 돼. 오늘은……, 오늘은 내가 먼저 할 거야."

입술을 잘근 깨물던 홍연은 외투를 챙겨 들고 소파에서 몸을 일으켰다.

[태율이 만나고 있을게. 빨리 와.]

메시지 전송 버튼을 누른 홍연은 가방을 어깨에 둘러멨다. 문가 구석에서 우산살이 찢겨 뾰족이 터진 우산을 찾아냈다. 탁, 스위치 소리와 함께 조명이 꺼지고 어둠이 채 스튜디오 공간을 모두 메우기 전에 비가 오는 겨울밤으로 한 걸음 내딛었던 순간이었다.

[미안해, 홍연아. 나 많이 늦거나 못 갈 거야.]

낡은 우산 위로 굵은 빗방울이 후드득 떨어졌다. 홍연은 어깨가 젖어 드는데도 우산을 고쳐 들지 못하고 그저 메시지를 노려보았다.

"뭔가 심상치 않긴 하지."

홍연은 태율을 향해 눈을 치켜떴다.

"심상치 않긴 무슨. 그냥 조감독이 감독 눈치 보는 거지."

"요즘 주효신 입만 열면 우지민 이야기뿐이잖아."

홍연은 뺨을 실룩거렸다.

"우지민 이야기가 아니라 영화 이야기지."

"넌 우지민을 그렇게 싫어하면서 도대체 왜 그 영화 프로젝트에 지원한 거야? 스크립터도 아니고 겨우 촬영부 소품팀 막내로 일하면서."

"그, 그거야……."

차마 효신 때문이라는 말을 하지 못하고 홍연이 말끝을 흐렸다.

"하긴 그 영화에 발 담그고 싶어 하는 우리 같은 꼬맹이들이 많긴 했지. 솔직히 영진위며 대기업이며 지원금 못 대 줘서 난리인 경우는 처음 아니야? 독립영화계 여왕인 우지민 첫 장편이니까 해외 영화제에 초청될 게 분명하고, 다들 숟가락 얹고 싶었겠지."

태율의 말 한마디 한마디가 묘하게 홍연의 신경을 건드렸다. 이 시기 어린 마음이 오롯이 효신 때문인지 아닌지도 잘 모르겠다.

처음 우지민이라는 이름을 들었던 것은 홍연이 밴쿠버필름스쿨에 다닐 때였다. 그때 그녀는 효신, 태율과 함께 엄청난 경쟁률을 뚫고 밴쿠버영화제에 볼런티어로 참여했었다. 초청작이었던 지민의 영화를 보고 난 뒤 흥분한 듯 눈을 반짝이던 효신을 바라보며, 홍연은 어쩌면 지금 같은 상황을 예감했었는지도 모른다.

"대단하긴 대단하지. 첫 장편 데뷔인데 그만큼 스태프 꾸리고 현장 만들어 찍을 수 있는 감독이 대한민국에 몇이나 되겠어."

만약 지민이 영화판에서 실력으로 인정받고 화려하게 주목받는 사람이 아니었더라도, 이렇게 무섭도록 맹렬한 질투심이 생겼을까.

홍연이 자리에서 일어났다.

"어디 가?"

"화장실."

홍연은 태율을 혼자 남겨 두고 술집 화장실로 향했다. 한 사람이 서면 꽉 차는 좁은 화장실 세면대 앞에 선 홍연은 손을 씻고 거울을 들여다보았다. 히터 열기 때문인지 질투심 때문인지, 두 볼이 발그레 달아올라 있었다.

우지민이 접촉 사고를 냈는데 도대체 왜 효신이가 오도 가도 못하고 있어야 하는 거야? 촬영 현장에서 그만큼 부려 먹었으면 됐지, 왜 그런 사생활 뒤치다꺼리까지 해 줘야 하냔 말이야. 특히 오늘처럼 첫눈이 내린 날. 내내 마음먹고 있던, 기다리고 망설이던 그날이 바로 오늘이라고 생각한 날.

"아우, 비좁아."

그때 문이 발칵 열리고 화장실 안으로 들어오던 여자가 짜증스런 눈길로 홍연을 훑어보았다. 포동포동한 살집에 두꺼운 파카까지 껴입고 있던 터라 황급히 옆으로 비켜서던 홍연의 몸이 기우뚱거렸다. 자신을 신경질적으로 피해 가는 여자의 행동에 홍연은 뺨을 실룩거리며 화장실을 나왔다.

테이블로 향하던 홍연의 걸음이 멈추었다. 어느새 태율의 곁에 효신이 자리를 잡고 앉아 있었다. 비를 맞았는지 살짝 젖은 머리칼이 반듯한 이마 위에서 나풀거렸고, 소주잔을 집어 드는 손가락은 희고 길었다. 제자리에 멈춰 서 있는 홍연과 눈이 마주치자 효신은 가볍게 눈웃음을 보냈다. 순간 서운하고 화가 났던 마음이 순식간에 사라져 버리는 것을 느끼고 홍연은 자신도 모르게 웃고 말았다.

"늦어서 미안."

사과하며 효신은 홍연의 빈 술잔에 소주를 채워 주었다.

"갑자기 진눈깨비가 내려서 길이 좀 미끄러운 데다가 감독 님이 그동안 해외에서 너무 오래 생활한 탓에 길도 익숙하지 않잖아. 게다가 너도 알다시피 그 사람이 워낙 영화 외에는 할 줄 아는 게 없어."

소주를 마시던 홍연의 손길이 흠칫했다. 그 사람. 효신이 자신도 모르게 내뱉은 그녀에 대한 호칭에 잠시 누그러졌던 홍연의 심기가 다시 불편해졌다.

"그 여자는 나이를 그만큼 먹고 혼자서 사고 처리도 못 해? 보험회사에 전화하면 되잖아."

효신의 얼굴에서 웃음기가 살짝 가셨다.

"감독님한테 그 여자가 뭐야?"

"뒤에서는 대통령 욕도 하는 세상인데, 뭐. 게다가 얼마나 까탈스럽게 구는지 다른 스태프들도 다들 뒤에서 얼마나 욕을 하는지 너도 알……."

그때 효신이 소주잔을 소리 내어 탁 내려놓았다.

"다른 사람들이 다 그래도 넌 그러지 마."

조금 전까지만 해도 효신을 향해 무한한 애정이 깃든 미소를 지어 보이던 홍연의 눈빛도 신경질적으로 가늘어졌다. 효신이 지민을 두둔할 때마다, 지민을 향한 홍연의 질투와 분노는 걷잡을 수 없이 커졌다.

"내가 왜 그러면 안 되는데?"

"넌 내 친구잖아."

순간 할 말을 잃은 홍연은 입술만 달싹거릴 뿐 아무런 말도 하지 못했다.

"야, 그거 무슨 뜻이야?"

대신 태율이 눈을 동그랗게 뜬 채 끼어들었다.

"방금 네가 한 말, 되게 이상한 거 알지?"

"나 감독님 좋아해."

이어지는 효신의 목소리는 단호하고 거침없었다.

"여자로 좋아해."

홍연은 마른침을 삼키며 효신을 바라보았다. 아무리 정신을 차리려 노력해도 이후로 들려오는 효신의 말은, 도무지 현실적이지 않았다.

"그러니까 홍연이 너 내 앞에서 감독님에 대해 그런 식으로 말하지 마."

아주 멀리서 메아리치듯, 귀에서 떼어 놓은 이어폰에서 들려오는 음악처럼 녀석의 목소리는 아득하기만 했다.

"대박. 내가 너 그럴 줄 알았다. 그 영화 들어갔을 때부터 허구한 날 우지민, 우지민 노래를 부르더니."

효신이 눈썹을 가만히 찌푸리자, 태율이 얼른 호칭을 정정했다.

"아니, 우 감독님, 우 감독님 노래를 부르더니. 뭐야, 너 혼자 좋아하는 거야, 아니면 뭔가 두 사람 사이에 시그널이 있는⋯⋯."

탁, 너무 급히 일어나는 바람에 홍연의 뒤로 의자가 넘어졌다. 효신과 태율의 시선이 동시에 그녀에게로 향했다.

"나, 나 잠깐 화장실 좀."

"또?"

태율의 물음에 대답 없이 홍연은 황급히 돌아섰다.

쏴아아아아, 물을 틀어 놓은 채 홍연은 다시 비좁은 화장실 세면대 앞에 섰다. 세면대를 꽉 붙들고 입술을 앙다물어 보지만, 눈물은 쉽게 참아지지 않았다. 그때 화장실 안에 들어오던 여자가 눈물범벅이 된 홍연의 얼굴에 흠칫 놀라며 문을 닫아 버렸다.

"울지 마, 멍청아."

오늘이었다. 오늘 말하려고 했었다. 너를 좋아한다고. 친구로서가 아니라 남자로 너를 좋아한다고. 오늘은 녀석이 아니라 내가 고백하는 날이 되었어야 했다. 지민을 바라보는 눈빛, 지민에게 향하는 손짓, 지민에게 다가가는 녀석의 조심스러운 걸음을 보면서도 왜 내 믿음은 확고했을까. 지금 녀석이 아무리

지민에게 호감을 느끼고 있다고 해도 내가 먼저 고백만 하면, 녀석이 내 마음을 기꺼이 받아 줄 거라고 왜 나는 확신했을까. 왜 내 믿음은 그리도 단단했을까. 답은 오로지 하나였다.

녀석이 아직도 조금은, 나를 친구가 아닌 여자로 좋아하고 있을지도 모른다고 착각하고 있었다.

"배탈이라도 났어? 그렇게 먹을 때부터 알아봤다, 너."

오랫동안 돌아오지 않았던 홍연을 놀리듯 태율이 말을 이었다.

"효신아, 쟤가 어묵탕에 두루치기에 오코노미야키까지 먹어 치우고 시킨 게 치킨이야."

홍연은 태율을 가만히 흘겨보며 세수를 하면서 젖은 머리칼을 뺨에서 떼어 냈다.

"어디 아파?"

효신의 걱정스런 한마디 물음에 홍연은 또다시 목구멍에서 뜨거운 무엇인가가 울컥 치밀어 오르는 것을 느꼈다. 지민 때문에 자신에게 화를 내는 효신에게 서운했던 것만큼이나 그의 다정함은 야속할 만큼 설레었다.

"아니……, 응. 태율이 말대로 너무 많이 먹어서 배탈 났나 봐. 나 먼저 집에 가 볼게."

지금 가장 위험한 것은 눈앞의 술이고, 또 그 앞의 주효신이다. 술에 취하면 효신에게 무슨 말을 할지 모르고, 무슨 짓을 저지를지 모른다.

"야, 이홍연!"

갑작스런 홍연의 행동에 태율이 어리둥절해하며 그녀를 불렀다. 하지만 홍연은 가방과 우산을 잡아채듯 챙겨 들고 돌아섰다.

술집 문을 열고 나서자마자 약한 빗줄기가 얼굴을 때렸다. 우산을 펼치던 홍연은 천이 찢기고 우산살이 망가진 우산 끝을 가만히 바라보았다.

비루하고 못생긴 데다 초라하기까지 한 꼴이 꼭.

"나 같네."

홍연은 비에 젖지 않도록 노트북이 든 가방을 가슴 앞으로 멘 뒤 우산을 고쳐 썼다. 한 걸음 내딛는 순간 등 뒤로 술집 문이 열리며 효신이 홍연을 붙잡았다.

"택시 잡아 줄게."

홍연이 미처 대답할 틈도 없이 효신은 홍연보다 앞서 도로를 향해 가서 손을 뻗어 택시를 세웠다.

"됐어. 비 온다고 택시 타고 다녔다간 며칠 동안 밥 굶어."

"아프잖아."

효신은 한사코 마다하는 홍연을 택시 안에 밀어 넣었다.

"기사님, 잘 부탁합니다."

주머니를 뒤적거려 만 원짜리 지폐 두 장을 기사에게 건넨 효신은 홍연이 들고 있던 망가진 우산을 곱게 접어 그녀의 발치에 놓아 주었다. 그사이 진눈깨비 같은 빗줄기에 효신의 티셔츠가 젖어 들었다.

"아까 짜증내서 미안해. 오늘은 집에 가서 푹 쉬어."

문이 닫히고 택시가 출발했다. 홍연은 앞으로 메고 있던 가방을 손으로 움켜쥐며 돌아보지 않으려고 애를 썼다. 하지만 이내 자신도 모르게 택시가 떠난 자리를 돌아보았다. 술집 문 안으로 사라지는 효신의 뒷모습을 간신히 볼 수 있었다.

"남자 친구가 엄청 다정하네. 좋겠어요, 아가씨는."

넉살좋게 말을 거는 기사를 향해 홍연은 참았던 눈물을 다시 터뜨리고 말았다.

너 때문에 미치겠다, 주효신. 왜 이렇게 다정하고 지랄이야.

답을 알면서도 물어야 하는 질문

— 이번 역은 충무로, 충무로역입니다. 내리실 문은 왼쪽입니다.

목적지에 도착한 줄도 모르고 작은 노트 위로 펜을 움직이던 홍연은 문이 닫히기 직전에야 지하철에서 뛰어내렸다.

"하마터면 또 지나칠 뻔했네."

툭하면 파일을 삼켜 버리던 구형 노트북이 어젯밤에는 아무리 리셋 버튼을 눌러도 응답하지 않았다. 영진위 공모전 마감 날짜가 얼마 남지 않은 이때 하필. 홍연은 입술을 잘근 깨물었다.

진짜 되는 일이 하나도 없네.

스튜디오의 컴퓨터를 쓰기 위해 새벽부터 부지런을 떨었던 홍연은 자신보다 먼저 와 있는 지민을 발견하고 문가에 우뚝 멈춰 섰다. 헤드폰을 쓰고 커다란 책상에 걸터앉아 있던 지민이 홍연을 무심하게 흘끗 바라보았다.

"일찍 왔네?"

음악 소리가 헤드폰 밖까지 울릴 정도였다.

"네."

그녀가 자신의 대답을 듣지 못할 것이라는 것을 알면서도 홍연은 어쩔 수 없이 대답했다.

"안녕하세요."

'나 감독님 좋아해. 여자로 좋아해. 그러니까 홍연이 너 내 앞에서 감독님에 대해 그런 식으로 말하지 마.'

어젯밤 내내 그녀를 괴롭혔던 효신의 목소리가 또다시 귓가에 맴돌았다. 태연한 척하려 했지만 홍연의 얼굴엔 숨길 수 없는 반감이 서렸다.

지민이 컴퓨터를 차지하고 있으니 일찍 온 보람이 없었다. 청소나 할 생각으로 홍연은 환기를 시키기 위해 창문을 열었다. 툭툭, 가볍게 책상을 두드리는 소리에 고개를 돌리자 지민이 그녀를 바라보고 있었다.

"나 커피 좀 줄래? 편집실에서 밤을 새웠더니 영 귀가 안 트이네. 그리고 창문도 좀 닫아 주고."

"저 청소……, 네."

효신인 저 여자의 어떤 점이 좋았을까. 바싹 마른 몸? 남자처럼 짧게 자른 머리? 툭툭 내던지는 듯한 말투? 주야장천 담배를 꺼내 쥐는 가느다란 손가락? 파리8대학 영화과 출신으로 세계의 독립영화제를 휩쓸었던 화려한 필모그래피의 아우라

만큼이나 고약한 성깔머리?

위이이잉, 커피 머신의 소음에 이어 스튜디오 안에 커피 냄새가 진하게 퍼졌다.

"사운드를 이따위로 만들어 놓고 음악감독이란 게 잠을 처자?"

욕설을 중얼거린 지민은 헤드폰을 빼서 책상 위에 내팽개쳤다. 그리고는 홍연이 내민 에스프레소 잔을 받아 들었다.

"너 효신이랑 친구라며?"

"네."

"이름이 뭐였더라? 홍, 뭐였는데."

아무리 말단 소품 담당이라 하더라도 쥐꼬리만 한 열정페이 받으면서 아침저녁 뛰어다녔는데, 영화도 다 찍은 이 마당에 아직 내 이름도 모른단 말이야?

"이홍연입니다."

"아, 맞다. 미안. 효신이가 자주 이야기하는데도 내가 워낙 사람 이름 외우는 덴 소질이 없어서."

홍연이 쓴웃음을 지었다.

"네."

지민은 에스프레소에 설탕을 넣어 홀짝 한 번에 모두 마셨다.

"효신이가 좀 길게 이야기한다 싶은 건 다 너에 대한 거더라."

효신이가 그렇게 자주 이야길 했는데도 이름 하나 못 외우는 당신의 어딜 봐서 그 많은 평론가들은 '인간의 내밀한 본성을 섬세하게 표현하는 포스트 제인 캠피온'이라고 부르는 걸까.

"시나리오 쓴다며?"

"네."

"그럼 시나리오 써야지, 왜 여기서 청소나 하고 있어?"

몸을 움찔거린 홍연에게 시선도 주지 않은 채 책상에서 폴짝 내려선 지민은 커피 머신으로 걸어가 직접 두 번째 커피를 내렸다. 지독한 카페인 중독은 그녀의 성격만큼이나 악명 높았다.

"진짜 시나리오가 쓰고 싶은 게 아니라 영화를 한다는 겉멋에 이 바닥 언저리에서 맴도는 건 아니고?"

홍연은 입술을 꽉 깨물고 지민의 뒷모습을 노려보았다.

"그런 거 아니에요."

"그럼 소품팀 막내 자리는 진짜 그 일 하고 싶어 하는 애한테 양보하고 다음 프로젝트에서 스크립터로 일해 볼래?"

잔을 든 지민이 홍연을 향해 돌아서서 덧붙였다.

"청소하는 것보단 글 쓰는 데 도움 될 거야."

무례한 지민의 조롱에 분노하면서도 그녀가 선심 쓰듯 베푼 호의, 그것도 홍연으로서는 쉽게 잡을 수 없는 행운을 선뜻 거절하는 건 쉬운 일이 아니었다.

"아……."

감독님의 다음 영화 전에 내 시나리오가 먼저 공모전에 당선될 거예요. 하지만 그 득의양양한 허세는 입 안에서만 맴돌 뿐이었다.

"고맙습니다."

한쪽 입꼬리를 살짝 올리며 미소 지은 지민은 다시 책상으로 돌아가 헤드폰을 집어 들었다.

"후반 작업 스케줄표 한참 전에 나와 있던데, 하여간 일을 제대로 하는 애가 없어. 그거 네가 보드에 좀 붙여 줘."

자그마한 얼굴이 큼지막한 헤드폰에 가려 더 이상 그녀의 표정을 볼 수 없었지만 홍연은 그 자리에서 꼼짝도 하지 않고 지민을 바라보았다.

"네."

한껏 볼륨을 높인 음악 소리에 자신의 대답이 그녀에게 들리지 않을 것이란 사실을 깨닫고 홍연은 혀를 살짝 깨물었다. 그리고 회의 탁자 위에 어지럽게 널린 스케줄표를 챙겨 들고 커다란 화이트보드 앞에 섰다.

"좋은 아침."

순간 등 뒤에서 들려온 아침 인사에 놀라 홍연은 들고 있던 종이 뭉치를 손에서 놓치고 말았다. 종이들은 나풀거리며 바닥 위로 쏟아져 내렸다. 가볍게 혀를 찬 효신이 다가와 무릎을 꿇고 앉았다.

"덜렁대긴."

홍연은 무심한 목소리로 자신을 타박하며 종이를 한 장씩 주워 드는 효신의 긴 손가락을 물끄러미 바라보았다. 이내 몸을 일으킨 그는 차곡차곡 정리한 스케줄표를 홍연에게 내밀었다. 홍연은 건네받을 생각을 하지 못하고 그저 효신을 바라보았다.

"몸은 좀 어때?"

다시 입을 연 사람은 효신이었다.

"응?"

"어제 아팠잖아."

"아, 그거⋯⋯."

입을 열던 홍연의 말을 잘라 낸 건 저만치서 들려온 지민의 목소리였다.

"효신아."

지민은 효신을 향해 가벼운 고갯짓을 해 보였다.

"네, 감독님."

지민을 향해 대답한 효신은 홍연의 손에 스케줄표를 쥐여 준 뒤 그녀의 어깨를 가볍게 두드렸다.

"이따 이야기하자."

지민에게로 향하는 효신의 널찍한 등짝이 어찌나 야속하던지 홍연은 그에게서 눈을 떼지 못했다. 지민을 내려다보는 그의 시선이, 살짝 그녀의 어깨에 닿은 녀석의 손길이 얄미워 견딜 수 없었다. 효신에게 헤드폰을 건넨 지민의 손길이 그의 손등 위에서 한참을 머물렀다.

순간 묘한 울렁거림이 심장부터 뱃속 깊숙한 곳까지 퍼져 나갔다.

도대체 효신인 왜 저 여자를 좋아할까.

저렇게 소리 없이 웃을 수 있는 세련된 사람이라서? 저렇게 너그럽게 기회를 제공할 수 있는 가진 게 많은 사람이라서? 거만해 보일 정도로 자신이 가진 재능의 가치를 너무나 잘 알고 있는 당당한 사람이라서?

"도대체 왜."

오로지 이 스튜디오에 두 사람만 있는 듯, 서로에게만 집중하느라 자신의 존재조차 잊은 듯한 두 사람이었지만 홍연은 목소리를 낮춰 중얼거렸다.

"저 여자야?"

나와는 비슷한 구석이 하나도 없는 저 여자를, 효신이는 왜 좋아하는 걸까.

"내가 물어봤어. 예쁘대."

"뭐?"

홍연은 자신도 모르게 버럭 소리쳤다.

"솔직히 얘기해서 그 여자가 예쁜 건 아니잖아. 나이도 우리보다 훨씬 많고 비쩍 마르기만 말라서."

수건으로 젖은 머리를 털며 태율은 냉장고에서 캔맥주를 꺼내 들었다.

"나야 인터뷰 기사에서 사진 본 게 다니까, 뭐. 그런데 훨씬 많은 건 아니지. 우디 앨런은 서른다섯 살 차이 나는 여자랑 결혼했잖아."

"결혼? 야! 주효신이 우디 앨런이야? 아니면 그 여자가 우디 앨런이야?"

맥주를 한 모금 마신 태율이 미간을 살짝 찌푸렸다.

"너 오늘 저녁 굶었냐? 왜 이렇게 흥분이야? 너 오늘 나한테 이러면 안 돼. 나 오늘 되게 상처받았거든?"

존경하는 감독이 연출하는 액션 영화의 연출부 퍼스트에 지원했다가 떨어진 태율이었다.

"이 오빠가 지금 웃고 있지만 웃는 게 아니다."

그제야 잔뜩 날이 섰던 홍연의 목소리가 누그러졌다.

"그래서 맥주 사 왔잖아."

"됐어. 이깟 맥주 따위로 치유될 상처가 아니야. 클럽 가서 놀 거야. 여자 만날 거야. 주효신도 여자 친구 생겼는데, 이러다가 이번 크리스마스에 나 혼자 이홍연이라는 독박을 쓰게 생겼잖아."

"아직 그 여자 주효신 여자 친구 아니거든? 그리고 나도 크리스마스에 효신이 없이 너랑 둘이서 보내는 거 싫거든?"

그때 테이블 위에 올려 두었던 홍연의 핸드폰에서 메시지 알람이 울렸다.

[늦어져서 미안. 끝나는 분위기야.]

'집 앞으로 갈게.' 답장을 쓴 뒤 홍연이 가방을 챙겨 몸을 일으켰다.

"그냥 가? 야, 노트북 고장 났다며? 내 거 가져가."

"됐어. 야동만 가득한 그 노트북으로 썼다간 내 시나리오에 부정 타. 효신이 거 빌릴 거야."

"야, 주효신도 남자거든?"

오피스텔 현관문을 열고 나가는 홍연의 등 뒤로 장난기 섞인 태율의 목소리가 이어졌다.

"잘 찾아봐라. 거기에도 온갖 언니들이 다 있을걸."

지금 누구랑 누굴 비교하는 거야. 콧방귀를 뀌며 홍연은 현관문을 쾅 소리 나게 닫아 버렸다.

태율의 오피스텔에서 나온 홍연은 버스를 타고 효신의 집으로 향했다. 늦은 시간 한산한 버스의 뒤쪽 구석진 자리에 앉은 홍연은 차창 너머를 바라보았다. 머리 위의 히터 바람 때문에 눈가가 뜨끈해졌다.

'예쁘대.'

홍연은 차창에 비친 자신의 얼굴을 물끄러미 바라보았다. 오동통하게 살이 오른 볼을 가만히 실룩거려 보기도 했다.

"몇 년 사이에 취향이 바뀌었나……."

버스에서 내린 홍연은 효신의 집으로 향했다. 점퍼 깃으로 파고드는 찬바람에 절로 걸음이 빨라졌다. 효신이 부모님과 함께 살고 있는 아파트 단지에 도착한 홍연은 놀이터로 향했다. 효신의 아버지가 출근하고 집에 안 계시는 낮 시간대에 어머니가 종종 태율이와 함께 불러 집밥을 해 주시곤 했기에 낯설지 않은 동네였다. 하지만 영화라면 치를 떠는 효신의 아버지가 집에 계실 시간에는 감히 벨을 누를 엄두도 내지 못했다.

어둠과 찬바람만 남기고 텅 비어 버린 놀이터의 작은 그네에 홍연은 억지로 엉덩이를 걸치고 앉았다.

얼마나 지났을까. 뺨이 얼얼해지고 감각이 사라질 때쯤 헤드라이트 불빛이 아른거리며 매끈한 SUV 한 대가 아파트 단지 안으로 들어섰다. 그녀의 차였다. 그네 줄을 붙잡고 있던 홍연의 손에 힘이 들어갔다.

시동이 꺼지지 않은 차의 조수석에서 효신이 내렸다. 그리고 차를 돌아서 운전석 곁에 섰다. 두 사람의 대화가 들리지 않았고, 효신에게 가려 운전석의 사람이 보이지도 않았지만 홍연은 온 신경을 곤두세우고 그들을 지켜보았다. 그 자리에 선 채로 끝없이 대화를 나누며 밤을 지새울 것 같던 효신이 한 걸음 뒤로 물러나자, 차는 살짝 후진했다가 방향을 돌려 아파트 단지를 빠져나갔다.

그녀의 차가 완전히 사라질 때까지 효신은 꼼짝도 하지 않고 지켜보았고, 그런 효신을 홍연 역시 우두커니 바라보았다.

효신이 핸드폰을 꺼내 어디론가 전화를 걸자, 홍연의 주머니에서 벨소리가 흘러나왔다. 그 벨소리에 효신이 움찔하며 돌아섰고 두 사람은 마주 바라보았다.

"언제 왔어?"

"아까."

효신이 미간을 살짝 찌푸렸다.

"추운데. 내일 내가 가져다준다니까."

"당장 오늘 밤에 써야지. 한 시간도 아쉬운 판인데."

"공모전 마감 날짜 얼마 안 남았지? 잠깐만 기다려. 올라가서 노트북 들고 내려올게."

"효신아."

돌아서던 효신이 멈칫하며 홍연을 다시 바라보았다.

"진짜."

홍연의 목소리가 살짝 떨렸다.

"그 여자, 아니, 우 감독님이."

굳이 답을 듣지 않아도 알 수 있는 질문이 있었다. 그렇지만 굳이 답을 들어야만 단념이 되는 물음 또한 존재했다.

"예뻐?"

뜬금없는 질문에 효신은 잠시 말문이 막힌 듯 눈을 깜빡거렸다. 이내 효신의 두 볼에 붉은 기가 머물렀다.

"응."

됐어, 이제 그만. 그만하며 충분하잖아. 더 듣지 않아도 되잖아.

"어디가?"

한 번 들어 단념이 안 되는 질문의 답도 존재했다. 남는 것은 마음의 생채기일 뿐이라는 걸 알면서도 상대의 입으로, 그 부드럽고 다정한 목소리로 기어코 그 말을 들어야만 포기가 되는 물음들도 있다.

"어디가 그렇게 예뻐?"

"전부 다."

효신은 굳이 누군가에게 먼저 손을 내밀지 않아도 되는 사람이었다. 예의 바르고 모난 소리를 하지 못하는 성격이었지만, 그렇다고 모든 사람에게 실속 없는 겉치레를 차리는 사람도 아니었다. 그랬던 효신이었기에, 자신을 향한 그의 스스럼없는 다정함은 특권처럼 느껴졌었다. 그에게 각별한 사람인 것이 자랑스러워 우쭐댔다.

"다 예뻐, 내 눈엔."

그런 그의 특별한 다감함이 이제 온전히 지민에게 향하고 있었다.

"갑자기 왜 그런 걸 묻고 그래, 쑥스럽게. 기다려. 노트북 가지고 내려올게."

아파트 건물 안으로 사라지는 효신의 뒷모습을 지켜보던 홍연은 간신히 돌아서서 다시 그네로 돌아왔다. 건성으로 그네 줄을 잡고 비좁은 그네에 걸터앉으려다 엉덩이가 바닥으로 미끄러졌다. 얼어붙은 놀이터 흙바닥은 딱딱했지만 홍연은 아픈 줄도 모르고 주저앉았다.

"뭐야, 왜 그러고 앉아 있어?"

어느새 다시 내려온 효신의 손에는 그녀에게 빌려 주기로 한 노트북이 들려 있었다.

"일어나. 바닥 차갑잖아."

홍연은 자신을 향한 효신의 큼지막한 손바닥을 멍하니 바라보았다.

"얼른."

이렇게 다정한 사람, 이렇게 부드러운 목소리, 이렇게 따뜻한 눈길, 이렇게 숨 막히게 좋은 사람을.

"일어나."

내 마음을 한번 말해 보지도 못하고 놓쳐 버려도 되는 걸까.

"효신아, 나는……."

잠시 입을 꾹 다물었던 홍연이 다시 말문을 열었을 때, 그녀의 목소리는 가늘게 떨렸다.

"이제 아니야?"

"무슨 말이야? 일단 일어나서……."

효신이 바닥에 주저앉은 홍연의 팔을 잡아 일으켰다.

"내가 먼저였잖아."

홍연이 평소와 조금 다르다는 걸, 뭔가 어색하다는 걸 감지한 효신은 자기도 모르게 그녀의 팔에서 손을 뗐다.

"홍연아."

마주 선 두 사람의 거리가 서로의 입김이 뺨에 닿을 듯 가까웠다.

"너 오늘 좀 이상해. 내일 노트북 가져다주겠다고 했는데 굳이 여기서 기다리고 있던 것도, 이상한 질문도."

"나."

홍연은 눈을 질끈 감았다가 다시 떴다.

"너 좋아해, 주효신."

어쩌면 뻔히 그 결과를 알고 있으면서도 모른 체하고 미련하게 구는 것 역시, 답을 알면서도 물어야 하는 질문과도 같았다. 실낱같은 기대 한 줌을 버리지 못해서, 받지 않아도 되는 상처를 기꺼이 가슴 가까이 껴안는 멍청한 짓.

처음 효신의 얼굴에 스친 것은 당혹감이었다.

"난."

늘 어른스럽고 태평하게 굴어 얄밉기까지 했던 그가 지금 말문이 막혀 말을 잇지 못한다.

"나, 나는."

어떤 상황에서도 침착했던 그가 당황해서 말을 더듬는다.

"홍연아."

가끔은 냉정하게 느껴질 만큼 좋고 싫음을 단호하게 가려내는 그가 얼굴을 붉힌다.

고백을 받은 남자는 당황했고, 그건 거절과도 같았다. 굳이 답을 듣지 않아도 효신은 온몸으로, 표정으로, 떨리는 목소리로 대답하고 있었다.

"너한테는 그 여자보다 내가 먼저였잖아."

효신이 혀끝으로 입술을 살짝 핥았다. 그때 그의 전화벨이 울렸다. 주머니에서 핸드폰을 꺼내 드는 효신의 표정에 홍연은 굳이 묻지 않아도 발신자가 누구인지 눈치챘다.

"그 여자는 되는데 나는 왜 이제 안 돼?"

"홍연아, 너는."

효신의 뺨 근육이 살짝 굳었다. 홍연을 내려다보며 흔들리던 눈빛은 이제 그곳에 없었다.

"너는 이제 나한테 태율이랑 똑같아."

그는 더 이상 말을 더듬지 않았다. 당황했던 표정 대신 가혹하리만치 단호한 눈빛이 홍연에게 날아들었다.

"친구잖아, 우리. 난 너 잃고 싶지 않다."

가슴 한구석이 싸늘해지며 콧잔등이 시큰거렸지만 홍연은 아픈 목구멍으로 차오르는 서러움을 삼키고 애써 태연함을 가장해 웃었다.

"고백하긴 했지만 사실 네가 바로 받아 줄 거라는 기대는 안 했어. 내가 늦어도 너무 한참 늦은 거니까. 늦은 내 잘못도 있으니까."

속상한 것도, 눈물이 나는 것도 효신과 헤어져서 집에 가서 혼자 할 참이었다. 진심을 말한 것이 초라한 일이 되어 버리는 것은 거절보다도 더 원하지 않는 일이었다.

"그렇지만 내가 지금 너를 좋아한다고 말은 해야……, 네가 알 거 아냐."

벨소리는 끈질기게 울렸다.

"전화 받아. 나는 그만 갈게."

홍연은 효신의 손에 들린 노트북을 건네받은 뒤 먼저 돌아섰다. 단 한 걸음만으로도 두 사람의 입김이 전해질 정도로 가까웠던 거리에서 벗어날 수 있었다.

"여보세요."

먼저 돌아서길 잘했다. 전화를 받는 효신의 목소리를 들으며 홍연은 안도했다. 자신을 대하던 단호함이 사라지고, 지민을 향한 다정함이 떠오른 얼굴을 마주했더라면 다리에 힘이 풀려 움직일 수 없었을지도 모른다.

어쩌면, 어쩌면. 효신이 따라올지도 모른다는 바보 같은 기대로 버스 정류장으로 향하는 홍연의 걸음이 점점 느릿해졌다. 하지만 정류장에 도착해 망설이다 돌아보았을 때, 적막하고 황량한 겨울밤의 빈 거리만 홍연의 눈에 들어왔다.

'친구잖아, 우리.'

길 한가운데서 볼썽사납게 울지 않으려면 다른 생각을 해야 한다. 홍연은 버스에 올라타며 기한이 얼마 남지 않은 공모전을 떠올렸다. 시나리오는 아직 초고도 다 쓰지 못했다. 하지만 조급한 마음조차도 조금 전 거절의 서러움을 잊기에는 부족했다.

버스에서 내려 가파른 골목을 오르기 시작했다. 얼었다 녹은 길 곳곳의 작은 물웅덩이를 피하는 홍연의 걸음은 무거웠다. 어두운 골목은 끝도 없이 이어지는 것 같았다.

'너는 이제 나한테 태율이랑 똑같아.'

"나쁜 놈."

볼멘 목소리에 울음이 섞였다.

"아무리 그래도 그렇지, 김태율 같은 자식이랑 비교를 해."

날카로운 바람이 뺨의 살갗에 파고들었다. 발가락은 이미 얼얼해져 감각이 없었다. 다세대주택을 쪼개고 또 쪼개어 나누고도 모자라 옥상에 세운 조립식 건물, 누더기성의 탑처럼 높다란 방 한 칸. 홍연은 효신의 거절을 슬퍼할 수 있는 유일한 자신의 공간이 그리웠다. 전기장판의 온도를 올려 놓고, 냄비에 따뜻한 우유를 끓여서 라테를 만들어 마셔야지. 울더라도, 그때 하자. 지금은 울어 봤자 얼굴만 찢어질 듯 아플걸.

딱 열 걸음 더 가자. 딱 다섯 걸음만 더 가면 돼. 조금만 참자. 홍연은 주먹으로 눈가를 성의 없이 훔쳐 냈다.

'친구잖아, 우리. 난 너 잃고 싶지 않다.'

옥탑방의 초라한 문 앞이었다. 홍연은 끝내 참지 못하고 문손잡이를 잡은 채 울음을 터뜨렸다.

◦ ◦ ◦ ◦ ◦

[다들 수고하셨습니다. 전원 쫑파티 참석하기 바랍니다. 감독님
이 소고기 쏘신다고 함!]

홍연은 발신자로 뜬 효신의 이름을 물끄러미 내려다보았다.
고백 후 나흘 만에 그에게 받은 연락이 고작 단체 메시지라니,
허탈한 웃음이 입 밖으로 새어 나왔다.

홍연은 효신을 너무도 잘 알고 있었다. 아마 이 단체 메시지
는 그 나름대로의 방법으로 어색해져 버린 분위기를 극복해 보
고자 고심 끝에 걸어온 말 한마디일 것이다. 알면서도 왜 이렇
게 이 무심한 메시지가 모질게 느껴질까.

홍연은 핸드폰을 내려놓은 다음 다시 노트북을 앞으로 끌어
당겼다. 시나리오 초고를 완성하고 첫 번째 퇴고 중이었다. 눈
은 한글 파일 속 검은 글자들로 향하고 있었지만 집중하기는
어려웠다. 몇 번이고 키보드 위로 손을 올려놓았다가 다시 거
두길 반복했다.

결국 홍연은 노트북을 밀어 놓고 책상에서 몸을 일으켰다.
외투를 걸쳐 입고 집을 나서려는데, 문 앞의 거울 앞에서 문득
걸음이 멈추었다. 감지 않은 머리, 화장기 없는 얼굴, 두꺼운
외투 때문에 더 뚱뚱해 보이는 어깨로 천천히 시선이 옮겨 갔

다. 세상이 끝난다 하더라도 이 꼴로 효신과 지민 앞에 모습을 드러내고 싶지 않았다.

홍연이 메시지 속 회식 장소에 도착한 것은 예상했던 것보다 훨씬 시간이 지난 후였다. 고깃집 문 앞에서 홍연은 잠시 머뭇거렸다. 어설픈 화장과 불편한 원피스, 유리문에 비친 자신의 모습이 어색하게만 느껴졌다. 홍연은 외투를 여미며 원피스 위로 도드라진 뱃살을 가렸다.

"뭐야, 이홍연. 왜 늦었어? 막내가 빠져 가지고!"

"죄송합니다."

이미 알큰하게 취한 제작부 스태프들이 앉아 있는 테이블 사이에 비집고 앉으며 홍연의 시선은 연출부 스태프들과 지민이 앉아 있는 건너편 테이블로 향했다.

"야, 너 옷이 그게……, 뭐냐?"

외투를 벗던 홍연은 자신에게 쏟아지는 시선에 움찔했다.

"뭐야, 안 어울리게."

"너도 여자다, 이거냐?"

장난기 섞인 놀림에 홍연의 얼굴이 벌겋게 달아올랐다.

"그럼 제가 남자예요?"

퉁명스럽게 쏘아붙이던 홍연은 지민의 곁에 앉아 있던 효신과 눈이 마주쳤다. 효신은 한 번의 망설임도 없이 손을 들어 홍연에게 인사를 건넸다. 그의 입가에는 가벼운 미소도 맴돌았다. 홍연은 그처럼 인사를 건네지도, 차마 웃지도 못하고 물끄러미 효신을 바라보았다.

효신은 같은 테이블의 일행들을 남겨 두고 홍연의 테이블로 건너왔다.

"다들 수고하셨습니다. 제가 한 잔 올릴게요."

소주병을 들어 스태프들에게 술을 한 잔씩 돌린 뒤, 효신은 홍연의 곁에 앉았다.

"왜 이렇게 늦게 왔어?"

태연한 목소리였다. 홍연은 질문에 대답 없이 곁에 앉은 효신을 바라보았다.

"너 화장했어?"

효신은 무려 천연하게 웃어 보이기까지 했다. 홍연의 뺨이 실룩거렸다.

녀석은 아무 일도 없었던 척하려는 것이다. 애초에 자신의 고백을 듣지 못했고, 자신의 마음을 알지 못했던 것처럼 모른 체하려는 것이다.

홍연은 효신의 손에서 소주병을 빼앗듯 들어 자신의 잔을 채웠다.

"빈속 아니야? 기다려 봐. 고기 주문해서 구워 줄게."

홍연은 깔끔하게 잔을 비운 뒤 다시 채웠다.

"됐어."

그때 옆에 있던 스태프 한 명이 눈치 없이 끼어들었다.

"그래, 내버려둬. 다이어트 중인가 보지. 좀 빼긴 빼자. 치마 입으면 뭐 하냐, 옷이 태가 나야……."

"저 다이어트하는 거 아니거든요. 그냥."

홍연은 다시 채운 잔을 들어 소주를 단번에 마셨다.

"입맛이 없어서 그래요."

"이홍연이? 입맛이 없어서? 고기를? 그것도 소고기를?"

정말이었다. 눈앞에 고기를 두고도 선뜻 손이 가지 않고, 식욕도 돌지 않았다. 처음이었다. 태어나서 처음으로 입 안이 텁텁하고 말라서 아무것도 먹고 싶지 않고 귀찮았다.

자신에게 눈길 한번 주지 않는 그녀의 태도에 머쓱해진 효신은 잠시 홍연을 내려다보다 이내 자리를 떠났다. 마치 제자리를 찾아가듯 지민의 곁으로 돌아간 효신을 지켜보며 홍연은 다시 술잔을 비웠다.

"야, 천천히 마셔라. 안주도 없이."

곁에서 말리는데도 홍연은 거침없이 술을 마셨다. 지민을 바라보는 효신의 눈길에 한 잔, 그녀 대신 마시는 듯한 녀석의 술잔에 또 한 잔, 흐트러진 지민의 옷을 추슬러 주는 그의 손길에 또 한 잔이 홍연 앞에 채워졌다.

땅땅땅, 효신이 숟가락으로 컵을 치며 사람들의 시선을 집중시켰다.

"모두들 맛있게 드셨습니까? 이번 저희 영화, 다른 상업 프로젝트보다 예산이 넉넉하지도 못했고 일정도 촉박했지만 열정 넘치는 스태프들과 존경하는 감독님과 함께했기에 제가 지금껏 참여했던 작품 중에서 가장 자부심을 느끼는 영화가 될 것 같습니다. 이 자리를 빌려서 조감독의 부족한 깜냥으로 고생하셨을 스태프들에게 죄송하다는 말씀, 그리고 감사하다는 말씀 올리고 싶습니다. 그리고 우리 감독님."

약간의 취기에 평소보다 평정심을 유지하지 못하는 흐트러진 효신의 눈빛 속에서, 지민을 향한 다정함이 물씬 배어났다. 홍연은 소주병을 움켜잡았다.

"곁에서 많이 배웠고, 모든 신, 모든 컷, 모든 순간 행복했습니다. 감사합니다."

작은 환호와 박수가 쏟아졌다. 스태프들은 지민의 이름을 불러 댔고, 지민은 보답하듯 장난기 섞인 거만한 몸짓으로 어깨를 으쓱거리며 자리에서 일어났다.

'꼴사나워.' 홍연이 웅얼거렸지만 박수 소리에 묻혀 버렸다.

"내가 해야 할 말을 우리 조감독이 다 한 것 같은데? 아직 후반 작업이 좀 남아 있긴 하지만, 큰 사고 없이 현장 마무리할 수 있었던 건 다 여러분들 노고 덕분입니다. 우리 영화 대박 기원하면서."

지민이 잔을 집어 들었다.

"건배나 한번 할까?"

다들 추임새를 넣으며 잔을 집어 들었다. 소주병을 잡고 있던 홍연의 손에 힘이 들어갔다.

"다들 너무 수고했고, 고마웠습……."

"확실해요, 고마운 거?"

혀가 꼬인 홍연의 외침에 지민의 건배사가 중간에 멈췄다. 스태프들의 시선이 일제히 홍연에게로 향했다.

"고마운 사람이 영화 찍는 내내 그렇게 스태프들을 괴롭혔어요?"

"야, 이홍연! 너 취했냐?"

홍연은 곁에서 옷소매를 끌어당기는 사람의 손길을 거칠게 뿌리쳤다.

"사람들 다 지금 웃고는 있지만 다들 얼마나 감독님 등살에 괴로워했는지 알긴 아세요?"

억센 사투리 억양이 터졌다. 알코올과 분노, 그 둘이 콤보를 이룰 때만 간혹 터지는 홍연의 부산 사투리였다.

"아니, 모르실 거예요. 우리 영화 대박을 기원한다고요? 생각보다 솔직하지 못하시네. 감독님한테 이 영화는 그냥 '내 영화'였잖아요. 우리 전부 다 감독님의 영화에 소모되는 소모품이었잖아요."

"홍연아!"

효신이 벌떡 일어나 홍연에게 성큼성큼 다가왔다.

"그만해."

"뭘 그만해?"

"너 취했어."

"그래, 취했다. 취해서 하고 싶은 말 다 하려고 그런다. 오늘 아니면 다신 못 하잖아. 이런 자리 없잖아. 나는."

홍연이 손가락으로 지민을 가리켰다.

"다 같이 춥고, 배 굶고, 잠 못 자고 그러는데 자기 혼자 작품 하고 자기 혼자 예술 하는 듯이 구는 게 너무 얄미워. 나는 저 여자만의 '내 영화'라는 자의식에 희생됐던 거잖아. 너도 소모품이야. 아니, 너는 특별할 수도 있겠다. 너는…….”

“나가자.”

효신이 홍연의 팔을 잡아끌었다.

“여러분!”

사람들을 둘러보며 소리치는 홍연의 입에서 소주 냄새가 풍겼다.

“왜 아무 말도 못 해요? 뒤에서 그렇게 욕했잖아요. 그런데 눈앞에서는 이렇게 박수치고 환호하고……. 그렇게 잘 보이고 싶어요?”

“그만해, 이홍연!”

효신이 거칠게 홍연의 팔목을 잡아 끈 순간 부욱, 소리와 함께 원피스 소매가 뜯어져 나갔다. 동시에 고깃집 안에 잠시 정적이 흘렀다. 스태프들 사이에 어색한 기류가 맴돌았는데, 반쯤은 지민에게 또 반쯤은 홍연에게 동정 어린 시선이 향했다.

“나가. 나가자고.”

효신은 홍연을 데리고 식당을 빠져나왔다. 찬바람이 얇은 원피스 사이로 파고들었지만, 술에 취한 홍연은 추위를 느끼지도 못했다.

“너 왜 그래? 아무리 취했어도 그렇지, 이게 무슨 짓이야?”

“내가 뭘!”

홍연이 빽 소리를 지르며 대꾸했다.

“여기 있는 사람들이 말하고 싶은 거, 내가 대신 이야기해 준 건데 왜?”

네가 좋아하는 사람을 공격하니 화가 나? 그래서 지금 나한테 이렇게 소리치는 거야? 나한테 이러면 안 되잖아. 너 이러면 안 되잖아.

"그래, 다들 힘들었겠지. 너무 힘드니까 뒤에서 말들도 많았겠지. 스트레스 풀려고 뒤에서 한마디씩 할 수는 있으니까. 그런데 스태프들 다 이 바닥에서 구르고 구른 사람들이야. 그런 사람들이 왜 앞에서 아무 불평불만을 안 했겠어?"

홍연은 입을 꾹 다물고 효신을 노려보았다.

"누구의 잘못도 아니니까. 누구 한 사람의 작품이 아니니까. 우리 영화니까. 우리 일이니까. 우리가 감당해야 할 일이니까. 너는 오늘."

순간 홍연은 효신이 진심으로 화를 내고 있다는 사실을, 처음으로 그가 자신을 향해 분통을 터뜨리고 있다는 사실을 녀석의 떨리는 목소리로 깨달았다.

"너 개인적인 감정, 네 질투심 때문에 사람들이 참고 버텼던 걸 망쳤어."

바람이 불자 송곳 같은 추위가 느껴지기 시작했다. 술이 깨고 있었다. 이 순간 홍연이 가장 바라지 않는 일이었다.

"너 오늘 진짜."

차라리 완전히 술에 취해서, 이 자리에서 기절하고 싶었다. 그리고 지금 효신이 내뱉고 있는 이 말들을 기억하고 싶지 않았다.

"진상이다."

초라한 고백

진상.

네이버 대중문화사전에서 이르기를, '못생기거나 못나고 꼴불견이라 할 수 있는 행위나 그런 행위를 하는 사람'을 가리키는 말로 쓰이고 있다.

"못생기거나."

홍연은 검색창을 닫은 다음 핸드폰을 옆으로 내던져 놓았다.

"못나고."

"뭐?"

바닥에 드러누워 중얼거리는 홍연을 태율이 흘끗 바라보았다.

"꼴불견……."

에취, 하고 터진 기침에 홍연은 말을 잇지 못했다. 냉장고에서 맥주를 꺼내 오던 태율이 혀를 차며 담요를 가져다 툭 던져 주었다.

"너 공모전 얼마 안 남았다고 하더니 한가하다?"

"안 한가해."

"그런데 술 마시고 다녀?"

"쫑파티."

"근데 왜 너 혼자야? 효신이는……, 아, 여자 친구 데려다준 다고 너 버렸구나?"

홍연은 얼굴을 덮고 있던 담요를 휙 걷어 냈다.

"여자 친구? 둘이 사귄대?"

태율이 어깨를 으쓱거리며 다시 스크린 앞 소파에 앉았다. '본능이 가리킬 때는 증거가 필요 없어.' 일시 정지된 스크린 속 에선 조 캐봇이 말하고 있었다.

"아직도 안 사귀는 거야? 나보다 네가 더 효신이랑 붙어 다 니잖아. 네가 더 잘 알겠지."

"아 씨, 놀랐잖아!"

"이상하네. 효신이가 아직 고백을 안 했나? 솔직히 효신이 정도면, 고백만 하면 게임 끝난 거 아닌가?"

타들어 가는 홍연의 속도 모른 채 태율은 다시 영화를 재생 시켰다. 태율이 몇 번이고 반복해서 보는 쿠엔틴 타란티노의 〈저수지의 개들〉이었다. 홍연은 난무하는 총소리를 들으며 어 두운 천장을 물끄러미 바라보았다.

'너 오늘 진짜 진상이다.' 총소리를 뚫은 홍연의 읊조림에 태율이 풋, 마시던 맥주를 뿜고 말았다.

공모 마감 시간이 30분 남았다. 홍연은 모니터 속의 마지막 신을 물끄러미 바라보았다. 이미 수없이 퇴고를 반복했지만 여전히 시나리오는 미완성인 것처럼 느껴졌다. 이따위가 정말 영화로 만들어질 수 있을까, 입술을 잘근잘근 깨무는 사이 또다시 5분이 흘렀다.

그래서 안 낼 거야? 다 써 놓고 포기할 거야? 비장한 손길로 한글 파일을 저장하고 닫은 홍연은 이내 메일 창을 열었다. 함께 첨부해야 하는 시놉시스를 찾던 홍연의 눈에 묘한 제목의 폴더가 눈에 들어왔다.

〈그 사람〉

'야, 주효신도 남자거든? 잘 찾아봐라. 거기에도 온갖 언니들이 다 있을걸.'

태율의 말이 떠올랐지만 홍연은 그 폴더 속의 사람이 태율이 말하는 부류의 인물이 아님을 직감했다. 폴더를 열어 확인하고 싶은 마음을 간신히 참아 낸 홍연은 시놉시스를 첨부한 시나리오 파일의 전송을 클릭했다.

"어쨌든."

두 손을 그러모아 쥐고, 기도하듯 눈을 잠깐 감았다 뜬 홍연이 혼잣말로 중얼거렸다.

"끝냈다."

홍연은 핸드폰을 집어 들었다. 자정이 넘은 시각이었다.

나 시나리오 끝냈어. 공모에 냈어. 속이 시원하기도 하고 답답하기도 하고 걱정이 되기도 하면서, 조금은 기대도 돼. 그리고 너무 떨려. 떨려서 아무 생각이 안 나. 결과 나올 때까지 아무것도 할 수가 없을 것 같아.

이 모든 말을 쏟아 내고 싶은 단 한 사람, 효신의 번호를 물끄러미 바라보기만 할 뿐 홍연은 차마 전화를 걸지 못했다. 짧은 한숨을 내쉰 홍연이 책상에서 몸을 일으켰다. 옥탑방의 작은 냉장고를 열어 캔맥주를 꺼내 들었다.

쾅쾅쾅. 맥주를 한 모금 마시려는데 누군가 방문을 두드렸다. 야심한 시각의 난데없는 방문객이라 홍연은 자신도 모르게 움찔하며 어깨를 움츠렸다.

"누구세요?"

"누구긴. 너희 집에 이 시간에 찾아올 놈이 또 있냐?"

문밖에서 들려오는 태율의 목소리에 그제야 긴장으로 뻣뻣해졌던 홍연의 어깨에서 힘이 빠졌다.

"뭐야, 전화도 없이 갑자기……."

홍연은 태율의 뒤로 머쓱한 표정으로 서 있는 효신을 발견하고 말을 끝까지 잇지 못했다.

"너는 언제 전화하고 내 오피스텔에 들이닥쳤어?"

술병과 포장된 치킨 봉투를 손에 든 태율이 홍연을 지나쳐 그녀의 옥탑방으로 밀고 들어왔다. 그 뒤에서 한 걸음 앞으로 내딛던 효신과 홍연이 마주 보고 섰다.

'너 오늘 진짜 진상이다.'

그 목소리가 귓가에 맴돈 순간 홍연은 자신도 모르게 몸을 움찔거렸다.

"뭐 해, 너희? 추워. 얼른 문 닫아."

태율의 타박에 그제야 홍연이 한 걸음 뒤로 물러났고, 효신이 방 안으로 완전히 들어섰다.

"이 시간에 갑자기 왜?"

"오늘이 공모전 마지막 날이고, 이 미련 곰탱이는 12시에 임박해서야 겨우 공모전 메일을 보냈을 게 뻔하고, 축하주는 마셔야 하고."

태율은 방바닥에 술병과 치킨을 꺼내 늘어놓았다. 홍연과 효신도 주춤거리며 바닥에 앉았다. 잠시 망설이던 효신이 천천히 입을 열었다.

"보냈어?"

"응."

"수고했어. 고생했다."

효신과 마주하는 것은 그날 이후 처음이었다. 회식 다음 날, 속 시원했다며 다독여 주는 스태프의 메시지와 지나친 행동을 질타하는 메시지가 뒤섞여 쏟아졌지만 메시지와 통화 목록 어디에도 효신은 없었다. 영화도 현장이 마무리된 상황이라 스튜디오에서 필연적으로 만날 기회도 없었을 뿐더러, 두 사람 중 누구 하나 먼저 전화를 걸지도 않았다.

"발표 나기 전까지 그냥 잊어. 마시자. 오늘은 마시고 죽자."

태율을 따라 홍연도 술잔을 들었지만 여전히 효신을 똑바로 바라보지는 못했다. 뜨끈한 방바닥 위에서 맥주와 소주가 섞인 잔이 돌고, 또 비워졌다. 마치 시나리오를 완성하고 공모전에 출품한 사람이 저라도 되는 듯, 태율은 신이 나서 술을 마셔 대더니 결국 눈이 풀리고 혀가 꼬였다.

목소리 높여 떠들어 대던 태율이 꾸벅꾸벅 졸기 시작하자 방 안에는 볼륨을 낮게 조절해 둔 음악 소리만이 어색한 침묵을 깨고 있었다. 각자 감독 취향이 다른 세 사람이 입을 모아 찬양하는 한스 짐머의 곡들이었다.

"왜 안 마셔?"

맥주 한 캔을 채 다 비워 내지 않고 홀짝이는 효신을 흘끗 바라보며 홍연이 물었다.

"내일 아침에 1차 편집본 내부 시사회 있어."

다시 방 안에는 침묵이 흘렀다.

"그날."

한참 시간이 지난 뒤, 맥주 캔을 손안에서 하염없이 돌리던 효신이 어렵게 말문을 열었다.

"내가 말이 좀 심했어."

순간 홍연은 목구멍 안쪽이 따끔거리는 것을 느꼈다.

억울해. 단지 진상이라는 말 한마디에 상처받은 것도, 상처받은 주제에 고작 말이 심했다는 그 한마디 말에 울컥할 만큼 고마운 것도.

"사과는 내가 해야 하는 건데."

홍연은 손에 든 술잔을 꽉 움켜잡았다.

"넌 왜 항상 나보다 빨라?"

홍연이 말을 할 때마다 술 냄새가 방 안으로 퍼져 나갔다.

"나는 느리고, 주책맞고, 가끔 눈치도 없고, 그런 주제에 하고 싶은 것 다 하고, 하고 싶은 말도 다 해야 직성이 풀리고, 좀 모자라잖아. 그런 모자란 나한테 좀 맞춰 주지, 왜 나보다 빨랐어? 나 좋아했잖아, 너. 그때 내가 좀 모자라서, 좀 늦는 것 같으면 말 좀 해 주지 그랬어? 조만간, 머지않아서 이홍연도 주효신을 좋아할 거라고 말 좀 해 주지."

"홍연아."

"참 멍청하지. 왜 한 치 앞도 몰랐을까. 너처럼 잘생기고, 키 크고, 착하고, 이렇게 반짝반짝거리는 남자 옆에서 가까이, 더없이 다정하게 가까이 지내다 보면 좋아하지 않을 리가 없는데."

그녀의 이름을 나직하게 부를 뿐, 효신은 눈물과 함께 거침 없이 쏟아 내는 홍연의 말을 차마 막지 못했다.

"그 여자 안 만나면 안 돼?"

눈물과 콧물이 뒤섞인 자신의 얼굴이 얼마나 꼴사나울지 알면서도 홍연은 울음을 멈출 수가 없었다.

"내가 살도 빼고, 예뻐지고, 시나리오도 더 열심히 쓰고."

효신의 얼굴 위로 홍연을 향한 안쓰러운 빛이 스쳤다.

"이제 술도 안 먹고, 사고도 안 칠게. 주책맞게 굴지도 않고, 가볍게 굴지도 않고, 촌스럽게 굴지도 않고, 그 여자처럼 어른 같이 굴게. 그러니까 그 여자 말고 다시 나 좋아해 주면 안 돼? 네가 그 여자 옆에 있는 것만 봐도."

홍연이 손등으로 눈물을 훔쳐 냈다.

"나 배가 너무 아파. 온몸의 장기가 뒤틀리는 것같이 아파. 돌아 버릴 것 같아. 미칠 것 같아."

한참 시간이 흐르는 동안, 나직한 음악 소리와 태율의 코 고는 소리만이 두 사람의 곁을 맴돌았다.

"미안하다."

툭, 눈가에 매달려 있던 홍연의 눈물방울이 바닥으로 떨어졌다. 눈물을 닦아 주려고 자신도 모르게 홍연을 향해 팔을 뻗던 효신의 표정이 순간 단호해졌다.

"당분간 우린."

허공에 잠시 머물렀던 효신의 손길이 차갑게 돌아서는 것을 홍연은 지켜보았다.

"안 보는 게 나을 것 같아."

효신은 그대로 몸을 일으켰다. 외투를 챙겨 들고, 신발을 신고, 옥탑방의 낡은 문을 열고 밖으로 나가는 동안 한 번도 돌아보지 않았다. 탁, 문이 닫히는 소리를 들으며 홍연은 무릎을 끌어안고 얼굴을 묻었다. 태율이 깰까 봐 소리 내서 울 수도 없는 홍연의 어깨가 가만가만 들썩였다.

문득 무슨 생각이 들었는지 홍연이 고개를 치켜들었다. 옷을 챙겨 입을 새도 없이 황급히 방을 나선 홍연은 효신을 따라 겨울 새벽 거리를 내달렸다.

"주효신!"

어두운 골목길을 내려가던 효신은 홍연의 목소리에 움찔하며 걸음을 멈추었다.

"당분간?"

홍연의 입에서 새하얀 입김이 퍼져 나왔다.

"왜? 차라리 평생 보지 말자 그러지?"

효신의 눈에 내가 얼마나 제정신이 아닌 것처럼 보일까. 제어할 수 없는 롤러코스터를 타는 듯 요동치는 감정 변화에 숨을 쉬는 것조차 힘겨웠다. 너무 설레어 심장이 멎을 것 같다가도, 미치도록 화가 나서 분통이 터졌다.

"착한 척하지 마. 너 하나도 안 착해. 미안한 척도 하지 마. 나한테 하나도 안 미안하잖아, 너!"

효신은 아무 대답 없이 외투를 벗었다.

"생각해 주는 척도 하지 마."

홍연은 자신의 어깨에 외투를 걸쳐 주는 효신의 손길을 쳐냈다.

"그럼 나더러 어떡하라고?"

효신은 바싹 마른 입술을 혀로 핥고, 짧은 한숨을 내쉰 뒤 바닥을 응시했다.

"그냥 너 잃으라고?"

"잃지 마. 방법이 있잖아. 그 여자 말고 나를……."

"한마디만."

효신은 몸에 잔뜩 힘을 준 채 또박또박 말했다.

"한마디만 더 하면 나 친구인 너를 포기할 거야."

산산이 부서지는 홍연의 눈빛을 외면하며 효신은 다시 자신의 외투를 그녀의 어깨 위에 걸쳐 주었다.

"그러니까 제발, 아무 말 듣지 않고 그냥 가게 해 줘. 제발 내가 너무 사랑하는 내 친구 이홍연을 나한테서 뺏어 가지 말아 줘. 부탁이야."

홍연을 혼자 남겨 둔 채 효신은 돌아섰다. 홍연은 한 걸음씩 성큼성큼 멀어지는 효신을 붙잡을 수 없었다. 한마디, 단 한마디로 정말 녀석을 잃을지도 모른다는 생각에 홍연은 효신의 이름조차 부를 수 없어 그저 우두커니 그의 뒷모습을 지켜보았다.

우리의 스물여섯 크리스마스

"가시나야!"

노크도 예고도 없이 발칵 방문이 열렸다.

"해가 중천에 떴는데 언제까지 뒤집어 누워 있을끼고?"

위이이이잉, 요란한 청소기 소리에도 홍연은 이불을 뒤집어 쓰고 꼼짝도 하지 않았다.

"다른 집 딸들은 취직했다고 용돈 봉투 척척 내밀고, 하다못해 알바라도 해서 선물이라도 안겨 주는데. 이 집 딸내미는 지 먹은 라면 냄비 하나 도로 씻어 놓을 줄도 모르고."

청소를 핑계로 엄마는 홍연이 누워 있는 침대 아래를 청소기로 쿵쿵 밀쳐 댔다.

"명절에는 코빼기도 안 보이다가 반년 만에 내려와서는 종일 내내 처자기만 하고. 니만 보면 내 속이 썩는다, 썩어."

그때 거실에서 텔레비전을 보고 있던 아빠가 빽 소리를 질렀다.

"아, 이 사람아! 간만에 집에 내려와서 쉬는 애 좀 그만 괴롭히라."

"뭔 장한 일을 했다고 쉬긴 쉬어? 시나리온지 뭔지 쓴다고 백날 천날 방구석에 처박혀서 쉬는데."

보다 못한 아빠가 방 안으로 들어와 엄마를 끌어냈다.

"아 자는데 나중에 해라 여편네야."

"나중에 은제? 지금 시장 나가가 반찬 만들어 종일 팔고 나면 온 삭신이 쑤시는데, 그때 들어와 내 청소기 밀까?"

말하다 보니 더 분통이 터졌던지 엄마가 청소기를 탁 바닥에 내팽개쳤다.

"하이고, 이놈의 집구석! 이놈의 이씨 백수들 때문에 내가 제 명에 못 살지 싶다! 남편이라고 있는 건 집안 건사할 궁리는 안 하고 집구석에 처박혀 허송세월이지, 자식새끼라고 있는 건 뼈 빠지게 키워 유학까지 보내 놨더니 서른 넘어서 반백수로 허구한 날 잠만 처자고. 취직을 하든가 시집을 가든가 하라고 이 가시나야!"

듣다 못한 홍연이 얼굴까지 덮고 있던 이불을 확 걷어 젖히고 몸을 일으켰다. 그 드센 기세에 걸쭉한 한풀이를 쏟아 내던 엄마와 슬슬 약이 오르는 표정을 짓고 있던 아빠가 동시에 움찔했다.

쿵, 한 발을 무겁게 침대 아래로 내딛으며 완전히 몸을 일으킨 홍연은 그대로 부모님을 지나쳐 방을 나가 버렸다. 그리고 좁다란 주방으로 걸어가 냉장고에서 물병을 꺼내 병째로 꿀꺽꿀꺽 물을 마셔 댔다.

"가시나야, 컵에 따라서⋯⋯."

"말은 바로 하자."

홍연은 물병을 식탁에 내려놓았다.

"엄마가 언제 내 유학까지 보내 줬는데?"

식탁 모서리를 노려보던 홍연이 고개를 들어 엄마를 응시했다.

"휴학하고 1년 내내 아르바이트해서 비행깃값이랑 어학원 학비 벌었다. 엄마가 내 밴쿠버에 있을 때 용돈 한번 부쳐 준 적 있었나? 필름스쿨 학비 한번 대 준 적 있었나? 밴쿠버에서 손이 부르트게 식당에서 설거지하고, 카페에서 다리 퉁퉁 붓도록 서서 일하면서 하루 두세 시간 자고 학교 다녔다."

혀끝으로 들썩이는 입술을 핥던 엄마가 한풀이 레퍼토리로 이미 진부해진 변명거리를 찾아냈다.

"그때 니 아빠 명퇴 당하고 퇴직금도 사기당하고⋯⋯."

"안다, 안다고! 그래서 내 그 먼 타국에서 밥을 굶어도 돈 보내 달라고 집에 전화 한번 안 했잖아! 그러니까 말은 바로 하라고. 엄마가 보내 준 게 아니라, 내가 거기서 아득바득 버틴 거였다고."

면목이 없어 고개를 숙인 아빠와 아직도 뭐가 그리 억울한지 거친 숨을 내쉬는 엄마를 번갈아 바라보던 홍연은 그대로 외투를 챙겨 들고 집을 나와 버렸다.

참았어야 했다. 겨울 아침의 싸늘한 공기와 마주하자마자 홍연은 후회했다. 멀리 가지도 못했다. 주머니는 한 푼도 없이 비었고, 맨발에 슬리퍼 차림이었다. 터벅터벅 정처 없이 걷던 홍연은 집 근처 마을버스 정류장의 낡은 의자에 걸터앉았다.

"명절에 왜 못 내려왔게. 월세 내고 나니 부산 내려올 차비도 없었는데."

홍연은 괜히 슬리퍼 끝으로 바닥을 긁어 댔다.

"알지도 못하면서."

핸드폰을 꺼내 든 홍연은 효신의 전화번호를 한참 동안 응시했다.

'한마디만, 한마디만 더 하면 나 친구인 너를 포기할 거야. 그러니까 제발, 아무 말 듣지 않고 그냥 가게 해 줘. 제발 내가 너무 사랑하는 내 친구 이홍연을 나한테서 뺏어 가지 말아 줘. 부탁이야.'

부산에 내려온 건 녀석의 마지막 말 때문이었다. 무서웠다. 그렇게 단호한 효신도 두려웠지만, 그런 효신의 단호함에도 불구하고 또다시 허튼 고백을 할지도 몰라 겁이 났다. 그 고백이 두 사람 사이의 종말이 될까 봐 효신에게서 멀리 달아날 수밖에 없었다.

"만날 수 없으면 나한텐."

보고 싶다. 만나고 싶고, 말하고 싶고, 곁에 있고 싶다.

"끝이나 마찬가지인데."

끝내 전화번호를 누르지 못하고, 홍연은 핸드폰을 도로 내려놓았다.

— 왜 이렇게 숨이 거칠어?

"이제 옥탑 올라왔어."

홍연은 옥탑방 열쇠를 찾기 위해 손에 들고 있던 짐들을 내려놓았다. '들고 가라고, 가시나야!' 무겁고 귀찮다는 홍연에게 특유의 거친 목소리로 잔소리를 쏟아 낸 엄마가 기어코 손에 들려준 반찬들이었다.

— 그러게 평소에 운동 좀 하지. 살도 좀 빼고. 몸이 무거우니까 고작 그거 올라갔다고…….

"할 말 없으면 끊어."

— 다 너 생각해서 하는 소리야.

가방 깊숙한 곳에서 열쇠를 찾은 홍연이 방 안에 들어섰다. 며칠 동안 보일러를 꺼 놓은 방바닥은 얼음장처럼 차가웠다.

"쓸데없는 소리 하려면 끊으라고."

— 오늘 뭐 해?

홍연은 냉장고에 반찬통들을 차곡차곡 쌓아 넣었다.

"영화도 끝났겠다. 아르바이트라도 찾아보려고."

쯧쯧, 전화기 건너편에서 태율이 혀를 찼다.

— 오늘 같은 날 혼자 있는 것만으로도 우울한데 알바 찾기까지? 야, 내일부터 하고 오늘은 나와.

"오늘이 무슨 날인데?"

심드렁하게 되물으며 냉장고 앞에서 몸을 일으키던 홍연의 눈에 효신의 노트북이 들어왔다.

— 크리스마스이브잖아. 오빠가 오늘 클럽 파티라는 신세계를 보게 해 줄게.

크리스마스이브. 여전히 핸드폰을 손에 들고 있었지만, 홍연의 귀에는 어느샌가 태율의 말이 들리지 않았다. 홍연은 손바닥으로 노트북을 한번 쓸어 보았다. 전원을 켜는 홍연의 손가락 끝이 가볍게 떨렸다.

— 여보세요? 야, 내 말 듣고 있어?

"됐어. 안 가."

후회하지 말라며 소리치는 태율의 목소리를 끝까지 듣지도 않고 홍연은 전화를 끊어 버렸다. 노트북 모니터가 켜지고 홍연은 바탕화면에서 어렵지 않게 폴더를 찾았다.

〈그 사람〉

폴더 속에 무엇이 있을지 짐작하면서도 굳이 확인하지 않았다. 효신이 준비하고 있는 기획안이나 시나리오나 자료 파일일 수도 있었고, 태율의 말대로 녀석도 남자인지라 호기심에 받아 둔 성인 동영상일 수도 있었다. 눈으로 보고 확인하기 전까지, 폴더 속은 온전히 내가 믿고 싶은 것이 들어 있을 터였다.

'게다가 너도 알다시피 그 사람이 워낙 영화 외에는 할 줄 아는 게 없어.'

시나리오를 쓰면서 숱하게 써 보고 입 안으로 굴려도 보았던 흔하디흔한 말이었다. 하지만 효신이 지민을 그렇게 칭했을 때 비로소 홍연은, '그 사람'이 그토록 친밀하고 비밀스러운 단어였음을 깨달았다.

홍연은 폴더를 열었다. 거창한 폴더 이름이 무색할 정도로, 몇 장의 사진만이 덩그러니 그녀와 마주했다. 영화 메이킹 스냅사진들이었다. 무릎을 꿇고 모니터를 들여다보는 그녀, 세트장 바닥에 드러누워 배우에게 연기 지도를 하는 그녀, 뭐가 그렇게 마음에 들지 않는지 미간을 잔뜩 찌푸린 채 하늘을 올려다보는 그녀.

효신의 그 사람이, 폴더를 만들어 그 속에 고이 간직하고 싶을 정도로 효신의 마음을 빼앗아 간 그녀의 순간들이 그곳에 있었다. 나와 너무 다른 그녀가, 지독하게 속이 쓰리지만 내가 봐도 멋있는 그녀가 그곳에 있었다.

사진을 모두 클릭해서 삭제 버튼을 누르는 홍연의 손길이 살짝 떨렸다. 순식간에 폴더 속에는 아무것도 없는 텅 빈 흰 창만이 남았다. 이렇게 클릭 한 번으로 효신의 마음속에서 우지민을 지워 버릴 수 있다면, 무슨 일이든 할 수 있을 것 같았다.

허둥지둥 휴지통으로 들어가 파일들을 모두 복원해 제자리로 돌려놓는 순간 툭, 눈물이 손등 위로 떨어졌다.

얼마나 시간이 흘렀을까. 짧은 겨울 해가 지고 어느새 방 안이 어둑해졌다. 홍연은 노트북 가방을 챙겨 들고 의자에서 몸을 일으켰다.

크리스마스이브였다. 흥분으로 무르익은 거리의 분위기에 한파도 주춤한 달뜬 밤이었다. 노트북을 품에 안고 터벅거리며 걷는 홍연에게만 크리스마스가 존재하지 않았다. 망가진 물건처럼 쓸모없어진 존재가 되어 버린 느낌이었다. 실연이 주는 자괴감은 외롭고 서글펐다.

노트북을 돌려주기 위해서야.

홍연은 효신의 아파트를 올려다보며 머릿속으로 생각하고 또 생각했다. 허접한 핑곗거리라도 필요했다. 오늘 같은 날, 최소한 녀석의 얼굴이라도 마주 보고 싶었다. 노트북을 빌려 줘서 고마웠다는 말 뒤로, 무심한 척 메리 크리스마스라고 덧붙여 말하고 싶었다.

나의 스물여섯 크리스마스에 녀석이, 녀석의 스물여섯 크리스마스에 내가 아주 잠깐이라도 한공간에 함께 머물고 싶었다.

이브에서 크리스마스로 넘어가는 시각, 싸락눈이 내리기 시작할 때쯤 놀이터 그네에 앉은 홍연의 몸은 완전히 얼어붙었다. 효신의 집을 올려다보았지만 불이 꺼진 어둠만이 그녀를 내려다보고 있었다.

홍연은 효신이 아직 집에 들어오지 않았을 거란 슬픈 확신을 가지고 있었다. 감각을 잃은 손가락 끝으로 핸드폰을 만지작거리기만 할 뿐 홍연은 전화를 걸 수 없었다. 전화를 받지 않을까 봐 두려웠고, 받을까 봐 무서웠다.

더 이상 견딜 수 없을 것 같다고 생각한 순간, 거짓말처럼 지민의 차가 아파트 단지 안으로 늘어섰다. 어쩌면 이런 장면을 또 보게 될 거란 각오를 하고 있던 사람처럼 홍연은 잠시 두 눈을 감았다. 딱 효신이 차에서 내릴 때까지만. 지난번처럼 한참 동안 이야길 나누겠지. 그녀의 차가 사라질 때까지만 홍연은 함께 있는 두 사람을 보지 않을 참이었다.

얼마나 시간이 지났을까. 한참, 또 더해서 한참 동안 기다렸지만 차 문이 열리는 소리가 들리지 않았다. 홍연은 아주 천천히 눈을 떴다. 그리고 차 안에서 서로에게 기댄 연인을 마주했다. 입맞춤은 끝도 없이 이어졌고, 홍연은 감히 다시 눈을 감을 생각도 하지 못하고 그들을 지켜보며 몸을 떨었다.

홍연은 노트북을 더욱 꽉 끌어안았다. 노트북을 떨어뜨릴까봐 두려웠던 게 아니라, 자신이 모래 바닥 위로 무너지지 않기 위해서였다.

"그만 마셔!"

태율이 홍연의 술잔을 빼앗았다. 홍연이 화장기 없는 민얼굴에 파카 차림으로 클럽에 나타난 것도, 덕분에 한창 작업 중이었던 여자들을 포기했던 것도, 술을 마셔야겠다는 홍연을 데리고 분위기가 절정으로 무르익은 클럽을 나와야 했던 것도 모두 너그럽게 용서할 수 있었다. 하지만 날이 밝아 오도록 소주병을 손에서 놓지 않는 홍연에게서 그 까닭을 듣기 위해 기다리는 인내심은 바닥을 드러냈다.

"왜 이러는지 이유나 듣자고. 공모전 결과가 벌써 나왔어?"

"아니. 아직."

취기 때문에 홍연의 눈에 새빨간 핏줄이 도드라졌다.

"그럼 뭐야? 너 혹시."

태율이 눈을 가늘게 뜨고 덧붙여 물었다.

"또 남자한테 까였냐?"

"까……."

까인 거 아니거든! 반사적으로 쏘아붙이려던 홍연은 태율의 말이 틀리지 않았음을 깨닫고 입을 다물었다.

"언제 또 누구한테 그랬어? 뭐, 이미 까였는데 알아서 뭐 하겠냐마는……. 옜다. 마셔. 마시고 잊어."

태율이 혀를 차며 빼앗아 들었던 그녀의 술잔을 돌려주었다.

"너 그때 기억나? 우리 밴쿠버에서."

비어 있는 술잔을 노려보며 홍연이 중얼거리듯 물었다.

"효신이가 나 좋아했던 거."

"응?"

잠시 눈을 깜빡이던 태율이 이내 고개를 끄덕였다.

"아……, 기, 기억나지."

"주효신 같은 애한테 고백씩이나 받는 건 어마어마한 일이잖아. 내 인생의 행운의 총량이 그때 다 쓰였나 봐."

홍연은 자신의 빈 잔에 술을 채웠다.

"그때 이후로 나 되는 일이 하나도 없어."

울지 않으려고 갖은 애를 쓰는 홍연의 얼굴이 일그러졌다. 그런 그녀를 안쓰러운 듯 바라보던 태율이 에라 모르겠다, 하는 표정으로 자신의 술잔을 들어 단번에 입 안으로 털어 넣었다. 그리고 입가를 스윽 닦으며 말했다.

"아니야."

탁, 술잔을 탁자 위에 소리 내어 올려놓은 태율이 말을 이었다.

"이홍연 인생의 행운, 아직 많이 남아 있어."

"뭐?"

'그래 뭐, 이미 다 지나간 일이니까.' 혼잣말처럼 중얼거린 뒤 태율이 대답했다.

"그때 그 고백, 효신이가 너한테 했던 그 고백 말이야. 그거, 아니야."

분명 주량을 넘기도록 술을 마셨는데, 홍연은 순간 술이 확 깨는 느낌이었다.

"그거 거짓말이야."

완벽한 실연

스물일곱 살이 되었다.

새벽녘에야 간신히 잠이 들었지만 홍연은 이른 아침부터 눈을 떴고 침대에서 몸을 일으킨 다음 가장 먼저 환기를 시키기 위해 창문을 열었다. 칼날처럼 날카롭게 좁은 방 안으로 밀려 들어 오는 겨울바람은 어제와 변함없이 똑같았지만, 홍연에게 스물일곱 살의 첫날은 더 이상 어제와 같지 않았다.

불면으로 잠을 이룰 수 없었던, 입맛이 없어서 밥을 먹을 수 없었던 지난 일주일간 다짐하고 또 다짐했던 대로 홍연은 청소를 시작했다. 묵은 먼지를 닦아 내듯 지난 일들을 지워 버리고 싶었다.

찬물에 걸레를 빨아서 방바닥을 닦고, 각종 작법서와 소설, 영화 관련 서적 등으로 뒤죽박죽인 책장을 정리했다. 책상 위

먼지를 털어 내던 홍연의 눈에 효신의 노트북이 들어왔다.

'그거 거짓말이야.'

태율의 목소리가 귓가에 맴돌았다.

홍연은 툭 내던지듯 걸레를 책상에 내려놓았다. 그리고 핸드폰을 찾아 전원을 켰다. 까맣던 화면에 불이 들어오고 곧이어 지난 며칠간 확인하지 않은 메시지들이 쏟아지기 시작했다. 대부분 연말 인사와 새해 인사였다. 메시지를 대강 눈으로 훑으며 확인하던 홍연은 효신의 이름을 발견하고 움찔했다.

[새해 복 많이 받고 올해도 건강하자.]

'그거 거짓말이야. 애초에 쓰이지 않은 행운이었단 뜻이지. 그러니까 이홍연 인생에 아직 어마어마한 행운이 남아 있어. 앞으로 잘될 일만 남은 거야.'

홍연은 효신에게 전화를 걸었다.

— 응, 홍연아.

순하고 다정한 목소리가 전화 건너편에서 응답했다. 분노와 미안함, 그리고 두려움이 섞였던 녀석의 마지막 목소리 때문에 감히 전화 한번 걸지도 못하고 꾹꾹 눌러 참았던 것이 무색할 정도였다.

"우리 만나. 노트북 돌려줄게. 미안해."

오히려 무미건조하고 담백한 쪽은 홍연이었다.

"내가 너무."

홍연은 손가락 끝으로 효신의 노트북을 가볍게 쓸었다.

"오래 들고 있었어."

효신은 카페에 먼저 도착해서 홍연을 기다리고 있었다. 홍연은 카페 문을 열고 들어서기 전에, 유리창 너머 효신을 물끄러미 바라보았다. 반듯한 이마를 덮은 갈색 머리칼, 크고 부드러운 눈매와 다부진 콧날, 넓은 어깨를 감싼 검은색 스웨터와 허리를 곧추세워 앉은 소파 밑으로 길게 뻗은 다리까지, 홍연은 한참 동안 그에게서 시선을 떼지 못했다.

"왔어?"

홍연을 맞이하며 효신은 손을 가볍게 들어 보였다. 자연스러워 보였지만 홍연은 효신의 미소에 감춰진 어색함을 어렵지 않게 감지해 냈다.

"우리 꽤 오랜만이네. 부산 내려갔다 왔다며?"

"응. 미안해. 아침부터 불러내서."

효신의 맞은편에 앉으며 홍연은 그가 그녀의 몫으로 미리 주문해 둔 라테를 발견했다.

"괜찮아. 커피 마셔. 방금 나왔어. 아직 뜨거울 거야."

"고마워."

효신의 말대로 라테는 따뜻했다. 커피에 섞인 고소한 우유가 목구멍을 타고 넘어가는 순간에야, 홍연은 자신이 며칠 동안 물을 제외하면 아무것도 먹지 못했다는 사실을 깨달았다.

"못 본 사이에 살이 많이 빠진 것 같아. 어디 아팠어?"

"그냥 컨디션이 좀 안 좋았어."

홍연은 노트북 가방을 탁자 위에 올려놓았다.

"잘 썼어."

두 사람 사이에 잠시 정적이 흘렀다. 정초의 이른 아침 카페는 한산했고, 낮은 음악 소리만이 두 사람 주위를 겉돌았다.

"나 우 감독님이랑……."

"있잖아, 나."

동시에 입을 열었다가, 두 사람은 몸을 움찔거렸다. 효신이 무슨 말을 하려는 것인지 홍연은 이미 알고 있었다. 놀이터에서 목격했던 두 사람의 관계를 그의 입으로 직접 확인하게 되기 전에 홍연은 먼저 말하고 싶었다.

"내가 먼저 하고 싶은 말이 있는데."

"홍연아 나는."

"걱정하지 마. 고백 아니야."

홍연은 손에 들고 있던 라테 컵을 내려놓았다.

"더 이상 너한테 안 해, 고백."

두 사람의 눈이 마주쳤다. 얼마 전까지만 해도 일방적인 감정으로 몰아붙이던 막무가내의 홍연이 아니었다.

"예전에 나는."

마음을 가다듬듯 가만가만 눈을 깜빡이며 홍연은 잠시 침묵을 지켰다. 효신은 재촉 없이 그녀가 다시 입을 열길 기다렸다.

"내가 고백만 하면, 내가 내 마음만 너에게 알려 주면 우리가 금방 연인 사이가 될 수 있을 줄 알았어. 누가 들으면 비웃을지도 몰라. 나도 알아. 누가 봐도 너랑 나랑은."

홍연은 차마 효신을 똑바로 바라보지 못했다.

"어울리지 않으니까. 넌 키도 크고, 똑똑하고, 친절하고, 어디 가나 시선을 받고, 여자들한테 인기도 많지. 나도 알아. 그런데도 불구하고 내가 당당하게 고백하면서 뻔뻔하게 굴 수 있었던 이유는 오로지 하나뿐이었어. 넌 너랑 어울리지 않았던 나를, 뚱뚱하고, 예쁘지도 않고, 말 많고, 주책맞게 참견하고 다니다가 뒷말이나 듣고, 늘 실수하고 엉망인 나를."

탁자 모서리만 응시하던 홍연이 천천히 고개를 들었다.

"먼저 좋아해 줬으니까."

이번에는 효신이 홍연의 눈빛을 피했다.

"옛날에 밴쿠버에서, 네가 고백했을 때 말이야. 이게 꿈인가 싶었어. 나한테 어떻게 이런 일이 벌어질 수 있는지 믿기지 않았어. 내가 다니엘 오빠를 좋아하고 있었고 또 그 사실을 주위 사람들 모두 알고 있기 때문에 다른 사람을 만날 수 없다며 너를 거절하긴 했지만 그건 사실 반은 거짓말이었어."

좌절과 분노, 혼란과 수치심을 오가며 일주일을 보낸 홍연이었다.

"네가 고백했을 때 이게 어떤 기회인데, 나 같은 건 엄두도 낼 수 없는 사람이 나를 좋아해 준다는데……, 정말 덥석 물고 싶었어. 그런데."

홍연의 목소리는 그 어떤 감정도 찾을 수 없을 정도로 담담했다.

"두려웠어. 네 마음이 금방 바뀌어 버릴까 봐. 잠깐 뭐에 씌었는지 내가 좋다고 하긴 했는데, 그게 오래가지 않을 거라고 생각했어. 너 좋다고 쫓아다니는 여자들만 봐도 그렇잖아. 영화로 치자면 할리우드 블록버스터 영화 같은 여자애들을 두고 B급 좀비 영화인 나를 계속 좋아할 리 없다고 생각했어."

홍연은 어깨를 가볍게 으쓱거렸다.

"물론 그때 네가 B급영화 마니아라는 사실을 미리 알았더라면 내 대답은 달라졌겠지만."

자신의 농담에도 여전히 긴장해 있는 효신의 모습에 홍연도 쓴웃음을 거두었다.

"효력이 얼마 가지 않을 것 같은 행운보다는, 그냥 너를 남자사람친구로 내 옆에 두고 싶었어."

그때 카페 안으로 여자 손님들이 들어섰고, 그들의 시선이 잠깐 효신에게 머무르는 것을 홍연은 물끄러미 지켜보았다.

"너 같은 애가, 이렇게 멋진 애가, 엄청 예쁜 여자애들이 좋다고 따라다니는 남자애가 나를 좋아한다는 사실이 나한테 어떤 의미였는지 너는 상상도 못 할 거야. 가난한 집에 태어나서, 공부도 못하고, 예쁘지도 않고, 영화는 하고 싶은데 재능은 딱히 없는 것 같고, 항상 짝사랑만 하다 차이고 까이던."

마른 목을 축이기 위해 라테 컵을 집어 들고 한 모금 마셨지만 우유의 텁텁함만 입 안에 남아 맴돌았다.

"누가 봐도 별 볼 일 없는 나에게 너의 고백은 마법의 주문 같은 거였어. 쪽팔릴 때마다, 창피할 때마다, 자존감이 바닥을

칠 때마다 '아니야, 나도 매력 있어. 나도 꽤 괜찮아. 무려 주효신이 좋아해 줬던 여자야. 나 주효신의 고백도 거절했던 사람이야.' 되뇌었거든. 가진 것 하나 없는 나한테 그게 어떤 의미였는지, 너는 상상도 못 할 거야."

"홍연아."

묵묵히 듣고만 있던 효신이 처음으로 입을 열었다. 하지만 이내 그는 다시 말문이 막혀 버렸고 홍연이 대신 말을 이었다.

"네 고백은 그때 이후로 지금까지 그랬어. 내가 나답게, 다른 사람의 시선 따위에 굴하지 않고 꿋꿋하게 살아갈 수 있는 힘이었어. 그게……."

말하던 내내 침착했던 홍연의 목소리가 처음으로 가늘게 떨렸다.

"마법도, 행운도 아닌."

효신이 고개를 들었다.

"너의 동정이었을 줄은 까맣게 모르고."

홍연이 처음 고백했던 날보다 효신은 더 당황한 얼굴이었다.

"어떻게 알……."

입술을 달싹거리며 할 말을 찾던 효신이 한참만에야 간신히 차분함을 되찾았다.

"동정 아니야. 그건 그냥……."

"맞아, 동정. 나는 지난 며칠 동안 몇 번이고 몇 번이고 그때 일을 되씹어 봤어. 그건 동정이 맞았어. 바보같이 나만 몰랐을 뿐이지."

"홍연아."

"너는 내가 불쌍했었어. 다니엘 오빠한테 차이고, 그 사람이 주변 사람들에게 나를 어떻게 말했는지, 그들이 나를 어떻게 보는지 어학원의 모든 학생들 앞에서 비참하게 듣게 된 내가 불쌍했던 거야."

"난 단지 네가 없는 자리에서 너무 함부로 말하는 게, 너는 아무것도 모르고 그 패거리들에게 웃어 주는 게 잘못된 일이라고 생각했었어."

홍연이 고개를 살짝 끄덕였다.

"넌 무시당하는 내가 불쌍했고, 그래서 내가 없는 자리에서 나를 짝사랑 중이라고 말해 주는 걸로 내 자존심을 몰래 세워 주고 싶었던 거였겠지. 단지 너의 작은 호의가 사람들에게 등 떠밀려 의도치 않은 고백이 되어 버렸다는 게 문제였지만. 알아. 너는 좋은 사람이니까. 그렇다고 그게 동정이 아닌 게 되진 않아. 그건 확실히 동정이었어."

효신은 고개를 단호히 가로저었다.

"정말 다른 뜻이 있어서 그런 게 아니었어. 홍연이 널 기만하려 했던 행동도 더더욱 아니었고. 오히려 나는 너와 가까워지고, 너라는 친구가 생겨서 그 일에 감사했어."

"나는 지금 너한테 동정 받았다고 화를 내려는 게 아니야. 사실 처음엔 화도 나고, 슬프고, 너무 창피해서 다시는 네 얼굴을 못 볼 수도 있겠다 싶었어. 그런데 아무리 시간이 지나도 변하지 않는 사실은 네 작은 호의로, 지난 4년간 나는 다른 사람들이 뭐라든지 간에 나답게 살 수 있었어. 감사해야 할 사람은 나야."

홍연은 웃어 보이려고 애를 썼다.

"고마워."

이제는 정말로 끝을 내야 할 때가 왔다. 홍연은 크게 숨을 들이마시고 다시 내쉰 뒤 장난스럽게 목소리를 높였다.

"그런데 더 이상 너한테 고백을 못 할 것 같아. 지난 4년 동안 네가 나를 진심으로 좋아해서 고백했다고 착각한 채 너한테 구질구질하게 굴었던 것도, 뻔뻔스럽게 몇 번이고 고백했던 것도 아마 내 인생 최고의 흑역사가 될 거야."

"우리 사이."

효신이 조심스럽게 물었다.

"변하는 거 없는 거지?"

홍연은 효신을 물끄러미 바라보았다.

언제부터 녀석이 친구가 아닌 남자로 보이기 시작했을까. 마음이라는 것이, '지금부터 시작'이라고 선언하고 출발하는 게 아니기에 늘 궁금했었다. 몇 번인가 헤아리고 더듬어 생각해 보았었고, 결론은 늘 같았다.

수많은 사람들 앞에서 효신이가 나에게 너를 좋아한다고 말해 주었을 때. 그 거침없는 눈빛에 설렜고, 그 다정했던 목소리를 사랑했다. 그렇기에 효신이는 지금껏 한 번도 내게 친구였던 적이 없었다.

"변하는 거 없어."

하지만 이제는 변해야 한다.

"우린."

순간 목구멍이 꽉 막히는 기분이 들어 홍연은 말을 잠시 멈춰야 했다. 이젠 효신이와 그의 새 여자 친구를 질투해선 안 되고, 녀석이 죽을 만큼 보고 싶어도 달려가선 안 되고, 그의 다정함을 착각해서도 안 된다.

"친구야."

마이너 인생의 정점

....

"대박. 와, 주효신 진짜 우지민 감독 많이 좋아하는 것 같
더라."

며칠 전 효신에게서 그의 새 여자 친구를 소개받은 태율은
홍연이 그의 오피스텔에 들어선 순간부터 내내 수다스럽게 소
감을 쏟아 냈다.

"우지민을 쳐다보는 눈빛 자체가 달라."

홍연은 돌아보지 않고 아르바이트 자리를 검색하느라 마우
스를 바삐 움직일 뿐이었다.

"너도 오늘 가서 보면 완전 오그라들걸."

계속 시나리오를 쓰려면 일단 새 노트북이 필요했다. 영화
스태프로 일하며 받는 열정페이로는 새 노트북은커녕 옥탑방
월세를 내는 것도 빠듯했다.

"하긴, 같이 작업하면서 넌 자주 봐서 놀랍지도 않겠다."

책상 가까이 다가온 태율이 허리를 숙여 모니터를 들여다보았다.

"적당한 알바 자리 있어?"

드디어 태율의 입에서 효신에 대한 화제가 사라지자 그제야 홍연은 안도의 한숨을 길게 내쉬었다.

"시나리오도 써야 하니까 아무래도 편의점 알바 같은 게 시간 관리하기가 편할 것 같은데. 요즘 대학생들 방학이라 그런지 적당한 게 없네. 너 나갈 준비 안 해? 벌써 6시야."

"벌써?"

시계를 흘끗 바라본 태율이 외출 준비를 위해 옷방으로 사라지자 홍연은 구인 사이트의 창을 닫았다. 태율 앞에서 간신히 숨기고 있던 초조함이 터지며 홍연은 자신도 모르게 입술을 잘근 씹었다. 마우스를 움직이는 홍연의 손끝이 떨렸다.

"참, 우리 효신이한테 선물이라도 하나 해 줄까? 커플 아이템으로……."

옷방에서 갑자기 얼굴을 스윽 내민 태율 때문에 홍연은 벌떡 의자에서 일어나 모니터를 감추고 섰다.

"왜 그렇게 놀라?"

태율이 뭔가 의심스럽다는 표정으로 눈을 가늘게 떴다.

"뭐 나쁜 짓 하다가 들킨 사람처럼."

"뭘? 아니야, 아무것도."

태율이 티셔츠를 반쯤 입다 말고 성큼성큼 다가왔다.

"너 혹시 내 직박구리 폴더에서 뭘 발견한 건 아니지?"

"아니야. 아니라고."

태율한테 밀쳐진 홍연이 체념한 듯 의자에 털썩 주저앉았다. 모니터를 잠시 물끄러미 바라보던 태율이 머쓱한 표정으로 한 발짝 뒤로 물러났다.

"오늘 약속."

태율이 반쯤 몸에 끼우고 있던 티셔츠를 주섬주섬 챙겨 입었다.

"미룰까? 그냥 우리끼리 술이나 한잔하는 게 낫겠지?"

홍연이 피식 웃음을 터뜨리며 고개를 흔들었다.

"됐어."

모니터에 다시 구인 사이트를 띄우며 홍연이 말을 이었다.

"한창 바쁘고 잘나가는 우 감독이 그나마 남자 친구 베프들이라고 귀한 시간 내주신다는데 나가야지. 우리 엄청, 겁나 비싼 거 먹자."

가타부타 대답이 없자 홍연이 고개를 돌려 태율을 바라보았다. 정작 상처받은 사람이 본인이라도 되는 듯 태율의 표정이 어두웠다.

"지금 주제넘게 누가 누굴 걱정해? 너나 잘해."

"그래도 이홍연, 오늘은 그냥."

홍연은 혀를 쯧쯧 찼다.

"그리고 너 옷 거꾸로 입었어."

정말 괜찮은 건가. 잠시 머뭇거리던 태율이 이내 짧은 한숨을 내쉰 뒤 다시 옷방으로 돌아갔다. 탁, 문이 닫히는 소리가 들리자마자 홍연의 얼굴에서 웃음기가 사라졌다. 홍연은 구인 사이트 뒤로 감추어 두었던 창을 다시 띄우고 한참 동안 지켜보다 이내 컴퓨터를 완전히 꺼 버렸다.

"당연히 알고 있었지."

'오오오.' 태율이 장난스럽게 탄성을 질렀다.

"어떻게요?"

"그런 느낌 있잖아. 누군가의 시선, 누군가의 집중을 받고 있는 느낌."

효신과 지민이 마주 보고 웃는 모습을 차마 똑바로 쳐다볼 수 없어 홍연은 소주잔을 손안에서 빙글 돌렸다.

"그럴 때마다 고개를 들면 꼭 거기 효신이가 있더라고."

그러지 마, 이홍연. 고개를 들어. 확실히 봐. 네가 원했던 거 잖아.

"모르는 게 이상한 거였지."

내키지 않아 하는 효신을 다그쳐서 이 자리를 만든 사람은 다름 아닌 자신이었다.

"솔직히 스태프들도 다 알고 있었잖아. 안 그래, 이홍연?"

홍연은 천천히 고개를 들어 자신에게 말을 걸어온 지민을 마주 보았다.

"맞아요. 효신이가."

떨리는 뺨 근육에 힘을 주며 홍연은 말을 이었다.

"뭘 못 감춰요. 솔직하잖아요, 애가."

홍연의 시선이 효신에게로 천천히 옮겨 갔다. 차마 홍연과 눈을 마주치지 못하고 고개를 비스듬히 돌린 효신이 어색한 웃음을 짓고 있었다. 감정을 숨기지 못하는 사람, 효신의 죄책감이 그대로 전해져 왔다.

"너무 티 나게 굴어서 스태프 사이에서 효신이가 감독님 좋아하는 걸 모르는 사람이 없었어요."

"자식, 생긴 거랑 다르게 도통 여자한테 관심이 없어서 이 형님이 얼마나 걱정했었는데!"

"너처럼 과하게 있는 것보단 낫지. 걱정은 누가 했는데?"

소주잔을 부딪치며 티격태격거리던 효신과 태율이 담배를 한 대 피우겠다며 자리를 떠났다. 어쩔 수 없이 홍연과 지민만이 좌석이 다닥다닥 붙은 작은 일본식 선술집 테이블에 마주 앉았다.

"감독님."

가늘고 긴 손가락으로 소주잔을 입으로 가져가던 지민이 고개를 살짝 치켜들어 홍연을 바라보았다. 낮게 깔린 어두운 주황빛 조명 아래의 그녀는 얄미울 정도로 예뻤다.

깡마른 몸매와 날카로운 목소리, 여섯 살이나 연상인 나이를 가지고 그녀를 폄훼했던 그 순간에도 홍연은 그것이 자신의 졸렬한 질투심이라는 사실을 알고 있었다. 그녀가 쓴 시나리오들에서 보이는 빛나는 재능에 질투가 났고, 그 시나리오로 탄생한 그녀의 영화는 완전무결했다. 이런 완벽한 그녀와 감히

연적이 될 수 있을 거라고 자신만만했던 자신의 꼴이 떠오르면 잠을 자다가도 이불을 걷어찼다.

그 자신감의 근거는 오직 하나, 효신이 자신을 좋아했었다는 오해뿐이었다.

"사과드리고 싶어서 효신이한테 자리 마련해 달라고 했어요."

어색한 손길로 술잔을 만지작거리던 홍연이 한참을 머뭇거리다 다시 입을 열었다.

"그때, 죄송했어요."

'확실해요, 고마운 거? 고마운 사람이 영화 찍는 내내 그렇게 스태프들을 괴롭혔어요? 사람들 다 지금 웃고는 있지만 다들 얼마나 감독님 등쌀에 괴로워했는지 알긴 아세요? 아니, 모르실 거예요. 우리 영화 대박을 기원한다고요? 생각보다 솔직하지 못하시네. 감독님한테 이 영화는 그냥 '내 영화'였잖아요. 우리 전부 다 감독님의 영화에 소모되는 소모품이었잖아요.'

소품팀 막내의 시건방진 주사가 얼마나 같잖고 우스웠을까. 홍연은 눈을 질끈 감았다 떴다.

"사과가 좀 늦었네?"

"죄송합니다."

홍연의 목소리가 기어들어 가듯 작아졌다.

"사과는 그렇다 치고, 오해는 풀자."

지민은 소주병을 들고 홍연의 잔을 흘깃 바라보았다. 홍연은 저도 모르게 남은 술을 황급히 마시고 지민 앞에 잔을 내밀었다.

"나 좀 억울했어."

"네?"

지민이 술병을 기울여 홍연의 잔에 소주를 따랐다.

"작업하면서 나 한 번도 오로지 내 것, 그런 생각 한 적 없어."

잔 끝에서 찰랑거리다 넘쳐흐른 투명한 한 줄기의 소주가 홍연의 손가락을 타고 넘었다.

"이건 우리 영화니까 그들도 가진 능력과 열정과 노력을 모두 쏟아야 한다고 생각했고, 또 다그치긴 했지만 사람들의 노고를 하찮게 생각한 적도 없어."

홍연이 미처 손을 뻗기도 전에 지민은 자신의 잔에 술을 가득 채워 따랐다.

"그렇지만 내 성격이 지랄맞은 것도 알아. 내 의중이 어떻든 주위 사람들은 순간순간 괴로웠을 거고. 스태프들이 나 때문에 고생한 거 인정해. 그렇다고 쉽게 이 성격이 바뀔 것 같진 않지만."

어째서 이 여자는 자신의 잘못을 인정하는 것조차 이토록 당당하고 거침없을 수 있을까.

"술에 취했다는 핑계를 대더라도 넌 그때 분명히 주제넘었어. 그렇지만 그때 일은 잊자. 나 내 애인의 절친한테 미움받고 싶지 않거든."

그녀가 가진 여유로움을 나는 언제쯤이면 흉내라도 낼 수 있을까. 홍연은 불쑥 내민 그녀의 술잔에 건배하듯 자신의 잔을 조심스럽게 가져다 댔다. 그리고 잔이 입술에 닿았을 때였다.

"대신 앞으로 좀 조심해 줘. 사적인 자리에서야 내 애인의 친구지만, 그렇지 않은 자리에선 우리가 마주 보고 그런 언쟁을 할 수 있는 같은 위치는 아니잖아."

홍연은 잔을 떨어뜨리지 않기 위해 순간 힘을 주었고, 술이 입술 끝에서 턱을 타고 흘렀다.

"뭐야, 두 사람만 달리는 거야? 같이 마셔요!"

어느새 돌아온 태율과 효신이 다시 자리를 잡고 앉았다. 비었던 잔에 다시 술이 채워지고, 마시고 또 비워졌다. 소란한 술집 안에서 절로 목소리가 높아지고, 바로 곁의 사람에게 말을 건네기 위해 거리는 더 가까워졌다. 홍연은 숨이 닿을 듯 바싹 붙어 앉아 서로에게 끊임없이 속삭이는 효신과 지민을 지켜보며 술을 마셨다.

위험했다. 입 안에 머금었던 술의 끝맛이 달게 느껴진 순간, 홍연은 잔을 내려놓았다. 더 이상은 자신할 수 없었다.

"어떡하지?"

자신의 목소리가 소음에 묻힐까 봐 홍연은 일부러 더 과장스럽고 경쾌하게 입을 열었다. 혹시라도 한 번 더 말해야 한다면 그땐 이렇게 태연스럽게 굴지 못할 것 같았다.

"나 내일 알바 면접 때문에 그만 들어가서 자야 할 것 같은데."

세 사람의 시선이 동시에 홍연에게로 향했다.

"벌써?"

"벌써는 무슨. 12시인데."

효신이나 태율이 혹시라도 붙잡거나 함께 일어나려 할 때 덧붙일 변명도 미리 생각해 두었었지만, 두 사람은 그러지 않았다.

"먼저 들어가 보겠습니다, 감독님."

"다음 프로젝트 들어가게 되면 효신이 통해서 연락할게."

잠시 지민을 물끄러미 바라보던 홍연은 이내 그녀를 향해 고개를 숙여 인사를 건넸다.

"감사합니다."

홍연은 태율과 효신을 향해 가볍게 눈인사를 하고 술집을 나섰다. 부지런히 걸음을 놀리면 마지막 버스를 탈 수 있을 것 같았다.

"홍연아."

옷깃을 한번 여민 뒤 찬바람 속을 가르며 한 걸음 내딛은 순간 등 뒤에서 들리는 목소리에 홍연은 얼어붙었다. 아주 잠시 숨이 멎었던 것 같다.

"아까 담배 피우러 나갔다가 태율이한테 이야기 들었어."

홍연은 차마 뒤돌아볼 용기가 나지 않았다.

"괜찮아."

돌아선다면, 그리고 효신과 마주 보게 된다면 지금까지 간신히 참고 있던 모든 것들이 터져 나올 것 같았다.

"우리 아직 젊고, 기회는 많아."

오랜 착각의 진실로 인해 황폐해진 자존감, 현재의 실연이 가져다준 상실감, 공모전 탈락에 맛본 암울함, 지민으로 인해 상처받은 자존심, 당장 내일 아침부터 무엇을 해야 할지 모르는 불확실성이 주는 불안감에 몸이 덜덜 떨릴 지경이었다.

"힘내. 이홍연의 제일 큰 장점이 무한 긍정이잖아."

하지만 온 세상으로부터 거절당한 듯한 이 좌절을 효신에게 들키고 싶지 않았다. 홍연은 크게 한숨을 내쉰 뒤 뒤돌아섰다.

"나야 당연히 괜찮지."

단단히 마음을 먹었지만 막상 걱정이 가득한 효신의 눈빛과 마주하자 홍연의 눈시울이 절로 뜨거워졌다.

"공모전에서 한두 번 떨어져 보냐? 됐어. 정 위로하고 싶으면 다음에 밥이나 사. 나 막차 시간 때문에 가야 해."

눈물을 들키기 전에 홍연은 효신을 향해 손을 가볍게 들어 보인 뒤 얼른 뒤돌아섰다. 다리에 힘을 주고 한 걸음 떼어 놓는 순간 등 뒤에서 술집 문이 닫히는 소리가 들려왔다. 긴장이 풀리는 동시에 참았던 눈물도 터졌다. 돌아본 그 자리에 효신은 없었다. 비어 있는 그 자리가 주는 상실감에 홍연의 다리에서 힘이 풀렸다.

아무것도 남지 않았다. 사랑도 없고, 꿈도 좌절됐다. 앞으로 효신만큼 사랑하는 사람을 만날 수나 있을까 두려웠고, 과연 사람들이 원하는 시나리오를 써 낼 재능이 있는지조차 의심스러워졌다.

홍연은 벽을 짚고 간신히 버티고 섰다.

"하아."

어쩌면. 마음 한구석에서부터 뻗어 나온 공포에 숨이 턱하고 막혔다.

어쩌면 이게 내 마이너 인생의 정점이 아닐지도 몰라. 어쩌면 이게 시작일지도 몰라. 어쩌면 앞으로 난 이 의심에 익숙해지고 두려움에 친숙해질지도 몰라.

한 줄기 햇빛이 벌어진 커튼 틈 사이를 비집고 들어와 홍연의 뺨 위에 아른거렸다. 홍연은 엄청난 갈증을 느끼면서 잠에서 깼다. 퉁퉁 부은 눈으로 한참 동안 깜빡거리자 비로소 낡은 천장이 시야에 들어왔다.

내가 좌절하든 분노하든 상관없이 세상은 절대로 끝나지 않는다. 허탈감에 오히려 피식 웃음이 터졌다.

냉장고 문을 열고 2리터짜리 물병을 입에 가져다 꿀꺽꿀꺽 마셔 댔다. 늦잠을 자 버렸다. 편의점 아르바이트 면접을 보러 가기 위해서는 서둘러야 했다. 씻기 위해 욕실로 들어가기 전 홍연은 핸드폰 메시지를 확인했다.

[집에 잘 들어갔어? 면접 잘 보고 일단 아르바이트하고 있어. 새 프로젝트 들어가면 제일 먼저 연락 줄게.]

"나쁜 놈."

너의 다정한 이 한마디 한마디가 나에게는 미련으로 남는다는 걸 모르는 무정한 나쁜 놈. 아주 오랜 시간이 지난 뒤, 어쩌면 지민과 너의 관계가 끝이 난 아주 먼 훗날, 나에게도 한 번쯤 기회가 오지 않을까 하는 기대감을 품게 하는 나쁜 놈.

핸드폰을 다시 내려놓으려는 순간 벨이 울리기 시작했다. 모르는 번호였다.

"여보세요."

아르바이트 이력서를 넣어 둔 곳일지도 모른다고 지레짐작하며 홍연은 전화를 무심히 받았다.

— 안녕하세요. 혹시 〈1592 스파이〉 시나리오 쓰신 이홍연 작가님 번호 맞나요?

이번 영진위 공모전에 냈다가 탈락한 홍연의 시나리오였다. 홍연은 마른침을 삼키며 핸드폰을 들고 있던 손을 고쳐 쥐었다.

"네."

커튼 틈 사이로 비치던 아침 햇빛은 어느새 각도가 바뀌어 홍연의 발끝에 놓였다.

"맞아요."

앞으로 펼쳐질 인생에 있어서 익숙해지는 것은, 비단 좌절과 분노뿐만이 아닐지도 모른다.

"제가 이홍연이에요."

그보다 더 무서운 미련과 기대와 희망이 좌절 끝에 매달려 끝끝내 이 악순환에서 벗어날 수 없게 만들지도 모른다. 하지만 홍연은 한 걸음 내딛어 빛 안으로 발을 들여놓았다.

놓쳐 버린 모든 순간들을 후회하는 밤

2017년.

'저 사람한테 너 뺏길까 봐 그랬어. 나 너 좋아해. 친구 말고 여자로.'

홍연은 몸을 반대로 고쳐 누웠다.

'난 지금 지난 며칠 중에서 제일 정신이 또렷해. 그리고 최소한 지금 내가 뭘 원하고 있는지, 뭘 해야 하는지 확신해. 미안해. 그때 친구로 지내는 게 더 좋다고 말해서. 친구인 너를 잃고 싶지 않다고 말해서. 그게 이렇게 상대방을 화나게 만드는 말인 줄 몰랐어.'

결국 효신의 목소리를 귓가에서 걷어 내지 못하고 홍연은 침대에서 몸을 일으켰다. 불이 꺼지지 않은 옆 건물의 빛이 창문을 타고 넘어와 어두운 옥탑방 안에 드리워져 있었다.

'지금 당장 뭘 하려는 게 아니야. 너도 나한테 몇 번이나 고백했었잖아. 최소한 나한테도 그만큼의 기회는 달란 뜻이야.'

"아니."

살짝 몸이 꼬이고 목덜미가 간지러운 것 같아 홍연은 손가락으로 목을 가볍게 긁었다.

"언제부터?"

주효신. 오래전 온 마음을 다해 사랑했었던 사람. 십년지기 나의 친구. 일분일초도 머릿속을 떠나지 않았던 절절한 짝사랑. 한 시간에 한 번, 하루에 한 번, 한 달에 한 번, 그러다 문득 얼굴을 마주했을 때에야 내가 이 아이를 사랑했었지 하고 쓴웃음 지을 수 있었던 기나긴 세월. 기어코 찾아온 다음 사랑을 만난 후에야 진심으로 웃으며 마주할 수 있었던, 그 지리멸렬했던 긴 시간을 인내심을 가지고 끈질기게 기다려 주었던 친구가 오늘 나에게 사랑을 고백했다.

그때 침대 옆 탁자에 놓아둔 핸드폰이 짧게 진동했다. 홍연은 손을 뻗어 메시지를 확인했다. 효신이었다.

[잘 자.]

'내가 너를 다시 사랑할 일은 절대 없어.'

호기롭게 말하고 효신을 홀로 남겨 두고 돌아섰었다. 집으로 돌아온 뒤 몇 번이고 효신에게서 전화가 걸려 왔지만 받지 않았다. 도대체 무슨 급한 일이 갑자기 생겼기에 소개팅 자리를 박차고 갔냐며 불같이 화를 내는 태율의 메시지에도 답을 하지 못했다.

뭐라고 답을 보내야 하나 고민하다 홍연은 핸드폰을 옆에 두고 다시 침대에 누웠다. 사위가 고요해진 깊은 밤, 잠이 쉽게 올 것 같지 않았다.

"안녕하세요."

홍연은 안도감을 감추며 허리를 꾸벅 숙여 책상 네 개를 붙여 마주 보고 앉은 사람들을 향해 인사를 건넸다.

"이홍연입니다."

도심 한복판에 이런 넓은 오피스텔을 작가 작업실로 따로 얻어 줄 만큼 넉넉한 예산을 가진 프로젝트라면 윤 선배 회사처럼 중간에 엎어지진 않을 것이다. 비록 각색 보조 작가일지언정 자신의 이름이 엔딩 크레디트에 오를 수 있다는 기대감이 부풀었다.

"아, 전화받았어요."

가장 상석에 앉은 메인 작가는 여자였고, 양옆으로 각각 남자 작가와 여자 작가가 앉아 있었다.

"원안은 읽어 보고 왔지?"

메인 작가는 고갯짓으로 인사를 받으며 대뜸 말을 놓았다.

"네."

"책상은 저기 비어 있는 거 쓰면 돼."

메인 작가는 홍연과 비슷한 나이로 보였고, 나머지 사람들은 그녀보다 서너 살은 족히 어려 보였다.

"커피나 한 잔 할까?"

메인 작가의 말에 양쪽에서 마주 보고 앉아 있던 나머지 작가들의 시선이 동시에 홍연에게 향했다. 홍연은 그 의미를 재빠르게 눈치채고 노트북 가방을 빈 책상 위에 올려 두었다.

"제가 내려올게요."

"고마워. 커피 머신은 저기 주방에."

각종 아르바이트와 영화판에서 눈치로 버텨 온 세월이 10년이었다. 주방으로 간 홍연은 싱크대 안에 쌓인 컵들을 씻고 커피 캡슐을 찾아내서 커피를 내렸다. 흘끗 책상으로 고개를 돌린 홍연은 낮은 목소리로 이야기를 주고받고 있는 작가들을 바라보며 짧은 한숨을 내쉬었다.

"다시."

윤 선배가 소개해 준 이 작업실로 향하던 지하철 의자에 앉아서, 차창에서 쏟아져 발끝에 아른거리는 아침 햇빛을 응시하던 홍연은 문득 오래전 모든 것이 끝났다고 생각했던 지옥 같은 밤을 보낸 뒤의 아침을 떠올렸다.

벼랑 끝에 간신히 매달려 있는 사람에게 드리워진 동아줄처럼 나타난 희망, 아니, 희망인 줄 알았던 미련의 빛.

"시작이네."

어쩌면 그때가 지금 이 지긋지긋한 미련의 시작이었을지도 모른다. 그때 걸려 왔던 전화를 받지 말았어야 했다. 갓 스물일

곱이 되었던 그때, 뭐라도 다시 시작할 수 있었던 그 나이에 미련을 버리고 이 영화판을 떠났어야 했다.

"커피 아직 멀었어?"

화들짝 놀란 홍연이 퍼뜩 정신을 차렸다.

"거의 다 됐어요."

새삼 옛날 생각이 난 건 다 주효신 때문이다. 도대체 그 자식은 왜 난데없는 고백을 해서 사람 마음을 뒤숭숭하게 만드는 거야?

홍연은 서둘러 커피 컵을 쟁반에 받쳐 들고 책상으로 돌아갔다.

"이건 원안, 이건 연출자가 원하는 각색 방향, 이건 초고."

메인 작가 대신 젊은 남자 작가가 홍연에게 한 뭉치의 너덜너덜해진 종이들을 내밀었다.

"메일 주소 알려 주세요. 그동안 모아 두었던 자료 보낼게요."

여자 작가는 홍연을 쳐다보지도 않은 채 키보드를 두드리며 그녀에게 물었다. 두 사람의 목소리와 태도에서 느껴지는 미묘한 적대감에 홍연은 손가락으로 뺨을 살짝 긁었다.

메인 작가가 책상에서 몸을 일으켰다.

"연출 코멘트랑 초고 읽어 보고, 자료는 훑어봐. 난 잠깐 감독 좀 만나고 올게."

"네."

두 명의 보조 작가가 대충 엉덩이를 떼는 시늉을 하며 메인 작가를 배웅했다. 홍연은 비어 있던 책상 앞에 앉아 노트북을 켜고 자신의 몫으로 가져온 커피를 한 모금 마셨다. 노트북에 불이 들어오고, 메일함을 열려는 순간 주머니에 넣어 두었던 핸드폰이 진동했다.

효신일지도 모른다는 생각, 그리고 이번에도 어젯밤처럼 답을 하지 않겠다는 다짐을 했지만 막상 확인해 본 메시지의 주인공은 의외의 사람이었다.

[어제는 잘 들어갔어요? 나한테 해 줄 말 있지 않아요?]

소개팅 상대, 정박이었다.

어젯밤 쏟아진 태율의 메시지에서 효신에 관한 말을 찾을 수 없는 것으로 보아 정박이 어제의 상황을 자세히 설명하진 않은 듯했다. 황당했을 그에게 사과를 해야 마땅하지만, 태율에게 둘러댈 핑곗거리가 생각나지 않아 미루던 참이었다.

"멍때리고 있을 시간도 있고, 한가하네요. 자료만 해도 책 수십 권 분량인데."

여자 작가의 목소리에서 빈정거림이 느껴졌다.

"뭐, 있던 사람 밀어내고 자리 차지할 정도로 뛰어난 능력자이시니까, 말해 뭐 하겠어."

남자 작가가 기다렸다는 듯 거들었다. 두 사람은 메인 작가 앞에서는 교묘하게 숨기고 있던 적대감을 고스란히 드러냈다.

뭐지, 이 상황은?

두 사람은 다시 고개를 노트북에 고정시키고 홍연에게 눈길 한번 주지 않으며 철저하게 무시했다. 홍연은 가볍게 눈살을 찌푸렸다. 비꼬지 말고 하고 싶은 말을 정확하게 하라고 요구하려다 그만두었다.

메일함에 들어 있는 자료들을 차례로 다운로드하며 홍연은 상상과 추측을 더해 상황을 짐작해 보았다.

한발 늦게 작업에 참여하게 된 상황, 네 개로 세팅되어 있는 책상과 의자, 자신에게 적대적인 사람들, 있던 사람을 밀어냈다는 말. 자신이 기존의 누군가를 쫓아내고 그 자리를 차지하게 된 것이 분명했다.

윤 선배가 이 바닥에서 그 정도의 파워가 있는 사람이던가.

홍연은 고개를 흔들어 잡생각을 털어 버렸다. 지금 당장 이 시큰둥한 사람들에게 따져 묻거나 자리를 박차고 나갈 게 아니라면, 어쨌든 지금은 주어진 일을 해야 한다.

"죄송합니다."

정박이 차에서 내리자마자 홍연은 허리를 꾸벅 숙였다. 그를 기다리며 홍연은 어떻게 그에게 사과의 말을 건넬까 내내 고민했던 반면에 정박의 표정은 경쾌하고 가벼웠다.

"제가 먼저 전화해서 사과했어야 했는데 경황이 없었어요."

"네. 언제 연락이 오나 기다리다 지쳐서 제가 먼저 했어요."

감독을 만나러 갔던 메인 작가는 결국 날이 질 때까지 돌아오지 않았고, 남은 두 사람은 끝까지 홍연을 투명인간 취급하며 무시했다. 자료를 꼼꼼하게 읽으며 시간을 보내던 홍연은 먼저 퇴근하라는 메인 작가의 메시지를 받고 나서야 작업실을 나섰다.

바싹 날 선 분위기 속에서 눈치를 보며 지낸 하루의 끝이었다. 긴장이 풀린 온몸은 녹초가 되었다. 홍연은 전화나 메시지로 사정을 설명하고 싶었지만, 사과를 해야 할 입장의 그녀가 작업실이 있는 오피스텔 근처로 굳이 오겠다는 정박을 거절하기는 어려웠다.

"저기, 혹시……."

머뭇거리는 홍연을 향해 정박이 방긋 웃어 보였다.

"태율이한테는 그냥 홍연 씨가 급한 일이 생겼는지 먼저 자리에서 일어났다고만 이야기했어요. 뭔가 사정이 있을 것 같아서."

홍연은 안도감에 짧은 한숨을 내쉬었다.

"감사합니다."

"그 사정 들어 보고 말하려고요."

"네?"

소개팅 장소에 효신이 나타나서 그녀를 데리고 나갔다는 걸 듣게 된다면 아무리 단순한 태율이라 하더라도 의아하게 생각할 게 분명했다. 효신이 자신에게 고백한 사실을 태율이 알게 되는 걸 상상만 해도 손끝, 발끝이 오그라들었다.

6년 전, 그 절절했던 짝사랑을 간신히 숨겨 놓고는 이제 와서 세 사람 사이에 어색한 기류를 만드는 건 끔찍한 일이었다.

"사실은……."

"춥지 않아요?"

"네?"

"어떻게 설명해야 할지 생각할 시간도 필요한 것 같은데, 저녁 먹으러 가서 들을게요."

홍연이 뭐라고 대답을 하기도 전에 정박은 자신의 차로 걸어가 조수석 문을 열었다. 결코 그녀가 거절할 수 없을 거라고 생각하는 듯 그의 행동은 군더더기 없고, 자신감이 넘쳤다. 홍연은 결국 정박의 차를 향해 한 걸음 내딛었다.

옥탑방으로 올라가는 계단에서는 골목이 훤히 눈에 들어왔다. 밴쿠버에서 돌아와 한동안 부산 고향집에 머물며 밤낮없이 아르바이트를 했던 홍연이 마침내 쥐꼬리만 한 보증금을 마련한 뒤 이 가파른 동네 높은 방으로 이사 오던 날이 엊그제 일처럼 느껴졌다.

태율이 빌려 온 작은 용달차가 골목에서 더 이상 들어올 수 없어서 등짐을 지고 이삿짐을 날랐던 그날 이후로 수도 없이 들락거린 곳이었다. 그런데 이렇게 집 앞 계단에 앉아 그녀를 기다리는 일은 처음이었다.

그때 은색 세단이 골목 끝에서 나타났다. 태율이 빌려 온 용달차가 그랬던 것처럼 세단은 골목 끝까지 들어오지 못하고 멈췄다. 멈춘 차를 무심히 바라보던 효신은 홍연이 차에서 내리는 것을 발견하고 저도 모르게 계단에서 몸을 일으켰다. 홍연에 이어 운전석 문이 열리고 한 남자가 모습을 드러냈다. 어스름한 빛이었지만 효신은 정박을 알아보았다.

차를 사이에 두고 나누는 대화는 들리지 않았지만, 홍연의 희미한 웃음소리가 조용한 골목 사이에 흘렀다. 효신은 그 자리에서 꼼짝도 하지 않고 두 사람의 실루엣을 지켜보았다.

정박의 차가 떠나고 홍연은 집을 향해 돌아섰다. 타박타박 긴 계단을 오르던 홍연은 효신을 발견하고 걸음을 멈추었다.

"전화를 안 받아서 왔어."

"전화도 안 받았는데 여기서 기다리고 있으면 내가 참 반가워하겠다."

홍연에게서 옅은 술 냄새가 풍겼다.

"너 술 마셨어?"

"조금. 나 오늘 일찍 일어나서 좀 피곤해. 그만 가."

효신은 자신을 무심히 지나치는 홍연의 팔을 잡았다.

"내 전화 안 받는 건 괜찮아."

홍연은 돌아서서 효신을 바라보았다.

"무시해도 괜찮고, 거리를 둬도 괜찮고, 쌀쌀맞은 것도 괜찮아."

몇 계단 아래의 효신과 홍연의 눈높이가 같았다.

"그런데 당분간 다른 사람은 만나지 마."

홍연의 한쪽 눈썹이 올라갔다.

"내가 우 감독 이후로 네 연애사에 태클 건 적 있어? 너도 내가 누굴 만나든지 왈가왈부한 적 없잖아. 평소와 다르게 굴지 마. 그럼 나 진짜."

홍연은 효신의 손을 뿌리쳤다.

"너한테서 도망칠 거야."

"왈가왈부하고 싶었어. 태클도 걸고 싶었어."

효신에게 등을 보이고 돌아서던 홍연이 잠시 움찔했다.

"네가 만났던 남자들 다 너한테 어떻게 했어? 좋아하는 네 마음 이용해서 술 마시고 싶을 때, 여자 필요할 때, 아쉬울 때만 너한테 전화했지."

매번 사랑에 실패할 때마다 홍연은 술을 마셨고, 술에 취했고, 울었다. 그 모습을 지켜보며 답답하기도 했고 안쓰럽기도 했지만, 사생활에 관한 코멘트는 친구로서 선을 넘는 거라고 생각했었다.

"눈에 뻔히 보이는데, 정말 이건 아니다 싶은데도 너한테 아무 말 안 했어. 좋아했던 놈한테 뒤통수 맞고, 바람피운 상대 여자하고 머리채 잡고 잡히는 드잡이를 하고, 실연당해서 술 먹고 한강 다리 위를 뛰어다니고⋯⋯. 그런 것 모두 그 남자들을 좋아했던 네가 감당해야 할 일이라고 생각했어. 그렇게 또 하나를 배우고, 그러고 나서 다음 사람하고의 연애에서는 제발 좀 같은 실수를 하지 않길 바랐기 때문에 안 말렸어."

홍연은 또박또박 자신의 과거를 되짚는 효신의 말에 붉어진 얼굴을 들키고 싶지 않아 돌아서지 못했다.

"그런데 지금 후회돼. 말릴걸."

후회는 단순히 뒤늦게 깨달은 자신의 감성에서 시작되는 질투 때문이 아니었다.

"전시회에서 네가 최은석 그 자식 앞에서 도망칠 때 깨달았어. 너는 지난 연애들에서 하나도 배운 게 없어. 내 앞에서 우지민은 되는데 왜 너는 안 되냐고 물었던 6년 전의 너에서 한 발짝도 앞으로 나가지 못했어."

발끈한 홍연이 그제야 돌아서서 효신과 다시 마주했다.

"내 마음이 가는 대로 좋아했고, 내 감정대로 솔직하게 행동했어. 도대체 네가 뭔데 내 사랑을 평가해? 그것도 다 늦게 이제 와서, 아픈 기억 들추면서까지?"

"이전에는 친구였지만, 나는 이제 너를 좋아하는 남자니까. 너는 감정이 가는 대로 솔직했을 뿐이었지만, 너를 사랑하지 않았던 남자들한테 너의 그 솔직함은 그저 너를, 내 인생에서 제일 중요한 사람인 너를."

어째서 잔인할까. 한없이 다정한 친구였던 효신이, 나를 좋아한다면 더 다정하게 굴어도 부족할 녀석이, 왜 이렇게 잔인한 말을 쏟아 낼까. 홍연은 입을 꾹 다문 채 효신을 노려보았다.

"쉽게 만들었으니까."

"야, 주효신."

"아직 네 마음속에 최은석 남아 있잖아."

효신은 손가락으로 홍연의 가슴팍을 가리켰다.

"나는 거기 남아 있는 최은석의 흔적과 싸워야 해. 이홍연의 자존감이 이렇게 무너질 때까지 말리지 않았던 내 자책감과도, 내가 기억하는 네 과거의 모든 사람들을 되씹어 보는 내 질투심과도, 지난 6년, 아니, 지난 10년간 내가 놓쳐 버린 그 모든 순간들을 후회하는 매일 밤의 나와 싸워야 해."

그제야 홍연은 효신의 얼굴이 너무도 지쳐 보인다는 사실을 깨달았다.

"그러니까 당분간 다른 사람 만나지 마."

도대체 언제부터 이 차가운 바람 속에서 나를 기다리고 있었던 걸까.

"너의 새 사람하고 싸울 여력까진 없어. 좀 봐주라."

효신은 홍연은 남겨 두고 먼저 돌아서서 계단을 내려갔다. 탁탁, 느리고 둔탁한 발짝 소리가 멀어질 때까지 꼼짝도 하지 않고 서 있던 홍연이 천천히 옥탑방으로 향했다.

문을 닫고 어둠에 휩싸인 방 안에 들어서자마자 누군가 툭, 눈물샘을 건드리기라도 한 듯 눈가가 붉어졌다.

"아, 왜 눈물이 나."

홍연은 입술을 꾹 깨물고 손등으로 눈물을 닦아 냈다.

홍연은 문에 기대 주저앉았다. 그저 마음이 시키는 대로 사랑했던 것뿐이라고, 효신 앞에서 그토록 당당하게 말했던 모습은 온데간데없이 사라졌다.

'너는 감정이 가는 대로 솔직했을 뿐이었지만, 너를 사랑하지 않았던 남자들한테 너의 그 솔직함은 그저 너를, 내 인생에서 제일 중요한 사람인 너를 쉽게 만들었으니까.'

부끄러웠다. 가슴속 깊이 의심하고 있던, 내가 누군가를 사랑하는 방법이 효신으로 인해서 적나라하게 까발려진 것 같았다.

너에게 닿은 마음
....

"나쁜 놈, 결국 나는 남자들한테 쉬운 여자라는 뜻이네."

머릿속에서 내내 맴돌던 것을 저도 모르게 입 밖으로 중얼거린 모양이었다. 지하철에서 빽빽하게 몸을 붙이고 서 있던 사람들이 동시에 흠칫하며 그녀를 흘끗 바라보았다. 홍연은 후드를 뒤집어쓰고 노트북을 들어 달아오른 얼굴을 감췄다.

이제 고작 둘째 날인데 작업실로 향하는 홍연의 발걸음은 무거웠다. 약간의 피로감도 느껴졌지만 어젯밤 정박과의 가벼운 술자리 때문만은 아니었다. 식사를 하며 그는 아주 예의 바르게 와인을 한 잔 권했을 뿐이었고, 값비싼 와인의 산뜻한 맛에 반해 두어 잔을 더 마셨을 뿐이었다.

'그 친구가 홍연 씨 좋아하죠?'

그는 예의 발랐지만 당혹스러울 만큼 솔직했다. 눈앞에서 다른 남자 손에 이끌려 나가는 여자와의 소개팅, 그런 흔치 않은 경험의 호기심이 아니었다면 먼저 연락하지는 않았을 거라고 말했다. 그런데도 정박은 친구들과의 연말 모임에 그녀가 함께 가 준다면 태율에게 소개팅 날 효신이 벌였던 일에 대해서는 한마디도 하지 않겠다고 약속했다.

'왜죠?'

'조건, 외모, 인성, 뭐 하나 빠지는 게 없어서 사기 캐릭터라는 그 친구가 목매는 사람이잖아요, 홍연 씨를 아무 생각 없이 놓쳐 버렸다가 나중에 후회할까 봐서요.'

"그러니 정리하자면, 주효신이 내 손을 잡고 끌고 나가지 않았으면 난 그 소개팅에서 애프터도 못 받았을 거라는 뜻이네."

어찌 되었건 정박이 효신과의 일을 태율에게 전하는 건 아닐까 했던 우려는 사라졌다.

홍연은 오피스텔 건물을 한참 올려다보다 한숨을 푹 내쉰 뒤 걸음을 옮겼다.

"좋은 아침입니다."

작업실에는 메인 작가만 혼자 책상 앞에 앉아 있었다.

"일찍 왔네."

"네. 그냥 아침에 눈이 일찍 떠져서요."

홍연은 노트북을 책상 위에 올려놓은 뒤 메인 작가를 흘끗 바라보았다.

"이거."

컴퓨터 모니터를 노려보며 신경질적으로 마우스를 클릭하던 메인 작가는 홍연이 내민 종이를 무심히 받아 들었다.

"어젯밤에 잠이 안 와서요. 원안이랑 감독님 코멘트 읽어 보고 2고 수정안 한번 써 봤어요."

건성으로 페이지를 넘기던 메인 작가가 붉게 표시된 부분을 손가락으로 가리켰다.

"이건 뭐야?"

"플롯 포인트 지점이 애매해서 시퀀스를 바꿔 봤어요. 그리고 이건 중간에 캐릭터가 상충되는 것 같은 신이 몇 개 있어서요."

그제야 메인 작가의 손길이 느릿해졌고, 읽어 내려가는 눈길이 신중해졌다. 홍연은 혹여 메인 작가의 심기를 건드린 게 아닌가 싶어 잠시 긴장했다.

"등단 못 한 채 10년 차라며?"

마침내 메인 작가가 홍연이 건넨 수정안을 꼼꼼히 모두 읽은 뒤 책상 위에 내려놓았다.

"시간 허투루 보내진 않았네."

대답 대신 홍연은 쓴웃음을 지었다.

"애들 오면 회의하자."

"혹시 제가."

홍연은 잠시 망설이다 다시 입을 열었다.

"누굴 쫓아낸 건가요?"

메인 작가는 잠시 그녀를 물끄러미 바라보았다.

"이 원안."

메인 작가는 천천히 원안을 프린트한 종이를 홍연 앞에 흔들어 보였다.

"제작사 대표가 꾼 꿈이야."

"네?"

"그 꿈을 요약한 이 다섯 줄을 던져 주고 대표가 우리한테 원하는 건 철저하게 재미있는 시나리오야. 우린 그 대표한테 돈을 받고 유머, 감동, 멜로, 신파 따위를 짬뽕해서 제작비가 덜 들어가는 신을 만들어서 관객이 평타는 쳤다고 만족할 시나리오를 써 낸 대가로 대표한테 돈을 받는 거고."

자신이 다른 사람의 자리를 꿰어 찬 것인지 물었을 뿐인데, 메인 작가의 대답은 의아할 만큼 장황했다.

"이거 작가영화도, 예술영화도 아니야. 이 프로젝트에서 아무도 예술 하려는 사람 없어. 연출? 대표랑 피디는 자기 뜻대로 그림 안 나오면 계약서 찢어 버리고 새 감독 찾을 거야. 감독 밥줄도 오락가락하는 이 판국에 지금 각색 보조 작가 하나 내치는 게 일이겠어?"

보조 작가들처럼 드러내 놓고 홍연에게 반감을 표현하지는 않았지만 메인 작가 역시 홍연의 등장이 달갑지 않았었다는 것을 그녀의 목소리에서 묻어나는 자조감과 빈정거림으로 느낄 수 있었다.

"전 그저 윤 선배, 아니, 윤 피디님이 이 프로젝트에서 각색 작가를 구한다고 연락을 해 보라고 하시기에⋯⋯."

"무슨 이유로 윤 피디 이름 빌려서 연락이 온 건지 나는 모르겠는데, 자기 그쪽 줄 아니야."

그때 삑삑삑삑, 디지털 도어의 비밀번호를 누르는 소리가 들려왔다.

"그럼 어째서 제가……."

묻고 있었지만, 마음 한편에는 이미 어렴풋이 짐작되는 사람이 있었다.

"제작사 대표가 제일 절절매는 갑이 어디겠어? 투자사지."

보조 작가들이 작업실 안으로 들어서자 메인 작가는 아무 일 없었다는 듯이 그들에게 홍연의 수정안을 건넸다. 보조 작가들은 여전히 샐쭉하게 그녀를 대하긴 했지만 메인 작가의 지시대로 수정안을 검토하고 군말 없이 회의 준비를 했다. 컴퓨터 모니터를 노려보던 홍연은 이내 핸드폰을 꺼내 들어 메시지를 보냈다.

[저녁에 나 좀 봐.]

"감사합니다."

투자 계약서에 직인을 찍은 후 나이 지긋한 영화사 대표가 꾸벅 허리를 숙이자 효신도 깍듯하게 고개를 숙였다. 그리고 그 곁에 서 있던 프로듀서와 악수를 나누었다. 다음 차례는 맞은편에 앉아 있던 지민이었다.

"영화 잘 부탁드립니다, 감독님."

지민은 효신을 향해 손을 내밀었다. 잠시 그 손을 내려다보던 효신이 이내 가볍게 맞잡았다.

"나가서 저녁 식사 겸 한잔하셔야죠? 제가 근사한 곳으로 모시겠습니다, 주 대리님."

프로듀서의 말에 효신이 고개를 내저었다.

"아니요, 전 괜찮습니다."

"효신이 너도 이제 한배를 탄 팀 아니야? 팀워크도 다질 겸 같이 나가자."

효신은 그제야 여전히 그녀가 자신의 손끝을 살며시 잡고 있다는 사실을 깨달았다. 효신은 지민에게서 자신의 손을 빼냈다.

"같이 가시죠, 주 대리님. 원래 술이 한 잔 들어가야 작품 이야기가 술술 잘 통하잖아요."

"죄송해요. 선약이 있어서요."

영화사 대표와 프로듀서가 번갈아 가며 몇 번 더 권하다 이내 아쉬워하며 회의실을 빠져나갔지만 지민은 그 자리에 남았다. 효신은 지민과 마주한 채 섰다.

"정말 같이 안 갈래?"

"선약이 있다니까요."

"누구, 홍연이?"

지민을 의아한 눈길로 바라보던 효신은 이내 지민 역시 자신이 홍연의 손목을 잡아끌고 레스토랑을 나가 버린 그날의 장면을 목격했을 거라는 생각에 다다랐다.

"네."

"둘이 사귀니, 결국?"

효신은 혼자만의 짝사랑이라는 사실을 굳이 말하지 않았다. 그의 침묵을 지레짐작한 지민은 실망감을 굳이 숨기지 않고 얼굴을 찌푸렸다. 지민은 코트를 챙겨 들며 다시 물었다.

"고사 때 올 거지?"

"돈 들인 사람들은 다 모여서 대박 나길 기원하는 게 관행인데, 회사 대표로 가야겠죠. 제가 담당자니까."

회의실을 나서기 직전, 무슨 생각이 들었는지 지민이 뒤돌아섰다.

"〈척후병〉 크랭크인하고 고사지낼 때 너 초대했었는데."

회의실 탁자를 정리하던 효신의 손길이 움찔하고 멈췄다.

"영화 때려치운 뒤 취직할 거라고 중간에 빠지긴 했지만 어쨌거나 초고 나오기 전까지 너도 조감독으로 발을 담갔던 프로젝트였으니까. 나와 헤어졌더라도 당연히 초대해야 한다고 생각했어. 왜 안 왔어?"

"내가 어떻게."

효신의 뺨 근육이 살짝 굳었다.

"거길 가요?"

그의 반문에 지민의 눈빛 속에 의아함이 잠깐 스쳤다. 되묻는 그의 목소리는 단순히 헤어진 연인을 그런 자리에서 다시 만나고 싶지 않다는 감정 이상의 불쾌함이 서려 있었다.

"먼저 나가겠습니다."

효신은 문가에 선 지민을 남겨 두고 그대로 회의실을 나가 버렸다. 자신의 책상으로 돌아온 효신은 주머니에서 핸드폰을 꺼내 들었다. 홍연에게서 메시지가 와 있었다.

[편의점에서 만나자. 사장님이 대타 좀 급히 뛰어 달라고 하셔서.]

효신은 답을 핑계 삼아 홍연에게 전화를 걸고 싶었다. 그녀의 목소리가 듣고 싶었다. 인정한 순간부터 봇물 터지듯 쏟아지는 복잡하고, 다소 낯간지럽기까지 한 뒤죽박죽된 감정에 효신은 그저 헛웃음만 나올 뿐이었다.

결국 효신은 전화 대신 메시지로 답을 대신했다. 홍연이 먼저 만나자고 한 건 분명 긍정적인 신호였다. 과한 리액션으로 어렵게 잡은 기회를 놓쳐 버리고 싶지 않았다.

'둘이 사귀니, 결국?'

결국. 효신은 지민의 말을 찬찬히 곱씹었다. 그 자신조차 얼떨떨하고 간혹 당혹스럽기까지 한 감정을, 지민은 마치 예견했다는 듯 결국이라는 말을 덧붙였다. 섬세하고, 예민하고, 촉이 남달랐던 사람이니 그녀는 어쩌면 그러한 예감이 가능했을지도 모른다.

그럼 한마디 해 주지 그랬어요. 어쩌면 오랜 시간이 지나 네 마음이 저 아이에게 닿을지도 모르니, 그렇게 홍연과의 관계에서 선을 긋고 넘어오기만 하면 경고하듯 뒤로 물러서지 말라고. 겉으로 드러내지 않았지만 홍연이가 돌아서서 상처받고 가끔 울기도 한다는 걸 알면서 모른 척하지 말라고. 그게 마치 홍연이를 위하는 일이라는 듯 착각하지 말라고. 오랜 시간이 지난 어느 날 그 모든 순간순간을 후회하게 되는 날이 올지도 모른다고.

"하아."

효신은 짧은 한숨을 내쉬었다. 결국, 마침내, 홍연에게 닿아 귀결된 마음. 홍연과 친구로 지내 왔던 지난 10년이 효신은 억울해졌다.

완연한 애정

'감독 밥줄도 오락가락하는 이 판국에 지금 각색 보조 작가 하나 내치는 게 일이겠어?'

종일 그 말이 귓가에 맴돌았다. 결국 보조 작가들이 점심 도시락을 사러 나간 사이, 홍연은 책상 위의 노트북을 챙겨 들었다. 이 책상이 자신의 자리가 아닌 것 같다는 홍연의 말에 메인 작가는 담배를 입에 문 채 물끄러미 그녀를 올려다볼 뿐이었다.

"너 그러다 굶어 죽어, 이홍연."

쿵, 홍연은 이마를 편의점 계산대 위에 찧어 박았다.

"네가 지금 남 걱정할 주제나 돼……."

쿵쿵, 스스로를 힐책하듯 중얼거리던 말이 도중에 멈추었다. 이마에 느껴지던 가벼운 충격이 사라졌다. 커다란 손바닥이 홍연의 이마를 감싸고 있었다.

"다쳐."

홍연은 효신의 손을 쳐 내며 고개를 들었다.

호기롭게 작업실을 박차고 나오긴 했지만 오피스텔 앞에서, 버스 정류장 앞에서, 심지어 바로 조금 전까지만 하더라도 메인 작가에게 전화를 걸어 다시 돌아가겠다고 말하고 싶은 것을 간신히 참고 있었다. 갈팡질팡하느라 속이 까맣게 탄 홍연은 계산대 앞에 서서 태연한 눈길로 자신을 내려다보는 효신의 모습에 화가 치밀었다.

"도대체 무슨 짓을 한 거야, 너?"

"저녁은 먹었어?"

두 사람은 거의 동시에 입을 열었다.

"지금 저녁이 문제야?"

그제야 홍연의 분노를 알아챈 효신의 한쪽 눈썹이 올라갔다.

"무슨 일 있어?"

"너지? 나 보조 작가로 끼워 넣은 사람, 너 맞지?"

오히려 그 사실을 까맣게 잊고 있던 효신은 순간 말문이 막혔다. 때마침 편의점에 들어선 손님 덕분에 시간을 번 효신은 윤 선배를 내세워 홍연에게 일자리를 주선했던 일을 떠올려 냈다.

"다른 뜻은 없었어."

손님이 계산대를 떠나자마자 효신이 홍연보다 먼저 입을 열었다.

"그때 우리 다퉜었잖아. 어색했었고. 그런 상황에 심지어 넌 나한테 윤 선배랑 진행하던 프로젝트가 엎어졌다는 말을 하지도 않았어.”

어느새 효신의 목소리에는 의아함이 스쳤다.

“네가 왜 이렇게 날이 섰는지 모르겠어.”

고개를 살짝 흔드는 효신을 바라보며 홍연은 한숨을 내쉬었다. 효신은 누군가에게 상처가 될 걸 알면서 피해를 줄 사람이 아니었다. 그건 누구보다도 자신이 더 잘 알고 있었다.

“제작사 대표가 시나리오 각색 작업 중인데 스토리가 잘 안 풀려서 작가를 추가 섭외해야겠다고 하기에 네 이야길 한 것뿐이야.”

고맙다는 말을 들으려고 한 일은 아니었지만, 순전히 홍연을 배려했던 행동마저 질타받은 효신은 영문을 몰랐다.

“투자사 담당자한테 돈 많이 필요하다고 어필하다 나온 이야기겠지.”

홍연의 목소리는 조금 누그러졌다.

“담당자가 추천한 작가를 데려오자니, 기존에 있던 작가를 내보내야 했고.”

그제야 효신의 미간이 살짝 찌푸려졌다.

“그런 줄 몰랐어.”

“우리 같은 사람들.”

홍연은 잠시 말을 멈추고 편의점 유니폼 조끼를 손가락 끝으로 만지작거렸다.

“아니, 나 같은 사람들한테는 기회를 박탈당하는 일이 번번이 일어나. 남들이 보기에는 그까짓 것이라고 쉽게 생각할 수 있지만, 우리한테는 마치 벼랑 끝의 동아줄 같은 기회거든."

어쩌면 효신에게 화를 낼 일이 아니라는 것을 처음부터 알고 있었는지도 모른다. 그럼에도 불구하고 누군가는 알아야 했다. 의도치 않은 갑질이며 예상치 못한 상황이라 할지라도, 그로 인해 누군가는 천행 같은 기회를 빼앗기고 찬바람 부는 어느 골방에 앉아 눈물을 훔치고 있을지도 모른다는 사실을 알아줄 사람이 필요했다.

"남들이 빼앗는 것도 억울해 죽겠는데, 우리끼리 아등바등하며 뺏고 뺏기는 거 너무 서글프잖아."

"홍연아."

"너한테 화낼 일이 아니었는데⋯⋯. 누군가가 나 때문에 이일을 그만두어야 했다는 사실을 알게 된 어제부터 오늘까지, 수십 번 갈등했어. 그냥 모른 척하고, 얼굴에 철판 깔고 하자. 나같이 등단도 못 한 듣보잡 시나리오 작가한테 돈도 주고, 엔딩 크레디트에 타이틀도 준다는데 그냥 하자. 지금 내가 누굴 걱정할 상황은 아니니까, 나도 먹고살아야 하니까. 나도 이 바닥에서 빼앗긴 기회가 많았으니까."

더 이상 홍연의 목소리에는 분노가 없었다.

"내 자리가 아닌 것 같다고, 그 사람을 그 자리에 되돌려 놓으라고 대차게 말하고 나오긴 했지만."

약삭빠른 처세술이 없다면 세련되게 나를 감추는 법이라도 배웠어야 했다. 그녀의 얼굴에는 분노 대신 쓸쓸함과 자조의 빛이 역력했다.

"너한테 화낼 일이 아니라는 거 알아. 오히려 너한테 고마워해야 하는 상황이라는 것도 알아. 하지만 이런 상황을 만든 너한테라도 화를 내지 않으면, 후회하고 있는 걸 들킬까 봐. 후회하고 있는 내가 너무 쪽팔려."

편의점 계산대를 사이에 두고 선 홍연과 효신은 서로를 말없이 바라보았다.

"미안해."

한참 시간이 흐른 후 효신이 천천히 입을 열었다.

"그런데 홍연아."

표정을 감추지 못해 마음을 들키고, 좋아하는 그 마음을 이용당하기도 하고, 감정을 숨기지 못해서 조롱거리가 되는 일이 지겹지도 않은지, 최소한 자신에게 사랑을 고백한 효신에게만은 쿨하게 굴 수는 없었는지 새삼 부끄러워지려던 찰나 그가 다시 말을 이었다.

"나 그 밀려났다는 사람한테 안 미안해. 놀라울 정도로, 죄책감이 없어."

효신의 눈빛은 끈질기고 따가웠다. 그건 지금껏 그녀를 대해 왔던 지난 10년의 눈과 달랐다.

"너한테 벼랑 끝의 동아줄 같은 기회가 갈 수 있다면 나 아마 앞으로 또 모른 척 눈감고 누군가를 밀어낼 것 같아."

이전에 없던 열렬함이 홍연을 긴장하게 만들었다.

"나 그럴 수 있을 것 같아."

밴쿠버에서 처음 만난 이후로 그는 늘 다정한 친구였지만 지금의 이 눈빛과 말투는 과거와 달랐다. 분명 효신은 변했다. 한때 효신의 눈빛, 말투, 움직임, 손짓 하나에 집중하며 그를 사랑했었던 홍연은 지금 자신에게로 고스란히 쏟아지는 너무나 완연한 애정을 모를 수 없었다.

"뭐야, 두 사람?"

정적을 깨고 들려온 태율의 목소리에 정신없이 서로를 바라보던 두 사람은 동시에 화들짝 놀랐다.

"왜 그러고 있어?"

편의점 문가에 서 있던 태율이 천천히 계산대 가까이로 다가섰다.

"너희 둘 혹시."

태율은 눈을 가늘게 뜨고 홍연과 효신을 번갈아 쳐다보았다.

"또 싸웠어?"

순간 홍연은 안도의 한숨을 내쉬었다.

"싸우긴. 그냥 퇴근하다 들렀대."

홍연은 눈썹을 치켜뜨고 자신을 바라보는 효신의 시선을 애써 외면한 채 말을 이었다.

"넌 왜 왔어?"

"카페에 우유가 갑자기 떨어져서."

태율이 냉장고에서 우유를 꺼내 와 계산대 위에 올려놓았다.

"두 사람 서로 노려보고 있기에 지난번처럼 싸운 줄 알았지. 그나저나 너 왜 편의점에 있는 거야? 그만둔 거 아니었어?"

태율이 홍연의 편의점 유니폼을 손가락으로 가리켰다.

"사장님이 대타 좀 뛰어 달라고 해서."

"이번 주부터 각색팀에 출근하는 거 아니었어? 윤 선배가 소개한 곳."

홍연은 대답 대신 쓴웃음을 지어 보였다. 다행히 태율의 시선은 이미 효신에게로 옮겨 간 뒤였다.

"너는 칼퇴한 거 보니 요즘엔 덜 바쁜가 보다?"

태율이 효신의 어깨를 툭 치는 것을 흘낏 바라보며 홍연은 우유 바코드를 포스기에 찍었다.

"참, 정박이 형한테 전화받았어."

효신과 홍연의 시선이 동시에 태율에게로 향했다.

"아무리 일이 급하다고 해도 소개팅 도중에 가 버리는 개매너는 뭐야? 뭐야, 혹시 그럼 너 여기 대타 뛰고 있는 거……, 그날 뭐 잘못해서 프로젝트에서 벌써 잘린 거야?"

'태율이한테는 내가 대충 둘러댈게요.' 그와 연말 모임에 함께 가겠단 말 이후 정박에게서 받았던 메시지를 떠올렸다.

"그런 건 아닌데, 결론적으로 일이 없어진 건 맞아."

태율의 얼굴에 언뜻 동정심이 스치긴 했지만 이내 녀석은 뺨을 실룩거렸다.

"아무리 그래도 소개팅 자리를 박차고 나가? 누가 베프 아니랄까 봐, 가끔 하는 짓이 비슷하다니까."

태율이 우유가 든 봉투를 집어 들며 혀를 찼다.

"무슨 말이야?"

흐음, 효신이 크게 헛기침을 해 보였지만 태율은 그의 제스

처를 눈치채지 못하고 대답했다.

"이 자식도 지난번에 소개팅 도중에 자리 박차고 나가 버렸
잖아."

"그랬어?"

태율에게 묻는 것인지 효신에게 묻는 것인지 모호한 홍연의
되물음이었다.

"왜 너 칠칠맞게 커피에 손 데었던 날, 너 걱정된다고 소개
팅 박차고 갔잖아. 미친 거지. 그런 여신을 남겨 두고 고작 이
홍연한테 달려가다니. 참, 너 그 여신한테 다시 연락했어?"

효신이 고개를 저었다.

"아니."

"이 등신들, 이래서 무슨 연애를 하겠다고."

카페에서 거듭 전화가 걸려 오자 태율이 고개를 설레설레
흔들며 서둘러 문으로 향했다.

"내가 누누이 말하지만 난 이번 크리스마스는 절대로 너희
들이랑 안 보낼 거야."

태율이 편의점을 나가 버리자 또다시 두 사람만이 남았다.

"진짜."

홍연은 잠시 말을 멈추었지만 기억을 더듬기 위한 것은 아
니었다. 언제인지 헤아려 생각해 볼 필요도 없었다. 어떻게 그
날을 잊을 수 있을까.

"그랬어?"

"그랬어."

지금껏 살아오며 겪었던 끔찍한 날들 중 어디에 견주어도 최악이었던 그날.

"너 따라 나갔다가 최은석 차에 올라타는 걸 보고 돌아서긴 했지만."

영화가 엎어진 날이었고, 동시에 은석이 전 여자 친구와 결혼한다고 통보했던 날.

"내가 제일 후회하는 일 중 하나야."

아직도 그날을 떠올리면 숨이 막힐 것 같았다. 아니, 은석의 이름만 들었는데도 벌써부터 심장이 덜컥 내려앉은 듯했다.

"그때 잡을걸. 그 자식 차에 못 타게 할걸."

효신 이전에도 누군가를 좋아했었다. 그리고 효신을 숨 막히게 사랑했었다. 효신 이후로도 누군가를 좋아했다. 그래서 시간이 지나면 은석을 향한 이 쓰라린 감정도 언젠가는 소멸할 것이라는 사실을 알고 있다. 또 누군가를 사랑하며, 늘 그래 왔던 것처럼 이전 사랑은 사라지고 잊힐 것이다.

"그 사람 때문에 울게 안 할걸."

혹시, 만에 하나.

효신의 단호한 눈빛을 마주 보며 홍연은 주먹을 꽉 쥐었다.

이다음 사랑이 다시 효신이 될 수도 있을까.

어째서 그는 짝사랑을 하면서도
웃을 수 있을까

그림 같은 사진이었다. 숨 막히게 아름다운 길도, 장엄한 풍경도 아니었지만 오로지 심이 굵은 연필 하나로 오랜 시간을 공들여 그려낸 고적한 풍경화 같았다. 그 길 끝에 카메라를 든 은석이 있었고, 그의 곁에 내가 있었다.

왜 그랬는지 모른다. 손님이 떠나간 탁자 위를 닦아 내다 문득, 홍연은 카페 한쪽 벽에 걸린 은석의 사진을 돌아보았다.

'내가 제일 후회하는 일 중 하나야. 그때 잡을걸. 그 자식 차에 못 타게 할걸. 그 사람 때문에 울게 안 할걸.'

효신은 그녀의 마음속에 아직 남아 있는 은석의 흔적과 싸우는 중이라고 했었다. 그 말을 들었을 때 홍연은 부정하려 했다. 하루하루의 삶이 빡빡해진 사람의 마음속에는 그런 개자식의 흔적에 내어 줄 공간이 없다고. 제아무리 사랑 앞에서 자존

194

심 따위 개나 줘 버리는 우둔한 미련퉁이라 하더라도 끝이 무엇인지는 안다고.

하지만 증오한다고 해서 사랑하지 않는다는 뜻은 아니었다. 미련을 버렸다고 해서 상처가 아무는 것도 아니었다.

'뭔가 모르게 쓸쓸하다.'

혼잣말처럼 중얼거린 것을 들었는지 셔터를 누르던 은석이, 그 길 끝에 서 있던 그가 고개를 돌려 나를 보았었다.

'그래서.'

그때는, 아니, 그 순간만큼은.

'같이 오고 싶었어.'

은석의 목소리는 조금 떨렸었다. 그도 진심이었다. 그 순간만큼은 나는 그의 떠나간 여자 친구를 대신하는 사람도, 그의 외로움을 채워 주는 소모품도 아니었다. 나는 오롯이 그가 바라보는 이홍연이었다.

"홍연아."

홍연은 흠칫 놀라며 돌아섰다. 카페 가운데 우두커니 선 효신이 그녀를 바라보고 있었다.

"너 왜……."

효신의 시선이 홍연이 두른 카페 직원용 앞치마로 향했다.

"다른 알바 구하기 전까지 카페에서 일하래. 태율이가 내 사정 봐주는 거지, 뭐. 넌 지금 일할 시간 아니야?"

홍연은 카운터로 향했다.

"외부 사람들이랑 미팅이 있는데 회의실이 다 차서."

카운터를 사이에 두고 홍연과 마주 보고 선 효신이 빙긋이 웃었다.

"신기하다."

"뭐가?"

효신이 주문을 따로 하지 않았지만 홍연은 포스기에서 에스프레소를 찾아 눌렀다.

"예상 못 한 채 마주치는 일이 이렇게 엄청난 행운처럼 느껴질 수도 있다는 게."

계산을 위해 그에게서 카드를 건네받으려던 홍연의 손길이 허공에서 멈추었다.

"이렇게나 사소한 일이."

장난기 어린 눈빛의 효신이 쑥스러운 듯 손가락 끝으로 콧등을 가볍게 문질렀다.

"이렇게나 즐거울 수 있다는 게."

순간 눈시울이 뜨거워지는 것을 느끼자 홍연은 당혹스러웠다.

이건 흔들림이 아니야. 단지 은석을 떠올리며 황폐해진 자존감이 위로받은 것뿐이다.

"별게 다 즐겁다."

무엇인가 울컥 치밀어 오르는 것을, 홍연은 무심한 말로 대답하며 가까스로 그 따가움을 삼켰다. 태연한 척 효신의 카드를 받아 계산을 하고 그에게 돌려주었다.

"여기선 몇 시까지 일해? 이따가 점심 같이 먹을까?"

"우연히 마주친 것만으로도 정신 못 차리게 즐거운 것 같은데.”

눈물을 감추고 어색함을 떨쳐 버리려고 홍연은 공연한 허세를 부렸다.

“점심까지 같이 먹어 주면 네 멘탈에 해로울 것 같으니 그건 거절할게.”

홍연은 효신이 작게 웃음을 터뜨리는 것을 지켜보았다.

어째서 녀석은 짝사랑을 하면서도 웃을까. 어젯밤 일부러 받지 않는 것을 알면서도 계속해서 전화를 걸어 댄 사람도, 오늘 아침 굿모닝 메시지를 무시당한 사람도 효신이었는데 지금 어째서 녀석은 아랑곳하지 않고 이렇게 마주 보고 웃을 수 있을까.

“웃긴…….”

뺨을 실룩대던 홍연은 카페 안으로 들어서는 지민을 발견하고 말을 잇지 못했다. 홍연의 굳은 표정에 효신 역시 고개를 돌렸다.

“이번에 같이 일해.”

그제야 홍연은 지민의 등 뒤로 제작사 스태프로 생각되는 사람들이 함께 들어서는 것을 보았다.

“지난번 너 소개팅하던 레스토랑에서 만난 것도 일 때문이었어.”

“누가 물어봤어?”

홍연은 심드렁한 척 대꾸했다. 테이블에 자리 잡는 다른 사람들을 뒤로하고 지민은 천천히 두 사람을 향해 다가왔다.

"오랜만이다. 많이 예뻐졌네. 길에서 마주치면 못 알아보겠다."

"그렇죠?"

홍연은 입꼬리를 억지로 올리며 응수했다.

"옛날에도 그렇게 모나진 않았었어요. 살에 묻혀 티가 안 나 그랬지."

풋, 효신이 웃음을 터뜨렸다.

"자신감도 많이 생기고."

"그럼요. 지금 제 나이가 몇인데. 뭐, 감독님에 비하면 아직 청춘이지만요."

두 사람 사이의 묘한 긴장감을 감지한 효신의 얼굴에서 웃음기가 가셨다.

"여기서 일해? 이제 영화 일 안 하나 봐."

순간 홍연의 턱 끝에 힘이 들어갔다.

"잠깐 아르……."

"태율이 가게인데 연말이라 바빠서 홍연이가 도와주는 거예요."

홍연의 날카로운 시선이 효신에게로 향했다.

"그래? 시나리오는 계속 쓰고 있어? 입봉했다는 소식은 못 들은 것 같은데."

"다들 기다리시는데 그만 주문하고 가시죠?"

효신은 다시 카드를 꺼내 들었고 일행의 커피를 주문했다. 묵묵히 계산을 하며 홍연은 지민의 호기심 어린 시선을 애써 모른 척했다.

"미팅 끝나고 같이 점심 먹자."

효신은 홍연의 대답을 듣지 않고 돌아섰다. 지민은 무엇인가 더 묻고 싶은 듯 입술을 살짝 들썩였지만, 이내 효신을 뒤따랐다. 홍연이 바리스타에게 효신과 지민 일행의 커피 주문서를 건넸을 때 카페 안으로 태율이 들어섰다.

"일찍도 출근한다."

"출퇴근 내 마음대로 하려고 내가 사장 하는 거거든?"

카페 안을 점검하듯 휘 둘러보던 태율이 효신과 함께 앉아 있는 지민을 발견하고 눈을 크게 떴다.

"뭐야, 저 그림은?"

"이번에 효신이네 회사랑 같이 작품 들어간대."

태율이 낮게 휘파람을 불었다.

"와, 우 감독은 늙지도 않네. 그대로다."

태율의 말대로 수년 만에 다시 만난 지민은 그대로였다. 까무잡잡하고 매끈한 피부에 작은 얼굴, 매력적인 눈웃음과 군더더기 없이 세련된 스타일, 서른여덟의 그녀는 홍연보다 더 젊고 어려 보였다.

저런 사람에게 내가 더 청춘이라고 허세 부리긴.

"두 사람 저러다 다시 눈 맞는 거 아니야?"

"뭐?"

"옛날에 두 사람 서로 미친 듯이 좋아했잖아. 같이 일하면서 자주 만나다 보면 옛 감정이 자연스럽게 생각나고, 그러다 다시 마음이 갈 수도 있지."

홍연은 가까이 앉아 대화를 주고받는 효신과 지민을 바라보았다. 미친 듯이. 그랬다. 그들은 태율의 표현대로 서로를 사랑했었다. 지민과 함께인 효신은 항상 눈동자가 충혈되고 볼이 달아올라 있었다. 그 열병에 불타오르다 재만 남을까 봐, 흔적도 없이 녀석이 사라질까 봐 그때 홍연은 그의 마음이 식길 바라며 밤새 울었었다.

"저렇게 두 사람이 나란히 앉아 있는 걸 보니 나조차도 옛날 생각이 나는데, 당사자들은 오죽하겠어?"

태율의 말에 홍연이 천천히 고개를 끄덕였다.

"그래."

숨 쉬기 힘들 정도로, 끔찍하게 고통스러웠던 질투의 기억을 홍연은 고스란히 가지고 있었다.

"나도 생각나."

'야, 이 자식 못 오나 보다.'

서너 테이블이 고작인 작은 선술집은 그들 일행만으로도 꽉 채워져 소란스러웠다. 밴쿠버필름스쿨 선후배들과 스태프로 일하며 촬영 현장에서 친해진 지인들이 뒤섞여 있었다.

'그냥 우리끼리 하자.'

매년 효신과 태율이 소박하게 축하해 주던 생일이었지만 올해는 그녀의 첫 시나리오 계약과 겹쳐 어쩌다 보니 꽤 규모가 커진 축하 자리가 되어 버렸다.

'나 잠깐.'

홍연은 태율이 내민 생일 케이크를 잠시 내려다보았다.

'화장실 좀.'

일찌감치 얼큰하게 취한 사람들의 축하 인사에 화장실로 가는 틈틈이 홍연은 걸음을 멈춰야 했다.

'거기 꽤 큰 영화사 아냐?'

'크랭크인은 언제야?'

'너 영화 대박 난 뒤에 우리 모른 척하면 평생 뒤에서 까고 다닐 줄 알아.'

'설마 그럴 리가. 의리 하면 이홍연이지. 스태프들 좀 그만 괴롭히라고 마녀 우지민한테 또랑또랑 따지고 들었던 거 못 봤어?'

'에이, 또랑또랑은 아니다. 그땐 이홍연이 술 먹고 진상 부린 거지.'

'어쨌든 축하해. 그나마 이렇게 한 놈이라도 볕 들 날이 있어야 우리도 희망 가지고 살지. 그런데 일이 술술 잘 풀려서 그런가? 홍연이 너 좀 예뻐졌다, 야.'

'그렇지? 살도 많이 빠지고.'

떠들썩한 인사치레가 한바탕 이어지고 난 후 좁은 화장실에 들어선 홍연은 거울 속 자신의 얼굴을 바라보았다.

볕 들 날. 누군가 툭 던진 그 말에 영화사 기획실에서 전화가 걸려 왔던 그날 아침이 떠올랐다. 햇볕이 스며들어 발끝에 머물러 있던, 그야 말로 작고 추운 옥탑방에 한 줄기 볕이 들었던 아침이었다.

비록 공모전에서 최종적으로 당선이 되지는 못했지만 영진위에서는 본선에 오른 시나리오들을 영화사와 제작사가 공유하는 데이터베이스에 올려 주었다. 그리고 그녀의 시나리오에 관심을 가진 영화사에서 전화를 걸어온 게 벌써 수개월 전이었다.

기쁜 날이었고, 실제로도 얼떨떨할 만큼 기뻤다.

매년 돌아오는 생일에 대해선 큰 감흥이 없었지만 오늘은 처음으로 영화사와의 계약서에 사인을 한 날이었다. 곧장 통장에는 오늘 술값을 충분히 치를 만한 계약금도 입금되었다. 오로지 그녀를 축하하기 위해 이만큼 많은 사람들이 모인 자리도 생전 처음 있는 일이었다.

그런데 마음 한구석에는 여전히 채워지지 않는 빈 공간이 있었다. 이유를 모른 척해 봤자 씁쓸하기만 한 공허함이었다.

수십 명의 것보다 더 간절한 단 한 사람의 축하. '그동안 수고했어. 앞으로는 다 잘될 거야.' 분명 그렇게 말해 줄 그 사람의 한마디 말과 어깨를 가볍게 툭 쳐 줄 부드러운 손길. 그 빈 공간은 지금 이곳에 없는 효신의 자리였다.

홍연은 핸드폰을 꺼내 들었다. 오늘 같은 날은 어쩌면 꽁꽁 싸매고 감춘 봉인을 해제해도 궁색해지지 않을지도 모른다. 충분히 기쁘고, 마음껏 축하받아도 되는 자리니까. 가장 친한 친구가 곁에 없으니 서운하다고 말해도 구차해지지 않을지도 모른다.

— 아, 홍연아.

긴 신호 끝에 전화를 받은 효신의 목소리에는 벌써부터 미안함과 곤란함이 뒤섞여 있었다.

'사람들 다 모였는데.'

— 태율이한테 들었어. 그런데 어떡하지?

'왜?'

홍연은 목소리를 한번 가다듬은 다음 다시 물었다.

'못 와?'

— 잠깐만.

읊조리듯 조용하고 다정한 목소리가 자신을 향한 것이 아님을 홍연은 한 박자 늦게 알아차렸다. 자리를 옮기는 듯 전화기 건너편의 공기가 달라졌다. 마찬가지로 고요하긴 했지만 효신의 인기척이 내는 공명이 이전보다 넓게 울렸다.

— 감기 기운이 있어서 약을 먹었거든.

효신은 주어를 빠뜨렸지만, 그가 누구를 말하고 있는지 의심할 여지가 없었다.

— 잠들면 가려고 했는데 쉽게 잠을 못 자네.

그제야 홍연은 한 번도 가 본 적 없는 지민의 아파트를 떠올려 본다. 딱 필요한 가구들로만 채워져 심플하고 군더더기 없는 거실에 선 효신은 등 뒤 한 뼘쯤 열린 침실 문을 흘끗 바라보았을 것 같다. 아스피린을 몇 알 삼킨 지민이 푹신하고 아늑한 침대에 파묻히듯 누워 효신이 곁으로 돌아오길 기다리고 있겠지.

— 요즘 제작사랑 투자사랑 프리프로덕션 진행 중이라 스트레스가 심하거든.

'그랬구나.'

하고 싶은 말은 수없이 많고, 따져 묻고 싶은 것은 그보다 더 많지만 고심 끝에 나온 말은 고작 '그랬구나.'가 전부였다. 그녀의 실망감을 알아챈 듯 효신의 목소리는 더욱 조심스럽고 부드러웠다.

— 미안해. 나중에 내가 밥 살게.

'각오해. 엄청 비싼 데 갈 거야.'

으름장을 놓는 장난기 어린 홍연의 목소리에 그제야 안심이 된 듯 전화기 건너편에서 효신의 작은 웃음소리가 들려왔다.

'비록 요즘 이 누나가 다이어트 중이긴 하지만, 오늘 엄청나게 먹고 마시고 재밌게 놀아야지. 주효신 안 온 게 후회될 정도로. 그만 끊자. 태율이가 얼른 케이크 촛불 끄라고 부르네.'

— 홍연아.

전화를 끊으려던 홍연이 핸드폰을 고쳐 쥐었다.

— 생일 축하해.

통화가 끝나고 나서 한참 동안 홍연은 미동도 없이 물끄러미 거울을 바라보며 서 있었다. 끊어진 전화 건너편에서 효신의 웃음소리가, 그 여운이나마 느껴지는 것 같아 핸드폰을 내려놓을 수 없었다.

'왜 이렇게.'

공모전에서 떨어지고, 각종 아르바이트에서 무시당하고, 생활고에 지칠 땐 그 핑계를 대고 울 수 있었다.

'포기가 안 되니.'

하지만 지금은 울 수조차 없다.

고작 그녀의 감기 앞에서 내 인생의 가장 특별한 날이 하잘 것없이 사소해져 버렸었다. 그렇게 사랑했던 사람들이었다. 그토록 애틋했던 두 사람이 다시 만나 마주 보고 있었다. 무심코 고개를 돌리던 효신이 홍연의 시선과 마주쳤다.

"저 자식 왜 저렇게 우리 보면서 피식피식 웃어? 커피 나왔다."

그제야 옛 생각에서 벗어난 홍연이 바리스타가 내어 준 커피들을 쟁반으로 옮겼다.

"내가 갈까?"

"됐어. 이런 거 하라고 알바생이 있는 거야."

지민과 다시 마주하고 싶지 않았다. 그녀로 인해 느꼈던 열등감과 질투, 그리고 피해 의식은 기억을 타고 스멀스멀 기어 올랐다. 하지만 한편으론 반작용 같은 오기도 생겼다.

당신 그거 알아? 당신 앞에서 벌벌 떨던 주효신이 지금은 누굴 좋아하는지? 누굴 보면서 웃고 있는지?

홍연은 쟁반을 받쳐 들고 효신의 테이블로 향했다.

"고마워."

홍연이 가까이 다가서자 효신이 일어나서 쟁반을 건네받았다.

"주 대리님 아는 분인가 봐요?"

누군가 무심코 던진 질문에 커피잔을 내려놓던 효신 대신

지민이 먼저 대답했다.

"이 친구도 시나리오 쓰는 친구예요."

모든 시선이 순간 자신에게 향하자 당황한 홍연은 인사 대신 고개를 살짝 숙여 보였다.

"아, 그래요? 작가셨구나. 좋은 아이템 있으면 저희 회사로도 연락 좀 주세요."

"그리고."

지민의 시선이 홍연에서 효신에게로 옮겨 갔다.

"효신이 여자 친구고."

달칵, 마지막 커피잔을 내려놓던 효신의 손길이 삐끗하며 잔에서 커피가 넘쳐흘렀다.

"여자 친구……."

잠시 말문이 막혔다가 이내 황망하게 혼잣말을 하는 홍연의 눈치를 살피던 효신이 허리를 꼿꼿하게 세우고 일행을 바라보았다.

"아니에요."

효신은 빈 쟁반을 홍연의 손에 쥐여 주었다.

"여자 친구는 아니고."

그리고 그녀의 손을 놓지 않았다.

"제가 혼자서 짝사랑하는 친구예요."

푸흣, 태율이 마시던 물을 내뿜는 소리가 등 뒤에서 들려왔다.

홍연은 효신의 손을 내쳐야 한다고 생각했다. 그가 고백을 해 왔던 그날부터 거리를 두겠다고 다짐했고 나름대로 충실하게 지켜 나가고 있었다. 오래전 그가 여지없이 단호하게 선을 그었던 이유도 마찬가지였듯, 이번 자신의 다짐 역시 8할은 효신에 대한 배려였다. 틈을 두는 것은 상대방의 미련을 시험하는 잔인한 짓이었다.

하지만 자신의 손을 붙잡은 효신의 손길을 물끄러미 바라보고 있는 지민의 시선이 싫지 않았다. 홍연은 잠시 다짐과 배려를 모른 척하고, 살갗이 기분 좋게 따끔거리는 묘한 희열을 만끽했다.

타이밍

　"말도 안 돼."

　태율은 맞은편에 나란히 앉아 있는 효신과 홍연을 번갈아 바라보며 혼잣말처럼 중얼거렸다.

　"주효신이 이홍연을? 도대체 언제부터?"

　변명도 없이 쓴웃음을 짓는 효신과 머쓱해하는 홍연의 모습에도 여전히 믿기지 않는 듯 태율은 고개를 흔들었다.

　"아니, 왜?"

　점심시간이 지나고 썰물처럼 한 차례 손님이 빠져나간 카페는 한적했고, 태율의 충격이 고스란히 느껴지는 목소리만이 메아리치듯 카페 안에 울려 퍼졌다.

　"목소리 좀 작게……."

　"야, 이홍연."

획 고개를 치켜들고 노려보는 태율의 눈길에 홍연은 움찔하며 입을 다물었다.

"너 뭐야? 고백은 주효신한테 받아 놓고 크리스마스이브는 정박이 형이랑 보내는 거야?"

예상치 못한 태율의 말에 당황한 홍연 대신 되물은 사람은 효신이었다.

"누구랑?"

"정박이 형이 그러던데? 이브 날 친구들 연말 모임에 홍연이랑 가기로 했다고."

분명 정박이 24일이라고 날짜를 말해 주었었지만, 홍연은 그 날짜가 다름 아닌 크리스마스이브라는 사실을 지금에서야 깨달았다.

"그 사람이랑 왜 거길 가?"

효신의 시선은 홍연에게로 향했지만 대답하는 사람은 태율이었다.

"왜긴, 홍연이가 마음에 들었으니까 같이 가자고 했겠지."

도통 까닭을 알 수 없다는 듯 태율이 고개를 절레절레 흔들었다.

"정박이 형한테도 대차게 까일 줄 알았더니, 주효신까지? 이게 도대체 무슨 일이야. 이거 꿈인가?"

효신은 자신의 시선을 피하는 홍연을 향해 물었다.

"너 진짜 크리스마스이브에 그 사람 모임에 같이 갈 거야?"

사실 소개팅 날 벌어진 일에 대해서 태율에게 비밀로 해 주는 대신 정박과 약속한 자리였다. 어차피 태율이 모든 것을 알게 된 지금은 의미 없는 일이 되어 버렸지만 그렇다고 약속을 일방적으로 어길 순 없었다.

솔직히 말하자면 정박이 싫지도 않았다. 어떻게 보면 자신에게 과분할지도 모르는 상대였다. 묘한 승부욕이나 라이벌 의식이 섞인 시작이었을지언정 그런 남자의 관심을 굳이 밀어내거나 거절할 이유는 없었다.

"점심시간도 훨씬 지났는데, 넌 회사 안 들어가?"

태율의 말이 끝나기가 무섭게 효신의 핸드폰이 울리기 시작했다. 회사에서 걸려 온 전화였다. 아직 못다 한 말이 남아 있는 듯 효신의 입술이 달싹였지만 이내 그는 외투를 챙겨 들고 의자에서 몸을 일으켰다.

"나중에 전화할게."

발걸음을 떼기 전 효신이 홍연을 다시 내려다보았다.

"안 잡아먹어. 전화 좀 받아."

다감하고 장난스러웠지만 의미심장한 효신의 말투에 태율이 '끙.' 하는 소리를 내며 손바닥으로 이마를 감쌌다. 효신이 사라지고 한참이 지날 때까지 카페 문을 바라보던 태율이 간신히 정신을 차렸을 땐 이미 홍연 역시 자리를 뜨고 난 뒤였다.

"뭐냐, 너희 진짜."

"뭐가?"

"아, 뭐랄까. 주효신이랑 이홍연은 뭔가."

태율은 홍연의 뒤를 졸졸 따라 바 안으로 들어왔다.

"발가락도 오그라들고 소름도 돋는, 이건 마치……, 근친상간 같은 느낌?"

커피잔을 개수대에 넣고 물을 틀던 홍연이 피식 웃음을 터뜨렸다.

"아니, 내 발가락에 내 소름은 그렇다 치고. 너는 왜 효신이가 싫다는 거야?"

개수대 안에서 달그락거리던 홍연의 손길이 흠칫 멈췄다.

"주효신이야. 주효신."

가타부타 덧붙여 설명하지 않아도, 주효신이라는 이름만으로 태율의 묻는 의미는 충분했다.

"주효신이 너를 좋아한다는데 너는 아무 감흥이 없어?"

오래전 내가 얼마나 효신일 사랑했는지, 태율은 모른다. 늘 함께했던 태율마저 알지 못하는 과거의 민낯에는 효신의 배려가 배어 있었다.

효신은 장난으로라도, 술김에라도 그녀의 짝사랑을 태율을 비롯한 그 어느 누구에게도 드러낸 적 없었다. 비록 마음은 받아 주지 못했지만 한 번도 그 마음을 가벼이 여기지 않았고 함부로 다루지 않았다.

"없어, 감흥 같은 거."

태율이 혀를 쯧 찼다.

"내가 주효신 친구 입장에서라면, 너 돌았냐고, 정신 차리라고 멱살을 쥐고 흔들어야 마땅하지만. 이홍연 친구 입장에서라면 저 자식 제정신 돌아오기 전에 자빠뜨리라고 충고하고 싶네. 착 붙어서 절대 떨어지지 말라고."

"죽을래?"

'이홍연 어디에 내가 모르는 매력이 붙어 있는 거지?' 당장이라도 주먹질이 날아올 것 같은 홍연의 기세에 뒷걸음질 치면서 끝까지 혼잣말을 중얼거리던 태율이 갑자기 우뚝 섰다. 태율의 의아한 시선을 따라가던 홍연 역시 바 너머에 서 있는 지민을 발견했다.

"잠깐."

손에서 뚝뚝 떨어지는 물기를 카페 앞치마에 닦아 내는 홍연을 바라보며 지민은 말을 이었다.

"따로 이야기 좀 할 수 있을까?"

지민은 쉽게 말문을 열지 않았다. 그녀를 다그치고 싶은 생각이 없었던 홍연은 탁자 위에 올려놓은 카페 앞치마를 물끄러미 바라보며 기다렸다.

"두 사람이 사귀고 있다고 생각했어."

한참 시간이 지난 후 지민이 천천히 말했다.

"생각해 보니 사귀냐는 질문에 효신이가 대답을 하진 않았더라. 그렇다 해도 효신이가 혼자서 너를 짝사랑하는 거라고는 상상도 못 했어. 예전에 효신일 짝사랑한 쪽은."

순간 홍연은 주먹을 꽉 쥐었다.

"너였으니까."

역시 지민은 알고 있었다. 그녀는 누구보다도 효신과 가까웠고, 감각이 남달랐던 그녀가 자신의 남자 친구와 홍연 사이의 복잡 미묘한 감정들을 눈치채지 못했을 리 없었다.

"네, 예전엔 저였지만."

그때 그녀는 굳이 촉각을 세울 필요가 없었을지도 모른다. 한참 연상인 그녀의 눈에는 질투와 죄책감을 감추려고 갖은 애를 쓰는 두 사람의 모습이 오히려 서툴러 보였을 것이다.

"지금은 효신이 혼자서 하는 짝사랑이에요."

단숨에, 거침없이 내뱉고서 정작 놀란 사람은 홍연 자신이었다.

"하실 말씀이 이건가요?"

지민은 가볍게 고개를 흔들었다.

"아니. 나 지금 부탁하려고 왔어."

영문을 알 수 없어 되묻지도 못하고 홍연은 가만히 눈을 깜빡였다.

"효신이와 헤어지고 나서 나 여러 사람 만났었어."

도대체 하고 싶은 말이 무엇이기에 이 사람은 수년 만에 만난 서먹한 자리에서 나에게 사생활을 장황하게 늘어놓는 걸까. 다소 시니컬했던 그녀의 성격이 세월이 흐르는 동안 변하기라도 한 걸까.

"네, 기사로 나온 적도 있으시잖아요."

파파라치가 숨어 찍은 듯한, 한참 연하의 모 배우와 함께 차에 오르는 사진을 바라보며 홍연은 한동안 컴퓨터 모니터에서 시선을 떼지 못했던 것을 기억해 냈다. 우지민이 자신과는 다른 세상에 살고 있다는 것도, 그녀가 만나는 사람들이 결코 평범하지 않다는 것도, 그러므로 주효신을 향한 자신의 마음이 어찌하여 짝사랑으로밖에 끝날 수 없었는지도, 과거 지민을 향했던 맹렬했던 질투가 얼마나 가당찮은 것이었는지도 새삼 깨달았었다.

"그 사람들을 만나면서도 채워지지 않는 뭔가가 마음 한구석에 있었어. 그게 뭔지 알면서도 모른 척했던 건 마음이 식어 나를 떠난 사람을 붙잡아 봤자 소용없다는 걸 알고 있었기 때문이야."

홍연은 지민의 말을 되씹어 보았다.

효신이가 먼저 헤어지자고 했단 뜻인가. 그건 지금까지 홍연과 태율이 알고 있던 사실과 달랐다. 지민과 헤어지고 나서 효신이 얼마나 괴로워했던가. 그건 마음이 식어 먼저 이별을 말한 사람의 고통이 아니었다.

"이번에 효신이를 다시 만나는 순간 깨달았어. 살다 보면, 시간이 더 흐르고 나면 언젠가는 그 빈 곳이 채워질 거라 생각했던 것이 얼마나 헛된 믿음이었는지."

"굉장히 흥미진진한 로맨스이긴 한데요. 왜 감독님이 저한테 이런 말을 하고 계시는지 잘 모르겠어요."

"도와줘."

홍연이 한쪽 눈썹을 치켰다.

"그건 더더욱 무슨 말씀이신지 모르겠네요."

"효신이 마음 잘라 줘."

홍연은 지민을 물끄러미 바라보았다.

"깨끗하게 쳐 내 줘. 할 수 있는 가장 잔인한 방법으로. 냉정하게. 철저하게."

"왜 그래야 하죠?"

"효신이 마음속에서 네가 정리돼야 내가 다가갈 수 있으니까."

"누가 그걸 몰라서 묻나요? 제가 왜 감독님을 도와야 하는지를 묻는 거였어요."

홍연의 반발심은 지민의 탓이었다. 그녀는 분명 부탁의 말을 하면서도 마치 정당한 것을 요구하듯 당당했고 거침없었다.

홍연의 빈정거림은 예상 밖이었는지 지민의 눈이 가늘어졌지만 이내 그녀의 얼굴에 여유 있는 미소가 떠올랐다.

"너한테도 내가 도울 일이 있을 거야. 아니, 많을 거야."

순간 홍연은 움찔했다. 잠시나마 잊고 있었지만 지민의 우위는 비단 주효신뿐만이 아니었다. 과거의 그녀는 언더그라운드 영화의 여왕이었고, 현재의 그녀는 장편 상업영화로도 홈런을 날린 잘나가는 감독이었다. 홍연은 재작년에 개봉해서 크게 흥행한 그녀의 영화를 차마 볼 수 없었다. 하지만 쏟아지는 호평 기사를 읽으며 홍연은 한동안 가슴앓이를 해야 했다. 하필이면 자신의 시나리오와 같은 조선 시대 스파이가 주인공이라니, 해묵은 질투심 때문일 수도 있었고 뼈아픈 시기심 때문일수도 있었다.

"그런 도움."

찰나라고 할 만큼 짧은 공백이었다. 필요 없어요, 뒷말이 홍연의 입 안에서만 맴돌 뿐 끝내 나오지 못했다.

"너 실력 있어."

정말로 나는 한 치의 망설임도 없었는데 단지 지민이 어퍼컷을 날리듯 내 말을 끊어 버린 걸까.

"문제는 너 정도의 실력을 가진 애들이 수도 없이 많다는 거야. 그럴 때 가장 중요한 게 뭔지 알아?"

홍연은 주먹을 가볍게 쥐었다.

"기회."

왜 그랬는지 모르지만 홍연은 자신도 모르게 고개를 돌려 은석의 사진을 바라보았다.

"타이밍."

은석도 나를 진심으로 대했을 거라 믿어 의심치 않는 유일한 순간. 어쩌면 바로 그 순간 나의 말 한마디, 내 손짓 하나가 달랐다면 고통스런 실연을 겪지 않았을지도 모른다는, 근거 없는 후회 때문에 홍연은 사진을 외면하려고 애썼다.

"우리 대표, 실력 있는 신인 작가들 아이템 신선하고 감각도 남다르다고 좋아해. 너 지금까지 써 놓은 시나리오들 많잖아. 그거 그냥 그대로 쓰레기 되게 둘 거야?"

움찔한 홍연의 시선이 지민에게로 향했다.

"나를 돕고, 너도 내 도움 받아. 그러지 않으면."

다시 두 사람의 눈이 마주쳤다. 지민은 여전히 효신을 원하고 있지만 그는 더 이상 그녀를 사랑하지 않는다. 지민도 홍연도 이제 효신의 마음이 어디로 향하는지 정확하게 알고 있었다. 완벽하게 역전된 상황에서도 왜 자신은 초조함을 느끼며, 그녀의 눈빛은 여전히 느긋하기만 한 것인지 홍연은 입술을 가만히 깨물었다.

"아마 너는 앞으로 수십 번은 더 이 순간을 후회할 거야."

네가 사랑할 때 나도 사랑했으면
얼마나 좋았을까

교대할 직원이 출근하자 홍연은 술이나 한잔하자는 태율을 뿌리치고 퇴근을 서둘렀다. 6시도 되지 않은 이른 초저녁이었지만 이미 밖은 어둠이 짙게 깔렸다. 홍연은 사납게 차가워진 공기를 뚫고 카페를 나섰다.

집에 가기 전 홍연은 근처 대형 마트로 향했다. 가격을 꼼꼼하게 비교하며 물건을 고르는 홍연의 손길은 신중했다. 시나리오를 쓸 최소한의 시간이 필요했기 때문에 아르바이트는 늘 예닐곱 시간이 한계였고, 월세를 내고 나면 남는 돈이 거의 없었다.

마트 봉투를 든 손가락이 추위에 얼얼해지고서야 홍연은 장갑을 카페에 두고 왔다는 사실을 깨달았다. 지민이 돌아가고 난 후에도 홍연은 오후 내내 넋 나간 사람처럼 정신이 팔려 있다 주문을 엉뚱하게 받기도 했으니, 장갑 한 켤레를 잊은 것쯤에 크게 놀라진 않았다.

골목길을 오르던 홍연은 효신의 차를 발견했다. 한쪽에 얌전히 주차된 차 안에 효신은 없었다.

옥탑방으로 향하는 계단을 모두 올라섰을 때 홍연은 문 앞에 선 효신을 발견했다. 살짝 벌어진 효신의 입술 사이로 입김이 퍼져 나왔다. 인기척을 느낀 효신이 돌아섰다. 물끄러미 자신을 바라보는 홍연을 향해 효신이 변명처럼 입을 열었다.

"태율이한테 전화하니까 너 퇴근하고 바로 들어갔다고 해서."

따뜻한 차 안에 앉아 있었더라도 집으로 돌아오는 자신을 발견하기 어렵지 않았을 터였다. 녀석은 왜 굳이 이 추운 옥상에서 칼바람을 맞으며 나를 기다리고 있었을까.

"그 사람이."

그 사람. 효신의 입에서 흘러나온 그 호칭에 홍연은 순간 움찔했다.

"다시 왔었다며?"

홍연은 대답 대신 마트 봉투를 효신을 향해 들어 보였다.

"뜨끈한 어묵탕 해 먹을 건데, 들어가서 소주 한잔할래?"

그의 고백 이후 이처럼 친근하고 살가운 홍연의 말투는 처음이었다. 잠시 눈을 깜빡거리던 효신이 반색하며 고개를 끄덕이자 홍연은 옥탑방 문을 열었다.

"춥지? 전기장판 불 올리고 들어가 앉아 있어."

방 안은 밖의 기온과 별반 다르지 않았다.

"아직 보일러 안 고쳤어?"

"몇 번 말했는데 집주인이 계속 미루네. 억울하면 이사해야 하는데, 이만큼 월세 저렴한 곳도 찾기 힘들어. 온풍기랑 전기장판 덕분에 아직 버틸 만해."

홍연은 외투도 벗지 않고 마트 봉투를 내려놓더니 냄비를 꺼내 들며 부산스럽게 움직였다.

"마트에서 세일하기에 사 왔는데, 물 붓고 끓이기만 하면 된대. 우동사리도 사 왔어."

소주병을 냉장고에 넣고 돌아서던 홍연은 방 한가운데 우두커니 서 있는 효신을 바라보며 가볍게 눈살을 찌푸렸다.

"왜 그러고 서 있어?"

"보일러 고칠 때까지 우리 집에서 지내. 나는 태율이 오피스텔에 있으면 돼."

"얼어 죽을 일 없으니까 오버하지 마. 어묵탕이고 뭐고, 너 그냥 갈래?"

효신은 대답 대신 외투를 벗고 책상 앞 의자에 걸터앉았지만, 못마땅한 표정은 여전했다.

홍연은 어묵탕을 뚝딱 끓여 내고 부산에서 온 엄마표 밑반찬들로 금방 저녁상을 차려 냈다. 홍연은 물컵에 소주를 따르다 효신을 바라보며 멈추었다.

"차는?"

"대리 부르면 되지."

두 사람은 마주 보고 앉았다. 전기장판 덕분에 엉덩이는 뜨끈했지만 훈기 없는 방 안 공기로 두 사람의 입김이 퍼져 나갔다. 홍연이 소주를 한 잔 마시자 빈속이 순식간에 따뜻해지며 알싸해졌다.

"방 안에서도 춥다고 눈 흘기는 애가 왜 차에서 안 기다리고 밖에서 기다려?"

숟가락을 들어 뜨끈한 국물을 여러 번 떠 마시던 효신이 빙그레 웃었다.

"불쌍해 보이려고."

"뭐?"

"이거 봐. 통했잖아. 내 전화도 제대로 안 받던 이홍연이 집 안에 들여 주고, 밥도 주고, 술도 주고."

홍연은 소주를 마시고 물컵을 내려놓는 효신을 물끄러미 바라보았다.

"우 감독이 아직 너 못 잊었다고 하더라."

효신은 놀라는 기색 없이 우동면을 젓가락으로 집어 들었다.

"너 그 사람 많이 사랑했잖아."

그는 잠자코 자신의 빈 컵에 다시 소주를 따랐다.

"그 사람을 너무 사랑해서, 너를 너무 사랑했던 나를 돌아볼 수도 없었잖아."

오후 내내 생각했다. 도대체 어떻게 하는 것이 가장 잔인한 방법일까. 어떤 말이 제일 아플까. 어떤 눈빛이 송곳처럼 녀석의 마음을 찌를까. 그러다 문득 깨달았다. 나는 이미 가장 잔인한 방법을 알고 있었다.

"나는 그때 길에서도 울었어."

소주가 담긴 컵을 집어 드는 효신의 손길이 움찔했다.

"밥을 먹다가도 울었어."

"홍연아."

"자다가도 울었어."

오래전 효신의 입에서 나오는 모든 말이 잔인했었다.

"그런데도 너를 못 떠났어."

너는 어떻게 해도 안 된다고, 헛된 희망도 품지 못하게 하던 순간들 모두 가혹했고 모질었다.

"완전 꼴통 미련퉁이였어."

홍연은 자신의 컵에 든 소주를 마시고 피식 웃었다.

"그런데 있잖아, 효신아. 나는 내 인생이 지금 이런 개판이 된 이유가 그 망할 미련 때문인 것 같거든. 그래서 이제는 그게 어떤 미련이든, 꼴통처럼 미련 떨면서 살고 싶지가 않아."

홍연은 한마디 한마디 힘을 주어 말을 이어 나갔다.

"친구 주효신 앞에서는 웃으며 말할 수 있어도, 남자 주효신 앞에서는 나 옛날의 내가 쪽팔려. 자꾸 그때의 내가 생각나서 창피하고, 그때의 내 마음이 다시 불쌍해지게 만들면 나는."

진심이었다. 그리고 이 진심은 송곳이 되어 효신이의 마음을 찌르고, 난자하고, 황폐하게 만들 것이다.

"미련 없이 친구 주효신도 버릴 거야."

홍연의 옥탑방에서 나와 골목길에 세워 둔 차에 올라탄 이후로도 효신은 한참을 아무것도 할 수 없었다. 조수석에 던져 놓앉던 핸드폰에서 전화벨이 울려도, 메시지들이 연달아 도착해도 효신은 미동도 없었다. 취할 만큼 술을 마신 것도 아니면서, 마치 취한 듯 모든 사고가 정지되어 아무 생각도 하지 못했다.

얼마나 시간이 흘렀을까. 문득 정신을 차린 효신이 손을 뻗어 핸드폰을 집어 들었다. 낯선 이름의 메시지에 잠시 고개를 갸웃거리던 효신은 이내 얼마 전 소개팅을 했던 그녀를 떠올려 냈다.

[그날 사정이 있었다고 전해 들었어요. 한참 기다리다 용기 내서 먼저 연락드려요. 저는 효신 씨를 한 번 더 만나 보고 싶어요.]

메시지를 바라보던 효신은 끝내 답장을 보내지 않고 대리운전 콜센터로 전화를 걸었다. 연말인 데다 후미진 주택가이기 때문인지 대리 기사는 쉽게 연결되지 않았다. 콜센터의 무료한 연결음을 들으며 효신은 차창 밖을 무심히 넘어다보았다. 차창 너머 높다란 계단 위 홍연의 방은 아직 불이 꺼지지 않았다.

"얼굴도 모르는 보조 작가한테도 미안해하면서, 친하지도 않은 남자 연말 모임에 기꺼이 같이 가 주면서……, 나한테만 잔인하네, 이홍연."

결국 대리 기사를 부르지 못하고 콜센터와 연결이 끊긴 효신은 핸드폰을 내려놓았다. 그리고 차에서 내렸다.

'주효신!'

담배를 꺼내 입에 물던 효신은 순간 귓가를 스치는 홍연의 목소리에 흠칫했다. 천천히 돌아선 그곳에 오래전의 홍연이 그를 노려보며 서 있었다.

'당분간? 왜? 차라리 평생 보지 말자 그러지?'

지금보다 훨씬 통통했던 어린 홍연의 눈에는 눈물이 그렁그렁 매달려 있었다.

'착한 척하지 마. 너 하나도 안 착해. 미안한 척도 하지 마. 나한테 하나도 안 미안하잖아, 너! 생각해 주는 척도 하지 마.'

'그럼 나더러 어떡하라고? 그냥 너 잃으라고?'

그리고 그 맞은편에는 세상에서 가장 얼간이 같은 나도 있다.

'잃지 마. 방법이 있잖아. 그 여자 말고 나를…….'

'한마디만, 한마디만 더 하면 나 친구인 너를 포기할 거야. 그러니까 제발, 아무 말 듣지 않고 그냥 가게 해 줘. 제발 내가 너무 사랑하는 내 친구 이홍연을 나한테서 뺏어 가지 말아 줘. 부탁이야.'

제발 그냥 돌아서지 마라, 멍청아. 한 번이라도 좀 돌아봐.

효신은 담배를 잘근잘근 씹으며 멀어져 가는 어린 자신을 지켜보다 이내 주머니에서 라이터를 꺼내 들었다. 효신은 돌아서서 홍연의 옥탑방을 바라보았다.

그때 내가 주저앉아 우는 홍연이를 한 번이라도 돌아봤다면 어떻게 됐을까.

또다시 시작된 순간의 후회들로 효신은 가슴이 답답해졌다. 심장이 금방 얼얼해져 추위조차 느낄 수 없었다.

"원래 짝사랑이 이런 거야, 이홍연?"

그 모든 순간들의 결론은 늘 같았다.

왜 너를 조금 더 일찍 사랑하지 않았을까. 네가 사랑할 때 나도 사랑했으면 얼마나 좋았을까.

오후가 되면서 싸락눈이 탐스러운 함박눈으로 바뀌었다. 한가한 시간을 틈타 바리스타에게 우유를 스팀하는 방법을 배우고 있던 홍연이 고개를 들어 창밖을 바라보았다.

"생각보다 눈이 많이 오네."

홍연은 스팀한 우유를 에스프레소가 든 컵에 부어 라테를 만든 뒤 창가 자리에 앉아 투덜거리는 태율에게 다가갔다.

"와, 해도 너무한다. 화이트 크리스마스라니, 솔로들 염장 제대로 지르네."

자신을 위한 커피라 생각하며 손을 뻗던 태율은 라테를 홀짝이며 마시는 홍연의 모습에 얼굴을 찌푸렸다.

"야, 나 사장이거든?"

홍연은 딴청을 부리며 말을 돌렸다.

"내가 스팀해서 만든 건데 맛있네? 이참에 시나리오고 뭐고 다 때려치우고 커피 배울까? 나 바리스타 자격증 따 오면 카페에 취직시켜 줄래?"

"거절한다. 가뜩이나 장사 안 되는데 아예 말아먹을 일 있어?"

장난 가득한 핀잔에도 홍연이 웃지 않자 태율 역시 짐짓 진지한 표정을 지어 보였다.

"그래. 너도 때려치워. 그만하면 할 만큼 했다. 지금 때려치워도 이홍연이 위너야."

이쯤이면 실없는 반격이건 자조적인 동조건 날아들어야 정상인데 홍연은 여전히 눈 내리는 창밖을 바라보며 커피만 마실 뿐이었다. 머쓱해진 태율이 입맛을 쩝 다셨다.

"그건 그렇고."

답이 나오지 않는 문제 앞에서, 혹여 나오더라도 정답일지 오답일지 죽을 때까지 알 수도 없는 그 막막함 앞에서 태율은 재빨리 화제를 돌렸다.

"너 오늘 진짜 정박이 형 모임에 같이 갈 거야?"

"그냥 약속한 거니까 가는 거야. 이제 세 번째 만나는 건데 그 사람도 크게 의미를 두는 것 같진 않아. 그냥 호기심 반, 진짜 파트너가 필요한 거 반."

"말이 되는 소릴 해. 소개팅한 사이에, 오늘 같은 날, 친구들 모임에 너를 데리고 가는데 전혀 의미가 없다고? 내가 그 모임 형들을 다 아는데 완전히 정박이 형 절친들이야. 다 결혼해서 와이프들까지 같이 모이는 커플 모임이라고. 거길 아무 생각 없이 너를 데려간다고?"

눈을 깜빡거리던 홍연이 고개를 가볍게 끄덕였다.

"그러게. 생각해 보니 그 사람 좀 오버네. 아 몰라. 이제 와서 안 간다고 할 수도 없잖아. 대충 인사치레만 하고 나올 거야."

핸드폰을 꺼내 시간을 확인하던 홍연이 앞치마를 풀었다. 곧 정박이 데리러 카페로 올 시간이었다.

"대충? 안 하던 화장에 원피스까지 입고 나왔으면서? 너 노선 똑바로 정해."

"무슨 노선?"

홍연이 남은 커피를 마신 뒤 컵을 탁 소리 나게 내려놓았다.

"내가 똑바로 안 하는 건 뭔데?"

"다 이 오빠가 너 걱정돼서 해 주는 말이야."

태율이 고갯짓을 하자 홍연의 시선도 따라 창밖으로 향했다. 카페 앞에 이제 막 도착한 정박의 차가 멈춰 서고 있었다.

"한쪽은 집안 좋고 돈 많고 허우대 멀쩡한 연상남."

이번에 태율은 손가락으로 반대편을 가리켰다. 커다란 감색 우산에 가려 얼굴은 보이지 않았지만 널찍한 어깨와 코트 자락 아래로 길게 뻗은 다리로 내딛는 걸음걸이가 친근했다.

"다른 한쪽은 학벌, 직업, 외모, 성격까지 뭐 하나 빠지는 게 없는 사기 캐릭터."

우산이 빙글 한 번 돌더니 효신의 맑은 얼굴이 드러났다.

"몸도 마음도 춥고 외로운 연말 겨울 지나고 새해가 되면 두 사람 다 정신 번쩍 들어서 내가 왜 이홍연한테 이러고 있나 싶을걸. 딱 한 놈으로 노선 확실히 결정해서 제정신 돌아오기 전에 몰아붙여."

귀담아 들을 가치도 없다는 듯 홍연은 탁자에서 일어나 탈의실로 향했다. 앞치마를 걸어 두고 코트를 걸쳐 입는 손길이 느릿했다.

'미련 없이 친구 주효신도 버릴 거야.'

그 이후 효신은 한 번도 전화하지 않았다. 그녀가 확인하지 않아도 주야장천 보내던 메시지도 뚝 끊겼다. 역시 주효신이

다. 인생이 미련퉁이인 나와는 달리 사리 판단이 분명하고, 어른스럽고, 결단력 있는 똑똑한 녀석. 우 감독과 헤어졌을 때도, 꿈을 접고 영화판을 떠났을 때도 비록 고통 속에 주춤거렸을지언정 효신은 돌아보지 않았다. 이번에도 그럴 것이다. 잠시 쓰리고 씁쓸하겠지만 그는 곧 마음을 털어 버리고 돌아보지 않을 것이다.

'그런데 지금 후회돼. 말릴걸.'

머리를 스치고 지나가는 효신의 목소리에 가방을 집어 들던 홍연의 손끝이 흠칫했다.

'나는 거기 남아 있는 최은석의 흔적과 싸워야 해. 이홍연의 자존감이 이렇게 무너질 때까지 말리지 않았던 내 자책감과도, 내가 기억하는 네 과거의 모든 사람들을 되씹어 보는 내 질투심과도, 지난 6년, 아니, 지난 10년간 내가 놓쳐 버린 그 모든 순간들을 후회하는 매일 밤의 나와 싸워야 해.'

"왜⋯⋯."

매일 밤 후회와 싸우고 있는 건, 전혀 주효신답지 않잖아. 짧은 한숨을 내쉰 홍연이 천천히 탈의실을 빠져나왔다.

"내일 뵐게요."

바 안에 있던 다른 직원들에게 인사를 건네고 돌아서던 홍연은 순간 마른침을 삼켰다. 매장 한가운데 효신과 정박, 두 사람이 서로를 마주 보고 서 있었다.

이거 그거구나, 질투

....

"약속 시간보다 좀 일찍 오셨네요."

서먹한 침묵과 예민한 경계심이 뒤섞인 묘한 기류를 깨뜨린 사람은 홍연이었다. 효신과 정박의 시선이 동시에 홍연에게로 향했다.

"차 밀릴까 봐서요. 눈도 오고."

정박은 효신을 흘끗 쳐다본 다음 덧붙여 말했다.

"날이 날이니만큼."

"흠."

태율이 어색하게 헛기침을 하며 끼어들었다.

"형, 커피 한 잔 드릴까요?"

"그럴까?"

"그냥 가죠."

동시에 대담한 정박을 향해 쓴웃음을 지으면서 홍연은 효신의 시선을 애써 외면했다. 긴장감이 흐르는 이 상황에 안절부절못하는 사람은 태율이었다. 가장 가까운 친구인 효신이 또 다른 친구인 홍연을 짝사랑하고 있으며, 그것도 모른 채 홍연에게 정박과의 소개팅을 주선한 사람이 다름 아닌 자신이었기 때문이다.

때마침 포장되어 나온 커피와 샌드위치에 태율은 안도의 한숨을 내쉬었다.

"효, 효신아, 너 주문한 샌드위치 나왔다."

그제야 효신은 천천히 계산대를 향해 돌아섰고, 홍연은 때를 놓치지 않고 빠르게 카페 문으로 향했다.

"야근까지 해야 하는 애가 이걸로 되겠어?"

카페 문을 반쯤 열었을 때 태율의 목소리가 문밖 바람 소리와 뒤섞였다. 홍연이 잠시 움찔하는 사이 등 뒤에서 정박의 팔이 뻗어 나와 문을 마저 열어 주었다.

"기분 나쁘지 않은데요?"

조수석 차 문을 열어 주며 정박이 장난스럽게 말했다.

"뭐가요?"

"저 친구 질투 어린 눈길 받는 거."

그의 말에 차에 올라타서 안전벨트를 매던 홍연의 손길이 멈추었다. 순간 서늘해진 홍연의 마음을 아는지 모르는지 정박은 콧노래를 흥얼거리며 조수석 차 문을 닫아 버렸다.

홍연이 차창 너머로 고개를 돌렸을 때 카페를 나선 효신이 눈에 들어왔다. 한 손엔 커피, 다른 한 손엔 샌드위치 봉투를 든 효신이 물끄러미 홍연이 탄 차를 바라보고 있었다. 쓰고 왔던 우산을 카페에 놓고 왔는지 보이지 않았다. 소리쳐 말해 줄까 망설이던 찰나 부드러운 엔진 소리와 함께 정박의 차는 출발해 버렸다.

"눈이 계속 내릴 것 같죠?"

그 자리에서 굳어 버린 듯 여전히 움직이지 않는 백미러 속의 효신을 지켜보느라 홍연은 대답할 타이밍을 놓쳐 버렸다. 시야를 가리며 쉼 없이 내리는 눈 때문에 확신할 수는 없었지만, 효신 역시 그녀가 탄 차를 지켜보고 있음을 느낄 수 있었다.

"신경 많이 쓰이면 내려 줄게요."

"네?"

"이 상황이 재밌기도 하고. 솔직히 지금 홍연 씨가 내려서 저 친구한테 돌아가 버리면 뭔가 진 것 같고, 실망스럽기도 할 것 같지만. 내 즐거움 때문에 홍연 씨 크리스마스까지 망치고 싶지 않아요."

차를 빠르게 달렸기에 어느새 백미러 속에서도 녀석의 모습을 찾을 수 없었다.

"쟤랑 전 그냥 친구예요."

홍연은 운전석에 앉은 정박을 바라보았다.

"그러니 제가 지금 효신이한테 돌아갈 이유는 없어요."

"홍연 씨는 친구라고 말하지만."

운전대를 잡은 정박이 어깨를 으쓱거렸다.

"지금 홍연 씨 얼굴은 친구를 뒤에 남겨 두고 오는 표정이 아니거든요."

오래전 그때, 질투는 늘 홍연의 몫이었고, 선을 긋고 경고하고 외면하며 관계를 조절하는 쪽은 효신이었다. 그때 홍연은 세상에서 가장 고통스러운 것은 질투라 믿었었다. 목이 따끔거렸었고, 뱃속이 뒤틀렸었고, 숨이 막혔었다.

"아니요. 안 내릴래요."

잃고 싶지 않은 소중한 사람에게 거리를 두고 냉정해지는 일이 질투 못지않게 고난스러운 일임을 그땐 미처 몰랐다.

"지금 여기서 내리면."

홍연은 마음을 다잡고 따뜻하게 열이 오르는 시트에 몸을 깊이 묻었다.

"내 크리스마스는 더 최악이 될 거예요."

"주 대리, 우 감독 프로젝트 예산서 반려된 것 때문에 발등에 불 떨어진 거지? 아무리 그래도 그렇지. 크리스마스이브에 야근은 좀 아니지 않아?"

샌드위치를 사 들고 돌아온 사무실에는 남아 있는 사람이 거의 없었다. 팀장이 노트북을 정리하다 효신을 넘겨다보았다.

"아니, 오늘 같은 날 같이 보낼 여자 친구도 없는 거야? 주 대리 그렇게 안 봤는데 영 인물값을 못 하네."

효신은 대답 대신 쓴웃음을 지어 보였다. 커피를 마시며 샌드위치를 한입 물긴 했지만 입맛이 없었다.

"잘생긴 얼굴 그렇게 쓸 데가 없으면 나 줘."

혀를 차며 우스갯소리를 남긴 팀장마저 떠나 버리자 사무실에는 효신 혼자 남았다. 효신은 샌드위치를 밀쳐 두고 노트북을 가까이 끌어 놓았다. 하지만 모니터 속의 글자와 숫자들이 눈에 들어오진 않았다.

"하아."

회사에 도착해서야 우산을 카페에 놓고 왔다는 사실을 깨달았고, 이미 머리칼 끝에서는 눈이 녹아 물이 뚝뚝 떨어지고 있었다. 후끈하고 건조한 사무실 공기에도 젖은 몸은 쉽게 따뜻해지지 않았다. 효신은 뜨거운 커피를 한 모금 마셨다. 문득 넘겨다본 사무실 창밖에는 여전히 눈이 내렸다. 흩날리는 눈송이를 사이에 두고 정박의 차에 올라타던 홍연의 모습이 눈앞에 아른거렸다.

진짜 미련 없이 버려 버릴까 봐, 말 한마디도 섞지 못하는 사이가 돼 버릴까 봐 참고 참다 찾아간 건데. 태연하고 천연하게, 커피와 샌드위치를 사러 간 척하며 잠깐 얼굴이나 한번 보려고 했던 것뿐인데.

"정말 눈길 한번 안 주네, 이홍연."

혼잣말처럼 중얼거린 효신이 손바닥으로 얼굴을 쓸어내렸다. 그리고 잠시 뒤 천천히 고개를 든 효신은 핸드폰을 꺼내 들었다. 그의 손가락 끝이 잠시 망설이는 듯 멈칫했지만 이내 메시지를 쓰기 시작했다.

[그게 뭔지 이제 알겠어.]

홍연은 효신의 메시지를 한참 동안 물끄러미 내려다보았다.

[배가 아프다던 네 말.]

그때 누군가 '홍연 씨.' 하고 그녀를 불렀다. 홍연은 황급히 핸드폰을 내려놓느라 나머지 메시지를 읽지 못했다.

"와인 한 잔 더 할래요?"

"네? 아, 네. 감사합니다."

정박과 어울리는 친구들이라면 꽤 화려하지 않을까, 또 그들의 모임이라면 조금 사치스럽지 않을까 내심 걱정했던 것은 기우에 지나지 않았다. 정박의 친구들은 유머가 넘치면서도 예의 발랐고 그들의 아내들 역시 홍연을 배려해 주었다. 널찍한 파티 테이블이 놓인 카페는 소탈하고 따뜻했는데 정박의 친구 부부가 운영하는 곳이었다.

"와인이 다 떨어졌네. 더 가져올게."

"눈 오는 날에는 시나몬 잔뜩 뿌린 카푸치노가 딱인데. 서진아, 나 카푸치노 한 잔 만들어 주면 안 돼?"

"안 되긴. 기다려. 만들어 올게."

그때 바리스타 겸 카페의 주인이라는 정박의 친구가 홍연을 바라보았다.

"홍연 씨, 요즘 카페에서 일한다면서요? 같이 바에 들어가 볼래요?"

"그래도 될까요?"

홍연은 자연스럽게 탁자에서 일어나 바 안으로 따라 들어갔다. 서진은 단아하고 인상이 선한 사람이었다. 그녀는 홍연을 향해 싱긋 웃어 보이고는 에스프레소를 먼저 내리기 시작했다.

"불편하지 않아요?"

홍연은 자신을 불러내 준 그녀의 스스럼없는 행동이 배려라는 것을 알았고 친근함을 느꼈다.

"우리야 최대한 편하게 대해 주려고 하지만, 낯선 사람들 틈에 있는 건 아무래도 어색하겠죠?"

"괜찮아요. 다들 친절하고 재밌는 분들 같아요. 음식도, 와인도 맛있고요. 또 계속 정박 씨가 신경 써 주고 있어요."

"다들 속으로는 놀라고 있을걸요."

정박을 향해 고갯짓을 해 보인 서진이 장난스런 웃음을 터뜨렸다.

"정박이가 약간, 이상한 결벽증이 있어서 낯도 좀 가리고 사람도 가리거든요. 소개팅으로 몇 번 만나지도 않은 여자를 데려와 소개해 주는 이런 일이 흔하진 않은데. 홍연 씨가 정말 마음에 든 거예요."

그의 관심이 온전히 나 때문이 아니니까 문제죠. 효신이가 당신 친구의 가슴 깊은 곳에 자리한 승부욕을 건드렸거든요.

홍연은 차마 그 말을 하지 못하고 쓸쓸하게 웃어 보였다.

"옛날에 어떤 여자는 영화관에서 팝콘을 소리 크게 나게 씹어 먹었다고 정박이한테 차이는 것도 봤어요."

"정말요?"

"앗, 제가 이런 이야기 했다는 건 정박이한테 비밀이에요."

두 여자가 동시에 푸우, 하고 작은 웃음을 터뜨렸다. 홍연은 고개를 돌려 작은 카페를 채운 사람들을 응시했다.

둘러앉은 사람들의 얼굴에는 만족스런 웃음이 가득했다. 손짓은 부드러웠고, 목소리에는 여유가 있었다. 서로를 응시하는 눈빛은 다정했으며, 음식과 와인, 커피로 빈틈없이 풍족한 탁자 위로 따뜻한 유대감이 넘나들었다.

정박의 비어 있는 옆자리에서 홍연의 눈길이 멈추었다. 그녀의 시선을 느끼기라도 한 듯 정박이 고개를 돌렸고 두 사람의 눈이 마주쳤다. 방긋 웃는 정박을 향해 홍연도 조심스레 웃어 답했다.

어떤 이유든 그가 손을 내밀었다. 그 호감을 받아들이기만 하면 저들이 누리는 빈틈없는 안정감 속에 발을 들일 수 있다. 바람 한번 불어도 휘청대고 마는 빈약한 심상에서 벗어날 수 있다. 홍연이 한 걸음 바 밖으로 걸어 나가려던 참이었다. 손에 들고 있던 핸드폰이 진동했다.

발신자를 확인한 홍연의 눈썹이 짧게 꿈틀거렸다. 홍연은 지민의 전화번호가 아직까지 자신의 핸드폰에 저장되어 있었다는 것도 모르고 있었다. 그뿐만 아니라 자신의 전화번호를 지민이 여전히 가지고 있다는 사실도 똑같이 놀라울 뿐이었다.

"편하게 전화받아요. 나는 카푸치노 식기 전에 배달해야 하니까요."

서진이 나가고 바 안에 혼자 남은 홍연은 천천히 전화를 받았다.

"무슨 일이세요?"

— 모레 사무실로 와. 제작사 대표랑 약속 잡아 놨어.

영문을 알 수 없는 지민의 말에 홍연의 미간이 더 찌푸려졌다.

"네?"

— 그동안 써 놨던 시나리오도 좋고, 기획안도 상관없어. 정리해서 챙겨 와.

그제야 홍연은 지민이 그녀 입으로 말했던 타이밍, 기회를 주고 있음을 깨달았다. 홍연의 침묵이 이어지자 전화 건너편의 지민이 다시 입을 열었다.

— 약속 지키는 거야.

"무슨 약속이요?"

— 네가 정리해 준 거 아니야?

효신의 마음을 거절하고, 또 거절하는 일은 단지 그래야 하기 때문이었다. 그러다 보면, 자신의 짝사랑이 그러했듯이 효신의 열정도 어느 순간 사그라질 것이라 믿어 의심치 않았다. 지민과는 상관없는 일이었고, 당연히 그녀의 제안을 받아들인다는 의미도 아니었다.

— 나 지금 효신이 만나러 가는 길이야.

핸드폰을 쥔 홍연의 손에 힘이 들어갔다.

— 만나자고 전화가 왔어.

조금은 들뜬 듯한 지민의 목소리였다. 눈이 내리는 크리스마스이브 밤이었고, 그녀에게 만나자고 전화를 걸어온 사람은 몇 년이나 잊지 못했던 전 남자 친구였으니 당연한 흥분일지도 모른다.

— 제작사 사무실에서 보자.

전화가 끊긴 것을 한참 후에 깨달은 뒤 홍연은 천천히 바를 돌아 나왔다. 커다란 탁자에 둘러앉은 사람들에게로 돌아가 다시 자리를 차지하고 앉았다. 카푸치노의 달콤한 시나몬 향과 캐럴이 뒤섞인 훗훗한 공기, 누군가 던진 우스갯소리에 탁자 위로 웃음이 번져 갔지만 홍연은 따라 웃을 수 없었다.

심한 갈증을 느끼며 홍연은 와인잔으로 손을 뻗었다. 무심한 손길에 하마터면 잔을 놓칠 뻔했다. 와인은 텁텁하기만 할 뿐 갈증을 더 불러일으켰다. 혀끝으로 입술을 핥던 홍연은 자신이 미처 모두 확인하지 못한 효신의 메시지가 있다는 사실을 떠올렸다.

[그게 뭔지 이제 알겠어. 배가 아프다던 네 말. 다른 남자 손을 잡고, 다른 남자에게 웃어 주고. 그럴 거라는 생각만으로도 뱃속이 뒤틀리는 거.]

'다른 여자 손잡고. 다른 여자 안아 주고. 말하고. 웃어 주고.'

효신의 메시지를 읽어 내려가던 홍연의 귓가에 울분에 차 녀석을 비난했던 자신의 목소리가 맴돌았다.

'그럴 거라는 생각만으로도 뱃속이 뒤틀리는데, 너는 이런 것도 모르지! 느껴 본 적도 없지!'

[이거 그거구나. 질투.]

홍연은 효신의 마지막 메시지에서 눈을 떼지 못했다.

녀석은 이 메시지를 보낸 뒤 지민에게 전화를 걸었던 걸까.

"오늘이 무슨 날인지, 순간 잊고 있었어요."

감정이 전혀 섞이지 않은 담담한 목소리였다.

"대표님도 서울에 안 계시고, 피디는 연락이 안 되고. 저희
야 상관없지만."

눈 한번 깜빡이지 않고 응시하는 지민의 눈빛에 주저할 만
도 한데 효신은 무심한 표정으로 용건을 이어 말했다.

"조감독한테 전화하니까 당장 모레 예산 집행이 안 되면 공
들여 잡아 놓은 촬영장 섭외 못 한다고 울기 직전이더라고요."

노트북을 꺼내 카페 탁자 위에 올려놓던 효신은 다리를 꼬
고 앉아 대꾸도 없는 지민을 바라보았다.

카페 안은 여느 때보다 더 붐볐지만 정작 사장인 태율은 보
이지 않았다. 직원들에게 카페를 맡겨 두고 크리스마스의 들뜬

240

밤을 즐기고 있을 게 분명했다.

"예산서가 반려된 속내에는 해외 로케 문제뿐만이 아닐 거예요. 우리 자회사 중에 CG작업 전담하는 회사가 있는 거 아시죠? 아마 그쪽에 일 맡기라고 압박할⋯⋯."

"오늘."

한참 말이 없던 지민이 처음으로 입을 열었다.

"내 옷차림이 평소와 좀 다르지?"

효신의 시선이 그녀의 화려한 원피스와 카페의 조명과 부딪쳐 눈부시게 반짝이는 귀걸이로 옮겨 갔다. 청바지에 티셔츠처럼 운신이 자유롭고 가벼운 옷차림을 즐기는 그녀였지만 또렷한 이목구비와 늘씬한 몸매 덕분에 어떤 스타일의 옷이든 맵시 있게 어울렸다.

"주효신 전화 한 통에."

지민은 손을 뻗어 효신의 노트북을 천천히 닫았다.

"영화판에서 날고 긴다는 사람들이 모인 그 자리를 박차고 나온 사람한테 너무한 거 아니야?"

"이 영화 감독님 영화예요. 우 감독님한테 제일 중요한 게 촬영 아니었어요? 전 그렇게 기억하는데."

"기억나는 게 그것뿐이야? 난 다른 것도 기억나는데."

효신의 한쪽 눈썹이 살짝 올라갔다.

"6년 전 오늘."

지민은 꼬고 있던 다리를 풀고 탁자 가까이 몸을 기댔다.

"6년 전 크리스마스이브에."

순간 가까워진 지민의 얼굴에 당황한 효신의 입매가 딱딱하게 굳었다.

"네가 나한테 고백했어."

기억나지 않는다고 말하는 건 거짓말이었다.

"너희 집 앞 놀이터, 네가 입었던 옷, 네가 했던 말, 나는 모두 기억나. 그래서 너와 헤어진 이후로도 매년 오늘은 크리스마스이브가 아니라 그냥 나도 모르게 주효신을 기억하는 날이 됐어."

"우 감독님."

"그랬던 내가, 오늘 너의 전화를 받았을 때 어떤 기분이었을지 상상이나 돼?"

효신은 대답하지 않았다. 지민 역시 그의 대답을 기대하고 한 질문은 아닌 듯했다.

"무슨 이유 때문이든 좋네. 어쨌든 오늘 같은 날 함께 있게 된 거니까."

솔직한 속내를 담담히 털어놓는 지민을 잠자코 응시하던 효신이 천천히 입을 열었다.

"저도 기억해요. 요즘처럼 그때 기억이 이렇게 정확하고 또렷하게 난 적 없었어요. 그때 나는 진심을 다했고, 최선을 다했어요. 그래서 그때의 나는 행복하고 즐거웠는데."

순간 지민의 눈빛 속에 기대가 스치고, 두 뺨의 홍조 속에 설렘이 섞였다.

"그런데 그때를 다시 기억하는 나는 슬퍼요. 마음이 많이 아파요. 나는 당신을 정말 진심을 다해 사랑했는데, 그래서 그 시간을 후회하면 안 되는 건데."

"효신아."

"내가 당신을 사랑하는 동안 놓쳐 버린 홍연이의 모든 것들이 미치도록 나를 괴롭혀요."

"너 혼자 하는 짝사랑이야."

늘 흔들림 없이 여유 있던 지민의 목소리가 처음으로 떨렸다.

"상관없어요."

효신의 대답에, 그녀는 순간 휘청거린 심경을 다잡기 위해 잠시 눈을 감았다.

"홍연이는."

지민이 다시 눈을 떴을 때 마주한 효신의 눈빛은 여전히 단호했다.

"이제 너한테 아무 감정 없어. 걔한테 넌 이제 아무것도 아니야. 널 짝사랑하던 애가 아니라고."

"그걸 우 감독님이 어떻게 확신하세요?"

지민의 말을 자르며 파고든 목소리에 효신과 지민이 동시에 움찔하며 돌아보았다.

"저도 잘 모르는 제 감정을 감독님 멋대로 장담하지 마세요."

머플러에 얼굴을 반쯤 파묻은 홍연이 두 사람을 향해 한 걸음 더 가까이 다가왔다.

"주효신."

사뭇 도발적인 홍연의 눈빛이 효신에게 거침없이 닿았다.

"나 왔어. 그러니까 저 여자한테 그만 가 달라고 말해 줄래?"

홍연은 마주 앉은 효신을 똑바로 쳐다보지 못하고 탁자 모서리 끝을 노려보았다. 두 손으로 얼굴을 가리고 욕설이라도 뱉고 싶었고, 할 수만 있다면 그냥 그 자리를 떠나고 싶었다. 하지만 그토록 당당하게 우지민을 효신 앞에서 내쫓아 버려 놓고 지금에 와서 도망칠 순 없었다.

"웃지 마."

"자꾸 웃음이 나."

"나 그냥 갈까?"

그제야 효신이 간신히 얼굴에서 웃음기를 거두었다. 도대체 지금 내가 무슨 짓을 저지른 걸까. 효신이 짐짓 진지한 표정을 지어내는 것을 지켜보며 홍연은 한숨을 내쉬었다.

따뜻한 분위기에 즐겁고 소탈한 파티였다. 사람들은 유머가 넘치고 친근했다. 처음 만나는 사람들이 낯설고 어색하기도 했지만 모임이 끝나지도 않은 그 자리를 박차고 나올 만큼 불편하진 않았다. 실망하는 정박의 표정이 다시 떠올랐다. 그가 내게 먼저 전화를 걸어올 일은 다신 없을 것이다.

"나 너하고 뭘 어떻게 해 보겠다고 온 거 아니야."

가난하고 예쁘지 않은 서른둘의 시나리오 작가 지망생에게 정박은 과분한 조건의 사람이었고, 어쩌면 남은 인생 동안 그보다 괜찮은 남자의 호감을 받는 일이 다시는 일어나지 않을지도 모른다. 홍연의 목소리가 더 심술궂어졌다.

"그 여자가 싫어서."

그 여자, 홍연은 그 단어에 더 힘을 주었다.

"그 여자가 좋아하는 꼴은 도저히 못 봐 줄 것 같아서. 그 여자 훼방 놓으려고 온 거야."

"이제 나를 좋아하지도 않으면서."

그는 애써 감추려고 했지만 홍연은 효신의 목소리에 섞인 웃음을 감지했다.

"우 감독님이 왜 싫어? 너랑 전혀 상관없는 사람인데."

순간 약이 올랐다. 어째서 지민과 효신 같은 사람들은 명백한 을의 상황에서도 여지없이 느긋하게 굴 수 있을까. 그들의 여유가 얄미웠다.

"그냥."

홍연이 중얼거리듯 힘없이 대답했다.

"그 여자가 싫어."

간신히 붙들고 있던 이성을 놓게 만든 것은 태율의 전화 때문이었다.

'나 놀러 나가다가 지금 뭘 본 줄 알아? 효신이랑 우 감독! 지금 두 사람이 같이 차에서 내려서 우리 카페로 가고 있어. 우와, 우 감독 오늘 엄청 신경 썼는데? 누가 저 여자보고 내일모레 마흔이라고 생각하겠어. 근데 두 사람이 오늘 같은 날 왜 만나는 거지? 주효신 드디어 정신 차린 건가?'

나를 여기까지 달려오게 만든 것은 어떤 분노였을까. 크리스마스이브의 밤, 마주 보고 있을 효신과 지민의 모습을 상상한 순간 가슴이 덜컥 내려앉았다. 그리고 실제로 카페 탁자를 사이에 두고 가까이 다가앉은 두 사람의 모습을 본 순간 6년 전 또 다른 크리스마스의 밤, 세찬 겨울바람에 녹슨 놀이터 그네 줄이 흔들리던 소리가 귓가에 생생히 맴돌았다. 손끝이 저리고 눈앞이 흐려졌다.

"내가 지금 여기, 네 앞에 앉아 있다고 너무 좋아하지 마. 나 가지긴 싫고, 남 주기도 싫은 것뿐이야."

효신의 한쪽 눈썹이 올라갔다.

"특히 그 남이 다른 사람도 아닌 우지민이라면 더 싫은 거고. 그 여자가 왜 싫은지 물었어?"

마주한 효신에게 향하는 홍연의 시선이 따가웠다.

"끊임없이 그 여자와 나 자신을 비교하면서 스스로를 괴롭혔던, 자존감이라고는 조금도 없던 나를 자꾸 생각나게 하니까."

"지금 그 말, 모순적이라는 거 알고 있어?"

효신은 느릿하지만 또박또박 분명한 음성으로 말을 이어 나갔다.

"내가 그 괴로웠던 기억을 자꾸 떠올리게 만들어서, 그래서 너한테 더 다가가면 친구인 주효신마저 버릴 거라고 했잖아. 그런데 결국 그 기억 때문에 지금 네가 다른 남자를 걷어차 버리고 내 앞에 앉아 있네."

홍연은 입술을 질끈 깨물었다.

"모순적이어도 상관없고 오락가락해도 괜찮아. 그때 마음 아팠던 데 대한 복수로 심술궂게 구는 거라고 해도 다 괜찮아. 지금 나한테 중요한 건, 네가 그 남자를 버리고 나한테 왔다는 거야."

효신의 입가에 작은 미소가 번졌다.

"지금 이 순간 이홍연이 내 눈 앞에 앉아 있다는 사실이 제일 중요해."

"웃지 마. 마음 주지도 않을 거면서 다른 여자랑 너 사이 방해하며 이렇게 네 앞에 앉아 있는 거 되게 잔인한 일이야."

"아니. 나한테 기회조차 주지 않는 거, 그게 나한테 가장 잔인한 일이야. 게다가 오늘은 어마어마한 소득이 있잖아."

그의 목소리에 묘한 즐거움이 묻어 나왔다.

"무슨 말이야?"

"그게 어떤 이유든, 우 감독이 그렇게나 신경이 쓰인다며. 자꾸 내 연락 피하고 안 만나 주면, 네가 일하는 시간에 이 카페에서 계속 우 감독이랑 미팅하려고."

효신은 장난스럽게 말했지만 그의 눈빛은 진지했다. 진담인지 농담인지 판단하기 어려운 모호한 태도는 아마도 고의적이었을 것이다.

"오늘 같은 밤을 이렇게 보낼 거야? 크리스마스이브야."

홍연은 효신이 소파에서 몸을 일으키는 것을 물끄러미 지켜보았다.

"나가자."

효신은 코트를 챙겨 입으며 홍연을 내려다보았다.

"나가서 맛있는 거 먹자."

여전히 움직이지 않고 그를 올려다보기만 하는 홍연을 향해 효신이 피식 웃음을 터뜨렸다.

"걱정하지 마. 오늘은 밥만 먹고 얌전히 집에 데려다줄 테니까."

동네 어귀의 작은 교회에서 희미한 찬송가가 들려왔다. 새벽 찬바람과 옅은 불빛, 노랫소리가 덩어리로 섞여 홍연의 방 안으로 스며들었다. 잠이 깨 버린 건지 애초에 선잠조차 들지 못했던 것인지 한참을 몽롱하게 있던 홍연이 끝내 몸을 일으켰다. 전기장판을 틀어 놓았던 침대 안을 벗어나자마자 입 밖으로 나온 입김이 하얗게 공기를 타고 넘었다. 온풍기 전원 버튼을 누른 홍연은 책상 앞에 앉았다.

'모순적이어도 상관없고 오락가락해도 괜찮아. 그때 마음 아팠던 데 대한 복수로 심술궂게 구는 거라고 해도 다 괜찮아.'

온풍기를 마주한 등짝은 온기가 전해졌지만 얼굴은 얼얼하고 어깨는 살짝 떨렸다. 홍연은 손바닥으로 자신의 뺨을 살짝 쓸어내렸다.

나를 사랑하는 사람은 너인데, 어째서 여전히 미련퉁이인 사람은 나일까.

노트북에 전원이 들어오길 기다리며 홍연은 의자에 다리를 올리고 가슴 가까이 끌어당겨 안았다.

'매년 오늘은 크리스마스이브가 아니라 그냥 나도 모르게 주

효신을 기억하는 날이 됐어. 그랬던 내가, 오늘 너의 전화를 받았을 때 어떤 기분이었을지 상상이나 돼?'

오늘따라 우지민은 더 예뻤고, 그녀의 말 한마디 한마디가 버릴 것 없이 매력 있었다. 오래전 열렬히 사랑하다 헤어졌던 여자의 솔직한 구애 앞에서 효신은 어떤 마음이었을까. 프로젝트 때문에 수십 번은 더 만나게 될 텐데, 그때마다 정말 조금의 동요도 없이 그녀를 마주할 수 있을까.

"그러든가 말든가 내가 알 게 뭐야."

애써 잡생각을 털어 버리고 모니터 속 새메일들을 훑던 홍연의 눈길이 낯선 이름에서 멈췄다.

"최유리가 누구더라……."

잠시 망설이던 홍연이 마우스를 클릭해 메일을 열었다.

전화해서 크리스마스 연휴를 방해할까 봐 전화 대신 메일 보내. 나 짤렸어. 말했었지? 여기 대표랑 피디, 마음에 안 들면 감독도 가차 없이 교체해 버리는 사람들이라고. 각설하고, 나 다른 프로젝트 들어가. 자기랑 같이 일하고 싶어. 보조 작가 아니고 공동 작업으로 피디한테 말해 뒀어. 나 이 바닥에서 구를 만큼 구르다 보니 좀 질렸거든. 실력도 실력이지만 최소한 양심은 지키고 사는 사람이랑 일하고 싶네. 연휴 끝나고 전화 줘.

힘이 풀린 다리가 의자 아래로 툭 떨어진 것도 모르고 홍연은 어안이 벙벙한 표정으로 메일을 다시 읽고 또 읽었다.

그때의 떨림과 발열

....

휴일의 아침은 한산했다. 크리스마스는 아직 끝나지 않았지만 어젯밤의 화려하고 들뜬 분위기는 자취를 감추었다. 쌓인 눈이 얼어 빙판길이 되었다. 한 걸음 한 걸음 조심스런 걸음과는 달리 홍연의 입에서는 들뜬 흥얼거림이 흘러나왔다.

'자기랑 같이 일하고 싶어. 보조 작가 아니고 공동 작업으로 피디한테 말해 뒀어.'

벼랑 끝에 서 있을 때 발끝에 드리워진 한 줄기 빛을 발견한 기분이 처음은 아니었다. 아주 여러 번 겪었지만 마냥 기쁜 적은 단 한 번도 없었다. 늘 약간의 두려움과 불안, 회의와 자포자기가 뒤섞여 있었다.

그런데 이번엔 조금 달랐다. 순수한 즐거움으로 지난밤을 꼬박 지새웠고, 이른 아침부터 카페에 출근하면서도 피로감을 느끼지 못했다.

"아직 아무도 출근을 안 한 건가?"

핸드폰을 꺼내 시간을 확인한 뒤 홍연은 의아한 눈길로 굳게 닫힌 카페 문을 바라보았다. 보통 이 시간쯤이면 이미 다른 직원들이 출근해서 카페를 열고 청소를 하고 있어야 했다.

"야, 이홍연."

돌아선 홍연은 카페 앞 도로에 멈춰 선 효신의 차를 발견했다. 그녀를 부른 사람은 조수석에 탄 태율이었다.

"오늘 직원들 쉬라고 문자 다 돌렸어."

"오늘 카페 문 안 열어?"

시동을 끄지 않아 가르랑거리는 소음을 내는 효신의 차로 다가가며 홍연은 눈살을 가볍게 찌푸렸다.

"임시 휴업."

"크리스마스 대목인데?"

"장사 따위, 이 사장님이 가진 게 돈밖에 없는데 무슨 걱정이야?"

장난기 어린 능청을 부리는 태율의 입에서는 아직 술 냄새가 풍겼다.

"술에 잔뜩 취해 새벽부터 찾아와서는 겨울 바다 보러 가자고 깨우더라고."

태율의 어깨 너머로 효신이 불쑥 얼굴을 내밀었다. 어젯밤의 효신은 약속대로 군더더기 없이 행동했다. 그들은 포장마차에 나란히 앉아 우동을 한 그릇씩 먹었고, 효신은 곧장 홍연을 집에 데려다주었다.

"10초 내로 안 타면 너 두고 우리끼리 가 버린다."

태율의 으름장에 홍연이 비죽거리며 차에 올라탔다.

"그런데 무슨 바다?"

태율이 고개를 돌려 홍연을 바라보았다.

"좀 자 둬. 꽤 걸릴 테니까."

"뭐야, 어디까지 갈 셈이야?"

안전벨트를 매던 홍연이 문득 느껴진 시선에 고개를 들었다.

"출발할게."

룸미러 속에서 눈이 마주친 순간 빙긋이 웃어 보이는 효신의 시선을 홍연은 어색하게 피했다. 시선을 피하기 위함이었지만 막상 눈을 감자 졸음이 밀려왔다.

어제 받은 메일에 대해, 미련한 꿈을 놓을 타이밍을 또다시 놓치게 만든 기회에 대해 두 사람에게 말해 줘야 하는데…….두 사람은 어떤 표정을 지을까. 축하의 말을 건네줄까. 아니면 이 기회 끝에 겪게 될 좌절을 예상하고 한숨을 내쉴까.

홍연은 태율의 코골이와 라디오에서 흘러나오는 음악을 따라 흥얼거리는 효신의 목소리를 들으며 순식간에 잠에 빠져들었다.

"KTX 타면 두 시간이면 올 거리를."

홍연은 어둑해진 사위를 가르며 모래사장 위로 발을 한 걸음 옮겨 놓았다. 등 뒤로 차 문이 닫히는 소리에 이어 어느새 효신과 태율이 홍연의 곁에 서서 함께 바다를 바라보았다.

"해 진다, 해."

한참을 잠에서 헤매다 눈을 떴을 때 이미 효신의 차는 경부고속도로 위에서 꼼짝도 못하고 있었다. 크리스마스 연휴 마지막 날인 만큼 상행선과 하행선 모두 빈틈없이 차들로 꽉 막혀 있었다.

"이렇게 차를 오래 탄 건 어렸을 때 명절 이후로 처음인 것 같아."

홍연은 뻐근해진 다리를 주먹을 쥔 손으로 두드리며 태율과 효신을 흘겨보았다.

"강화도, 인천, 제부도 다 놔두고 이게 무슨 고생이야? 부산까지 오는 거였음 이 차 안 탔어."

"뒷좌석에서 편히 자면서 온 주제에 뭔 말이 많아?"

"그러는 넌? 정작 바다 가자던 사람이 누군데 효신이가 내내 운전하는 동안 술 냄새 풀풀 풍기면서 코 골아 가며 잘도 자더라."

그제야 태율이 미안한 듯 효신을 향해 과장스럽게 얼굴을 찌푸렸다.

"효신아, 피곤하지? 기다려 봐. 내가 커피 사 올게."

근처 커피 전문점을 향해 걸어가는 태율의 뒷모습을 지켜보던 효신이 바다에 더 가까이 다가서기 위해 해변 위로 걸음을 옮겼다. 조금씩 멀어지는 효신의 등짝을 바라보던 홍연은 문득 고개를 돌린 그와 눈이 마주치자 어색하게 시선을 피했다.

겨울 바닷바람이 살갗을 스칠 때마다 예리한 날에 베이듯 쓰라리게 추웠지만 알알이 빛나는 전구로 휘감긴 거대한 크리스마스트리를 중심으로 해변은 사람들로 붐볐다. 자신을 스쳐 지나가는 인파 속에 서서 발끝으로 애꿎은 모래를 툭툭 털어 차던 홍연은 해변에 선명하게 찍힌 커다란 발자국을 발견했다. 무심코 발자국을 따라 한 걸음 한 걸음 내딛던 홍연은 어느새 널찍한 효신의 어깨 뒤에서 멈춰 섰다.

"흠."

손을 주머니에 찔러 넣은 채 어둑하고 고요해진 까만 바닷물을 응시하던 효신이 홍연의 어색한 헛기침 소리를 듣고 고개를 돌렸다.

"뭐 하러 여기까지 와? 내일 출근 안 해?"

"연차 썼어."

"한가하네."

"바빠. 만약에 태율이가 둘이서만 가자고 했으면 안 왔을 거야."

효신은 대꾸 없이 입술을 삐죽이는 홍연을 바라보며 피식 웃다가 목에 두르고 있던 머플러를 풀었다.

"너랑 오는 거니까 차 밀려서 꼼짝도 못하는 고속도로 위에서도 마냥 즐거운 거고."

효신은 넉넉한 품의 머플러를 홍연의 목에 감아 꼼꼼히 여며 주었다.

"너랑 오는 거니까 여섯 시간씩 운전을 하면서도 전혀 피곤하지 않은 거야."

"너."

효신의 손끝이 뺨에 살짝 스치자 홍연은 잠시 말을 멈추었
지만 이내 다시 말을 이었다.

"연애할 때 엄청 느끼한 스타일이네."

누구에게나 친절하고 부드러운 성격이라는 사실을 알면서도
효신의 다정함이 공연히 쑥스러워진 홍연이었다.

"스위트한 거지. 그런데 우리 지금."

미소 짓는 효신의 눈 끝에 작은 주름이 졌다.

"연애하는 거야?"

팟, 파바밧, 근처에 둘러서 있던 사람들의 손에 들린 막대기
폭죽에서 굉음이 터지며 작은 불꽃들이 까만 하늘 위로 튕겨 올
랐다.

"연, 연애는 무슨! 말이 그렇다는 거지! 김태율 이 자식은 커
피 사러 가서 왜 이렇게 안 오는 거야?"

황급히 말을 돌려 버리는 홍연의 모습에 효신은 입술을 꾹
다물어 비집고 나오는 웃음을 참았다.

두 사람은 어색한 기류를 침묵으로 무마시키며 다시 바다를
바라보았다.

"이렇게 같이 바다를 보고 있으니까 꼭."

효신은 혼잣말 같은 중얼거림을 끝맺지 않았지만 그가 무슨
말을 하고 싶은지 홍연은 알고 있었다. 바다와 커피 향기, 기념
일을 맞은 사람들의 즐거운 소음과 폭죽, 그리고 나란히 붙어

선 두 사람의 체온은 동시에 같은 기억을 소환하고 있었다.

◢◥◣◢◣◢◣◢

뜨겁고 강렬한 태양은 밤이 되도록 저물지 않았다. 레이니 시즌을 꿋꿋하게 버텨 낸 도시의 사람들은 그들이 사랑하는 이 해변에 나와 피크닉과 일광욕을 즐겼다. 여름 내내 해변은 다양한 인종이 뒤섞인 인파로 떠들썩했다.

'해운대도 여기랑 비슷한가?'

효신의 무심한 질문에 홍연이 눈을 크게 떴다.

'비슷? 말도 안 된다.'

자신도 모르게 사투리가 터지자 홍연은 잠시 헛기침을 했다가 다시 입을 열었다.

'여기에 비하면 해운대는 동네 수영장 수준이야.'

'에이, 나도 매년 여름 뉴스에서 본 게 있는데. 해운대도 백사장 넓고 운치 있고 좋던데, 뭘. 너야 지겹게 보고 살았으니 해운대에 감흥이 없는 것뿐이지.'

시간이 지날수록 잉글리시베이로 인파가 더욱 밀려들어 왔다. 두 사람은 일찌감치 해변에 도착해 담요를 깔고 자리를 잡고 있던 차였다.

'하긴 남들은 유람선까지 타면서 구경하는 한강을 보면서도 내가 별다른 느낌이 없는 거랑 같은…….'

효신의 얼굴에 순간 스쳐 지나간 당혹감을 홍연은 놓치지 않았다.

'수, 수영 잘해?'

효신의 시선을 따라 고개를 돌리려던 홍연은 과장스럽게 커진 그의 목소리에 움찔하며 멈추었다.

'아니. 못 해.'

'부산이 고향이면 바다 수영 정돈 눈 감고도 할 수 있는 거 아니야?'

뜬금없는 효신의 질문에 홍연은 눈을 가늘게 뜨고 녀석을 의심스럽게 바라보았다. 그러다 무슨 생각이 들었는지 조금 전 효신의 시선이 향했던 곳으로 고개를 돌려 주변을 살펴보았다. 얼마 전 홍연의 고백을 참혹하게 거절한 다니엘이 자그마한 몸집의 단발머리 여자아이와 해변의 빈자리를 찾아 두리번거리고 있었다.

'저 대만 여자애한테 한참 공들이더니 결국 성공했네.'

한때 열렬히 쫓아다니다 형편없이 차여 버린 짝사랑 상대의 얼굴을 보고 마음이 온전히 평온하다면 거짓말이겠지만 그렇다고 매번 상처를 입을 정도는 아니었다. 솔직히 말하자면 지금 효신과 함께인 자신의 모습을 다니엘이 보았으면 하는 묘한 바람도 있었다.

한참 동안 다니엘을 지켜보던 홍연이 다시 효신을 향해 천천히 몸을 돌려 앉았다. 효신은 자신의 어색한 행동이 민망했는지 손가락으로 뺨을 살짝 긁었다.

'나 괜찮아.'

'다행이다.'

안도하며 미소 짓는 효신을 마주하고 있자니, 또다시 뼈저린 후회가 밀려왔다. 도대체 무슨 패기로 이 녀석의 고백을 거절했던 거야? 고작 스물두 해 살아왔고, 앞으로 살아갈 날이 두세 배는 족히 넘길 테지만 그 남은 인생에 아마 이처럼 잘생기고 다정한 남자의 고백을 받을 가능성은 희박해 보였다.

멍청이 이홍연!

작은 한숨과 함께 홍연은 고개를 살짝 흔들었다. 제발 주효신, 용기를 한 번만 더 내 줘. 딱 한 번만 더 고백을 해 주면 안 될까?

'아, 홍연아 어쩌지?'

'으, 응?'

순간 마음을 들켜 버린 건 아닌가 싶어 홍연의 얼굴이 화악 달아올랐다.

'지금 태율이한테 메시지 왔는데 일이 생겨서 못 온다는데?'

'그래?'

홍연은 입술을 오므리며 슬며시 비집고 나오려는 웃음을 애써 참아야 했다.

'어쩔 수 없지, 뭐.'

여름의 국경일에 맞춰 치러지는 불꽃축제였다. 어느새 해가 진 까만 하늘 위로 불꽃이 터졌고, 사람들의 환호성이 끝도 없이 이어졌다. 홍연은 하늘에서 터지는 불꽃 대신, 그 불꽃에 비춰져 환해졌다 어두워지는 효신의 얼굴로 자꾸만 시선이 가는 것을 멈출 수 없었다.

축제가 끝난 후에도 해변은 물론이거니와 인근의 모든 도로가 발 디딜 틈도 없이 사람들로 꽉 메워져 있었다. 언제나 시민들에게 충실하고 친절했던 도시의 경찰들도 오늘만큼은 긴장을 했는지 곳곳에서 거친 실랑이가 벌어졌다. 한 발짝 앞으로 나가기도 힘들었던 빡빡한 군중 틈에 휩쓸릴까 봐 효신은 홍연의 손목을 꽉 붙잡았다. 길고 부드러운 효신의 손가락이 자신의 살갗에 파고들었을 때 온몸 구석구석으로 퍼지는 찌릿함 때문에 홍연은 이따금 숨을 멈추어야 했다. 불꽃처럼 심장이 터질 것 같았다. 온몸이 뜨거워져 땀으로 흠뻑 젖었다가 그 땀이 식어 몸이 서늘해지길 반복했던 밤이었다.

"우리 그날 잉글리시베이에서 롭슨스트릿으로, 또 롭슨에서 게스타운까지 걷고 또 걸었지?"

"그러고는 24시간 팀홀튼에 가서 2달러도 안 하는 커피랑 도넛 시켜서 배 채워 가며 밤새 수다 떨었는데."

값싼 도넛의 계피 맛이 남아 있는 것 같았다. 혀끝으로 입술을 살짝 핥던 홍연은 자신을 바라보고 있는 효신의 시선을 깨달았다. 침묵과 함께 두 사람의 시선이 마주한 순간, 홍연은 그때의 떨림과 발열을 다시금 느꼈다.

"홍연아, 우리……."

"앤 왜 안 오는 거야?"

효신의 입에서 나올 말이, 그리고 그 말에 흔들릴 마음이 두려운 홍연은 그의 말을 잘랐다. 그때 기다렸다는 듯이 효신과 홍연의 핸드폰이 동시에 울렸다. 태율까지 함께 쓰는 단체 메시지 알림이었다.

"커피 사러 간 애가 오지는 않고 웬 카톡……."

[해변 앞에 호텔 예약해 뒀다. 둘이서 건전하고 얌전하게, 그렇지만 오붓이 보내고 있어. 고속도로 위에서 보낸 시간이 억울해서 혼자 서울에 돌아가는 배려까지는 못 하겠고, 해운대 클럽 순회하며 실컷 놀다가 호텔로 들어갈게.]

달뜬 밤
....

오래전 잉글리시베이의 불꽃축제를 함께 보기로 했던 날, 효신과 태율이 작전 비슷한 걸 꾸민 것은 아닐까 하고 홍연은 생각했었다. 자신을 짝사랑하는 효신을 도와주기 위해 태율이 일부러 해변에 나타나지 않고 두 사람만의 시간을 만들어 준 것이라 그녀는 지레짐작했었다. 진실이 드러난 지금에 와서 생각해 보면 단단히 헛짚었던 착각이었다.

삑, 효신이 카드키를 문손잡이 근처에 가져다 대자 작은 기계음과 함께 방문이 열렸다.

'주효신과 이홍연을 엮어 생각하면 근친상간 같다더니.' 혼 잣말처럼 중얼거리며 홍연은 호텔방 안으로 먼저 발을 들여놓는 효신의 뒤를 따랐다. 효신이 카드키를 벽에 붙어 있는 키박스에 꽂자 모든 조명이 동시에 빛을 밝혔다. 눈이 부셨던 홍연은 눈꺼풀을 꾹 누르듯 무겁게 닫았다가 천천히 떴다. 잠시 눈앞 효신의 등짝이 가뭇하다가 이내 시야가 편안해졌다.

이번엔 정말로 두 사람이 미리 꾸민 작당이 아닐까.

"가끔씩 김태율이 우리 같은 서민이 아니란 걸 잊어버려."

호텔방의 커튼을 젖히며 감탄의 휘파람을 부는 효신을 바라보며 홍연은 고개를 흔들었다. 효신은 아닐 것이다. 태율의 메시지를 읽고 당황하던 효신의 표정은 너무나 정직했다. 하지만 적어도 태율은 이 갑작스런 부산행을 미리 작정했을 거라 홍연은 확신했다.

"그러게."

거실에 침실이 딸린 스위트룸이었다.

"부자 친구 있으니 가끔 이런 호강도 하고 좋네."

홍연은 효신의 곁에 섰다. 밤바다와 해변의 거대한 크리스마스트리를 내려다보던 홍연은 문득 유리창에 비친 효신의 눈길이 창 너머 바다로 향하는 것이 아님을 깨달았다. 두 사람은 나란히 섰지만 창에 반사된 그들의 시선은 정면으로 마주쳤다.

창밖의 까만 하늘에는 간간이 싸구려 폭죽이 터졌다. 작은 불꽃은 그들의 창턱에 간신히 닿았다가 이내 사라져 버렸다. 방음이 완벽한 방 안에선 폭죽 소리도, 창 너머 사람들의 환호성도 들리지 않았다. 오로지 두 사람의 숨소리뿐이었다. 얼굴 근처가 화끈거리고 심장 박동수가 빨라졌다.

"배고파. 한 거라고는 네가 운전하는 차에 얌전히 타고 온 것밖에 없는데 왜 이렇게 피곤하지?"

지금 이 순간, 손끝을 떨리게 만든 것이 긴장감이라는 사실을 각성한 순간 홍연은 창가에서 돌아섰다. 그리고 널찍한 소파에 다리를 길게 뻗어 누웠다.

"룸서비스 시킬게."

전화 수화기를 들어 음식을 주문하는 효신의 나직한 목소리를 들으며 홍연은 눈을 감아 버렸다.

"이홍연, 출세했네. 이런 호텔방에 앉아 룸서비스까지 받아먹고."

무심하려 애썼지만 목소리는 가볍게 떨렸다.

"나 프로젝트 들어간다."

눈을 감고 있었지만 홍연은 효신의 시선을 느낄 수 있었다.

"지난번에 책상 박차고 나왔던 각색 알바, 그때 메인 작가가 같이 일 하자더라."

효신은 대답 대신 다시 전화기를 집어 들었다. 샴페인을 추가로 주문하는 효신의 웃음 섞인 목소리를 들으며 홍연은 그에게 들리지 않을 정도로 작게 중얼거렸다.

"결국은 네 덕분이네."

"잠깐 눈 좀 붙여."

그녀의 웅얼거림을 잠투정으로 오해한 효신이 덧붙여 말했다.

"음식 오면 깨워 줄게. 일어나서 축하하자."

졸리지 않았다. 잠이 올 리 없었다. 고요한 공기 때문에 한껏 조심스런 효신의 움직임을 고스란히 느낄 수 있었다. 곧 자신의 몸 위로 깃털처럼 가벼운 담요가 내려앉았다. 홍연은 숨을 규칙적으로 내쉬려 애를 썼다.

　시각을 제외한 모든 감각이 효신의 다음 움직임을 쫓았지만 어느 순간 놓쳐 버렸다. 저도 모르게 내쉰 한숨과 들썩인 어깨에 제풀에 놀라 홍연은 눈을 떴다. 그리고 눈앞의 효신과 마주했다.

　태연하려 애썼던 모든 노력은 헛수고였지만 그나마 위안은 그녀 못지않게 효신의 얼굴 역시 곤혹에 휩싸여 있다는 사실이었다.

　"들켰네."

　"뭘?"

　"훔쳐보는 거."

　잠이 든 척 규칙적인 숨소리마저 꾸며 내야 하는 자신과 당황스런 상황에서도 여지없이 당당한 주효신, 홍연은 목 언저리의 담요를 짜증스럽게 확 끌어당겨 얼굴까지 덮었다.

　"내 얼굴 비싸. 함부로 보지 마."

　효신이 작게 웃음을 터뜨렸다.

　"왜 웃어?"

　얼굴을 가린 채 홍연이 퉁명스럽게 물었다.

　"그거 알아? 너 지금까지 만난 남자들한테 이렇게 콧대 높게 군 적 한 번도 없다는 거. 그래서."

　담요를 쥔 홍연의 손에 힘이 꽉 들어갔다.

　"좋아서 웃었어."

　그때 벨이 울렸다. 룸서비스로 주문한 음식과 샴페인이었다. 홍연이 여전히 담요로 얼굴을 덮고 있는 동안 효신은 호텔 직원이 넘겨주고 간 트레이의 음식들을 탁자로 옮겼다.

"좋아. 네가 나 좋아하는 거 인정."

효신은 담요 속 홍연의 목소리에 흠칫 놀라 샴페인을 잔에 따르던 손길을 멈추었다.

"그래서 뭘 어쩌자고?"

효신은 샴페인잔을 도로 탁자 위에 올려놓았다.

"처음엔."

그의 목소리가 가까웠다.

"내가 너를 좋아한다는 걸, 좋아하게 됐다는 사실을 네가 알고 있으면 된다고 생각했어. 그런데 지금은 아니야."

홍연은 효신이 무릎을 굽혀 곁에 앉아 있다는 사실을 가까워진 숨결로 느낄 수 있었다.

"네가 나 좋아한다는 거 인정한다고 했잖아. 해. 하라고. 그리고 우린 이대로 지내면 되는 거잖아. 안 보던 사이도 아니고. 늘 보던 대로 보고, 밥 먹고, 이렇게 가끔 바람도 쐬고, 술도 마시고……."

"손잡고 싶어."

순간 홍연은 말문이 막혔다.

"그래서 친구로는 부족해. 솔직히 말하자면 그것보다 더한 것도 하고 싶어."

"됐, 됐어! 말하지 마."

심술궂게 느껴질 만큼 장난스러웠던 효신의 눈빛이 일순간 진지하게 변했다.

"네가 다른 사람을 사랑할까 봐 겁이 나."

최은석한테 그 꼴 당한 지 얼마나 됐다고. 나도 나한테 염치가 있지 지금 무슨 다른 사랑이야. 홍연은 그 말을 목구멍 안으로 삼켰다.

"네가 내 여자 친구라면, 넌 다른 사람을 사랑하지 못해. 그건 마음을 저버리는 일이니까. 이홍연은 배신하지 않는 사람이니까. 절대 먼저 돌아서는 법이 없지. 그게 뭐든, 미련하리만치."

효신의 조심스런 손길에 홍연의 얼굴을 덮고 있던 담요 자락이 슬쩍 끌려 내려갔다.

"그게 내가 사랑하는 이홍연이지."

때로는 애정으로, 또 때로는 우정과 애증이 뒤엉켜 끈끈하게 밀착된 10년의 세월이었다. 주효신은 이홍연이 얄미우리만치 잘 알고 있었다.

"나."

너무나 가까워서 도저히 피할 수 없는 효신의 눈길을 고스란히 견뎌 내며 홍연은 간신히 입을 열었다.

"부산 집에 가서 잘게."

효신은 대답이 없었다. 긴장 섞인 침묵의 시간 동안 사치스런 음식이 식어 가고, 그녀를 위한 샴페인의 신선한 기포가 사그라졌다. 홍연은 효신에게 닿지 않으려 몸을 비켜서 소파에서 일어났다.

"10년 동안 한공간에서, 우리 단둘이 있었던 순간이 수백 번은 될 거야."

홍연은 대꾸하지 않고 방을 가로지르다 문득 자신의 목에 둘린 효신의 머플러를 깨닫고 멈춰 섰다.

"지금 너 그냥 그렇게 가 버리면."

홍연은 머플러를 풀어 반쯤 차 있는 샴페인잔 곁에 놓아두었다.

"나한테 이제 아무 감정 없다는 말, 거짓말이야."

효신이 어떤 도발을 해 온다 해도 홍연은 이곳에 그와 단둘이 남아 있고 싶지 않았다. 격렬한 심장 박동은 강력한 경고음이었고, 반발심보다는 두려움에 가까웠다. 문손잡이를 잡은 순간 등 뒤에서 들려오는 효신의 빠른 걸음 소리에 심장이 내려앉는 것 같았다. 문손잡이를 비틀었지만 문은 열리지 않았다.

"여기서 도망치는 게 무슨 뜻인지 몰라?"

홍연은 자신의 머리 위에서 방문을 누르는 효신의 커다란 손바닥을 바라보았다. 문과 그의 품 사이에 갇혀 버렸지만 홍연은 차마 몸을 돌려 그를 마주할 수 없었다.

"손 치워."

"도망치는 게 아니면 돌아서서 나를 좀 봐."

태연하게 돌아서, 이홍연. 남자 주효신은 내게 아무런 영향력이 없다고, 그러니 짝사랑하는 주제에 까불지 말라고 돌아서서 맞받아쳐.

홍연은 크게 숨을 들이마신 뒤, 천천히 돌아섰다. 하지만 곧바로 후회했다. 효신은 생각보다 더 가까이 다가와 있었다. 그의 따뜻한 숨이 이마에 닿을 정도였다. 두 사람은 말없이 서로를 바라보았다. 함부로 입을 열 수 없었다. 아슬아슬한 침묵이 깨져 버리는 순간 그들 사이에 어떤 일이 벌어질지 모른다. 흥분과 두려움이 뒤섞인 긴장 때문에 홍연은 숨을 제대로 쉴 수조차 없었다. 결국 점점 하얗게 질려 가는 그녀의 얼굴을 보다 못해 효신이 문을 짚고 있던 손을 떼어 냈다.

"가. 보내 줄게. 안 그러면 너 숨 막혀 죽겠다."

"도망치는 거."

홍연은 간신히 숨을 토해 내며 말을 이었다.

"아니야."

그녀의 오기에 효신이 허탈한 웃음을 터뜨렸다.

"그래. 뭐든, 얼른 가. 안 그럼."

여전히 그녀에게서 눈을 떼지 못하고 효신이 중얼거리듯 말을 이었다.

"안 보내. 아니, 이대로 못 보내."

홍연은 그의 따갑고 뜨거운 시선에서 도망치기 위해 돌아섰다.

"메리 크리스마스, 이홍연."

문손잡이를 잡은 홍연의 손이 잠시 멈칫했다. 하지만 홍연은 결국 효신을 돌아보지 못하고 방을 나왔다. 등 뒤로 호텔방의 문이 닫혔다.

이상한 일이었다. 그토록 도망치고 싶었고 효신이 따라 나올까 봐 겁도 났지만, 부드러운 카펫 위로 발걸음은 쉽게 떨어지지 않았다. 방문 너머 그가 여전히 서 있다는 것을 홍연은 온전히 느낄 수 있었다. 홍연은 호텔방 문에 등을 기대고 서서 한참 숨을 골랐다.

"이홍연!"

위이이잉, 요란한 청소기 소음과 뒤섞인 엄마의 목소리에 홍연은 본능적으로 이불을 끌어당기고 몸을 벽 쪽으로 돌려 누웠다.

"아침 먹으러 오라고 전화했나, 안 했나?"

홍연이 대답을 하지 않자 문이 발칵 열렸다.

"효신이하고 태율이한테……."

"태율이한테 톡했어. 조금 있으면 올 거야."

'연락도 없이 불쑥 내려와서 잠만 처자노.' 돌아보지도 않은 채 대답하는 딸의 행동이 마땅찮은 듯 눈을 흘기며 구시렁거렸지만 아침부터 손님을 맞을 생각에 엄마는 청소기를 손에서 놓지 못했다.

방문이 닫히고 청소기의 소음이 멀어지자 홍연은 덮어쓰고 있던 이불을 걷어 냈다. 한참을 멍하니 천장을 올려다보던 홍연은 순간 소란스러워진 집 분위기를 느끼고 마른침을 삼켰다.

"그동안 잘 지내셨어요?"

"이게 누고! 효신이 니는 갈수록 인물이 훤하네. 이 동네 아줌마들한테 배우라 케도 믿겠다."

후다닥 몸을 일으킨 홍연은 벽에 걸린 거울에 얼굴을 비춰 보다 이내 맥이 풀려 다시 침대에 걸터앉았다.

"크으! 된장찌개 냄새 죽입니다, 어무이!"

어설프게 사투리를 흉내 낸 태율의 목소리에 홍연은 고개를 절레절레 흔들며 방을 나왔다. 터벅터벅 주방으로 걸음을 옮기는 그녀를 따라 현관 앞에 서 있던 세 사람의 시선이 따라갔다.

"가시나야, 컵에 따라 마시라 켔제!"

물병을 내려놓으며 홍연은 식탁 위에 차려진 거한 아침상에 눈살을 찌푸렸다.

"무슨 귀한 손님 오셨다고 아침부터 불고기야? 어제 내 저녁상이랑 너무 비교된단 생각 안 들어?"

"전화 한 통 없이 난데없이 들이닥친 게 누군데?"

그건 엄마 말이 맞다. 부모님은 마주 앉아 소박한 찬거리로 저녁을 먹고 있다 갑자기 연락도 없이 현관 비밀번호를 누르고 들어선 딸의 등장에 얼마나 놀랐던지 수저를 떨어뜨렸다.

"아들들! 앉아라, 앉아. 찌개 다 끓었다. 배고프제?"

홍연은 먼저 의자를 차지하고 앉아 고기로 젓가락을 가져가다 엄마에게 손등을 철썩 맞았다.

"어무이, 이게 웬 진수성찬입니꺼!"

"내 느그들도 같이 내려왔단 소리 듣고 그 길로 나가서 고기 절구고 나물 무치고 했다 아이가."

"그 어무이 소리 좀 그만할 수 없어?"

엄마가 찌개를 뜨기 위해 돌아섰을 때 홍연이 옆에 앉은 태율의 옆구리를 쿡 찔렀다.

"네이티브 스피커가 듣기엔 엄청 거슬리거든?"

홍연의 타박에도 태율은 눈을 가늘게 뜨고 의미심장하게 그녀를 바라볼 뿐이었다. 아마도 어젯밤 호텔방에 효신이 홀로 남아 있었던 사정에 대해 묻는 듯했다.

"뭘 봐? 밥이나 먹어."

효신에게 건넨 말이기도 했다. 굳이 그와 눈이 마주치지 않아도, 내내 따라다니는 효신의 시선을 느낄 수 있었다.

"누가 이 집 자식인지 모르겠네."

밥을 먹는 효신과 태율의 반찬을 챙겨 가며 살갑게 대하는 엄마를 향해 홍연은 입술을 삐죽였다.

"흥. 뭐, 예쁜 구석이 하나라도 있어야지."

"얘들은 뭐가 예쁜데?"

"예쁜 구석 한 개도 없는 딸내미랑 같이 다녀 주는 게 고마워서 그란다, 됐나? 말이 나와서 그란데, 느그들 저 가시나 좀 어떻게 해 봐라."

티격태격하는 모녀를 지켜보던 효신과 태율이 의아한 얼굴로 수저질을 멈추었다.

"저 모지란 거 영환지 뭔지 포기를 시키든가, 아니면 시집이라도 가게 어디 멀쩡한 총각 있으면 소개라도 시켜 주든가. 느그가 그래도 친구 아이가."

"어무이, 걱정 마이소. 저 모지란 게 어디 복이 붙었는지 남자들이 서로……."

홍연이 태율의 입으로 불고기를 잔뜩 밀어 넣었다.

"많이 먹고 입 다물어, 친구야."

미소 띤 얼굴로 식탁 아래에선 발로 사정없이 그의 정강이를 걷어차는 홍연의 발길질에 태율은 신음을 간신히 삼켰다.

"걱정 마세요, 어머니."

저 자식은 또 무슨 쓸데없는 소릴 하려고! 홍연의 다급한 시선이 효신에게로 향했다.

"홍연이 잘하고 있어요."

"잘하기는 무신. 저 나이 되도록 돈벌이 하나 못 하면서 빌빌거리는 주제에."

"홍연이 이번에 프로젝트 들어가요. 공동 작업이래요."

엄마는 손을 내저었다.

"옛날에 처음 시나리오 팔렸을 때 온 동네방네 우리 딸내미 영화 나온다고 자랑했다가, 하이고 마 말도 마라. 그때 사람들이 몇 년 동안 왜 영화 안 나오냐고 물을 때마다 할 말이 없어가 도망쳐 댕깄다. 그 후로도 몇 번 뭐 계약한다, 안 한다, 엎어졌다 말았다, 매번 말뿐이지."

홍연은 입 안의 밥알이 거칠게 느껴져 숟가락을 내려놓았다.

"그러니까 더 대단하죠."

또 어떤 딴생각을 하며 엄마의 힐난 섞인 넋두리를 흘려보내야 하나, 홍연이 한숨을 내쉬던 차였다.

"보통 그런 일을 반복해서 겪고 나면 포기하거든요. 여기도 두 사람 있잖아요, 포기자들."

효신이 장난스런 손짓으로 자신과 태율을 번갈아 가리켰다.

"세상 사람들 중에 아주 극소수만 해내는 일이잖아요. 자기가 좋아하는 일을 포기하지 않고 끝까지 좋아할 수 있는 사람은 아주 드물거든요. 그래서 저는 홍연이가."

혹시 엄마 앞에서 좋아한단 고백이라도 하려는 건 아니겠지. 홍연은 물컵을 꽉 움켜잡았다.

"부럽고."

여차하면 물을 엎질러 효신의 말문을 막고 손에서 컵이 미끄러졌다는 말도 안 되는 변명을 하려던 참이었다.

"질투가 나기도 하고."

홍연은 효신을 물끄러미 바라보았다.

"자랑스럽고."

힘을 주어 말하진 않았지만, 부드럽고 다정하고 느긋하기까지 한 목소리는 그 어떤 단호함보다도 진솔했다.

"멋있어요."

어제와 달리 평일 오전의 고속도로는 한산하고 여유 있었다. 클럽 순회를 하다 새벽에야 돌아왔다는 태율은 뒷좌석에 널브러져 코를 골아 댔다.

조수석에 앉은 홍연은 창에 머리를 기대고 빠르게 지나치는 차창 밖 풍경을 하릴없이 바라보았다. 어젯밤 눈이라도 내렸는지 끝없이 이어지는 산등성이 곳곳에 하얗게 눈이 쌓여 있었다.

'부럽고, 질투가 나기도 하고, 자랑스럽고, 멋있어요.'

녀석의 말에 눈시울을 붉힌 사람은 놀랍게도 엄마였다. 우악스런 잔소리를 견디며 구박덩어리가 되는 것이, 자신을 동정하며 안쓰러워하는 엄마의 얼굴과 마주하는 것보다 오히려 낫다는 걸 홍연은 그제야 깨달았다.

"날씨 좋다."

대답이 없는 홍연을 흘깃 바라보며 효신은 음악을 틀었고 노래를 따라 흥얼거렸다. 홍연은 눈을 감고 잠을 청하며 애써 외면하려 했지만 인정하지 않을 수 없었다.

그의 목소리가 듣기 좋았다.

아주 근사한 남자가
짠하고 나타날 테니

얼마나 많은 가제들이 만들어졌고, 어떻게 그것들이 그저 가제인 채로 흔적도 없이 사라졌는지 홍연은 너무나 잘 알고 있었다. 이번에도 그럴지 모른다. 홍연은 자신이 사인한 계약서에 인쇄된 영화 가제를 물끄러미 내려다보았다.

"우리 이제 갈 길이 바빠."

긴 테이블을 사이에 두고 마주 앉아 있던 유리가 웃음기 섞인 목소리로 말하며 손등으로 테이블을 두드렸다.

작업실은 유리의 오피스텔이었다. 아직 프리프로덕션이 진행 중인 이번 영화는 예산이 넉넉지 않은 프로젝트였다. 하지만 영화판에 널리 알려진 능력 있는 프리랜서 피디와 그가 직접 발굴했다는 신인 감독이 의기투합했고, 여러 투자사에서 관심을 보이고 있었다.

홍연과도 인연이 있는 신인 감독이었다. 우연히 영화계 지인을 따라 감독의 독립영화 GV 시사회에서 영화를 보았고, 매우 인상 깊었던 터라 지인과 함께 뒤풀이까지 함께 참석했었다. 계약서를 쓰는 자리에서 만난 두 사람은 이 우연한 만남을 함께 신기해하고 반가워했었다.

"아 참, 감독 전화 왔던데. 피디랑 이번에 같이 팀 꾸리는 스태프들이랑 낮술 먹고 있대. 같이 갈래?"

"네. 그런데 그 피디님 좀 무섭던데."

"그 양반 혀가 좀 날카롭긴 하지. 근데 뒤끝은 없는 사람이야. 앞으로 지겹도록 매일 얼굴 보다 보면 자연스럽게 알게 되겠지만. 게다가 피디가 홍연 씨를 얼마나 마음에 들어 하는데."

미심쩍은 홍연의 표정에 유리가 덧붙여 말했다.

"내가 홍연 씨가 쓴 이번 초고 수정안 메일로 처음 보내 줬을 때, 어디서 이런 인물을 찾아서 이제야 데려왔냐고 하던데. 나 질투 날 뻔."

"정말요?"

늘 실패하는 사람에게 칭찬은, 비록 그저 스쳐 지나가는 한마디 호평이라 할지라도 감격스러운 것이었다. 홍연은 비집고 나오는 흐뭇한 미소를 참으려고 커피잔을 입에 가져갔다.

"홍연 씨 예전에 사진도 찍었어?"

"네?"

"아니면 전 남친 중에?"

홍연은 입 안의 커피를 삼키지도 못하고 유리를 바라보았다.

"우리 여주가 사진작가잖아. 홍연 씨 리뷰 보니 전혀 문외한
이 아닌 것 같아서."

마치 애초에 존재하지 않았던 것처럼, 그를 사랑한 적도 만
난 적도 없는 것처럼 지내다가도 어느 순간 그의 잔영이 나타
난다. 불쑥불쑥 난데없는 등장의 정체는 분노나 슬픔이 아니었
다. 후회도, 좌절도, 그렇다고 그리움도 아니었다.

"남친은 아니고요."

뜨끔하고 순간 뜨거워졌다가 이내 얼어붙을 것처럼 차가워
져 버리는 마음. 끝나 버린 애정은 어떤 감정으로 대체할 수도,
설명할 수도 없는 것이었다.

"짝사랑이었어요."

홍연은 빙긋 웃으며 대답했다.

"아직 젊네, 홍연 씨는. 나는 짝사랑 그거, 언젠가부터 마음
다치는 게 무서워서 못 하겠던데."

'진정한 글쟁이가 되기엔 겁이 너무 많아, 내가.' 덧붙여 말
하는 유리의 핸드폰으로 메시지들이 연달아 도착했다.

"가자. 빨리 오라고 난리들이네."

두 사람은 오피스텔에서 나와 유리의 오래된 경차에 올라탔
다. 히터 바람에 홍연의 볼이 발그레하게 달아올랐다.

어쩌면, 잊고 있다가 불쑥 나타난 그 등장의 정체는 '예감'이
었을지도 모른다.

홍연은 단골들만 찾아올 것 같은 상수동의, 아직 완전히 해

가 지지 않았음에도 햇빛 한 줄 들지 않는 컴컴한 지하 술집의 테이블 맞은편에 앉은 은석을 물끄러미 바라보았다.

1년 가까운 시간 동안 같이 밥을 먹고, 여행을 가고, 술을 마시고, 영화를 보고, 잠을 잤지만 이홍연과 결코 '사귀지'는 않았던 그는 이 자리에서 감독의 절친한 친구로, 또 사진작가인 주인공 역할을 맡을 배우를 코치해 줄 비공식 자문으로, 덩달아 피디의 취중 부탁으로 언젠가 영화가 크랭크인을 하게 되면 포스터를 무료로 찍어 줄 스태프로 그곳에 앉아 있었다.

"우리 스태프들 처음으로 다 같이 상견례 하는 자리라 특별히 모신 손님이에요. 요즘 이 친구 몸값이 장난 아니거든요. 게다가 결혼 준비 중이라 바쁘다는 걸 억지로 끌고 왔어요."

감독은 묻지도 않은 말들을 늘어놓았다. 기나긴 무명의 시간을 함께했던 친구 사이였던 만큼 은석의 성공도, 가시화된 자신의 영화도 무한한 감격인 듯 감독은 잔뜩 취한 채로 들떠 있었다.

"이 친구 사진 찍는 거 보다가 번뜩한 게 이 영화잖아요. 이번 영화 숨은 조력자예요."

갈증이 느껴지자 홍연은 앞에 놓인 술잔을 집어 들었다. 술을 마시기 전, 홍연은 오래전 그 GV 시사회 뒤풀이 자리에서 은석을 처음 만났다는 사실을 깨달았다.

연거푸 술을 따라 마셔도 목마름은 쉽게 사라지지 않았다.

"네가 시나리오 작업하게 됐다는 거, 너 도착하기 직전에야 알았어."

감독도 유리도 각자 다른 스태프들과 술을 마시느라 곁을 떠나고, 테이블에 두 사람만이 남게 되었을 때 내내 침묵을 지키던 은석이 처음으로 입을 열었다.

"그 전에 알았으면?"

"자리 떴겠지."

은석이 머쓱하게 웃어 보였다.

"나는 너한테 개자식이잖아. 이번 일 맡은 거 너한테 좋은 일인데, 뭐 하러 좋은 기분에 재를 뿌려."

"그러게. 빨리 도망치지 그랬어. 그랬다면 넌 다시 개자식이 안 될 수도 있었을 텐데."

홍연은 또다시 술을 마셨다. 그리고 손가락으로 감독의 등짝을 가리켰다.

"절친인데, 나는 몰랐네. 그러고 보니 나는 네 주위 사람을 제대로 만난 적이 없어. 이야길 들은 적도 없고. 그들도 나라는 사람을 모를 테고. 아니, 혹시 그랬을지는 모르지. 나랑 통화한 뒤에 같이 있던 사람이 누구냐고 물으면 넌 그냥 아는 사람, 아는 여자라고 대답했겠지."

"홍연아."

그가 뭔가 변명을 하기 전에 홍연이 말을 이었다.

"지금 생각해 보면 그 뚜렷하게 나누어진 영역에도 주제 파악을 못 하고 너한테 왜 우린 안 사귀는 거냐고 물었다, 그치?"

좋아했기 때문이었다. 알고 있었지만, 좋아했기 때문에 모른 척했었다. 그대로 그를 못 보고 관계가 정리될 바에야 그렇게라도 해야 할 것 같아, 멍청한 듯, 순진한 척 그저 우린 왜 안 사귀는 거냐고 묻기만 했다.

"결혼식이 언제인지 감독한테 물어봐야겠다."

홍연은 술잔에 다시 소주를 따랐다.

"술 먹고 결혼식에 찾아가야지."

"뭐?"

"나 술 먹으면 더 진상 되는 거 알지? 많이 봤잖아."

홍연은 긴장한 은석의 입매가 굳어지는 것을 지켜보았다.

"걱정할 필요 없어. 우리가 사귀기라도 했나, 뭐. 사귀다 네가 배신한 것도 아니잖아. 진상 부려 봤자 신부 앞에서 신세 한탄하는 정도겠지."

예복 차림의 그가 식장 앞에서 사람들과 악수를 나누고 축하를 받으면서도 못내 찜찜한 얼굴로 주위를 경계하며 조바심 내는 모습을 상상하자 홍연은 구정물을 뒤집어쓴 듯 축축하고 지저분했던 기분이 약간은 사라지는 느낌이었다.

"농담이지?"

은석은 억지로 미소를 지어 보였다. 설마 하면서도 홍연이라면 그러고도 남으리란 생각이 들었을 터였다.

"아닌데? 아, 오늘 술이 엄청 달다. 너도 한 잔 더 할래?"

한창 바쁜 연말에 하루 연차의 여파는 컸다. 며칠째 이어지는 야근에 몸은 무겁고 충혈된 눈은 피로했다. 잠시 자리에서 일어나 효신은 휴게실로 향했다.

'지금 너 그냥 그렇게 가 버리면 나한테 이제 아무 감정 없다는 말, 거짓말이야.'

커피 머신에서 주르륵 떨어지는 에스프레소를 지켜보며 효신은 자신을 향해 돌아서 있던 홍연의 작은 어깨를 떠올렸다. 혼란으로 요동치며 흔들리던 그녀의 눈빛은 기뻤지만, 간신히 그녀를 고이 보내 주고 혼자서 마신 샴페인은 미지근하고 씁쓸하기만 했다.

"힘드네, 짝사랑."

피식 웃음을 터뜨린 효신은 커피 컵을 집어 들고 휴게실을 나섰다. 책상 위에서 자신의 핸드폰이 울리고 있는 것을 본 효신은 발걸음을 서둘렀지만 이미 한참 울린 전화는 그가 받기 전에 끊겨 버렸다.

부재중 전화로 남겨진 홍연의 번호에 효신은 다급하게 커피 컵을 책상 위에 내려놓았다. 그가 전화를 걸기도 전에 핸드폰은 다시 울렸다.

"홍연아, 무슨 일이야? 무슨 일 있어?"

애써 자신을 외면하던 홍연이었다. 그랬던 그녀가 몇 번이고 전화를 걸어와 기쁜 것보다, 홍연에게 다급한 일이 생긴 것은 아닌가 싶어 효신은 순간 가슴이 철렁 내려앉았다.

— 나 지금 여기 상수동인데.

홍연의 목소리는 흔들렸고, 주위는 시끄러웠다.

"술 마셨어?"

전화 건너편에서 대답이 없자 효신은 재차 물었다.

"홍연아, 무슨 일이야?"

— 지금 좀 와 줘.

웅얼거리듯 술집 이름을 내뱉은 홍연의 목소리를 끝으로 전화는 끊겨 버렸다. 의자에 걸쳐 두었던 외투를 낚아채듯 집어 들고 달려 나가는 효신이 남긴 커피 컵에서는 여전히 뜨거운 김이 모락모락 피어올랐다.

"와, 우리 이 작가님 술 진짜 잘 마시네요. 한 잔 더?"

"콜!"

곁에 있던 유리가 걱정스러운 듯 홍연의 술잔을 가볍게 잡고 말렸다.

"홍연 씨, 괜찮아? 취한 것 같은데."

"괜찮아요! 저 술 세요. 그치?"

혀가 꼬인 채로 홍연이 되묻자 감독과 유리의 의아한 시선이 은석에게로 향했다.

"나 술 세잖아. 알잖아, 넌."

"뭐야! 둘이 아는 사이야? 그런데 왜 이제야 말해?"

아, 취했다. 하지만 이미 입 밖으로 내뱉은 말을 주워 담을 수 없는 노릇이었다. 홍연은 한쪽 눈을 찡그리며 손가락으로 이마를 긁어 댔다.

"그냥, 뭐. 어쩌다."

얼버무리며 수습한 사람은 은석이었다. 아마도 이럴 경우가 걱정되어 자리를 떠나지 못하고 있었을 터였다. 게다가 협박하듯 늘어놓았던 홍연의 결혼식 등장 예고에 대해서도 못내 찜찜했을 것이다.

"그만 가자."

단지 홍연이 취한 것이 문제가 아니라는 것을 눈치챈 사람은 유리였다. 바로 몇 시간 전 홍연이 털어놓았던 짝사랑 상대가 바로 은석임을 직감했는지도 모른다. 상황이 그리 간단하지 않다는 사실을 깨달은 유리는 홍연의 팔을 잡아끌었다.

"홍연 씨, 내가 택시 태워 줄게."

"아니에요, 아니에요."

유리에게 이끌려 몸을 일으키긴 했지만 홍연은 두 손을 저어 보였다.

"데리러 와 줄 사람이 있어요오오. 제가 전화했어요."

홍연은 술집 문을 가리켰다. 취중에 커진 목소리와 유난스러워진 몸짓 때문에 테이블 근처 다른 사람들의 주의를 모두 끌었다.

"아아아아주 근사한 남자가 저어기서 짠! 하고 나타날 테니까 조금만 기다려 주실래요?"

순간 사람들의 이목이 문에 집중됐다. 뭔가 모르게 극적인 분위기 때문이었을까. 몇 초의 침묵이 흘렀다. 하지만 굳게 닫힌 지하의 문은 마치 영원히 열리지 않을 것처럼 꿈쩍하지 않았다.

"여기요. 소주 한 병 더요!"

누군가 술을 주문하자 주의와 시선은 순식간에 흐트러지고,

공기는 다시 들뜨고 소란스러워졌다.

"아닌데. 짠! 하고 나타나야 하는데. 짠…….."

팔을 휘저으며 비틀거리는 홍연을 붙잡으며 유리가 걱정스러운 듯 말했다.

"많이 취했다, 홍연 씨."

"제가 데려다줄게요."

고개를 절레절레 흔들며 일어난 사람은 은석이었다.

"저도 이제 막 돌아가려던 참이었거든요. 이홍연 씨랑 따로 할 말도 좀 있고."

이홍연 씨? 홍연은 눈을 가늘게 뜨고 은석을 노려보았다. 은석은 그녀의 표정 따위는 개의치 않고 테이블을 돌아서 홍연의 옆에 섰다. 그리고 홍연의 팔을 붙잡았다.

"놔."

"혼자 제대로 서 있지도 못하면서."

"걱정해 주는 척하지 마. 내가 결혼식에 쫓아갈까 봐 속으로는 겁나 죽을 것 같으면서."

흠, 유일하게 그들의 대화를 들을 수 있었던 유리가 괜히 헛기침을 해 보이며 어색하게 자리를 피해 주었다.

"이홍연 씨이? 웃기지도 않아. 우리가 그렇게 어색하게 부르는 사이였나요, 최은석 씨? 내 기억하고 좀 다르네?"

"나가자."

은석이 다시 홍연의 팔을 붙잡아 끌었다.

"나가서 이야기해."

"그 손 놓지?"

한없이 다정할 땐 몰랐던 거친 음색이었다. 등 뒤에서 들려오는 목소리에 홍연은 천천히 돌아서서 효신을 바라보았다. 문 앞에 선 효신이 성큼성큼 단 몇 걸음 만에 술집을 가로질러 홍연과 은석 앞에 섰다.

"홍연이한테 손대지 마."

If I Knew[*]

· · · · · · · · · · · · · · · ·

　사람들은 만취한 그녀가 부린 주정이라 생각했다. 그런데 아주 근사한 그는 정말로 짠하고 나타났다.

　"데리러 온다던 사람이."

　은석은 효신과 홍연을 번갈아 바라보았다. 은석과 효신은 종종 스치며 어색한 인사를 나누기도 했었다.

　"이 친구야?"

　정작 그에게 와 달라고 전화를 걸었던 홍연마저도 얼떨떨한 얼굴로 효신을 바라보았다.

　"손대지 마."

　효신은 팔을 뻗어 홍연에게 닿아 있던 은석의 손을 거칠게

---

* 킴벌리 커버거의 시 제목.

떼어 냈다. 그 반동에 홍연의 몸이 순간 비틀거렸다. 효신이 재빨리 붙잡아 주지 않았다면 홍연은 더럽고 끈적끈적한 술집 바닥에 주저앉았을지도 모른다.

"우와, 우리 이 작가님 남자 친구 진짜 잘생겼네."

어느새 돌아온 감독의 감탄에 피디가 거들었다.

"작가님 말대로 짠 하고 나타날 만하네요. 그런데 낯이 익은데? 어디서 봤더라."

이미 거나하게 취해 보이는 감독과 피디를 향해 가볍게 묵례로 인사를 대신한 효신이 홍연을 붙잡지 않은 다른 한 손으로 그녀의 코트를 챙겨 들었다.

"가자."

효신의 부축을 받아 술집 문으로 향하던 홍연이 무슨 생각이 들었는지 갑자기 걸음을 멈추었다.

홍연이 돌아서서 허리를 꼿꼿하게 세우고 은석을 똑바로 응시하자 은석의 얼굴에는 또다시 긴장감이 스쳤다.

"내가 지금 제일 슬픈 게 뭔지 알아?"

홍연은 자신을 가볍게 붙잡는 효신의 손길을 뿌리치고 다시 은석 앞에 섰다.

"내가 정말로 네 결혼식을 뒤집어 놓으러 갈 수 있다고, 그럴 수도 있는 여자라고 네가 생각하는 거야."

여전히 혀가 꼬이고 발음이 정확하지 않았지만 홍연은 한마디 한마디 힘을 주어 말을 이어 나갔다.

"내가 그동안 정말 너한테 구질구질하게 굴었구나."

누군가의 기억 속에 어떤 이미지로 남을 것인가를 계산하며 행동하는 건 어리석다 생각했었다. 기억이라는 것은 결국 사라지는 것이었고, 희미하게 남아 있다 하더라도 이미 지나가 버린 사랑이라는 기억 자체에 제멋대로인 편집 기능이 있어서 극도로 미화되거나 그 반대가 되는 법이었다.

"너한테는 내가 정말 등신, 머저리, 진상이었구나."

은석에게 그녀는 한때, 그 고적하고 아름다운 길 끝에서 그가 했던 말처럼, 쓸쓸하고 외로울 때 함께 있고 싶었고 그리고 또 함께했던 여자로 남을 수도 있었다. 개자식이라는 막말도, 결혼식에 찾아가 난동을 부리겠다는 협박도 없이 우아하고 아름다운 기억으로 남을 수 있는 기회가 몇 번이고 있었지만 홍연은 그러지 못했다.

"이건 진짜 진심인데."

처음으로 홍연은 서글펐다.

"나한테만 그랬던 거였으면 좋겠다. 사람 마음 알면서 적당히 모른 척하고 이용하는 거 말이야. 너랑 결혼하는 그 여자는 정말 행복했으면 좋겠다."

"홍연아."

은석이 홍연의 손을 붙잡았다.

"일부러 상처 주려던 적은 한 번도 없었어."

좋은 사람으로 남지 못해 유감스러운 것은 비단 홍연뿐만이 아니었던 모양이다.

홍연은 은석을 물끄러미 바라보았다.

"아까 저 남자가."

은석은 홍연이 가리키는 쪽으로 시선을 옮겼다. 그리고 차가운 효신의 눈빛과 마주하고 순간 움찔거렸다.

"나한테 손대지 말라고 되게 멋있게 경고했는데, 기억 안 나?"

홍연은 팔에 힘을 주고 은석의 손을 떨쳐 냈다. 그녀의 행동은 싸늘하지도 않고 애틋하지도 않았다. 발그레했던 홍연의 얼굴은 평온했고 눈빛은 무미건조했다.

"쫄지 마. 네 결혼식에 안 가."

그 순간만큼은 홍연은 술에 취한 사람처럼 보이지 않았다.

"이 영화, 너보다 나한테 훨씬 중요해. 나를 피해 다니든 아예 이 프로젝트 관련해서 네가 손을 떼든 알아서 해. 다시 마주치면 네 결혼식에 가서 부리려던 진상 곱절로 피워 줄 거니까, 이 개자식아."

홍연은 천천히 돌아서서 효신에게로 향했고, 은석은 두 사람을 번갈아 의아한 듯 바라보는 사람들 사이에 무안한 표정으로 남았다.

"가자."

효신은 손을 내민 홍연에게 그녀의 코트를 내밀었다. 하지만 홍연은 옷을 건네받지 않고 여전히 손을 내민 채 효신을 물끄러미 바라보았다.

"가자."

홍연은 다시 한번 말했고, 효신은 그제야 그녀의 뜻을 깨달았다. 효신은 천천히 팔을 뻗었고, 이내 그의 길고 곧은 손가락

이 홍연의 손등에 닿았다. 두 사람은 손을 잡은 채 지하 술집을
빠져나왔다.

차 안에서 홍연은 창밖을 응시했고, 효신은 정면을 주시했다.
효신은 한 손으로 운전을 하면서도 홍연의 손을 놓지 않았다.

"속이 하나도 안 시원해."

홍연이 숨을 내쉴 때마다 히터로 달구어진 뜨끈한 공기 속
에 술 냄새가 섞였다.

"나도 오늘 그 개자식이랑 똑같은 거잖아."

효신이 흘낏 홍연을 돌아보았지만, 여전히 차창으로 몸을
비스듬히 돌린 홍연의 어깨와 창에 희미하게 비친 그녀의 얼굴
만을 볼 수 있었다.

"마음 뻔히 알면서, 그 마음 모른 척 하면서 필요할 때 불러
내며 이용한 거."

"그러네."

효신이 순순히 대답하자 홍연이 살짝 움찔거렸다.

"예전에 너 자주 그랬잖아. 저 새끼가 오라고 하면, 우리랑
술 먹고 놀다가도 한달음에 달려 나가고 그랬지. 태율이랑 같이
저 개자식 엄청 욕했어. 그리고 그때마다 이홍연이 답답하고 짜
증났었어. 차마 말은 못 했지만."

술이 깨지 않길 원하던 그녀의 바람과는 달리 홍연은 얼떨떨
하던 기분이 가라앉고 얼큰하던 정신이 맑아지는 것을 느꼈다.

"그런데 나는 이제 네가 어떤 기분으로 저 자식한테 달려갔

었는지 알 것 같아."

효신은 그 기분이 어떠한지 묘사하지는 않았다. 굳이 그가 설명하지 않더라도 홍연은 어렵지 않게 그 기억을 되살려 냈다.

무례하기까지 한 전화 한 통에 설레어하며 기꺼이 달려왔을 효신이었다. 다른 누구도 아닌 자신에게 전화를 걸어 준 것에 기뻐하며, 감사해하며 그 낡은 술집을 찾아 헤맸을 것이다.

홍연은 고개를 돌려 효신을 바라보다 목구멍이 따끔해지는 것을 느끼며 입술을 깨물듯 다물었다. 죄책감과 설렘이 섞여 일렁이는 눈빛을 들킬까 싶어 다급하게 다시 창밖으로 시선을 돌렸다.

"어디로 가는 거야?"

그녀의 옥탑방으로 가는 길이 아니었다.

"오피스텔."

"네 오피스텔? 됐어. 그냥 집으로 가."

"그 냉골 같은 방에 너 혼자 보내면 내가 오늘 밤 잘도 잠이 오겠다."

홍연이 눈을 가늘게 뜨고 노려보는 것을 알면서도 효신은 차의 방향을 돌리지 않았다.

"그냥 차 돌려……."

"아 참, 깜빡했네. 너 나랑 한공간에 있는 거 불편하지?"

장난기 어린 효신의 도발에, 항의하던 홍연의 목소리가 입 안에서만 맴돌았다.

효신의 차는 어느새 그의 오피스텔에 다다랐다. 내려야 하나, 아니면 지금이라도 옥탑방으로 데려다 달라고 우겨야 하나, 그것도 아니면 차에서 뛰어내려 뒤도 돌아보지 않고 택시를 잡아타고 혼자 돌아가야 하나. 홍연이 머뭇거리는 사이 주차를 하고 시동을 끈 효신이 차에서 내려 조수석 쪽으로 돌아와 문을 열어 주었다.

"불편해도 참아."

망설이며 차마 차에서 내리지 못하는 홍연에게 효신이 말을 이었다.

"오늘 밤이 올겨울 최강 한파라고 그랬어. 얼어 죽는 것보다 좀 불편한 게 낫지 않겠어?"

효신이 본가 집에서 독립해 나오던 날부터 거리낌 없이 드나들었던 오피스텔이었다. 불과 얼마 전까지만 해도 술에 엉망으로 취해서 그의 새 라텍스 침대를 차지하고 세상모르게 잠을 잤던 그녀였다.

최강 한파 때문이야. 홍연은 마치 누가 듣고 있기라도 한 듯 속으로 능청스레 되뇌며 천천히 차에서 내렸다.

홍연의 어깨는 굳었고, 엘리베이터로 향하는 다리에는 잔뜩 힘이 들어가 걸음걸이가 어색했다.

"뭐 해, 안 와?"

먼저 엘리베이터에 올라탄 홍연이 효신을 돌아보았다. 센 척하는 홍연의 오기를 효신은 알고 있었고, 그런 그녀가 귀여워 효신의 입가에 슬쩍 미소가 스치는 것을 홍연도 알고 있었다.

"가."

긴 다리로 순식간에 성큼 가까워져 오는 효신을 바라보며 홍연은 꿍, 신음을 입 안으로 삼켰다.

아닌 데도 짐짓 그런 척, 그런데도 부러 아닌 척, 그리고 그 새침한 내숭을 알면서도 모른 척하는 모든 앙큼한 고의들은 분명 친구 사이에서 벌어지는 일이 아니었다.

서로 어깨가 부딪칠 듯 좁은 엘리베이터 안에서 긴장한 자신을 바라보며 피식 효신이 웃는 소리에 홍연은 입술을 깨물었다.

효신이 문을 열자 현관의 센서등이 켜졌다. 홍연은 아직 어둠에 휩싸인 집 안을 넘겨다보며 다시 한번 망설였다. 마치 발끝이 그 현관을 넘어서면 어디에서인가 사이렌 소리가 울려 퍼질 것 같다. 홍연은 두 눈을 질끈 감고 집 안으로 들어섰다.

잠만 자는 용도로 쓰이는 그의 작은 오피스텔은 홍연이 마지막으로 방문했을 때와 달라진 것이 없었다.

'그 라텍스 침대, 이번에 큰맘 먹고 산 거야. 토하는 그 순간 남자에 이어서 친구도 잃을 거야.'

'잔인한 놈. 지금 그게 나한테 할 소리야?'

이제야 알 것 같다.

'나 왜 여기 있어?'

'내가 묻고 싶다. 네가 여기 왜 있겠니? 언제까지 나랑 태율이가 술 취한 네 뒤치다꺼리해 줄 수 있을 것 같아?'

'오늘 이상하게 까칠하다, 주효신. 내가 오라 그랬어? 태율이가 전화했지 내가 한 거 아니잖아. 난 너 온 거 기억도 안 난단 말이야. 그리고 이렇게 짜증낼 정도로 귀찮고 싫었으면 태

율이가 뭐라고 하든 무시하고 안 오면 됐었잖아.'

늘 다정다감했던 효신이 그날 왜 그렇게 차갑고 못되게 굴었었는지.

"여기 편한 옷이랑 칫솔."

효신이 새 세면도구를 침대 위에 내려놓자 그 새벽, 이 방 안에서 마주 보고 날 선 목소리로 말다툼을 벌였던 기억이 홍연의 머릿속에서 순식간에 사라져 버렸다.

"샤워하고 쉬어."

홍연은 현관으로 향하는 효신을 의아한 듯 바라보았다. 다시 신발을 신고 밖으로 나설 채비를 하던 효신이 홍연과 눈이 마주치자 어깨를 으쓱거렸다.

"너는 나랑 단둘이 있는 공간이 그저 불편할 뿐이겠지만, 나한테는 고문이나 마찬가지거든."

순간 홍연의 얼굴이 화악 달아올랐다.

"농담이야."

큭큭 웃어 대는 효신의 모습에 홍연은 욕지거리가 입 안에 맴돌았다.

"일이 많아. 다시 회사에 가 봐야 해."

능글맞은 농담이나 던지는 효신에게도 심사가 꼬였고, 십년지기 친구의 말 한마디에 제멋대로 들썩이는 심장도 마음에 들지 않는 것은 매한가지였다.

"솔직히."

현관문이 닫히기 전 효신이 다시 얼굴을 내밀었다.

"고문인 건 맞아."

"가!"

홍연이 던진 쿠션은 현관에 닿지도 못하고 바닥에 떨어졌다. 닫힌 문 너머로 효신의 기분 좋은 웃음소리가 들려왔다. 홍연은 다리에 힘이 풀려 침대에 털썩 앉았다. 효신이 준비해 준 그의 티셔츠를 손가락으로 한참을 만지작거리던 홍연은 한숨을 한 번 내쉰 뒤 샤워를 하기 위해 욕실로 향했다.

'나 너 좋아해, 주효신.'

'난. 나, 나는.'

홍연은 당혹감에 붉어진 효신을 똑바로 바라보았다. 그러다 문득, 그를 바라보고 있는 자신이 더 이상 효신에게 고백하던 스물여섯이 아니라는 사실을 깨달았다.

그럼, 이건 꿈인가.

'너한테는 그 여자보다 내가 먼저였잖아.'

그 어떤 순간을 낡은 비디오테이프 되감듯 되짚어 돌아갈 수 있지만 그 결정적인 순간을 지켜볼 수밖에 없는, 그저 그런 기억을 담은 꿈인가 보다.

'그 여자는 되는데 나는 왜 이제 안 돼?'

'홍연아, 너는.'

멍청이. 홍연은 코웃음을 쳤다.

'너는 이제 나한테 태율이랑 똑같아.'

너는 이러면 안 됐어.

'친구잖아, 우리. 난 너 잃고 싶지 않다.'

고작 6년 뒤, 너는 네가 이렇게 단호하게 친구라고 그었던 선을 넘어오려고 안간힘을 쓰고 후회할 거란 말이야.

'고백하긴 했지만 사실 네가 바로 받아 줄 거라는 기대는 안 했어.'

효신을 비웃으며 의기양양하던 홍연은 순간 숨이 턱 하고 막혔다. 울음을 참으려고 오히려 목소리에 웃음기를 더해야 했던, 온몸의 힘을 끌어 모아 용기를 냈기에 기진맥진한 스물여 섯의 그녀를 안아 주고 싶다.

'내가 늦어도 너무 한참 늦은 거니까. 늦은 내 잘못도 있으 니까.'

그러다 문득 홍연은 안쓰러운 것이 그녀뿐만이 아님을 깨달 았다.

결정적인 순간을 놓쳐 버리고 뒤늦게 찾아온 감정을 깨닫는 잔혹한 애틋함. 한순간, 한마디 말, 손짓 한 번을 곱씹으며 온 몸이 떨리도록 후회하던 그 나날들. 홍연은 가슴이 아팠다.

'그렇지만 내가 지금 너를 좋아한다고 말은 해야…….'

그 동정은 스물여섯 이홍연이 아니라 바로 이 순간을 후회 하고 있을 서른두 살의 주효신을 향한 것이었다.

'네가 알 거 아냐.'

홍연은 눈을 떴다. 느릿하게 눈을 깜빡이자 흐릿했던 시야 가 밝아졌다. 홍연은 자신을 내려다보는 효신을 마주했다.

"왜 자면서 울어."

효신의 목소리는 부드럽고, 다정했다.

"안 좋은 꿈 꿨어?"

홍연은 천천히 손을 뻗었고, 효신은 자신의 뺨에 닿은 홍연의 손가락에 움찔했다. 긴장으로 효신은 그 자리에서 굳어 버렸다. 훈기가 도는 따뜻한 방 안 공기에 두 사람의 빨라진 숨소리가 섞여 들었다.

누가 먼저 다가간 것인지 두 사람 모두 몰랐다. 손가락 끝이 뺨과 팔에 엉키고 서로에게 파고들었다. 가까워진 두 사람의 입술이 닿았고, 짧은 전율에 정신이 아득해졌다가 이내 뜨거워진 숨을 서로에게 불어넣었다.

그것으로 충분한 시작

"우워워, 시퀀스 하나가 그냥 나오던데?"

유리가 커피를 내려서 책상에 내려놓을 때까지 홍연은 넋이 나가 있었다.

"네?"

뒤늦게 인지한 홍연이 되묻자 유리는 눈을 흘기듯 가늘게 뜨고 홍연을 바라보았다.

"어제 그 잘나간다는 사진작가 말이야. 맞지, 예전 짝사랑 상대?"

홍연은 쓴웃음으로 대답을 대신했다.

"거기에 연예인 뺨치는 훈남 현 남친 등장! 이 청춘 멜로드라마 다음 편은 어디서 봐야 하나요, 이 작가님?"

"사실은 남자 친구가 아니······."

반사적으로 부정하던 홍연이 순간 입을 다물었다.

"아니야?"

"아, 아니에요."

유리는 의미심장한 눈빛을 던졌지만 더 이상 묻지 않겠다는 뜻으로 두 손을 살짝 들어 보인 뒤 자신의 컴퓨터 모니터로 시선을 돌렸다. 홍연은 몸을 살짝 움츠려 자신의 붉어진 얼굴을 노트북으로 감추었다.

도대체 무슨 일이 벌어진 거지. 꿈일지도 몰라. 아, 제발 꿈이었으면 좋겠다.

홍연은 커피를 한 모금 마시며 절망스런 신음을 삼켰다. 취기와 졸음이 뒤섞여 있었고 곧장 다시 잠에 빠져들었기에 마치 꿈처럼 느껴졌지만, 그건 분명 현실 속에서 벌어진 일이었다. 효신의 입술은 놀랍도록 뜨겁고 부드러웠고, 그 촉감의 여운은 아직도 혀끝에 남아 있는 것만 같았다.

그때 홍연의 핸드폰으로 메시지가 도착했다. 굳이 확인하지 않더라도 홍연은 상대가 누군지 알고 있었다.

[저녁에 만나.]

홍연이 다시 잠에서 깨어났을 때, 효신은 소파에 담요 한 장 둘러쓰고 누워 잠들어 있었다. 그가 깰까 봐 홍연은 숨소리도 크게 내지 못하고 오피스텔을 빠져나와야 했다.

홍연은 차마 답장을 보낼 용기가 나지 않았다. 답장 메시지

느커녕 할 수만 있다면 죽을 때까지 다시는 주효신과 마주치고 싶지 않았다.

홍연은 입술을 살짝 깨물었다. 솔직해져 봐, 이홍연. 정말 효신이 불편하고 싫어서 마주치고 싶지 않은 거야, 아니면 더 이상 녀석과의 감정에 명확하고 냉정한 선을 그을 수 없다고 인정하게 될 상황이 몸서리치게 부끄러운 거야?

"참."

유리가 다시 입을 열자 홍연은 고개를 들어 노트북 너머로 그녀와 눈을 마주쳤다.

"그 훈남도 영화판에서 일하지?"

"투자사에서 일해요."

"그래? 피디가 어젯밤에 계속 낯이 익다고 하더니 오늘 생각 난 모양이더라고. 예전에 현장에서 같이 일했었다던데?"

현장이라면, 효신이 영화 연출의 꿈을 포기하기 전 일이었다.

"다음 회의 때 물어봐. 우리 오늘 피디랑 감독한테 2고 보내 놓고 내일은 하루 쉴까? 2고 회의하고 나면 또 며칠간은 밤샘 작업해야 할 텐데."

"좋죠. 안 그래도 내일 보일러 고치러 기사님이 오시기로 해 서 잠깐 집에 다녀와야 하나 고민했는데."

"한겨울에 보일러가? 그동안 고생했겠네. 참, 피디가 홍연 씨 다른 시나리오나 기획안 써 둔 거 있으면 좀 풀어놓으래. 정 리해서 모레 가지고 나와."

홍연은 고개를 끄덕였다. 다시 노트북 모니터로 시선을 던졌지만, 집중이 될 리 없었다. 홍연은 다시 효신의 메시지를 찾아 읽었다.

그런데 주효신, 도대체 오늘 저녁 언제 어디서 만나자는 거야?

"누구 만나기로 했어?"

태율의 물음에 식은 라테를 입으로 가져가던 홍연이 고개를 저었다.

"그럼 누구 기다려?"

"아니."

"그럼 왜 자꾸 창밖을 흘긋거리실까. 손님 들어올 때마다 움찔거리고. 혹시 효신이 기다려? 빨리 오라고 오빠가 대신 전화라도 해 줘?"

홍연이 눈을 치켜떴지만 태율은 아랑곳지 않고 히죽 웃었다.

"그래. 그냥 받아들여. 이것들이 연애를 하려는 건지 싸우자는 건지 애매모호한 니들 사이에 끼어서 내가 다 오락가락한단 말이야."

"네가 왜 오락가락이야?"

"주효신 앞에서 배짱 좋게 튕기던 이홍연이 갑자기 정신을 차려서 둘이 사귀는 것까진 좋다 이거야. 그런데 둘이 사귀다 헤어지기라도 해 봐."

홍연은 흠칫 놀라 하마터면 손에 든 컵을 떨어뜨릴 뻔했다.

"어제까지만 해도 내 베프였던 놈들이 하루아침에 베프의 전 여친, 베프의 전 남친이 돼 버리는 거잖아. 그런 거 생각하면 어떻게든 지금 뜯어말리고 싶고."

상상만 해도 끔찍하다는 듯 태율이 진저리를 쳤다.

"그렇다고 한쪽만 짝사랑하는 건 너무."

홍연은 짧은 한숨을 내쉬는 태율을 바라보았다.

"슬프잖아. 여기서 스톱하라고 마음이 절로 멈춰지는 것도 아니고."

"나도."

무슨 생각이 들었는지 그녀도 알 수 없었다. 그저 저절로 입이 열렸고, 담담하게 말을 이었다.

"예전에 혼자 효신이 좋아했었어. 짝사랑."

단박에 그녀의 말뜻을 이해하지 못한 태율이 눈을 동그랗게 뜨고 말끄러미 홍연을 바라보았다. 홍연은 방긋이 웃고 난 뒤 빈 커피 컵을 테이블에 내려놓았다. 저녁에 보자던 그곳이 여기는 아니었던 모양이다. 홍연은 자신이 기대한 것인지, 아니면 실망한 것인지 가늠할 수 없었다.

"고백도 했다가 차였어."

의자에서 일어나 외투를 챙겨 입던 홍연이 문득 생각났다는 듯 덧붙여 말하자 태율의 입이 살짝 벌어졌다.

"그것도 여러 번."

태율은 어떻게 대꾸를 할지 몰라 입술만 달싹였다.

"이, 이것들."

홍연이 유유히 카페를 가로지를 때 드디어 막혔던 태율의 말문이 터졌다.

"내가 모르는 역사가 도대체 언제부터야? 이 배신자들아!"

홍연은 돌아보지 않은 채 손을 흔들며 카페를 나섰다. 찬바람이 느껴지자 옷깃을 여미고, 노트북 가방을 고쳐 멨다. 시간을 조금이나마 끌어 보려는 내숭을 아무도 알 리 없었지만, 홍연의 얼굴은 괜히 조금 붉어졌다.

홍연은 느릿한 걸음으로 버스 정류장으로 향했다. 몇 번이고 카페를 향해 몸을 돌려 보았지만, 퇴근 시간이 한참 지나 버린 거리는 한산할 뿐이었다.

[저녁에 만나.]

버스 차창에 기댄 채 홍연은 핸드폰 속 효신의 메시지를 가만히 응시했다.

되물었어야 했나. 정확히 몇 시에 어디서 만나자는 거냐고. 아니면 최소한 만나고 싶지 않다고 확실히 답장을 했어야 했나. 답하지 않은 것을, 효신이 거절로 받아들인 것인지도 모른다.

홍연은 핸드폰을 주머니에 집어넣고 하차벨을 눌렀다. 버스에서 내리며 홍연은 쓴웃음을 지었다. 어쩌면 답을 하지 않은 속내 중에 얄팍한 허세가 조금은 있는지도 모른다. 어젯밤 우리에게 벌어진 일에도 나는 전혀 동요하지 않았다, 무응답은 거절의 표현이며 나는 어디에서든 우리의 만남을 기다리거나 기대하지 않는다, 하는 핑계를 댈 때 필요한 허세.

춥고 어두워진 골목길을 오를 때도 홍연의 걸음은 여전히 느렸고 하릴없는 시선은 발끝으로 향했다. 그래서 골목 끝에 세워진 효신의 차를 발견하기까지 오랜 시간이 걸렸다.

"5분만 더 기다리려고 했는데."

홍연은 효신의 목소리에 고개를 들었다. 어둠이 당혹과 반가움을 감춰 주길 바라며 홍연은 애써 태연하게 말했다.

"5분 더 기다릴 게 뭐 있어. 안 오면 그냥 가지."

몇 시간이고 무턱대고 기다린 것이 억울하지도 않은지 효신은 사뭇 웃었다.

"5분만 더 기다렸다가 전화하려고 했어."

내내 밖에서 기다렸던 모양인지 효신의 얼굴과 귀는 새빨갛게 얼어 있었다.

"핸드폰이랑 차는 뒀다가 국 끓여 먹을래? 왜 밖에서 이 고생이야?"

심술궂은 자신의 목소리가 오히려 걱정스런 말투로 들리자 홍연은 혀끝을 깨물었다.

"알잖아."

그녀의 퉁명스런 말투에 관해서는 효신도 같은 생각이었던 모양인지 입가의 미소가 더 깊어졌다.

"나 같은 을은 함부로 전화도 못 하는 거. 거절당할까 봐."

"을 좋아하시네."

홍연은 콧방귀를 뀌며 되물었다.

"왜 보자고 한 거야?"

몰라서 묻느냐는 듯 효신은 눈을 가늘게 뜨며 홍연을 내려다보았다.

"우리 할 말 있는 거 아니야?"

홍연은 웃음기 섞인 효신의 목소리도, 짓궂게 흘겨보는 그의 시선도 모른 체하며 애꿎은 운동화 끝으로 얼어붙은 시멘트 바닥을 툭툭 찼다.

"모르는 척하지 마. 아닌 척도 하지 마. 나는 그런 사람 아니고 너도 그럴 수 있는 사람 아니야."

효신이 팔을 들어 홍연을 향해 손을 뻗었다.

"우리 어제."

효신이 손끝으로 홍연의 턱을 감싸고 살짝 치켜 올리자 바닥에서 헤매던 그녀의 시선이 효신과 마주쳤다.

"아아아아아."

홍연은 신음 섞인 작은 비명을 지르며 두 손으로 귀를 두드려 댔다.

"안 들려. 아무 말도 하지 마."

효신이 아무런 말도 하지 않고 그저 물끄러미 내려다보자 홍연은 자신의 야단스러운 행동이 무색해졌다. 머쓱해진 홍연이 입을 다물었던 그 순간이었다. 효신은 가벼운 고갯짓 한 번으로 단번에 홍연에게 입을 맞췄다. 두 사람의 입술이 단지 스쳤다고 생각할 정도로 아주 짧은 입맞춤이었지만 효신은 여전히 몸을 숙여 홍연의 얼굴을 가까이서 바라보았다.

"내가 너무 늦어서 미안해."

홍연은 눈가가 뜨거워지는 것을 느끼며 입술을 꽉 깨물었다.

"나는……."

"이제 그만 용서해 줘."

"나는 아직 잘 모르겠어."

주효신을 정말 많이 좋아했었다. 그 이전에도 그 이후에도 누군가를 좋아하고 사랑했지만, 열렬한 그리움도 맹렬한 질투심도 다른 누구도 아닌 주효신을 향한 사랑에서 배웠다. 하루하루 숨도 쉴 수 없었던 질투의 나날에서 한 발짝씩 벗어나고, 녀석에게 무심해졌다고 자각했던 어느 날, 눈물이 날 만큼 스스로가 대견스러웠다. 뒤늦게 그의 마음을 받아들이는 건 안간힘을 쓰고 버텨 낸 지옥 같던 날에 대한 배신이라고 생각했던 걸지도 모른다.

"너를 보면 다시 떨려. 그래서 네가 너무 불편해. 불편하지만, 또 한편으로는 네가 불쌍해. 신경 쓰여. 안쓰럽고 안아 주고 싶어."

입을 열고 말을 이어 나가던 홍연은 자신의 말에 흠칫 놀라며 몸을 떨었다.

"그게 내 솔직한 마음이야."

이상한 일이었다. 갈팡질팡하며 뚜렷하지 않았던 미묘한 마음들이 이성의 검열을 거치지 않은 채 입 밖으로 나오는 순간, 그것이 떨림이었는지, 불편함이었는지, 혹은 동정이었는지를 분별할 수 있었다.

"하지만 예전에 너를 미친 듯이 좋아했던 감정들과 너무 달라서, 그래서 나는 잘 모르겠어."

"괜찮아."

효신은 두 손으로 홍연의 뺨을 감싸 쥐었고 갈피를 잡지 못하는 그녀의 시선을 단호하게 붙들었다.

"떨리고, 불쌍하고, 안아주고 싶고. 그것만으로도."

굳이 효신이 말하지 않더라도, 스스로 솔직해진 순간 홍연은 더 이상 과거와의 실랑이는 의미가 없음을 깨달았다.

"시작하기엔 충분해."

깊고 다정한 효신의 눈길이 홍연은 더 이상 거북하게 느껴지지 않았다. 그래서 얼마나 오랫동안 두 사람 사이에 달뜬 침묵이 흘렀는지 알아차리지도 못했다.

"나 냄비에 우유 데워서."

그래, 시작해 보자. 시원하게 대답하면 되는 걸 빙 둘러말하면 덜 쪽팔리니, 이홍연?

"라테 만들어 마실 건데."

홍연은 멋쩍은 듯 한 걸음 뒤로 물러났다.

"너도 같이."

입술을 오물거리며 잠시 망설였지만 홍연은 이내 다시 입을 열었다.

"마시고 갈래?"

그녀의 말이 끝나기도 전에 작은 웃음을 터뜨리며 효신이 고개를 끄덕였다.

뜨거운 겨울

·················

"엉큼한 기집애."

태율은 한 번에 비워 낸 소주잔을 탁자에 내려놓았다.

"이홍연 아까 카페에서 라테 벤티 사이즈로 마시고 갔거든?"

"완전 귀엽지?"

욕지거리를 간신히 참은 태율이 주먹을 불끈 쥐었다.

"좋은 말 할 때 그만해라. 소름 끼치니까."

효신이 웃음을 터뜨리며 태율의 소주잔에 다시 술을 채워
주었다.

옥탑방에서 라테를 마시며 홍연은 두 사람의 소식을 태율에
게 알리는 일을 효신에게 부탁했다. 태율은 유난스럽지 않게,
하지만 가장 친한 친구들이 커플이 된 상황을 조금은 얼떨떨한
얼굴로 받아들였다.

"정말 둘이 이렇게 돼 버렸네."

갑자기 다시 떠오른 분노에 태율은 눈을 부라렸다.

"나쁜 놈, 이 배신자. 나도 모르게 둘이 역사가 깊더라? 도대체 언제야? 이홍연이 고백도 했었다며?"

효신은 따라 놓기만 하고 마시지 않은 자신의 소주잔을 내려다보았다.

"우 감독 옆에서 조감독 할 때."

"그때 넌."

태율이 입을 다문 것과 동시에 효신이 잔을 들어 소주를 마셨다.

"미친놈처럼 우 감독한테 목매달았었잖아. 그런 너 보면서 홍연이 죽을 맛이었겠다. 이제야 이홍연이 이해가 되네. 같은 남자가 봐도 탐나는 주효신이 저 좋다고 쫓아다니는데 왜 그렇게 거부하고 피해 다녔는지."

당시 열렬했던 효신의 연애를 떠올려 보며 태율이 혀를 찼다.

"나 같으면 네가 아무리 발목 잡고 매달려도 절대 안 받아 준다! 그게 아무짝에도 쓸모없는 자존심 때문이든, 똥고집이든."

태율은 효신의 얼굴에 스친 자책을 눈치채고 술병을 들어 효신의 잔을 채웠다.

"역시 이홍연은 우리랑 급이 달라. 멋있어."

효신과 태율의 웃음기 섞인 눈이 마주쳤고, 효신도 동의한다는 뜻으로 넘칠 듯 찰랑거리는 소주잔을 가볍게 들어 보였다.

"그때 이야기가 나와서 말인데. 너 그때 우 감독이랑 죽고 못 살다가 왜 갑자기 헤어진 거야?"

더 이상 효신에게 지민에 대한 화제는 민감한 것이 아니었다. 비단 오랜 시간이 흘렀기 때문만은 아니었다. 얼마 전 효신은 지민 앞에서 홍연에 대한 마음을 거리낌 없이 드러냈다. 특별한 감정은커녕 지민의 영향력이 효신에게 전혀 무의미하다는 것을 태율이 직접 눈으로 확인했다. 그럼에도 불구하고 이어지는 태율의 목소리는 조심스러웠다.

"안 그래도 힘들어하는 애한테 차마 못 할 짓이라 생각해서 그땐 홍연이도 나도 눈치만 보고 이유를 못 물어봤어."

한참 후 효신은 천천히 입을 열었다.

"남자, 여자가 사귀다가 헤어지는 일은 다반사잖아."

그뿐이었다. 충분한 대답은 아니었지만 태율은 더 이상 묻지 않았다.

"아악, 이홍연이랑 주효신이랑 사귀다 헤어지면 난 둘 다 안 볼 거야. 상상만 해도 끔찍하다."

순간 가라앉은 분위기를 전환시키려는 듯 태율은 과장스럽게 목소리를 높였다.

"그러니까 절대 헤어지지 마. 절대!"

'떨리고, 불쌍하고, 안아 주고 싶고. 그것만으로도 시작하기엔 충분해.'

"나."

멍하니 천장을 바라보던 홍연은 침대로 곧장 쏟아지는 아침

햇살에 이불을 끌어당겨 얼굴을 덮었다.

"남자 친구 생겼다."

마구잡이로 걷어차는 홍연의 발차기에 이불이 침대 위에서 들썩이다 제풀에 바닥에 떨어졌다.

"미쳤어."

중얼거리던 홍연이 몸을 굴려 엎드린 채 주먹으로 두드리자 오래된 매트리스 스프링이 요란하게 삐걱거렸다.

"주효신이랑 키스도 했어."

홍연은 손가락으로 입술을 만지작거려 보았다.

"확실히 사기 캐릭터야. 키스도 잘해. 못하는 게 뭐야, 그 자식은."

홍연은 입 밖으로 터지는 입김을 보고서야 침대에서 일어났다. 전기 매트 전원을 끄고 점퍼를 챙겨 입었다.

"이글루 생활도 오늘로 끝이야."

이번 영화 작가 계약을 하며 받은 돈으로 보증금을 더해 이사를 갈 계획을 세우고 통보하자 집주인이 보증금을 올려 준다면 보일러를 수리해 주겠다며 제안해 왔다. 고민 끝에 홍연은 옥탑방에 남기로 했다. 여윳돈이 조금 더 생기긴 했지만 여전히 서울 시내 안에서 그녀가 가진 돈으로 옮겨 갈 수 있는 공간이란 반지하이거나 조금 상황이 나은 옥탑방뿐이었다.

"내 다음 시나리오 제목이다."

홍연은 그녀의 작은 옥탑방을 한번 둘러보았다.

"애증의 옥탑방."

따뜻한 차라도 마시려고 홍연이 커피포트를 꺼내 들었을 때였다. 누군가 옥탑방 방문을 살짝 두드렸다. 홍연은 흘낏 시계를 바라보았다. 보일러 기사가 방문하기에는 이른 아침이었다.

"전화 먼저 주시고 방문한……."

홍연의 눈앞에 일회용 커피 컵이 흔들거렸다. 어디선가 고소한 버터 향기도 진하게 풍겨 왔다.

"아침 배달."

효신은 크루아상 봉투를 들어 보였다. 그의 해사한 얼굴과 말끔한 옷차림에 비해 자신은 목이 잔뜩 늘어나고 색이 빠진 낡은 티셔츠에 퉁퉁 부어 있을 게 뻔한 얼굴, 그 얼굴에 눈곱과 침 자국이 덤으로 있을지도 모른다. 홍연은 순간 머리가 복잡해졌지만 저도 모르게 한 걸음 뒤로 물러나 효신을 집 안으로 들였다.

"오면 온다고 전화라도 좀 주고."

홍연은 말을 끊고 입을 다물었다. 친구였을 때, 기습적인 방문은 일상적으로 벌어지는 일이었다. 영화 현장에서 스태프로 일하던 시절에는 며칠 밤이고 함께 지새고 기름진 얼굴과 떡진 머리로 마주 앉은 채 맥도널드에서 햄버거를 먹는 일도 다반사였다. 새삼스럽게 불만을 표시한다면 오히려 이 새로운 관계에 호들갑을 떠는 것처럼 느껴질 것이다.

"평상에서 먹자."

효신은 쌀랑한 방 안 공기에 눈살을 찌푸린 뒤 다시 문을 나섰다.

"오늘 아침 햇볕이 좋아. 밖이 더 따뜻할 것 같은데?"

홍연은 재빨리 방에 걸린 거울에 자신의 몰골을 확인한 뒤 효신을 따라 나갔다.

"너 출근 안 해?"

두 사람은 평상에 나란히 앉았다. 효신의 말대로 한겨울에 호사스럽게 느껴질 만큼 따뜻한 아침 햇볕이었다.

"반차 썼어. 오후에 출근하면 돼."

크루아상을 한입 베어 물던 홍연이 눈을 동그랗게 뜨고 효신을 돌아보았다.

"왜?"

"왜라니, 보일러 기사 온다고 어제 네가 이야기했잖아."

"그러니까 우리 집에 보일러 고치러 기사가 온다는데, 네가 왜 반차를 쓰냐고."

"보통 보일러 기사는 남자니까."

효신은 크루아상 대신 베이글을 꺼내 한입 크게 베어 물고는 우물거리며 천연하게 대답했다.

"진짜 할 일도 없다. 바쁘다는 거 순 뻥이네."

"오후에 들어가서 또 야근해야지."

홍연은 일회용 컵을 들어 커피를 마시는 효신을 물끄러미 바라보았다.

"야근하고 나서."

효신이 갑자기 고개를 돌려 눈이 마주치자 홍연은 흠칫 놀랐다. 멍청아, 놀라지 마. 태연하게 굴라고. 지금 네 눈앞에 있는 사람은 네 남자 친구야. 이제 주효신이 이홍연의 남자 친구라고.

"잠깐 들러서 얼굴 보고 가도 돼?"

"뭐, 그러시든지."

'어차피 나는 내일까지 시나리오랑 기획안들 정리를 해야 하거든, 새벽까지 잠을 안 잘 거니까, 그때쯤 출출해서 야참이라도 먹어야 할 테고, 혼자보다는 둘이 먹는 게 시켜 먹을 땐 좋으니까.' 쓸데없는 군더더기 말들을 늘어놓던 홍연은 이내 그만두었다.

"그래. 와. 오라고. 대신 너 이렇게 아침저녁으로 나 쫓아다니다가 지쳐 쓰러져도 난 책임 안 져."

웃음을 터뜨릴 거란 예상과 달리 효신은 그저 말없이 그녀를 바라보았다. 홍연은 공연히 크루아상의 빵 조각을 뜯어냈다.

"네가 너무 좋아."

나직한 목소리와 평온한 얼굴로 효신은 천천히 다시 입을 열어 덧붙여 말했다.

"너무 좋아서 미치겠어."

"너, 너는 무슨 그런 말을 아침부터 아, 아무렇지도 않게……."

홍연은 더듬거리던 말조차도 끝맺지 못하고 컵을 들어 뜨거운 커피를 홀짝였다. 순간 멈추었던 숨을 커피 향과 함께 몰래 내쉬고 나자 홍연의 들썩이던 마음도 어느새 안온해졌다.

홍연은 어깨를 붙여 나란히 앉은 효신을 흘끗 바라보았다. 옥상 너머 아직 완전히 깨어나지 않은 동네를 응시하는 눈길,

반듯한 콧날, 부드럽게 다문 입술이 훔쳐보는 홍연의 시선 안에 담겼다. 그리고 이내 홍연은 녀석의 갑작스런 등장도, 뜬금없는 이유도, 노골적인 고백도 싫지 않은 것을 인정해야 했다.

세상에, 한겨울인데. 이 겨울 아침의 공기가 어떻게 이렇게나 뜨거울 수 있을까.

"공모전 최종심까지 올라간 시나리오가 두 편 있고, 그냥 아이템 수준에서 좀 발전시킨 시놉도 대여섯 개 있어요."

회의가 끝나고 난 뒤 유리가 감독과 잡담을 나누기 시작하자 홍연은 가방에서 두툼한 봉투를 꺼내 피디에게 내밀었다.

"메일로 보냈는데 또 이렇게 프린트까지 해 왔어요?"

"틈틈이 짬나실 때 편하게 읽어 보시라고요."

"하긴, 난 아직도 이렇게 페이퍼로 보는 게 핸드폰이나 노트북보다 읽는 느낌이 나서 좋더라. 걱정 마요. 틈날 때 말고 시간 넉넉히 잡아서 집중해서 제대로 볼 테니까."

피디는 홍연이 건넨 시나리오를 챙기다 생각난 듯 다시 입을 열었다.

"그 친구, 예전에 〈척후병〉 조감독 맞죠?"

홍연의 얼굴이 순간 굳었다.

"왜, 우지민 감독 영화. 그거 내가 다니던 예전 제작사에서 만든 거거든요. 정작 크랭크인해서는 그 친구가 빠져서 바로 기억이 안 났어. 꽤 오래전이기도 하고. 그래도 워낙 배우 뺨치게 잘생겼던 친구가 연출을 하는구나 싶어서 기억에는 남았나 봐요."

"아……."

홍연은 쉽게 아무 말도 잇지 못했다.

"진짜 이 바닥 좁죠? 그렇게 스친 인연이 떡하니 이 작가님 남자 친구로 나타나다니."

"〈척후병〉이……, 피디님 프로젝트였나 봐요?"

피디가 고개를 흔들었다.

"처음부터는 아니고. 원래 회사 내 다른 피디랑 우 감독이 같이 준비하고 있었는데, 우 감독이 갑자기 시대물로 설정을 바꾸는 바람에 애초 방향이랑 많이 어그러졌거든. 그래서 원래 피디가 못 하겠다고 해서 내가 대신 들어갔었어요."

"갑자기……."

홍연의 낯빛이 어두워졌지만 피디는 눈치채지 못하고 말을 이었다.

"그나마 영화 대박 나고 호평 받아서 좋은 기억으로 남아 있지, 우 감독 그 지랄맞은 성격이 나 못지않아서 영화 찍으면서 엄청 싸웠어요."

한참 말을 못 하고 지민의 험담을 이어 가는 피디의 말을 듣고만 있던 홍연이 피식 허탈한 웃음을 터뜨렸다.

그 영화를 제대로 본 적도 없으면서 도대체 무슨 말도 안 되는 생각을 또 하는 거야, 이홍연. 그때 사극 유행 타고 온갖 시대물이 스크린에 쏟아졌던 거 기억 안 나? 〈척후병〉이 흥행하지 않았으면 이런 의심도 하지 않았을 거면서.

"그렇죠? 저도 그 감독님 엄청 싫어해요."

홍연은 장난스럽게 주먹으로 탁자를 두드리며 동조했다.

"완전 비호감."

그 여자에 대한 자격지심에서 벗어나, 이홍연. 이건 그냥 허무맹랑하고 비열한 질투일 뿐이야.

너라는 습관

····················

"오늘 우 감독 영화 고사잖아. 주 대리는 안 가?"

앞자리의 사수 선배가 효신의 책상 파티션 너머로 얼굴을
내밀었다.

"이제 제 담당도 아닌데요, 뭐."

지민의 영화를 처음부터 진행했던 선배가 유럽필름 마켓
출장에서 돌아오자마자 효신은 그에게 프로젝트를 돌려주었
다. 연말 보너스가 보장된 것이나 다름없는, 흥행이 분명한
프로젝트였기에 선배는 의아하게 생각했지만 효신은 미련 없
이 넘겨주었다.

"주 대리가 시작부터 일처리를 깔끔하게 해 줘서 크랭크인
도 빨라졌잖아. 게다가 우 감독이랑 모르는 사이도 아니고."

"일이 많아요."

선배의 거듭된 권유에도 효신은 미소 지으며 고개를 흔들었다.

"얼른 끝내고 칼퇴근할 겁니다."

곁에 있던 다른 팀원이 끼어들었다.

"오늘 칼퇴야? 그럼 술 한잔해야지. 연말인데 송년회 겸."

"약속 있어요."

그러자 팀원들의 의심스러운 눈길이 동시에 효신에게 쏠렸다.

"요즘 주 대리 걸핏하면 휴가에 연차 쓰더라."

"맞아. 그러고 나면 못 한 일 하느라 야근을 밥 먹듯이 하면서. 혹시 연애해?"

효신은 대답 대신 빙그레 미소 짓고는 다시 컴퓨터 모니터로 시선을 돌렸다. 그러다 문득 생각난 듯 핸드폰을 집어 들었다.

[퇴근하고 작업실로 데리러 갈게. 같이 저녁 먹자.]

"뭐야, 그 미소는? 긍정이야?"

"앞으로 연말 회식 스케줄에서 전 빼 주세요."

효신은 거드름을 피우듯 어깨를 으쓱거렸다.

"데이트해야 하거든요."

메시지를 보낸 뒤 콧노래를 흥얼거리는 효신을 향해 팀원들이 부러움 섞인 야유와 휘파람을 불어 댔다.

"와, 진짜 여자 친구 생긴 거야? 하긴, 잘생긴 애들은 허구한

날 야근하고 회사에 매여 있어도 생기더라."

"궁금하다, 주 대리 여자 친구."

"그러게. 얼마 전에 과장님이 소개해 준 여자도 엄청 예뻤다
는데. 주 대리가 상대 애프터 거절했잖아. 예뻐? 뭐 하는 사람
이야? 말 좀 해 봐."

"당연히 예쁘죠. 누구 여자 친구인데."

효신이 핸드폰을 채 책상에 내려놓기도 전에 홍연에게서 답
이 도착했다.

[미안. 오늘 좀 피곤해서.]

'저 눈 높아요.' 장난스럽게 덧붙이던 효신의 얼굴에서 살그
머니 웃음기가 사라졌다.

"더 이상의 인터뷰는 사양합니다. 저 잠깐 커피 좀."

통화 버튼을 누르는 동시에 책상에서 일어난 효신은 휴게실
로 향했다.

"어디 아파?"

홍연이 전화를 받자마자 효신이 황급히 물었다.

— 그냥 감기 기운이 좀 있는 것 같아.

"그럼 병원에 가야지."

— 좀 쉬면 괜찮을 것 같아.

효신은 미간을 찌푸렸다.

"매년 감기 올 때마다 괜찮다고 병원 안 가고 버티다가 심해

져서 항상 고생하잖아. 야간 진료하는 곳 찾아볼게. 혼자 가기 싫으면 이따 퇴근하고 같이 가자.”

전화 건너편의 홍연은 가타부타 별다른 말이 없었다.

— 효신아.

한참 만에 그를 불러 놓고 홍연은 다시 입을 다물었다. 그녀의 침묵에 순간 효신은 긴장하며 핸드폰을 고쳐 쥐었다.

“왜?”

그녀가 주저하며 하지 못하는 말이 무엇일까. 가슴 한쪽이 이유 없이 서늘해지자 효신은 재차 물었다.

“할 말 있어?”

— 아니야, 아무것도. 걱정하지 마. 일찍 집으로 가서 쉴게.

홍연의 말투는 나긋하고 완곡했지만 거절의 뜻은 분명하고 단호했다. 전화를 끊고 난 후에도 효신은 한참 동안 미동 없이 핸드폰을 내려다보았다.

“나 겁먹었어, 이홍연.”

이건 아닌 것 같다고 홍연이 그 짧은 침묵 끝에 감정이 섞이지 않은 목소리로 말하는 건 아닐까 순간 가슴이 도근거렸다. 우리 사귀는 거 없었던 일로 하자는 말과 함께 겨우 한 발짝 나아간 그들의 관계를 그녀가 다시 부정하려는 건 아닐까 하고 초조했다.

“남자 친구가 됐어도, 짝사랑은 끝이 없네.”

과민한 불안이었다. 별 의미 없는 침묵이었을 터였다. 누군가 곁에서 그녀의 주의를 끌었던 것일지도 모른다. 효신은 쓴

웃음을 지으며 다시 사무실로 돌아갔다.

묻지 못했다. 어떻게 물어야 할지 몰랐다. 사실 무엇을 물어야 하는지도 몰랐다. 얼굴을 마주하면 이 정리하지 못한 질문을 두서없이 꺼낼까 봐 겁이 났다. 효신이 한때 지민의 연인이었다 한들, 녀석이라고 또렷하게 짚어 낼 수 있을까.

"잊어. 두 사람이 일 때문에 종종 마주칠 거라는 것도 신경 꺼 버리고, 시나리오에 관한 것도 머릿속에서 지워 버려, 이홍연. 근거 없는 과대망상이야."

홍연은 노트북 가방을 챙겨 들고 작업실을 나섰다. 유리는 이미 감독, 피디와 함께 한잔 마시겠다며 일찌감치 나간 뒤였다. 감기 기운이 있다는 것은 핑계였지만 그렇다고 온전히 거짓말은 아니었다. 한겨울 아침 평상 위의 브런치가 뜨거웠던 것은 감기의 신호였던 걸까. 회의 때까지만 하더라도 팔다리가 가볍게 욱신거리는 정도였는데, 밖으로 나와 찬바람을 마주하니 정말로 목 끝이 따끔거리기 시작했다.

"뭐야."

건물을 나선 뒤 자연스럽게 주위를 살피던 홍연은 허탈한 웃음을 터뜨렸다.

"방금 기대했다가 실망한 거야?"

어쩌면 효신이 자신의 거절에도 아랑곳하지 않고 작업실 앞에서 기다리고 있을지도 모른다고 생각했다. 그것은 실망이 아니라 의아함일 뿐이라고, 버스에서 내려 집으로 향하는 골목을 오르면서도 홍연은 인정하지 못했다. 하지만 텅 빈 골목 끝이 눈에 들어오자 홍연은 효신의 차가 세워져 있을 거라 생각한 것이 단지 예상이 아니라 기대임을, 그래서 어쩔 수 없이 따라오는 실망을 부인할 수 없었다.

녹진한 습관이 이미 생겨 버린 것 같다. 칼바람에 발개진 얼굴로 그가 시작한 기다림의 습관, 그리고 그의 등장이 익숙해져 버린 나의 습관.

홍연은 핸드폰을 꺼내 만지작거리다 이내 다시 주머니에 넣었다. 타박타박 옥탑방을 올라가는 홍연의 발걸음에 힘이 없었다. 마침내 텅 빈 옥탑방의 문 앞에서 홍연은 혀를 깨물었다. 그러지 않으면 탄식 어린 신음이 저도 모르게 터질 것 같았다.

"오지 말라고 한 사람이 누군데 그래."

그때 홍연은 평상 위의 작은 봉투를 뒤늦게 발견했다. 묘하게 남는 아쉬움에 주위를 휘 둘러보지 않았다면 덩그러니 놓인 그 봉투를 눈치채지 못하고 그냥 방에 들어갔을 터였다.

두 사람이 나란히 앉아서 커피와 크루아상을 먹었던 평상이었다. 홍연은 혼자 그 평상에 앉아 약국 이름이 새겨진 봉투를 열었다. 목감기, 코감기, 해열제, 종합감기약 등 각종 알약에 한방 감기약 몇 포가 들어 있었다. 홍연은 감기약 상자에 붙어 있는 포스트잇을 떼어 냈다.

기다렸다가 얼굴 보고 가고 싶지만 더 귀찮게 하면 미움 받을까 봐 겁나.

"나는."

홍연은 잠시 말을 멈추고 약국 봉투를 집어 들었다. 그리고 천천히 자신의 옥탑방으로 향했다.

"이 습관이 겁나."

— 병원은 다녀왔어?

걱정하는 유리에게 홍연은 일부러 목소리를 높였다.

"괜찮아요. 약 먹었으니까 쉬면 나을 거예요. 죄송해요."

— 죄송하긴. 푹 쉬어.

전화를 끊고 난 후 홍연은 몇 마디 대화에도 바싹 말라 버린 입 안과 따끔거리는 목의 통증에 얼굴을 찌푸렸다. 다시 침대에 누웠지만 홍연은 여전히 핸드폰을 손에 쥔 채였다. '잘 잤어?' 라든가 '굿모닝.' 가끔은 '오늘 엄청 춥다.'라는 아침 인사가 언제나 홍연이 눈뜨기만 기다리고 있었는데, 오늘은 한참이 흘러도 메시지는 오지 않았다.

아직도 아파서 쉬고 있는 나를 방해하면 안 된다고 생각하는 걸까, 아니면 오지 말라던 말이 서운했던 걸까. 아무리 그래도 난 이제 여자 친구인데, 아픈 건 괜찮아졌는지 묻는 것은 고사하고 흔한 아침 인사마저 건너뛰는 건 뭐람. 그러다 홍연은 피익 웃고 말았다. 그의 행동이 얄궂은 밀당이라고 생각하기엔 홍연은 효신을 너무 잘 알았다.

목의 통증이 정처 없는 생각을 방해할 지경에 이르자 홍연은 침대에서 일어났다. 커피포트에 물을 데우는 홍연의 행동은 둔하고 느릿했다. 냉장고에서 꺼낸 유자청은 부산에서 보내온 것이었다. 작년인가 재작년인가, 기억마저도 어렴풋해 잠시 망설였지만 설탕범벅으로 재워 둔 거니 괜찮을 거라 멋대로 생각해 버렸다. 입구 틈틈이 파고든 끈적한 설탕물 때문에 뚜껑을 열기가 쉽지 않았다.

"제발 협조 좀 하자."

데워 둔 물은 식어 가는데 한참을 씨름해도 뚜껑은 좀체 열릴 생각을 하지 않는다. 가뜩이나 기운이 빠지고 근육이 욱신거리던 터에 힘을 잔뜩 주고 나자 순간 눈앞이 핑 돌며 어질어질했다. 홍연은 뚜껑을 열려고 애쓰던 것을 그만두었다.

미지근한 맹물을 들고 효신이 두고 간 봉투를 뒤적거리던 홍연은 감기약을 하나 꺼냈다. 손끝에 포스트잇이 닿았다. 다시 한번 그의 메모를 읽고 난 후 홍연은 도로 침대로 돌아왔다.

한참 동안 천장을 바라보던 홍연은 내내 만지작거리고 있던 핸드폰을 집어 들었다.

[나 아파.]

무심히 쓴 메시지를 입 밖으로 중얼거려 보니 저도 모르게 손끝 발끝이 오그라들었다. 어차피 보내지 못할 메시지라고 생각하자 내친김에 톡톡톡 몇 글자 덧붙여 본다.

네가 와 줬으면 좋겠어. 와서 유자청 뚜껑 좀 열어……. 그때 갑자기 진동하는 바람에 홍연은 핸드폰을 가슴팍으로 떨어뜨렸다.

— 컨디션은 좀 어때?

홍연은 전화 건너편에서 들려오는 효신의 부드러운 목소리를 잠자코 듣고만 있었다.

너는.

— 여보세요? 홍연아. 전화가 끊겼나?

마치 내가 기다리고 있는 걸 아는 사람 같아.

"안 끊겼어."

내가 너를 기대할 때마다, 너는 항상 내가 지치기 전에 답한다. 마치 오래전, 그러지 못했던 것을 반성하듯이.

— 좀 어때? 걱정돼서 전화하고 싶었는데 회의 준비한다고 아침부터 너무 바빴어. 이제 회의 들어가기 전에 잠깐 전화하는 거야.

"유자차가 마시고 싶은데."

— 뭐?

"뚜껑이 안 열려."

뜬금없는 홍연의 말에 효신은 잠시 말문이 막힌 듯했다.

— 기다려.

오래지 않아 그는 웃음기 섞인 목소리로 말을 이었다.

— 점심시간에 갈게.

핸드폰은 영원히 울릴 것처럼 끝도 없이 이어졌다. 효신은 '우지민 감독'이라고 뜬 발신자를 물끄러미 내려다보다 짧은 한숨과 함께 전화를 받았다.

— 이번 고사 때 말이야.

그녀는 흔한 인사말도 없이, 또 그의 인사말도 기다리지 않고 말을 쏟아 냈다.

— 네가 오지 않을까 하고 기다리다가 문득 옛날 생각이 났어. 이미 나를 떠난 뒤였지만, 나는 그 고사 날에도 너를 기다렸었어. 사람들이 전부 돌아가고 스태프 애들이 고사상을 치우는데도 나는 세트장 구석에서 너를 기다렸어.

뜬금없는 전화에 난데없는 용건이었지만 지민의 목소리는 흥분하지도, 그렇다고 침울하지도 않은 평연한 어조였다. 마치 조금 전까지 하던 대화를 이어서 하듯 그녀는 자연스럽게 말을 이어 나갔다.

— 헤어질 때, 이유를 묻는 건 의미가 없다고 생각했어. 감정이라는 건 마음먹은 대로 움직이고 유지되는 게 아니니까. 마음이 떠난 사람을 붙잡아 봤자 소용없는 일이니까. 최소한 구질구질하지 않게 너를 보내 주는 게 최소한의 예의라고 착각했어.

효신은 말없이 창밖을 바라보았다.

— 이후로 쭉 후회했어. 예의 따지지 말고, 쿨한 척도 하지

말고 물어나 볼걸. 어째서 나를 떠나는 거냐고. 마음이 식어 그
런 거라면 왜 갑자기 식어 버렸냐고. 나의 어떤 점이 하루아침
에 너의 열정을 꺼뜨려 버렸냐고. 그 질문이 아니었다면, 아마
나는 지난 몇 년의 시간을 빌려서 너를 깨끗이 털어 낼 수 있었
을지도 몰라. 그래서 지금 나는 답이 필요해. 평생 마음 한구석
에 너를 달고 살 수는 없잖아.

"나는 그때."

"포장 주문하신 죽 나왔습니다, 손님."

직접 그에게 포장한 죽을 가져다준 친절한 직원의 미소를
바라보며 효신은 다시 입을 다물었다. 탁자 위에 놓인 죽 봉투
를 물끄러미 바라보던 효신이 천천히 입을 열었다.

"기억나지 않아요."

― 거짓말. 너는 나한테 그때의 모든 걸 기억한다고 했어.
홍연이 때문에, 그때가 너무 후회되기 때문에 잊지 못한다고
했어.

"그런 생각은 안 들어요?"

나는 그때 당신을 여전히 사랑했어요. 나의 열정은 그대로
였어요. 하지만 지금 그런 말들이 무슨 소용이 있으며 당신이
안다고 해서 무엇이 달라질까요.

"나의 거짓말이 감독님을 배려하는 것인지도 모른다는 생각."

나는 지금 이홍연을 사랑하고, 그녀의 마음 한쪽 아주 비좁
은 틈으로 겨우 발을 디딘 지금 그 위태로운 공간마저 잃을까
봐 두려워서 정신을 차릴 수 없어요.

"나의 배려는 여기까지예요. 전화를 받는 것도 여기까지예요."

나의 열정은, 나의 마음은 온전히 한 사람에게만 향하고 있어서 당신의 고달팠던 지난 몇 년을 동정할 여유가 없고, 여전히 미련과 혼란으로 뒤섞일 앞으로 몇 년을 배려할 수도 없어요.

"다시는 이런 전화 하지 마세요."

효신은 그녀의 답을 듣지 않은 채 전화를 끊었다. 그리고 무심히 봉투를 집어 들고 죽집을 나섰다.

나의 유일한 사람

　

"쳐다보지 마."

쑥스러운 마음에 부린 괜한 심통이었다.

"죽이 안 넘어가잖아."

홍연의 까탈에도 무안한 기색 없이 웃기만 하던 효신이 침대에서 일어나 약과 물을 챙겨 돌아왔다. 홍연이 죽을 반도 먹지 못하고 숟가락을 쟁반에 내려놓자 효신이 그제야 눈살을 가볍게 찌푸렸다.

"죽을 먹어야 약을 먹지. 진짜 내가 쳐다보고 있어서 그래? 보지 말고 돌아앉을까?"

"아니야. 목이 불편해서 그래. 이따가 마저 먹을게."

여전히 못마땅한 얼굴로 효신은 약을 홍연에게 건네주었다.

"그 냉골 같은 방에서도 괜찮더니, 보일러도 고쳤는데 왜 감기에 걸려."

'속상하게.' 중얼거리듯 덧붙인 효신의 작은 혼잣말에 알약을 삼키던 홍연이 물을 마시다 말고 그를 바라보았다.

"속상해?"

"당연하지."

그는 원래 그런 사람이었다. 지난 10년을 지켜봐 왔던 그는 언제나 올곧게 친절하고 다정했고 따뜻했다. 그러니 그의 다감함을 처음 안 사람처럼 놀라거나 감격할 이유가 전혀 없었다. 그럼에도 홍연은 알 수 없는 기쁨에 감기로 뻑뻑했던 목구멍이 더욱 따끔해졌다. 만약 누군가가 지금 그들을 보았다면, 그리고 목멘 홍연을 눈치챘다면 짝사랑했던 쪽은 그가 아니라 홍연이라고 생각했을 게 분명하다.

하긴, 시기가 달랐을 뿐 효신일 짝사랑했던 건 사실이니까.

효신은 그녀가 밀쳐놓은 쟁반을 들고 일어나 싱크대로 향했다. 홍연은 그릇을 정리하는 효신의 뒷모습을 훔쳐보다 기가 막혀 웃고 말았다.

"왜?"

그녀의 웃음소리에 효신이 뒤돌아보았다.

"자꾸 깜빡해."

"뭘?"

"이제 주효신이 이홍연의 남자 친구라는 거."

남은 죽을 냉장고에 넣고 홍연에게 돌아오는 효신의 얼굴에 의미심장한 미소가 떠올랐다. 다가오는 효신을 말끄러미 바라보던 홍연은 완전히 무방비 상태였다. 그래서 효신이 침대에 걸터앉아 그녀에게 바싹 가까이 얼굴을 내밀었을 때 홍연은 순간 굳어 버렸다.

홍연의 이마에 효신의 부드러운 입술이 닿았다. 기습적인, 하지만 느릿한 키스였다.

"열 나."

입술이 떨어진 후에도 그 보드라운 촉감이 이마에 맴돌았다.

"감기가."

혼잣말처럼 중얼거렸지만, 숨이 닿을 듯 가까웠던 두 사람의 거리 때문에 효신의 나직한 목소리는 긴 울림으로 전해졌다.

"나한테 옮겨 왔으면 좋겠다."

효신의 마지막 음절은 마치 가느다란 숨결처럼 그녀에게 전해졌다. 효신의 입술이 홍연의 입가에 스쳤다. 짧은 입맞춤이었지만 당혹스러울 정도로 강렬했다. 홍연은 손끝까지 전해진 저릿함을 이기지 못하고 주먹을 꽉 쥐었다.

"이제 가야겠어."

효신의 체온이 얼마나 따뜻했는지, 그가 침대에서 일어나 스르륵 멀어지고 나서야 홍연은 깨달았다.

"내일 밤에 같이 있으려면 오늘은 꼼짝없이 야근해야 할 것 같아."

"내일?"

되물었던 홍연은 효신의 대답을 듣기도 전에 '아.' 하고 고개를 끄덕였다. 31일. 올해의 마지막 날. 대부분의 연말을 그와 보냈었지만 올해는 사뭇 느낌이 다를 터였다. 늘 함께였던 태율도, 먹고 죽자고 마셔 대던 취흥도 없을 것이다. 어쩌면 크리스마스에 놓쳤던 샴페인을 이번엔 효신과 나누어 마시게 될지도 모른다.

"저녁에 남은 죽 챙겨 먹고. 약도 빠뜨리지 말고."

홍연은 침대에 앉아서 옥탑방을 나서는 효신을 지켜보았다. 신발을 신던 효신이 문득 생각난 듯 싱크대 위의 유자차를 고갯짓으로 가리켰다.

"유자차도 꼭 마시고."

뚜껑이 열리지 않는 유자청은 그저 핑계일 뿐이라는 걸, 효신도 홍연도 알고 있었다. 잠시 눈을 마주하며 서로를 바라본 두 사람은 풋, 하고 동시에 웃음을 터뜨렸다. 효신이 떠나고 난 뒤에도 한참 동안 굳게 닫힌 옥탑방 문을 바라보던 홍연은 천천히 침대에서 일어났다. 여전히 목은 따끔거리고 근육은 욱신거렸으며 팔다리에 힘이 없었다. 하지만 홍연은 책상 앞에 앉아 노트북을 펴 들었다.

홍연은 한글 프로그램을 열어 새로운 문서를 만들었다. 잠시 새하얗게 비어 있는 한글 창을 응시하던 홍연은 키보드 위에 손을 올려놓았다.

S#1 술집 안
시끄러운 말소리에 영어와 한국어가 섞여 있다.
취한 일행들 사이 가운데 앉아 있던 효신.

일행의 가벼운 만류에도 효신은.

키보드를 두드리던 홍연의 손길이 잠깐 멈추었다. 이름을 바꿀까. 하지만 기획안이나 시놉시스조차 없는 낙서에 불과한 첫 번째 트리트먼트였다. 앞으로 바꿔야 할 게 비단 주인공 이름뿐일까.

홍연은 책상 앞에서 일어나 효신이 뚜껑을 열어 준 유자청으로 따끈한 차를 만들어 다시 돌아왔다. 일행의 가벼운 만류에도 효신은 담배를 들고 일어난다, 유자차를 한 모금 마신 홍연은 또박또박 키보드를 두드리기 시작했다.

"아프다길래 쉬라고 했더니, 이거 쓰고 있었던 거야?"

유리가 눈을 동그랗게 뜨고 물었다. 홍연이 프린트해 온 시놉시스와 트리트먼트를 읽고 난 후 그녀가 처음으로 꺼낸 말이었다.

"재미가."

신기한 경험이었다. 목은 따끔거리고 이따금씩 거친 기침에 몸을 가누기가 힘들 때도 있었다. 온몸이 욱신거리고 아릿하던 팔목의 통증은 특히 심해졌지만, 홍연은 늦은 새벽빛이 어스름하게 밝아 올 때까지 거침없이 몇 개의 시퀀스와 그 각각의 신들을 연결해 나갔다.

"없죠?"

하지만 지하철을 타고 오며 다시 읽어 본 그 영화는 졸작 중의 졸작이었다. 액션도 코미디도 없었다. 로맨스에 발을 걸치고 있는 듯하지만 완벽한 멜로도 아니었다. 적대자 없이 밋밋한 캐릭터 라인에 주인공들은 수동적이었다. 굴곡진 갈등 구조도, 흔한 반전도 없었다.

세상 누가 쓴 어떤 초고도 완벽하지 않다지만, 아픈 몸으로 밤새 망설임 한 번 없이 써 나갈 때의 득의만만한 기세는 흔적도 없이 사라진 지 오래였다. 문서 세단기 앞에서 망설이는 홍연에게 유리가 먼저 읽어 보겠다며 손을 내밀지 않았다면 밤새 써 내려간 모든 신들은 처참하게 절단 났을 터였다.

"좀 애매하긴 하네."

유리의 의견은 솔직했다.

"확실히 투자 받을 가능성도, 어떤 공모전에서의 당선도 희박해 보이긴 해."

잠깐 기대해 보았지만, 역시나였다. 홍연은 어색하게 웃으며 시나리오를 돌려받기 위해 유리에게 손을 내밀었다. 하지만 유리는 그 손길을 외면한 채 여전히 인쇄된 활자를 물끄러미 내려다보았다.

"그런데."

홍연처럼 늘 기회의 언저리에서 맴돌거나, 유리처럼 끊임없이 성공과 실패를 보아 왔던 사람들은 가능성을 직감하는 능력이 학습되어 있었다.

"세단기 안에 들어가긴 아깝다에 한 표."

그 학습을 경계하는 본능적인 반발심 또한 함께 성장했다.

"진심이세요? 위로 아니고?"

"진심. 입봉 작가 타이틀 달고 나면 기획안 만들어서 제작사나 피디들한테 돌려 봐."

"관심 보이는 데가 있을까요?"

홍연은 미심쩍은 표정으로 유리에게서 시나리오를 돌려받았다.

"극장에 걸리는 것 보면 누가 봐도 사람 안 들 것 같은 영화들 천지잖아. 저 영화가 도대체 뭘 말하는 거지? 저 B급 감성은 감독의 의도인 건가 아니면 그냥 제작비가 부족했던 건가? 저만한 배우가 왜 저런 영화를 찍었지? 뭐, 이런 생각해 본 적 없어?"

"많죠."

"그냥 내 취향에 안 맞을 뿐이지. 그들은 그들 취향이랑 감성대로 찍는 거야. 누구 눈치도 안 보고. 심지어 실패할 거라고 경고를 마구 보내는 본인 이성마저도 모른 척하고. 최소한 그들은 한 가지 정도는 아는 거야."

유리는 홍연의 손에 들린 시나리오를 고갯짓으로 가리켰다.

"세상 모든 영화가 블록버스터일 필요는 없다는 거."

세상 모든 영화가 블록버스터일 필요는 없다. 어떤 사람들은, 세상의 모든 사람이 주인공일 필요도 없고 세상의 모든 인생이 주류일 필요도 없다고 말하는 영화를 보고 싶어 한다. 나는 내가 보고 싶은 이야기를 써 왔던 걸까, 아니면 성공을 점칠 수 있는 남의 취향을 좇고 있었던 걸까.

홍연은 엘리베이터의 숫자가 바뀌는 것을 말없이 지켜보았다. 항상 넣고 다니는 노트북과 프린트한 시나리오가 들었을 뿐인데 어깨에 멘 가방이 묵직하게 느껴졌다.

오피스텔 건물을 나서던 홍연은 저만치 서 있는 효신의 차를 먼저 발견했다. 차에 기대서 있는 효신은 통화 중이었다. 중저음의 목소리가 바람을 타고 가만가만 들려왔다. 보고서, 예산, 제작비 등 대부분 형식적이고 상투적인 단어들이었다. 아마 그는 홍연의 시간에 맞춰 퇴근을 하기 위해 하던 일을 접고 달려온 건지도 모른다. 홍연은 몇 걸음 떨어진 채 효신을 지켜보았다.

'해 바뀌면 우리 서른셋이야. 넌 왜 사람들마다 다 있다는 그 흔한 자존심이란 게 눈곱만큼도 없는 건데? 간도 쓸개도, 빼 줄 수 있는 거 다 빼 주고 왜 넌 항상 이 꼴인데?'

비주류였던 나의 모든 시간을 함께했던 사람.

'상처받는 대신 상처도 좀 주고. 사랑받고. 받은 만큼 주려고 노력하면서 주위 사람들 신경 안 쓰이게 좀 편하게 연애하는 게 그렇게 어려워?'

주인공이 되고 싶어 발버둥을 치던 나를 안쓰럽게 지켜보던 사람.

'그러니까 더 대단하죠. 보통 그런 일을 반복해서 겪고 나면 포기하거든요. 여기도 두 사람 있잖아요, 포기자들. 세상 사람들 중에 아주 극소수만 해내는 일이잖아요. 자기가 좋아하는 일을 포기하지 않고 끝까지 좋아할 수 있는 사람은 아주 드물거든요. 그래서 저는 홍연이가 부럽고, 질투가 나기도 하고, 자랑스럽고, 멋있어요.'

그럼에도 그 삶을 존중해 준 유일한 사람.

통화를 하고 있던 효신이 문득 자신을 지켜보는 시선을 느끼기라도 한 듯 고개를 돌려 홍연을 마주 보았다. 사무적이고 무심했던 효신의 얼굴 위로 순식간에 미소와 온기가 퍼졌다.

"네. 걱정 마세요."

효신은 통화를 마무리하며 한 걸음 한 걸음 홍연에게 가까이 다가섰다.

"모레 출근해서 해결해 놓겠습니다."

전화를 끊고 난 후 효신은 장난스럽게 한쪽 눈썹을 올렸다.

"언제 내려온 거야? 왜 이러고 서 있어?"

한참을 대답 없이 효신을 올려다보던 홍연이 천천히 입을 열었다.

"너 때문에 끔찍하게 힘들었던 날들이 있었는데."

예상과 어긋난 엉뚱한 대답에 효신이 순간 움찔했다.

"그럼에도 불구하고 왜 나는 너를 내 곁에 두었을까, 왜 나는 그 모든 고통에도 불구하고 네 곁에 아득바득 남아 있었을까, 그 의문이 풀려서."

홍연의 눈길과 목소리에는 그 어떤 원망도 비난도 없었다. 그제야 긴장으로 잔뜩 굳어 있던 효신의 어깨에서 힘이 풀렸다.

"언젠가 내가 너를 사랑하게 될 줄."

효신은 팔을 뻗어 따뜻한 손길로 홍연의 차가워진 뺨을 감싸 주었다.

"네가 힘들었던 날들을 배로 곱한 만큼 내가 너를 사랑하는 순간이 올 줄 알았나 보지."

홍연은 여전히 감기 기운이 남아 있었다. 술 대신 와인잔에 포도주스를 채웠지만 훈훈한 방 안의 공기 때문이었을까. 두 사람의 볼은 달아올랐고, 입 안은 달큼했다. 침대에 등을 기대고, 또 서로에게 어깨를 기댄 채 바라보는 텔레비전 화면 속에는 수많은 인파가 타종을 기다리고 있었다.

자정에 가까워지면서 두런대던 두 사람 사이에 대화가 끊기고 잠잠해졌다. 홍연은 텔레비전 화면에 집중하려고 애를 썼지만 효신에게서 느껴지는 온기 이상의 열기를 모른 척하기 어려웠다.

카운트다운이 시작됐다. 화면 속의 사람들은 흥분했지만 그들을 지켜보는 홍연과 효신의 얼굴에는 점점 웃음기가 사라졌다. 줄어드는 숫자는 미묘한 신호탄처럼 두 사람을 긴장시켰다.

'5, 4, 3, 2, 1. 시청자 여러분 새해 복 많이 받으세요.' 어디선가 펑 하고 축포가 터졌지만 그것이 텔레비전 속인지 오피스텔 밖 어딘가인지 홍연은 분간하기 어려웠다.

"벌써 서른셋이네."

홍연의 말에도 효신은 아무 말 없이 곁에 앉은 그녀를 바라볼 뿐이었다.

"우리가 밴쿠버에서 처음 만나고, 벌써 10년이 훌쩍 지났다는 게 안 믿겨."

그의 다정한 침묵과 뜨겁고 열렬한 시선에서 고스란히 느껴지는 열망이, 홍연은 수줍었지만 더 이상 불편하지도 어색하지도 않았다. 한 발짝 더 성큼 다가선 그로 인해 마지막으로 남았던, 위태로울 정도로 얇았던 바람벽에 균열이 생긴다.

"새해 복 많이 받……."

효신의 입술이 홍연에게 닿았다. 그건 지금까지의 입맞춤과 달랐다. 끈질기고, 뜨겁고, 결코 이 밤이 이대로 끝나지 않을 것이라 경고하고 있었다. 바람벽은 깨지고 무너졌다. 그는 무너진 벽 안으로, 홍연의 마음 안으로 온전히 들어섰다. 파열은 달콤했다. 마지막까지 남아 있던 수줍음까지도 기분 좋은 파열과 함께 사라졌다.

홍연의 티셔츠 속으로 파고드는 효신의 손길과, 효신의 셔츠 단추를 풀어내는 홍연의 손길은 11년을 알고 지내 온 사람들이 아니라, 마치 처음 만나 강렬한 스파크를 느끼고 열렬한 사랑에 빠진 사람의 것처럼 성마르고 강렬했다.

효신의 손길은 홍연의 부드러운 살갗을 더듬어 갔다. 뺨에서 목덜미로, 쇄골로, 또 가슴 언저리로 그의 손가락이 맴돌았다. 부끄러움도 주저함도 없는 손길은 홍연도 마찬가지였다. 홍연은 효신의 넓은 어깨에서 단단한 가슴으로, 그리고 군살 없는 허리 언저리까지 손가락을 미끄러뜨렸다. 상대의 가장 예민하고 깊은 지점을 찾기 위해 손끝과 입술이 끝도 없이 서로에게 질문하고 탐구했다.

한 풀 한 풀 벗겨져 나간 옷 위로 두 사람의 매끈한 몸이 마주했다. 효신 앞에 실오라기 하나 걸치지 않은 몸으로도 홍연은 부끄럽지 않았다. 효신이 작게 숨을 들이마시자 홍연이 고개를 들어 그와 눈을 마주쳤다. 맞닿은 가슴이, 얽히고설킨 팔다리가 뜨겁게 달아올랐다.

홍연의 입술과 뺨, 턱, 가슴으로 효신의 혀끝이 부드럽고 매끄럽게 지나쳐 간 자리마다 촉촉하고 붉은 흔적이 남았다. 홍연의 가슴에 얼굴을 묻고 있던 효신이 고개를 들어 한껏 상기된 그녀의 얼굴을 바라보았다.

망설임은 없었지만 거칠지도 않았다. 효신은 보드랍고 따뜻하게 젖은 홍연의 안으로 천천히 들어왔다. 두 사람은 마치 약속이나 한 듯 잠시 숨을 멈췄지만, 동시에 뜨거운 숨을 토해 냈다. 효신의 몸이 리드미컬하게 움직일 때마다 홍연은 간지럽고 뜨거운 무엇인가 몸속 깊은 곳에서 피어오르는 것을 느꼈다. 격렬한 떨림이 시작되더니 그 끝이 두려울 정도로 필사적이고 강렬해지자 홍연은 손바닥으로 효신의 뺨을 감쌌다. 서로의 코끝에 닿는 포도 향이 나는 입김이 경이로운 듯 한참을 눈을 마주하고 있던 효신과 홍연이 다시 깊이 입을 맞추었다.

나는 정말 그를 잘 알고 있었던 걸까

"요즘 얼굴 보기 힘들다, 이홍연?"

태율이 뺨을 실룩거리며 말꼬리를 올렸다.

"오빠 막 소외감 느끼고 외로워지려고 그런다."

그제야 홍연이 노트북에서 눈을 뗐다. 그리고 완전히 식어서 우유 비린내가 살짝 번진 라테를 들어 한 모금 마신 뒤 내려놓았다.

"촬영 들어가면 한가할 줄 알았는데 계속 수정 작업이 생기네. 게다가 나 요즘 새 시나리오도 쓰고 있거든."

"주효신도 지척에 회사 다니면서 요즘 코빼기도 안 보여. 이것들이 연애질한다고 나만 따돌리는 줄 알았지."

그제야 미안한 마음이 들었는지 홍연이 아예 노트북을 한쪽으로 밀쳐놓았다.

"나도 요즘 효신이 자주 못 만나. 연초라 그런지 효신이도 바쁘거든."

"다르긴 달라?"

어느새 서운한 표정은 사라지고 태율은 짐짓 장난스런 눈짓으로 홍연을 흘겨보았다.

"뭐가?"

"너희. 친구일 때랑 뭐가 다르긴 하냐고."

10년이 넘도록 베스트 프렌드로 지냈고, 하루가 멀다 하고 붙어 다녔던 두 사람이 기껏 연인 타이틀을 달았다고 해서 달라질 게 있을까 궁금한 모양이었다.

"달라."

"뭐가 다른데?"

홍연이 눈을 치켜뜨며 태율보다 한 수 위의 짓궂은 표정을 지어 보였다.

"친구일 땐 못 했던 것들, 막 이것저것 다 하는데? 상상하면 오그라들 텐데, 감당할 수 있겠어?"

육중한 몸집에 어울리지 않게 태율의 얼굴이 화악 달아올랐다.

"아니. 말하지 마. 아무것도 말하지 마. 상상하고 싶지 않아."

벌게진 귀를 막고 고개를 절레절레 흔들던 태율도 이내 홍연을 따라 킬킬 웃어 버렸다. 웃음기가 가신 뒤 홍연이 다시 입을 열었다.

"달라, 전부 다."

단단한 목소리만으로 부족한 듯 홍연은 서둘러 덧붙여 말했다.

"그 오랜 시간 동안 내가 정말로 주효신이라는 남자를 제대로 알고 있었나 싶을 정도로."

홍연은 남은 커피를 모두 마시고 빈 컵을 탁자에 내려놓았다. 노트북을 덮어 가방에 집어넣은 뒤 홍연은 태율을 향해 가볼게, 고갯짓으로 인사를 대신했다. 카페를 나서는 홍연의 뒷모습을 지켜보던 태율이 빙긋이 미소 지었다.

"아, 갑자기 연애하고 싶어지네."

S# 17 어학원 실내

점심시간, 학생들이 강의실과 로비에서 점심을 먹는다.

전자레인지 앞의 긴 줄에는 한국어, 영어, 일어, 포르투갈어, 불어가 뒤섞인다.

환호와 야유가 섞인 가벼운 로비의 소란.

전자레인지 속에서 돌아가는 도시락에서 소란으로 옮겨 가는 홍연의 시선.

아시안계 소녀 But you have a girl friend, right?

다니엘 No. She has a crush on me, but I'm not interested in her!

한 송이 꽃을 든 소녀의 시선이 홍연에게로, 다니엘의 시선도 따라온다.

홍연은 키보드를 두드리던 손을 멈추었다. 기지개를 켜고 손목을 가볍게 흔들었다. 고개를 돌려 시계를 보니 어느새 자정이 훌쩍 넘어 있었다. 뻑뻑한 눈을 비빈 뒤 홍연은 다시 노트북을 들여다보았다.

사실 그 대만 여자아이의 손에 들린 것은 꽃이 아니라 큼지막한 리본이 달린 선물 박스였다. 하지만 그때 홍연은 그 박스 안에 든 선물이 무엇인지 몰랐고, 지금의 그녀로서는 소년 티를 벗지 못한 20대 초반의 남자가 타국의 여자아이에게 고백의 선물로 무엇을 준비했을까 상상하기 어려웠다.

"유치하게 핑크 리본이 뭐야, 핑크 리본이."

이제는 얼굴도 가물거리는 그들에게 괜한 핀잔을 던지던 홍연은 갑자기 울리는 전화벨에 흠칫 놀랐다. 효신의 이름을 확인한 홍연의 얼굴엔 장난스런 심술기가 사라지고 작은 미소가 떠올랐다.

"이제 퇴근했어?"

— 응. 아직도 쓰고 있는 거야?

"어떻게 알았어?"

— 불이 켜져 있으니까. 나 지금 골목 앞이야.

홍연이 미간을 찌푸렸다.

— 나와 봐, 잠깐.

홍연은 잠옷 위로 외투를 걸치고 집을 나섰다. 지금은 겨울의 끝자락이며 곧 봄이 올 거라고 아침 일기예보에서 말하기 시작했지만, 슬리퍼 밖으로 삐죽 나온 발가락은 날카롭게 시리다 이내 감각이 둔탁해졌다.

"효신아."

피곤한 듯 차에 기대서 있던 효신이 홍연을 발견하고 몸을 곧추세웠다. 두 사람은 연인이 되었고 더 이상 그는 그녀의 동정을 구걸할 필요가 없었지만, 효신은 여전히 차 안에서 편안히 홍연을 기다리지 않는다.

"집으로 곧장 퇴근하지 그랬어. 어차피 내일 토요일이라 만날 텐데."

효신은 말없이 방긋 웃으며 조수석 문을 열어 주었다. 차에 올라탄 후에 홍연은 말을 이었다.

"그리고 왔으면 집으로 들어오지 왜 여기서 이러고 있어?"

"내가 들어가서 같이 있어도 이홍연 신경이 온통 새로 쓰기 시작한 시나리오에 꽂혀 있으니까."

홍연이 어리둥절해 있는 동안 효신은 팔을 뻗어 홍연의 안전벨트를 매 주었다.

"노트북에서 이홍연을 떨어뜨려 놓고 온전히 내가 차지하고 싶어서."

효신이 시동을 걸자 그제야 홍연은 그의 의도를 알아채고 얼굴을 찌푸렸다.

"갑자기 이러는 게 어딨어? 나 되게 중요한 신 쓰고 있는 중이었거든? 흐름 좋았단 말이야."

그녀의 비난에도 눈썹 하나 까딱하지 않고 효신은 차를 출발시켰다.

"잠깐 세워 봐. 노트북만 가져올게, 응?"

홍연이 콧소리를 섞어 애원해 봐도 효신은 들은 체도 하지 않았다. 후진으로 골목을 미끄러지듯 빠져나간 효신의 차는 새벽의 밤거리를 거침없이 달리기 시작했다. 효신의 천연한 콧노래에 홍연은 이내 두고 온 노트북에 대한 미련을 버리고 시트에 몸을 편안히 묻었다.

그러고 보니 최근에 데이트다운 데이트를 하지 못한 건 사실이었다. 간혹 시간이 맞아 카페에서 만나도 노트북을 펴 들고 각자의 일을 하느라 눈 한 번 다정하게 맞추지 못했다.

"내일까지는."

효신이 운전대를 잡지 않은 남은 한 손을 뻗어 홍연의 손등을 살그머니 감싸 쥐었다.

"아무것도 하지 말자. 붙어서 떨어지지 말자."

효신의 목덜미에서는 그가 쓰는 로션 향기와 옅은 땀 냄새가 섞여 났다. 홍연은 손가락으로 잠든 효신의 턱 끝을 훑다가 그의 고른 숨소리에 맞춰 살짝 부풀었다 가라앉는 가슴팍까지 손가락을 미끄러뜨렸다. 보드랍고 말랑한 살갗은 따뜻했다.

홍연은 천천히 침대에서 몸을 일으켰다. 피곤했던 모양인지 효신은 그의 품에서 벗어나는 홍연의 기척을 느끼지 못하고 곤히 잠들어 있었다. 침대 밑에 떨어져 있던 큼지막한 티셔츠를 입은 뒤 홍연은 주방으로 갔다. 혹시라도 그가 깰까 봐 커피 캡슐을 찾는 홍연의 움직임은 조심스러웠다.

불과 얼마 전까지만 해도 에스프레소 캡슐밖에 없던 박스 안에 홍연이 좋아하는 라테 캡슐이 함께 쌓여 있었다. 쓰디쓴 에스프레소를 각오하고 있던 홍연은 라테용 우유 캡슐을 집어 든 뒤 슬쩍 침대를 넘겨보았다.

"하여간 주효신."

바쁜 와중에도 살뜰하게 그녀를 배려해 구입해 둔 모양이었다.

커피가 내려지는 사이 홍연은 효신의 책상으로 다가갔다. 회사에서 내준 업무용 노트북과 보고서들, 펜과 메모들이 어지럽게 뒹굴고 있었다.

"찾았다."

홍연은 오래된 사양의 낡은 노트북을 쌓여 있는 이면지 밑에서 꺼내 들었다. 서랍을 뒤져 배터리 충전 어댑터도 찾아냈다. 어느새 오피스텔 안은 커피 향으로 가득했다. 커피를 책상으로 가져온 뒤 홍연은 노트북 전원을 켰다.

홍연은 커피를 한 모금 마신 뒤 한글 프로그램을 찾아 불러냈다. 갑자기 생각난 몇몇 신들의 아이디어를 정리해 두고 다시 침대로 돌아갈 생각이었다. 키보드를 두드린 순간 침대에 누워 있던 효신이 뒤척였다. 순간 홍연은 움직임을 멈추고 숨소리도 낮췄다. 효신이 잠에서 깨지 않은 것을 확인한 뒤 홍연은 다시 키보드를 두드리기 시작했다.

효신이 한동안 그 노트북을 사용하지 않은 게 분명했다. 키보드 사이에 먼지가 끼어 있었다.

"나도 예전에 자주 빌려 썼는데."

이젠 어댑터 없이는 채 5분도 버티지 못하는 낡은 물건이 돼 버렸다. 홍연은 손바닥으로 키보드의 먼지를 쓸어 냈다.

홍연은 다시 한글 창에 차곡차곡 메모를 채워 나간 뒤 파일을 저장했다. 인터넷 창을 열어 메일에 로그인했다. 조금 전 쓴 메모를 메일에 첨부하려고 검색창을 연 순간이었다.

〈그 사람〉

그 폴더가 여전히 그곳에 존재했다.

"세상 세심한 남자인 줄 알았더니."

홍연이 씁쓸하게 중얼거렸다.

오래전 그 파일을 처음 발견했을 때처럼 심장이 내려앉는 고통은 없었다. 그 파일 속의 사진들을 함부로 지워 버렸을 때의 분노도 없었다. 삭제했던 사진 파일들을 다시 복구시키며 느꼈던 초라함도 없었다. 하지만 그렇다고 마음이 온전히 평온하지도 못했다.

"흥, 아직도 이 사진들을 가지고 있었단 말이지?"

그가 일부러 간직하고 있을 리 없다는 걸 알면서도, 단지 낡은 노트북 속 잊힌 기억일 뿐이라는 것을 알면서도 홍연은 일부러 가벼운 심술을 부렸다. 그렇게 통속적이고 태연히 굴어야 오래전 숨 막히게 괴로웠던 질투의 고통이 아무렇지 않은 사소한 것이 될 수 있었다.

"다 지나간 옛날 여자 사진 따위 내가 없애 버리면 그만이지."

홍연은 바탕화면으로 돌아가 폴더를 찾기 시작했다. 그때였다. 바탕화면 속 정리되지 않은 수많은 폴더 중에서 무엇인가를 발견한 홍연이 순간 움찔했다.

〈1592 스파이〉

'그냥 가? 야, 노트북 고장 났다며? 내 거 가져가.'

'됐어. 야동만 가득한 그 노트북으로 썼다간 내 시나리오에 부정 타. 효신이 거 빌릴 거야.'

'야, 주효신도 남자거든? 잘 찾아봐라. 거기도 온갖 언니들이 다 있을걸.'

폴더 속에는 공모전을 준비하며 쓴 시놉시스와 기획안, 트리트먼트와 초고와 수없이 수정한 리버전 원고들이 고스란히 들어 있었다.

'우리 만나. 노트북 돌려줄게. 미안해. 내가 너무. 오래 들고 있었어.'

'처음부터는 아니고. 원래 회사 내 다른 피디랑 우 감독이 같이 준비하고 있었는데, 우 감독이 갑자기 시대물로 설정을 바꾸는 바람에 애초 방향이랑 많이 어그러졌거든. 그래서 원래 피디가 못 하겠다고 해서 내가 대신 들어갔었어요.'

심상 속의 기억과 목소리가 마구 뒤섞였다. 혼란스러웠고 어지러웠다. 홍연은 정신을 차릴 수 없었다.

"홍연아."

여전히 졸음으로 가득 찬 눈으로 효신이 홍연 앞에 서 있었다.

"뭐 해, 안 자고? 우리 오늘까지는 일 안 하고 같이 뒹굴기로 했잖아."

"이 노트북."

장난스럽게 뺨을 실룩거리며 책상 너머의 홍연에게 손을 뻗던 효신이 그녀의 떨리는 목소리에 움찔했다. 그의 팔은 허공에서 멈추었고 얼굴에선 졸음과 웃음기가 사라졌다.

"혹시 우 감독이 쓴 적 있어?"

참혹한 오늘의 과거
....

2012년.

— 사람들 다 모였는데.

"태율이한테 들었어. 그런데 어떡하지?"

— 왜? 못 와?

그때 그를 부르는 소리에 효신은 핸드폰을 내려놓고 돌아보
았다.

"효신아, 내 노트북 좀 가져다 줘."

"잠깐만."

효신은 거실 탁자에 놓여 있던 지민의 노트북을 집어 들고
침실로 향했다. 미열로 얼굴이 발그레한 지민이 침대 위에서
몸을 일으켰다. 그녀에게 노트북을 건넨 효신이 핸드폰을 손으

로 살짝 막고 못마땅한 목소리로 말했다.

"좀 쉬지."

"작가가 완고 보내온 게 영 마음에 안 들어."

효신은 다시 거실로 나왔다. 전화 건너편의 홍연을 오래 기다리게 한 것 같아 효신은 서둘러 답했다.

"감기 기운이 있어서 약을 먹었거든. 잠들면 가려고 했는데 쉽게 잠을 못 자네."

오늘이 홍연에게 어떤 날인지 너무도 잘 아는 효신으로서는 자신의 변명이 빈약하다는 걸 알고 있었다. 효신은 서둘러 덧붙여 말했다.

"요즘 제작사랑 투자사랑 프리프로덕션 진행 중이라 스트레스가 심하거든."

— 그랬구나.

홍연의 목소리에서 실망이 고스란히 전해졌다. 효신은 지금이라도 홍연의 생일 파티이자 축하 모임인 술집에 갈까, 고민했다.

"효신아."

마치 그녀를 두고 나갈까 고민하는 걸 알아채기라도 한 듯 또다시 침실 안에서 그를 부르는 소리가 들렸다.

"노트북이 먹통이야."

마치 눈앞에 홍연이 있기라도 한 듯 효신의 얼굴에 멋쩍은 미소가 스쳐 지나갔다.

"미안해. 나중에 내가 밥 살게."

— 각오해. 엄청 비싼 데 갈 거야.

다행히 실망은 금세 털어 버린 듯 홍연의 목소리는 가볍고 장난스러웠다.

— 비록 요즘 이 누나가 다이어트 중이긴 하지만, 오늘 엄청 나게 마시고 재밌게 놀아야지. 주효신 안 온 게 후회될 정도로. 그만 끊자. 태율이가 얼른 케이크 촛불 끄라고 부르네.

홍연이 전화를 끊으려는 순간 효신이 서둘러 그녀를 다시 불렀다.

"홍연아."

고맙다는 말이 자꾸 입 안에서 맴돌았다. 무엇이 그리 고마운지도 모르면서. 잠시 망설이던 효신은 그가 지금 할 수 있는 최선의 말을 찾아냈다.

"생일 축하해."

전화를 끊고 난 후 효신은 다시 침실로 돌아갔다. 눈이 마주친 지민이 모니터가 완전히 꺼져 버린 노트북을 가볍게 들어 보였다.

"그것 봐. 아플 때 쉬어야지, 억지로 일하려니까 노트북도 말썽이잖아."

효신은 지민에게서 노트북을 빼앗듯 받아 들었다.

"내 성격 알잖아. 신경이 쓰여서 쉬어도 마음이 안 편해."

지민의 목소리는 응석을 부리듯 보드랍고 웃음기가 섞여 있었다.

"완고 보내온 거만 몇 번 더 읽어 보고 한숨 잘게."

사람들은 날카롭고 예민한 지민의 성격과 날 선 말투에 고개를 절레절레 흔들곤 했다. 하지만 효신은 그것이 실패와 상처에 대한 그녀의 두려움이자 방어막이라는 사실을 알고 있었다. 어째서 이토록 빛나는 재능을 가지고 있으면서도 완벽해야 한다는 강박에서 벗어나지 못할까.

"진짜야. 약속해."

그런 그녀라는 걸 알기에, 효신은 오로지 자신에게만 완전한 무방비 상태를 드러내 보이는 지민에게 늘 마음이 약해질 수밖에 없었다.

"내 노트북 가져다줄게."

노트북을 가지러 가다 말고 효신은 지민을 다시 돌아보았다.

"분명히 약속했어. 딱 한 시간만 보고 쉬는 거야."

— 아니, 갑자기 그런 고집 부리면 우리 같이 일 못 하지. 시대물이라니, 우리 PPL 잡아 둔 건 어쩌라고? 지금 우 감독 네임밸 믿고 갑질 하는 거야? 이런 식으로 하면 우리 같이 못 찍어. 아니, 안 찍어! 차고 넘치는 게 놀고 있는 감독이야.

"죄송합니다."

전화 너머의 상대에게 사과하며 효신은 널찍한 회의용 탁자 앞에 앉아 있는 지민을 바라보았다. 그녀는 마치 효신의 통화 소리를 듣지 못하는 사람처럼 딴청을 피우며 보조 작가가 모아 온 조선 시대 사료들에서 시선을 떼지 않았다.

"제가 감독님, 피디님, 실장님, 대표님 다 스케줄 조정해서 미팅 잡겠습니다. 일단 만나서……."

— 우 감독 독립 찍고 상 탄 영화제에서 받은 상금 많이 쌓아 뒀어? 다 됐고, 자동차, 핸드폰 다 빠지면 구멍 나는 제작비 우 감독이 사비로 충당할 거면 밀어붙이라 그래!

험악한 기세로 짐작컨대 아마 통화가 끝나자마자 피디는 핸드폰을 집어던졌을지도 모른다.

효신은 전화를 끊고 난 후 탁자로 돌아갔다. 지민과 그의 눈치를 번갈아 살피는 작가들에게 쓴웃음을 지어 보인 뒤 효신이 탁자를 가볍게 두드렸다.

"감독님, 저랑 이야기 좀 하시죠."

"잠깐. 나 지금 보던 거 좀 마저 읽고."

그때 작가들이 커피를 마시고 오겠다며 눈치껏 자리에서 일어나 주었다. 스튜디오에 덩그러니 두 사람만 남게 된 후에도 지민은 한참 동안 자료에서 눈을 떼지 않았다.

"이러다 영화 엎어지겠어."

종이를 넘기던 지민의 손길이 흠칫하며 잠시 멈추었다.

"현대 첩보물이었어. 스파이로 나오는 잘생긴 배우가 타고 서울 밤거리 질주할 거라고 입 털어서 잡은 자동차 회사 투자를 날리게 생겼고. 핸드폰, 맥주, 양복까지 지금껏 PPL 잡아 둔 것 중에서 안 걸리는 게 없답니다, 우지민 감독님."

비단 화가 난 건 그들뿐만이 아니었다. 효신은 조감독인 자신에게 한마디 사전 언급도 없이 작가들에게 전화를 걸어 하루 아침에 시나리오를 갈아엎어 버린 것에 대해 배신감마저 들 정도였다.

"사실 '네, 알겠습니다. 감독님 말씀대로 지금 당장 바꾸죠.' 저쪽에서 그렇게 나오면 정상이 아닌 거지."

"쓸데없이 비장했어."

"뭐?"

"돈 따라 움직이던 우리의 주인공은 왜 마지막에 정의를 지킬까? 그냥 그래야 해서? 정의는 옳은 거니까?"

지민은 처음 시나리오를 프린트해 둔 종이 뭉치를 탁자 건너편 효신을 향해 던졌다.

"관객들한테 억지로 정의감을 강요할래? 손발 오그라들게?"

이미 그녀의 마음은 확고했다.

"확실한 터닝 포인트가 필요해. 잔인하게 학살당하는 수천수만 명의 목숨이 걸린 대의 같은 것 말이야."

그녀는 영화가 엎어지더라도 이 결정을 바꾸지 않을 것이다. 효신은 그녀를 너무나 잘 알고 있었다.

"완고를 읽었을 때보다, 뭔가 충족되지 않았던 게 완벽해지는 기분이야. 내내 찜찜하던 게 사라졌어."

"대신 다른 모든 사람이 찜찜해졌지."

불만스럽게 말하긴 했지만 효신의 목소리에는 이미 그녀를 설득할 수 없다는 자포자기가 섞여 있었다.

"분명히 성공해. 난 내가 원하는 내 영화를 찍고, 그 영화는 성공하고, 저들은 돈을 벌게 될 거야. 확신해."

지민은 탁자 위 효신의 손등을 자신의 부드러운 손길로 덮었다.

"그러니까 내 확신을 우리 능력 있는 조감독님께서 저기 제작사 관계자들한테 어필 좀 해 줄래?"

숨이 턱까지 차올랐지만 효신은 멈추지 않고 달렸다. 문을 열고 들어서는 기세가 얼마나 다급하고 거칠었던지 작은 선술집 안 사람들의 시선이 순간 문가의 효신에게로 향했다. 효신은 단번에 태율을 발견하고 테이블로 성큼성큼 다가갔다.

"그게 무슨 소리야?"

홍연은 테이블 위에 엎드려 잠들어 있었다.

"왜, 왜 엎어? 이런 식이면 조선 시대 배경으로 한 영화는 다 엎어져?"

효신의 격렬함은 당혹과 걱정보다는 분노에 가까웠다. 태율은 씁쓸하게 웃으며 비어 있던 잔에 소주를 따랐다.

"이번에 〈척후병〉 캐스팅하면서 책이 다 돌았잖아. 단순히 배경이 임진왜란이라는 설정만 겹치는 게 아닌 모양이야. 개봉 날짜도 엇비슷할 것 같은데 저쪽은 스타 감독에 대형 투자사, 탄탄한 제작사, 톱 배우들까지 줄을 서 있으니까 이쪽은."

태율은 소주잔을 들어 입에 가져가다 말고 홍연 쪽으로 살짝 들어 보였다.

"영화사 규모상 모험을 할 수 없는 거지."

효신은 자리에 앉을 생각도 하지 못하고 술에 취해 새빨갛게 달아오른 홍연의 뺨을 바라보았다.

"아, 술맛 떨어져서 더 못 마시겠다."

태율이 술잔을 내려놓고 자리에서 일어섰다.

"네가 홍연이 좀 데려다줘라."

효신의 어깨를 툭툭 쳐 주는 태율의 손길은 투박하면서도 위로가 담겨 있었다. 누구의 잘못도 아니었지만, 그렇다고 죄책감을 느끼지 않는 것도 어려웠다. 효신은 불행에 지쳐 테이블 아래로 축 늘어진 홍연의 팔을 붙잡았다. 그녀의 팔은 효신의 손길에 힘없이 이끌려 왔다.

효신은 홍연을 업고 술집을 나섰다. 제법 쌀랑해진 바람이 가을을 예고하고 있었다. 등으로 전해지는 홍연의 체온은 뚝 떨어진 밤 기온과 달리 뜨거웠다.

택시는 쉽게 잡히지 않았다. 의욕 없이 손을 내젓던 효신은 포기하고 무작정 걷기 시작했다. 홍연을 업고 손에는 그녀의 노트북 가방까지 들었지만 힘들지 않았다. 마음에 걸린 동정과 죄책감이 더 무겁고 깊었다.

"효신아."

그녀가 진작부터 깨어 있었다는 걸 알고 있었기에 효신은 갑작스런 목소리에도 놀라지 않았다.

"나 시나리오 그만 쓸까 봐."

홍연은 여전히 효신의 등짝에 얼굴을 묻고 있었다.

"나는 실패할 거야."

그녀의 목소리가 등을 타고 심장을 건너 효신에게 전해져 왔다.

"계속, 또. 앞으로 쭉."

홍연은 울지 않았다. 차라리 크게 울음을 터뜨리고 욕을 하는 그녀가 낫다. 그렇게 주정을 부린다면 위로하기가 더 쉬울 것 같았다.

"이건 단지 시작일 뿐일 것 같아서."

싱거울 정도로 느릿한 목소리와 미동 없는 감정은 전혀 그녀답지 않았다. 그녀다울 수 없을 정도로, 상처는 깊었다.

"그래서."

담담하게 말을 이어 가는 홍연을 향해 효신은 어떤 대답도 해 주지 못했다.

"도망가고 싶어."

효신은 홍연을 침대에 누이고 이불을 덮어 주었다. 좌절과 실패의 기색 없이 평온해 보이는 홍연의 잠든 얼굴은 효신에게 작은 위안이 되었다. 하지만 이내 효신의 얼굴은 씁쓸하게 굳었다. 지금의 안온한 꿈이 아침에 깨어나 다시 마주하게 될 낭패의 상처를 갑절로 깊게 만들지 모른다.

한참 동안 홍연을 내려다보던 효신은 손에 들고 있던 그녀의 노트북 가방을 책상에 내려놓았다. 낡은 노트북의 잦은 고장 때문에 태율과 효신의 것을 빌려 쓰다 이번 시나리오 계약금을 받고 새로 산 것이었다.

홍연의 옥탑방을 가로질러 문으로 향하던 효신이 문득 스친 생각에 걸음을 멈추었다. 돌아본 그곳에 홍연의 새 노트북이 얌전히 놓여 있었다.

옥탑방을 나선 효신은 다시 걷기 시작했다. 걸음은 점점 빨라졌고, 빨라진 걸음은 어느새 달음질로 바뀌었다. 홍연을 업고 언덕배기 골목길을 오를 때에도 흐르지 않던 땀이 목과 등줄기를 타고 흘렀다. 땀이 날수록 몸과 피는 차게 식었다.

"무슨 일이야, 이 시간에?"

지민은 잠들어 있지 않았다.

"일단 들어 와. 밤바람이 차네."

깊은 커피 향이 집 안 가득 흘렀다. 굳이 직접 보지 않아도 탁자 위에는 커피 자국이 바닥에 들러붙은 에스프레소 잔들이 널려 있을 게 분명했다.

"왜 이렇게 땀을 흘렸어?"

지민의 손끝이 효신의 턱에 닿았다. 효신은 거실 가운데 우두커니 서서 지민을 내려다보았다.

"자기 좀 이상하다?"

지민의 손길이 떨어져 나가려는 순간, 효신은 그녀의 손목을 붙잡았다.

"혹시."

말문을 열긴 했지만 입술만 달싹거릴 뿐 효신은 차마 다음 말을 잇지 못했다. 지민의 한쪽 눈썹이 올라갔다.

"혹시 말이야."

효신의 목소리가 가늘게 떨렸다. 간신히 다시 입을 열긴 했지만 또다시 묻고 싶은 질문은 목구멍 안으로 쑥 들어가 버렸다. 지민은 얼굴을 찌푸린 채 그를 올려다보다 이내 돌아섰다.

"나 방금 콘티 받았거든."

효신은 돌아서서 탁자로 걸어가는 지민의 작고 마른 등을 지켜보았다.

"이제 막 확인하려고 하는데 자기가 들이닥친 거야."

효신의 시선이 지민에게서 그녀의 노트북으로 옮겨 갔다. 효신이 직접 용산에서 수리해 온 것이었다.

그날 효신은 고장 난 그녀의 노트북 대신 자신의 것을 건네주고 죽을 사러 외출했었다. 고작 한 시간 남짓이었다. 노트북을 마주하고 앉던 지민과 다시 눈이 마주치자 효신이 움찔했다.

"나 커피 한 잔만 더 내려 줄래?"

"아, 응."

효신은 주방으로 향했다. 커피 머신 앞은 흩어진 원두 가루와 커피 얼룩으로 엉망이었다. 효신은 찬장에서 잔을 꺼내 머신에 내려놓았다. 잔이 달각거리는 것을 보고서야 효신은 자신의 손이 떨리고 있다는 사실을 깨달았다. 효신은 간신히 원두를 머신에 넣었다.

"투 샷 내려 줘."

효신은 천천히 고개를 돌려 지민을 바라보았다. 노트북 화면에 완전히 집중한 그녀는 효신의 시선을 알아채지 못했다. 효신은 눈을 슴벅거렸다. 그렇게라도 하지 않으면 그녀를 곧게 바라보기 힘들었다.

물어야 한다. 확인해야 한다.

이건 단지 우연의 일치인 거지? 갑자기 설정을 바꿔야 한다고 고집을 부린 건 홍연의 시나리오와 무관한 일인 거지? 홍연이의 시나리오 말이야. 당신이 들고 있었던 내 노트북 속의 그 시나리오.

위이이잉. 갑자기 머신에서 터진 소리에 효신은 그 자리에 주저앉고 싶을 만큼 심장이 덜컥 내려앉았다. 원두가 그라인더에 갈려 가루가 되는 것을 지켜보며 효신은 무력한 자신과 두려움에 분노했다. 하지만 여전히 목소리는 그의 폐부 안에서만 메아리치고 그를 할퀴어 댔다.

지금 홍연이가 겪고 있는 지독한 절망은 정말로 당신과 상관없는 일이야?

바보가 되거나, 바닥을 치거나

"이 노트북 혹시 우 감독이 쓴 적 있어?"

잠이 덜 깬 건 아니었지만 순간 눈앞이 아득해졌다. 찰나였지만 그는 마치 오래전 그 순간으로 돌아간 듯 눈을 슴벅거렸다.

"예전에 너희 두 사람이."

재차 묻는 홍연의 음정이 흔들리긴 했지만 여전히 그녀의 얼굴은 의심보다 의아함에 가까웠다.

"사귀었을 때 말이야."

"그게."

입을 열었지만 효신은 다시 말문이 막혀 버렸다.

"왜? 오래전이라 생각이 안 나?"

"그런 게 아니라."

홍연의 의아함이 의심과 분노로 변했다. 점차 일그러지는 그녀의 얼굴을 지켜보며 효신은 더 이상 말을 이을 수 없었다.

"모르면 모른다고 대답하면 되고, 기억이 안 나면 기억이 안 난다고 대답하면 되는데."

어쩌면 그녀가 원하는 것은 진실이 아니라 거짓말일지도 모른다는 생각이 효신의 머릿속에 언뜻 스쳤다.

"아무 대답도 못 하는 건 뭐야?"

그때 나는 무엇을 원했던 것일까. 진실이었을까, 거짓말이었을까. 무엇을 원했기에 지금의 홍연처럼 몰아붙이기는커녕 지민에게 단 한마디도 묻지 못했을까.

"됐어. 말하기 싫으면 하지 마. 내가 직접 물을 거야."

홍연은 노트북을 집어 들었다. 그녀의 거친 손길에 연결되어 있던 어댑터가 쿵, 둔탁한 충격음과 함께 책상 아래로 떨어졌다. 홍연은 어댑터 선을 뽑아 내팽개치고 노트북을 안았다.

"홍연아."

효신은 책상을 돌아 나온 홍연의 팔을 붙잡았다.

"늦었어."

"늦었지."

효신은 그녀가 단지 늦은 시각에 대해 동조한 것이 아님을 깨달았다.

"늦어도 한참 늦었지."

홍연은 효신의 팔을 뿌리쳤다.

"내 첫 시나리오 그렇게 엎어지고 지난 6년 동안 내가 어떻게 살아왔는지 알면서. 네가 제일 잘 알면서."

살아왔다기보다 버텼다고 표현하는 게 적당한 세월이었다. 빨갛게 충혈된 홍연의 눈동자를 내려다보며 효신은 지금은 그 때처럼 도망칠 수 없다는 사실을 직감했다.

"우 감독이 노트북을 본 적 있냐는 질문에는."

효신의 목에 핏줄이 도드라졌다.

"응. 있어."

비겁했던 과거가 초라하고 부끄러웠으며, 지금 이 솔직한 대답이 가져올 홍연과의 관계 변화가 과거의 것과는 비교도 할 수 없을 정도로 무서웠다.

"네 시나리오와 〈척후병〉 사이의 연관성을 묻는다면."

효신은 차마 홍연과 눈을 마주치지 못하고 눈을 감았다.

"나도 몰라."

그때 그는 끝까지 묻지 못했다. 어떤 답은 무서웠고, 또 어 떤 답은 미심쩍었다. 그 어떤 답도 거리낌 없이 받아들일 자신 이 없었다.

"몰라?"

일그러진 얼굴의 홍연이 힘없이 되물었다. 자신의 말이 그 녀에게 얼마나 무책임하고 온당치 못한 것인지 효신은 알고 있 었다. 눈 감은 효신의 눈꺼풀이 살짝 떨렸다.

"하나만 더 물을게."

눈을 감은 채였지만 효신은 그녀의 차가운 목소리에서 분노 와 실망의 고통을 고스란히 느낄 수 있었다.

"우 감독이 이 노트북을 썼던 걸 알면서도 추호의 의심도 없었던 거야, 아니면."

짧게 자른 손톱이 손바닥을 파고들 때까지 효신은 자신이 얼마나 주먹을 꽉 쥐고 있었는지도 몰랐다. 그 다스릴 수 없는 힘과 가슴 한쪽의 서늘한 떨림이 모두 홍연을 잃을지도 모른다는 두려움이라는 사실을 효신은 깨달았다.

홍연은 차마 말을 잇지 못했고, 효신은 천천히 눈을 떴다. 한참이나 허공에서 한닥이던 시선이 서로에게 머물렀다.

"의구심이 들었지만 모른 척한 거야?"

그때는 그것이 최선이라고 생각했었다. 정황뿐인 의심을 차마 사랑하는 사람에게 겨눌 수 없었다.

"모른 척한 거구나. 확인도 안 한 거구나. 묻지도 못했구나."

그 죄책감이, 두려움에 떨고 비겁하게 눈감았던 그때의 그 순간이 돌고 돌아 참혹한 오늘을 만들게 될 줄 알았더라면.

"넌 그때 그 사람 사랑했으니까."

그때 그 순간 내가 알았더라면 나는 어떻게 했을까.

"근데."

"홍연아."

효신이 홍연의 팔을 다시 붙잡은 순간이었다. 그를 뿌리치던 홍연의 손에서 노트북이 떨어져 바닥에 나뒹굴었다.

"그게 나한텐 변명이 안 돼. 이해도 안 돼."

효신은 부서진 노트북을 물끄러미 바라보았다.

"가슴이 더 아프고."

간신히 울음을 참는 홍연 앞에서 어떤 변명도 할 수 없었다.

"더 비참해."

그녀의 온몸에서 뻗어 나오는 거부감에 홍연에게 향하던 효신의 손길이 허공에서 얼어붙어 버렸다. 원망과 실망, 분노로 뒤섞여 정체를 알 수 없는 무조건적인 반감이었고 미움이었다. 홍연은 매섭게 걸음을 옮겼고, 그녀의 어깨가 스치고 지나간 팔 부근의 살갗이 따가웠다.

홍연이 떠나간 자리에 효신은 홀로 남았다.

끊임없이 이어지는 전화벨 소리가 신경이 쓰인 택시 기사가 룸미러를 통해 그녀를 흘끔거렸다. 홍연은 전화기 위 효신의 이름을 바라보면서 입술을 꽉 깨물었다. 포기하지 않고 전화를 걸어 대는 효신에 대한 분노보다 그 전화기를 집어던지지도, 배터리를 분리시키지도, 하다못해 벨을 차단시켜 버리지도 못하는 자신이 한심스러워 견딜 수가 없었다.

[지금 너희 집으로 가는 길이야. 만나서 이야기하자.]

효신은 결국 전화를 포기하고 메시지를 보내왔다. 홍연이 메시지를 읽고 이해하기도 전에 효신은 덧붙였다.

[제발.]

차라리 효신이 우지민을 두둔했더라면, 이토록 최악은 아니었을지도 모른다. 우 감독은 그럴 사람이 아니라고. 모든 것이 기막힌 타이밍이었을 뿐이라고. 우연의 일치라고.

"그래서."

하지만 효신에게는 그런 확신이 없었다.

"헤어졌구나."

세상에서 제일 똑똑하고, 현명하고, 배려 깊고, 다정한 주효신이 그렇게 아무도 행복하지 않은 선택을 했다.

"어째서 항상 내 인생은."

오래전 효신에게 말하던 자신의 목소리가 귓가에 맴돌았다.

'가난한 집에 태어나서, 공부도 못하고, 예쁘지도 않고, 영화는 하고 싶은데 재능은 딱히 없는 것 같고, 항상 짝사랑만 하다 차이고 까이던, 누가 봐도 별 볼 일 없는 나에게 너의 고백은 마법의 주문 같은 거였어. 쪽팔릴 때마다, 창피할 때마다, 자존감이 바닥을 칠 때마다 아니야, 나도 매력 있어. 나도 꽤 괜찮아. 무려 주효신이 좋아해 줬던 여자야. 나 주효신의 고백도 거절했던 사람이야. 되뇌었거든. 가진 것 하나 없는 나한테 그게 어떤 의미였는지, 너는 상상도 못 할 거야. 네 고백은 그때 이후로 지금까지 그랬어. 내가 나답게, 다른 사람의 시선 따위에 굴하지 않고 꿋꿋하게 살아갈 수 있는 힘이었어. 네 작은 호의로, 지난 4년간 나는 다른 사람들이 뭐라든지 간에 나답게 살수 있었어.'

"너로 인해서."

홍연은 고개를 푹 숙이고 손바닥으로 이마를 짚었다.

좌절할 때마다 항상 그 기막힌 불행의 시작이 떠올랐다. 잘못 끼운 첫 번째 단추로 인해 항상 어긋나는 것이 아닐까, 앞으로 그 불길함이 남아 있는 것이 아닐까, 한없이 재능과 능력을 의심했다. 옥탑방에 날리는 먼지처럼 쓸모없는 사람이 되어 버린 것 같은 괴로움에 몸부림쳤었다.

"바보가 되거나, 바닥을 치네."

홍연은 고개를 들어 효신의 메시지를 물끄러미 바라보았다.

진실은 아무도 몰라. 하지만 왜 도망쳤어? 나한테 한 번쯤은 묻거나 따질 기회를 줄 수 있었잖아. 혹시 그럴 수 있었다면, 내가 어떤 발버둥을 쳐도 결과는 어차피 실패로 정해져 있을 거란 절망에 괴롭진 않았을 수도 있잖아.

[지금은 아니야. 생각을 정리할 시간도 없이 너를 다시 만나고 싶지도, 이야기하고 싶지도 않아. 만약 집 앞에 네가 기다리고 있다면 오늘이 우리가 만나는 마지막이 될 거야.]

홍연은 망설임 없이 메시지를 전송했다. 답은 없었지만 홍연은 그가 어떻게 행동할지 이미 알고 있었다. 옥탑방 골목 앞에서 메시지를 확인한 효신은 이를 악물고 돌아섰을 것이다.

사랑 앞에서 완벽한 약자가 되어 본 적 있는 사람은 누구나 예상할 수 있는 일이었다.

홍연이 약속 장소를 태율의 가게로 정한 것은 그곳이 두 사람 사이의 중간 지점이라든지, 그들이 공통적으로 알고 있는 카페라는 배려의 뜻이 아니었다. 친숙하고 편한 장소가 필요했다. 숨길 수 없는 분노, 한편으로는 위축된 의심이 섞여 뒤죽박죽된 혼잡한 감정을 터뜨려야 할 때 아주 실낱같은 위안에라도 그녀는 의지해야 했다.

홍연은 개봉 당시 외면했던 〈척후병〉을 이제야 보았다. 처음부터 보고 또 보길 반복했다. 감정을 배제하고 이성적으로 판단하고 싶었지만 쉽지 않았다. 아주 흔한 클리셰마저도 자신의 것을 가져다 쓴 것처럼 보였다. 그리고 억울함에 홍연은 밤새 울었다.

어떤 증거도 없었다. 고로 누구도 진실을 알지 못한다. 그녀마저도 확신하지 못했다. 그렇다고 아무것도 하지 않는다면, 어젯밤 그녀가 그토록 원망하고 비난했던 효신과 다를 바 없다. 단지 우연의 일치라며 도외시하고, 질투로 인한 과민반응으로 치부했던 지난날의 수용과는 차원이 다른 일이었다.

확인하지 않는다면, 최소한 묻지도 못한다면 내 인생에서 가장 중요한 무엇인가가 산산조각으로 깨진 채 영영 가슴에 남을지도 모른다.

지민이 카페 안으로 들어서는 것을 발견하고 홍연의 심장이 무섭게 뛰기 시작했다. 지민은 홍연을 향해 가볍게 손을 들어 보인 뒤 카운터로 가서 커피를 주문했다. 마치 매일 보는 친구를 만나듯 예사로운 지민의 뒷모습을 지켜보며 홍연은 맥이 탁 풀렸다.

"요즘 잠이 좀 부족해."

작은 커피잔을 탁자 위에 내려놓으며 지민이 먼저 입을 열었다.

"얼마 전에 고사 지내고 크랭크인했거든. 배우 스케줄이 꼬여서 오늘 회차 펑크 나지 않았으면 오늘 네 전화 받지도 못했을 거야."

커피를 마시던 지민은 여전히 입을 꾹 다문 홍연이 의아한 듯 한쪽 눈썹을 치켜떴다. 그렇지만 홍연이 입을 열기까지 지민은 재촉하지 않았다.

"지난번에 했던 말씀, 아직 유효한가요?"

도피오를 다 마신 뒤 다시 한 잔 더 사러 가야 하는 건지 지민이 망설이던 차에 드디어 홍연이 말을 시작했다.

"효신이의 마음을 잘라 주면 저한테 도움을 주시겠다고 하셨잖아요."

음정이 살짝 어긋나긴 했지만 홍연의 목소리는 영악하게 느껴질 만큼 싸늘했다.

"그거 아직 유효한 거냐고요."

한참 동안 눈을 가늘게 뜨고 홍연을 바라보던 지민의 입술에서 바람이 새어 나가듯 작은 웃음이 터졌다.

"정말로."

마치 혼잣말처럼 지민은 중얼거렸다.

"주효신 혼자 짝사랑하는 거였어."

그녀의 허탈한 웃음소리와 섞인 것이 실망인지 조소인지 알 수 없었다.

"유효하다면? 입봉 앞둔 거 아니었어? 부족해?"

"다른 도움을 주세요."

홍연은 가방에서 두툼한 서류 봉투를 하나 꺼내 들었다. 서랍 깊숙한 곳에서 처박혀 있던 낡은 봉투는 색이 바래고 마구잡이로 구겨져 있었다. 지민은 봉투를 끌어당겨 안에서 종이 뭉치를 꺼내 들었다.

"제가 처음으로 영화사랑 계약했던 시나리오예요. 초고는 아니고 한 10고쯤 수정한 원고예요."

곳곳에 새빨간 선이 그어지고, 알아볼 수 없는 파란 글씨와 검정 잉크가 뒤섞여 있었다. 종이 끝자락은 찢겨져 나가거나 손 지문에 닳아 있었다.

"중간에 엎어졌어요. 영화사 쪽에서 제작을 포기했거든요."

시나리오를 훑어보는 지민의 무심한 손길을 지켜보며 홍연은 목구멍 안이 꽉 막히는 기분이 들었다. 하지만 마른침을 삼키며 간신히 말을 이어 나갔다.

"그 당시 제작 준비 중이던 대형 제작사의 유명한 감독, 톱스타들이 서로 출연하겠다고 손드는 영화와 너무 비슷해서 결국 이 시나리오는 제 방 서랍 구석에 처박히게 됐어요."

"내 이야기야?"

홍연은 지민의 물음에 대답하지 않고 자신의 말을 이어 나갔다.

"나는 의구심을 차단했어요. 그럴 이유도 없을뿐더러, 그럴 상황도 못 됐으니까요. 오히려 세상 사람들이 찬양하는 그 감독과 같은 시기에 비슷한 생각을 해낸 것만으로도 뿌듯하게 여겨야 한다고 그렇게 나를 납득시켰어요. 그래야."

홍연 스스로도 눈치채지 못했던 눈물이 무표정한 그녀의 얼굴 위로 툭 떨어졌다.

"안 아프니까."

"잠깐만."

지민이 손을 들어 홍연의 말을 제지했다.

"지금 내가 네 시나리오를 베껴서 영화를 만들었다고 말하는 거야?"

"아무도 모르죠, 그건. 우 감독님 말고는. 사과도 보상도 필요 없어요. 내가 원하는 건 단 하나예요. 제가 감독님께 원하는 도움이기도 하고요."

지민의 손이 다시 홍연의 시나리오로 향했다.

"내 불행을 매듭짓고, 털고, 정리할 수 있는 진실이요."

매섭고 날카로운 눈길로 지민은 한참 동안 시나리오를 읽어 내려갔다. 홍연의 절실한 시선이 지민에게 머물렀다. 그녀의 눈빛, 꿈틀거리는 뺨, 살짝 벌어진 입술, 그리고 종이를 넘기는 신경질적인 손길까지 홍연은 모두 지켜보았다.

시나리오를 모두 읽고도 한참 동안 지민은 말이 없었다. 홍연은 인내심을 가지고 기다렸다. 지난 시간에 비하면 찰나로 느껴질 만큼 짧은 기다림이었다.

"그래."

지민의 말이 홍연은 선뜻 이해가 되지 않았다.

"네?"

홍연은 지민을 말끄러미 바라보며 되물었다.

"맞아."

지민은 시나리오를 탁자 건너편 홍연을 향해 밀어냈다.

"내가 훔쳤어, 네 것."

다시는 우리 만나지 말자
·····························

홍연은 탁자 위의 빈 컵들을 물끄러미 바라보았다. 이럴 때
필요한 게 상대에게 물이라도 시원하게 끼얹는 컷인가. 지민이
시나리오를 읽는 동안 바싹바싹 마른 목을 축이느라 물도 커피
도 남아 있지 않았다. 혹여 남아 있었다 하더라도 홍연은 이 영
화에서 그런 진부한 신이 나오진 않을 것을 알고 있었다.

"멍청아!"

침묵이 흐르는 두 사람 사이에 끼어든 것은 태율의 거친 목
소리였다.

"욕도 한마디 못 할 거면 왜, 뭐 하러 물었어!"

홍연을 바라보며 소리를 내질렀지만 거대한 몸집에서 뿜어
내는 분노는 분명 지민을 향하고 있었다.

"내가 해 줘?"

간신히 붙잡고 있던 이성을 제어할 수 없게 될까 봐 태율이 일부러 지민을 바라보지 않으려 한다는 걸 홍연은 눈치챘다.

"아주 이 카페에 다시는 발도 못 디딜 정도로 해? 아니, 이거 인터넷에 뿌려?"

격분한 태율의 목소리에 카페 안에 있던 다른 손님들의 시선이 그들에게 쏟아졌다.

"영화판에서 명함도 못 내밀게, 지금 영화 찍는 촬영장 쫓아가서 다 엎어? 야, 이홍연. 말만 해."

홍연은 당장 탁자라도 엎을 듯 흥분한 태율을 제지했다. 난폭한 그의 말과 행동에도 지민은 조금도 움찔하는 기색이 없었다. 묵묵히 지민과 눈을 마주하고 앉아 있던 홍연이 마침내 천천히 입을 열었다.

"부끄럽지 않으세요?"

"부끄러워."

"그렇겠죠. 실망이네요, 감독님."

홍연의 목소리는 여전히 딱딱하고 차가웠다. 하지만 분노는 없었다.

"언젠가 제가 술 먹고 감독님 앞에서 주사 부린 거 기억하세요? 그 뒤로 사과드렸을 때 감독님이 그런 말씀을 하신 적 있죠. 억울하다고. 작업하면서 한 번도 감독님의 영화, 감독님만의 것이라 생각한 적 없다고. 그건 모두의 영화니까 모든 스태프들은 그들이 가진 능력과 열정을 쏟아야 하고, 감독님은 그런 그들의 노고를 하찮게 생각한 적 없다고요."

무미건조했던 지민의 얼굴이 조금씩 꿈틀거리며 일그러지기 시작했다.

"그런데 그런 영화를, 그렇게 해서 만든 영화를."

홍연은 잠시 말을 멈추었다. 지민에게 향하는 눈빛에 옅은 동정이, 그리고 그녀를 동정할 수 있는 여유에 대한 놀라움이 섞여 있었다.

"고작 예전 남자 친구에 대한 미련을 버리지 못해서 쓰레기로 만들어요?"

"뭐?"

의아한 듯 대꾸한 사람은 지민이 아니라 태율이었다.

"지금 처음 보신 거잖아요, 이 시나리오."

처음 자신의 시나리오와 〈척후병〉의 유사성을 알게 되었을 때, 희미한 의혹과 의심만으로도 홍연은 숨이 막혔었다. 정말로 내 것을 빼앗겼고, 그녀가 가진 영광이 애초에 내 것이 아니었을까 하고 상상해 보지 않았다면 거짓말이다. 그 첫 번째 좌절 이후 지금까지의 실패는 모두 내 탓이 아니라는 변명을 하고, 그 변명에 위안 삼았던 적이 정말로 한 번도 없을까?

혹시 내가 원하는 대답은 진실이 아니라 그녀의 인정이 아닐까.

어차피 모든 진실은 지민의 입에 달려 있었다. 그래서 책임을 묻지 않겠다고 약속도 했다.

시나리오를 읽어 내려가던 지민의 눈빛을, 종이를 넘기던 긴장한 손길을, 바싹 마른 입술을 축이던 그녀의 입술을 지켜보며 홍연은 막연하게나마 직감했다.

만약 시나리오를 이토록 낯설고 당혹스런 눈으로 읽어 내려간 그녀의 입에서 인정의 말이 나온다면, 그건 거짓말이구나. 그녀는 진실이 아니라 내가 원하는 대답을 들려주고, 그렇게 해서라도 효신일 되찾고 싶은 거구나.

나는 더 이상 다른 사람을 탓하며 위안 삼을 수 없겠구나.

"그게 아니라면, 언제 어디서 이 시나리오를 보고 베꼈는지 말씀해 보세요."

지민의 입술은 굳게 닫혀 있었다.

그녀에게 연민을 느끼는 건 당연한 일일지도 모른다. 홍연은 효신을 짝사랑하던 시절 자신을 떠올렸다. 자존심 따위 중요하지 않았다. 내 모든 걸 내팽개치고서라도 붙잡고 매달리고 싶었다. 그를 잃는다면 다시는 내 인생에 사랑 같은 건 오지 않을 거라 절망했었다.

"미워한 적이 훨씬 많았지만, 그래도."

빛나는 재능, 감각, 외모, 그리고 효신까지. 완벽하게 모든 것을 다 가졌던 그녀였다.

"동경했었는데."

그랬던 그녀가 고작 효신을 향한 나의 냉정한 말 한마디, 거부의 손짓 하나를 기대하며 이런 어리석은 거짓말을 했다.

"약속은 지킬게요."

아무도 행복하지 않은 선택을 했던 주효신이나, 모두를 불행에 빠뜨릴 거짓말을 하는 우 감독이나, 행복할 자신도 없고 불행을 감당할 수 없으면서 기어이 효신을 걸고 우 감독과 마주 앉은 이홍연이나 모두 똑같이 어리석다.

"저 이제 주효신."

효신에 대한 배신감은 애초에 진실과는 무관했다. 그는 유일하게 의아한 정황을 알고 있었으며 의심했었다. 그럼에도 침묵했다. 사랑하는 사람의 적나라한 밑바닥이 두려워서였는지, 섣부른 오해로 연인에게 상처를 주고 싶지 않아서였는지, 그도 아니면 확신하면서도 감춰 주고 싶었는지 모르겠지만.

"안 봐요."

홍연은 효신의 부탁으로 자신을 채용하기 위해 프로젝트에서 내쳐졌던 보조 작가를 기억했다. 그때 분노했던 홍연에게 효신이 말했었다.

'나 그 밀려났다는 사람한테 안 미안해. 놀라울 정도로, 죄책감이 없어. 너한테 벼랑 끝의 동아줄 같은 기회가 갈 수 있다면 나 아마 앞으로 또 모른 척 눈감고 누군가를 밀어낼 것 같아. 나 그럴 수 있을 것 같아.'

허탈한 웃음이 비집고 나왔다. 얄미울 정도로 한결같은 사람이다. 아마도 오래전 그땐, 사랑하는 사람을 위해 모른 척 눈을 감고 나를 밀어냈을 것이다. 다만 예상했던 것보다 크고 감당할 수 없는 죄책감이 그를 더 이상 사랑하는 사람 곁에 머물지 못하게 만들었을 뿐이다.

"주효신과 저는 끝났어요."

"야, 이홍연!"

태율이 기함하며 그녀를 바라보았지만 홍연은 거침없이 덧붙여 말했다.

"친구로도 안 만나요."

홍연은 가방을 주섬주섬 챙겨 자리에서 일어났다. 얼굴이 새빨갛게 달아오른 태율을 향해 씁쓸한 미소를 한 번 지어 보인 뒤 홍연은 다시 지민을 바라보았다.

"제가 이런다고 효신이가 감독님에게."

탁자 위의 시나리오를 가만히 응시하는 지민의 눈길은 허탈해 보였지만, 금방 들통 난 거짓말에도 후회하는 기색은 없었다. 말을 이어 가는 홍연의 목소리에는 동정을 넘어서 난감함이 섞여 있었다.

"다시 돌아갈 거라고 정말 믿고 계신 건 아니죠?"

불과 어제까지만 하더라도 한겨울처럼 싸늘한 찬바람이 불어 대다 하루아침에 불현듯 찾아온 봄이었다. 온화한 햇볕으로 손을 뻗은 홍연은 손가락 사이로 파고드는 미적지근한 바람을 느꼈다.

발광할 일이 벌어지고, 바닥을 치고, 절망을 하고, 사람을 버리고, 머릿속이 새하얗고 막연하게 아득해져도, 그래도 시간은 괘념치 않고 제 갈 길로 흘러간다는 걸 잊고 있었다.

"홍연아."

홍연은 골목 끝에 서 있는 효신을 일찌감치 발견했지만 도망치지도, 그렇다고 걸음을 서두르지도 않았다. 효신은 차에 기대서 있다가 몸을 바로 세우며 홍연을 마주했다. 효신의 얼굴은 거칠고 어두웠다.

"출근 안 했어?"

홍연의 무심한 질문이 효신의 예민한 어느 곳을 건드렸는지 까칠한 얼굴이 더욱 굳어졌다.

"출근을 어떻게 해."

침착하려 애쓰는 노력이 역력한 목소리였다.

"물도 한 모금 못 마시겠는데."

홍연은 효신을 향해 한 걸음 가까이 다가섰다. 밤새 한숨도 못 잔 얼굴은 초췌했지만 여전히 반듯했다. 큰 키에 어깨는 넓었고, 낡은 감색 카디건을 아무렇게나 걸치고 있었지만 시선을 떼기 어려울 만큼 훤칠했다.

나의 배신감이 무색할 정도로, 여전히 그는 멋지다.

"네가 전화할 때까지 얌전히 기다리려고 했어. 정말로 그러려고 했는데."

"괜찮아."

홍연은 변명처럼 중얼거리는 효신을 말끄러미 올려다보았다.

"너한테 전화하려던 참이었어."

효신의 얼굴에 안도의 빛이 스쳤다. 긴장이 풀리는 듯 그의 몸이 아주 작게 흔들렸다. 긴 한숨과 함께 효신은 홍연을 향해 손을 뻗었다.

"들어가자. 들어가서 내가 할 말이······."

자신의 손길을 피하는 홍연의 몸짓에 효신은 다시 입을 다물었다.

"내가 전화하려던 이유는 네 이야기를 더 듣고 싶어서가 아니야."

갈 곳을 잃은 효신의 손끝이 허공에서 굳어 버렸다.

"내가 할 말이 있어서 그랬어."

어째서 우리는 항상 어긋날까. 지난 10년의 세월 동안 우리는 무엇 때문에 서로를 버리고 상처를 주게 된 걸까. 어째서 우리의 시간은 서로에게 맞지 않았을까.

"다시는 여기서 기다리지 말라고."

"홍연아."

"다시는 나한테 전화하지 말라고."

홍연은 감정이 배지 않은 말투로 조곤조곤 말을 이었다.

"메시지도 보내지 말라고."

한때 너무나 사랑했던 사람이었다. 녀석의 곁을 떠나면 숨이 멎을지도 모른다는 공포마저 느낄 정도였다.

"다시는 우리 만나지 말자고."

그리고 오랜 시간을 돌아 다시 설레었고, 녀석을 다시 사랑했다.

"우린 이제 친구마저도 할 수 없다고."

그럼에도 지금 이처럼 담담히 이별을 고할 수 있는 이유는 아마도.

"그렇게 마지막 인사를 하고 싶어서였어."

내가 바닥을 치고, 좌절로 몸부림을 치며, 후회로 비명을 질러도 시간은 흐를 것이고 언젠가는 녀석을 떠올려도 아무렇지 않게 웃을 수 있는 날이 다시 오리란 걸 알기 때문이다.

효신은 눈 한 번 깜빡이지 못하고 홍연을 응시했다. 크고 깊은 눈망울이 깨어질 듯 흔들리더니, 그 떨림은 그의 몸 전체로 퍼져 나갔다. 그의 충격을 고스란히 느끼며 홍연은 다시 한번 말했다.

"다시는, 다시는 우리 만나지 말자."

너에게서 나를 빼앗아

몸이 움직이지 않았다. 홍연이 돌아서서 멀어질 때도 효신은 그녀를 붙잡지 못했다. 그녀가 옥탑방 안으로 모습을 감추고, 해가 저물어 어둑해지고 옥탑방에도 불이 들어왔지만 효신은 그 자리에서 꼼짝할 수 없었다.

오랜 시간 움직임 없이 서 있어도 다리가 아프지도 않았고, 차가워진 밤공기에도 추위를 느끼지 못했다. 고통도 슬픔도 아닌 무감각과 마비, 무력감이 효신을 그 자리에서 굳어 버리게 만들었다. 상실감은 어떤 감각으로도 발현되지 않는다는 사실을 효신은 처음으로 깨달았다.

"효신아."

주머니에 손을 찔러 넣고 애써 태연하고 무심한 목소리로 효신을 부른 사람은 태율이었다.

"가자."

효신은 눈을 깜빡거리며 태율을 물끄러미 바라보았다.

"가서 소주나 한잔하자."

태율은 효신을 향해 손을 내밀었고, 그의 뜻을 이해한 효신이 태율에게 순순히 차 키를 건네주었다. 태율은 효신의 차를 능숙하게 다루며 골목길을 빠져나갔다. 효신은 백미러로 비치는 홍연의 옥탑방이 점점 멀어지는 것을 지켜보았다.

"어떻게 알고 왔어?"

"홍연이가 전화했어."

태율이 전방에서 눈을 떼지 않고 대답했다.

"너 좀 데리고 가라고."

시간이 흘러도 떠나지 않는 나를, 홍연이는 지켜보고 있었던 걸까. 그건 어떤 마음일까. 다시는 얼굴도 보지 말자고, 그렇게 무서운 말을 뱉어 놓고도 내가 신경이 쓰였던 걸까.

태율이 어떤 길로 운전을 했고, 어떻게 술집에 도착했는지, 어떤 걸음으로 작은 선술집에 들어왔고 어떤 음식을 주문했는지 효신은 아무것도 자각하지 못했다. 문득 정신을 차려 보니 어느새 태율과 마주 앉아 있었고, 이미 자신은 소주를 서너 잔 비운 뒤였다. 그 오랜 침묵과 혼란의 시간을 태율은 묵묵히 기다리고 있었다.

"왜 이렇게 된 걸까."

태율은 대답 대신 효신의 빈 잔에 소주를 따라 주었다.

"다시는 보지 말자는 말을 하고서 홍연이가 돌아섰던 그 순간부터 계속 생각했어. 홍연이와 내가, 어쩌다 우리가 이렇게 되어 버렸는지."

"아까."

머뭇거리며 태율이 입을 열었다.

"카페에서 홍연이하고 우 감독이 만났어."

태율은 더 이상 말하지 않았지만 효신은 그의 얼버무려지는 말끝에서 희미한 비난을 느꼈다.

"밤새도록 생각했어."

효신은 소주가 넘쳐흐르는 잔을 손가락으로 만지작거렸다.

"홍연이가 돌아서서 가 버리고 난 뒤에도 끝없이 되짚고 후회했어."

효신은 술을 마셨다.

"왜 그랬을까. 왜 그렇게 아무 말도 못 했을까. 단 한마디만 했어도, 한 번만 물어보고 따져만 보았다면, 그랬다면 홍연이 앞에서 작은 변명이라도 할 수 있었을 텐데. 멍청이같이, 왜."

태율도 한 박자 늦게 잔을 들고 따라 마셨다.

"그 순간으로 끊임없이 되돌아가서, 우 감독에게 물어보는 상상을 했어. 좌절하며 잠든 홍연이 곁에서 그냥 돌아서 버린 나를 욕하고 자책했어. 그런데."

빈 잔을 내려놓은 효신은 붉어진 눈으로 태율을 마주 바라보았다.

"시간을 돌이킨다 해도 이 후회를 모른 채 돌아간다면 나는 아마 똑같이 비겁할 거야."

효신의 목소리가 조금씩 떨리기 시작했다.

"내가 홍연일 사랑하게 될 줄은 꿈에도 모르고, 내 눈앞의 사랑을 지켜 주고 싶어서 나는 아마."

아득하게 멀어져 있던 작은 선술집의 소음들이, 흥이 넘친 사람들이 잔을 부딪치며 내지르는 환성이 날카롭게 효신의 귓가를 파고들었다.

"또다시 홍연이를, 울다 지쳐 잠들었던 홍연이를."

정지되었던 온몸의 감각들이 일제히 깨어나고 있었다. 효신은 떨리는 자신의 손끝을 멍하니 바라보며 말을 이었다.

"외면할 거야."

무너지지 않기 위해 상실시키고 마비시켰던 감정의 파편들이 날카롭게 날을 세우고 그를 할퀴기 시작했다.

"그게 숨도 쉬기 힘들 정도로 마음이 아파."

홍연을 처음 만난 이후 10년, 모든 시간들이 마구잡이로 엉켜 버린 실타래 같았다. 어디서부터 매듭을 풀어야 할지 몰라 과거를 헤매다 현실로 돌아오자 외면했던 이별을 직시해야 했다. 매듭은 끝내 풀 수 없었다. 그들의 인연은 엉켜 버린 채로 댕강 잘려 나갔다.

"그래서 차마 홍연이를 붙잡지도 못했어."

효신은 손바닥으로 자신의 얼굴을 감싸 쥐었다.

정말로, 나는 그녀를 잃었다.

"엔딩이."

유리는 끝까지 말하지 못하고 멈추었다. 그리고 탁자 건너편에서 아이스 라테를 마시는 홍연을 바라보았다.

"아직 초고예요."

초로로록, 얼음 사이에 남은 마지막 커피까지 남김없이 마셔 버린 다음 홍연은 빨대에서 입술을 뗐다.

"피디님한테 보내기 전에 한 번 더 고쳐 보려고요."

공동 작업이 끝난 후 홍연은 더 이상 유리의 오피스텔로 출퇴근하진 않았지만 여전히 일주일에 두세 번 정도는 카페에서 만나 서로의 시나리오에 대해 의견을 주고받았다.

"머릿속에 떠오르는 몇 가지 생각들이 있지만 일단 창작자의 의도를 존중하는 의미로 난 노코멘트."

유리는 시나리오를 내려놓고 커피를 마셨다. 완연한 봄을 만끽하기 위해 두 사람은 카페의 테라스에 자리를 잡은 터였다. 따뜻한 봄 공기 때문에 컵 속 얼음이 어느새 반쯤은 녹아 커피의 농도가 엷어졌다.

"그런데."

유리가 호기심 어린 눈빛으로 입을 열었다.

"우 감독이 결백하다는 걸 정말로 확신해?"

"네."

컵을 만지작거리다 묻은 손바닥의 물기를 홍연은 티셔츠에 무심히 닦아 냈다.

"한 개의 시퀀스라고 본다면, 아마 최 작가님이었더라도 같은 생각을 했을 거예요. 우 감독은 너무 또렷한 캐릭터였고, 우 감독의 거짓 대답은 아주 간단한 인과관계의 결과였거든요."

잠시 머뭇거린 유리가 다시 물었다.

"그런데도 남자 친구랑 꼭 헤어져야 했어?"

홍연의 손길이 순간 멈칫했다.

"한편으로는 효신이를 이해해요. 그런데."

티셔츠의 우유 얼룩을 잠시 내려다보던 홍연이 이내 씁쓸한 웃음을 지었다.

"그때 우 감독을 사랑하느라, 내 고통을 모른 척했던 효신이가."

날카로운 송곳으로 배 속을 긁어내는 것 같아 홍연은 잠시 눈을 감았다.

"미워요."

그 통증이 어떤 것인지 이제는 알고 있다. 하지만 본질을 안다고 해서 이유도 모른 채 울기만 했던 옛날보다 덜 고통스럽다는 뜻은 아니었다.

"너무 미워서."

홍연은 천천히 눈을 떴다.

"효신이가 괴롭고."

자신의 마음을 꿰뚫는 듯한, 동정 어린 유리의 눈빛에 홍연은 또다시 억지로 웃었다.

"아팠으면 좋겠어요."

유리와 헤어져 카페에서 나온 홍연은 걸었다. 오래 신어 온

운동화는 편했고, 공기는 청량하게 맑았고, 바람은 적당하게 따뜻했다.

한참을 걷던 홍연은 문득 시야에 들어온 태율의 카페를 발견하고 멈추었다. 익숙한 길을 찾아온 무의식의 힘에 놀랄 겨를도 없이 홍연은 카페에서 나오는 효신을 발견하고 황급히 등을 돌려 섰다.

길을 가득 메우고 지나가는 사람들 틈에서 자신의 존재가 들키지 않길 바라며 홍연은 마음으로 숫자를 셌다. 하지만 열을 채우기도 전에 홍연은 저도 모르게 고개를 돌려 효신을 찾았다. 회사 동료들로 보이는 사람들과 함께 커피 컵을 들고 멀어지는 효신의 뒷모습이 인파에 가렸다가 다시 불쑥 나타났다.

"살 만한가 보네."

회사에 출근하고, 평소처럼 일하고, 사람들과 점심을 먹으러 나오고, 커피를 한 잔 사서 돌아가는 그의 발걸음이 태연하게만 느껴졌다.

마침내 그의 모습이 시야에서 완전히 사라졌고, 홍연은 돌아서서 걸음을 옮겼다. 하지만 편의점 앞에서 다시 멈춰 설 수밖에 없었다. 홍연은 창 너머 편의점 간이 테이블을 말끄러미 바라보았다.

'이걸 다 먹으려고?'

'같이 먹자. 혼자 먹기 싫어.'

편의점 음식들을 테이블에 쌓아 둔 채 효신은 여유 있게 앉아서 그녀를 지켜보았었다. 손님이 들어올 때마다 집요하게 파고들었던 겨울의 칼바람과 후덥지근한 히터 바람이 섞인 묘한 온도의 공기가 효신과 홍연 사이에 머물렀다. 마치 그 겨울의 한낮으로 돌아간 듯 멍하니 빈 테이블을 바라보던 홍연이 입술을 꼭 깨물었다. 주먹을 쥐고 다리에 힘을 주었다.

'효신이가 괴롭고, 아팠으면 좋겠어요.'

그를 제일 괴롭게 만들 수 있는 일, 가장 아프게 할 수 있는 다른 방법이 있었을까. 그에게서 나를 빼앗아 상처를 주면, 내게도 그의 부재가 고통이 되리란 걸 몰랐던 것도 아니잖아.

다부지게 마음을 먹고 한 걸음 떼었지만, 이내 홍연은 그 자리에 푹 쓰러지듯 주저앉았다. 지나치던 사람들의 의아한 시선이 쏟아졌지만 홍연은 얼굴을 무릎에 묻고 울음을 터뜨렸다.

"오늘도 야근이야? 너무 무리하는 거 아니야, 주 대리? 얼굴이 까칠해."

팀장의 말에 효신이 자신의 얼굴을 손으로 한번 쓸어 내며 쓴웃음을 지었다.

"하던 것만 끝내 놓고 가려고요. 먼저 퇴근하세요."

하나둘 팀원들이 떠나가고, 적막하고 어두워진 사무실에 어느새 효신은 홀로 남았다. 기계처럼 무심히 키보드를 두드리던 효신은 바늘로 눈을 찌르는 듯 쩌릿한 통증을 느끼고 짧은 신음을 입 안으로 삼켰다.

잠시 의자에 몸을 기대고 눈을 감아 통증이 가라앉길 기다렸다. 혹사당한 건 눈뿐만이 아니었다. 손목도 저릿했고, 허리도 아팠다.

오래 쉬지 않고 효신은 자리에서 일어나 휴게실로 향했다. 기계에서 흘러내리는 커피를 바라보기만 해도 본능적인 거부 감으로 위장이 쓰렸다. 하지만 효신은 몸의 반응을 깡그리 무 시한 채 커피를 마셨다.

며칠째 잠을 거의 자지 않고 일을 했다. 늘 빡빡하게 쌓여 있던 업무도 바닥을 드러냈다. 어쩔 수 없이 자리를 정리하고 효신이 사무실을 떠날 때는 이미 자정이 넘은 시각이었다.

차는 느릿하게 한적한 도로를 달렸다. 효신은 운전에 집중 하려고 애썼다. 주의하지 않으면 어젯밤 그랬던 것처럼, 또 그 제 밤 그랬던 것처럼 홍연의 옥탑방 앞 골목에서 정신을 차릴 지도 모른다.

오피스텔에 도착한 효신은 안도의 한숨을 내쉬었다. 그는 차 키를 아무렇게나 던져 놓고, 침대에 쓰러지듯 누웠다. 피로 에 지친 몸과 어둠에 휩싸인 집 안의 정적에도 효신은 잠을 잘 수 없었다. 눈을 감을 수도 없었다. 눈을 감으면 그는 홍연의 집 앞 골목길로 여지없이 돌아갔다. 그리고 홍연은 수십 번, 수 백 번 똑같이 말했다.

다시는, 다시는 우리 만나지 말자.

효신은 잠들기를 포기하고 샤워를 하기 위해 침대에서 몸을 일으켰다.

"이것들이 헤어진 게 아니라."

옥탑방으로 향하는 계단을 터벅터벅 오르던 태율은 문득 기운이 쭉 빠지는 것 같아 걸음을 멈췄다.

"내가 두 사람한테 차인 것 같잖아."

효신은 간혹 카페에 들르기는 했지만 앉을 틈도 없이 커피나 샌드위치를 사서 사무실로 곧장 돌아가 버렸다. 홍연은 한 번도 카페에 오지 않았고 어쩌다가 통화가 되더라도 바쁘다는 핑계로 금세 끊어 버리기 일쑤였다.

두 사람은 약속이나 한 듯 그들의 이별 이야기를, 그리고 서로의 이름을 한 번도 입에 올리지 않았다.

"그런다고."

태율은 계단 중간에 서서 옥탑방을 한 번 올려다보고, 다시 고개를 돌려 골목을 내려다보았다.

"지난 10년 세월이 없던 게 되나……."

짧은 한숨을 내쉰 태율은 다시 걸음을 옮겨 옥탑방에 올라섰다.

"이게 다 뭐야."

의자와 작은 철제 서랍, 낮은 행거와 선풍기 따위의 낡고 수수한 살림살이들이 집 밖 옥상 바닥에 널브러져 있었다. 평상에는 노끈으로 묶인 책들이 차곡하게 쌓여 있었다. 전기밥솥을 품에 안고 열린 문밖으로 나오던 홍연이 태율을 발견하고 흠칫 놀라 멈춰 섰다.

"야, 이홍연. 너 지금 뭐 하는 거야?"

"보면 몰라?"

나쁜 짓을 하다 들킨 사람처럼 얼굴이 잠시 붉어지긴 했지만 홍연은 짐짓 태연히 되물었다.

"이삿짐 챙기고 있잖아."

허리에 손을 얹고 기가 막힌 듯 자신을 바라보는 태율의 찌푸린 얼굴을 외면한 홍연은 밥솥을 평상 위에 올려놓았다.

"시나리오 잔금 받고 난 이후로 내내 생각했던 거였어. 여름엔 찜통이고, 겨울엔 걸핏하면 보일러 고장 나서 집 밖보다 더 추웠던 거 알잖아. 나도 이 지긋지긋한 옥탑방에서 좀 벗어나야지. 안 그래?"

"너 나한테까지 한마디 말 안 하고 이사 가려고 했단 말이야?"

"이게 무슨 큰일이라고 너한테 일일이 보고까지 해."

핀잔을 주긴 했지만 홍연은 그 순간 태율도 그녀와 같은 기억을 떠올리고 있음을 눈치챘다.

오래전 이 옥탑방은 가난했던 그녀가 구할 수 있었던 유일한 집이었다. 이 서울 하늘 아래 몸 뉠 곳이 생겼다는 사실만으로도 기뻤던 그날, 태율은 용달차를 빌려 왔고, 효신은 용달차의 짐칸에 실렸던 중고 책상과 매트리스, 책과 이부자리 등을 등짐을 지고 날랐었다.

"어디로?"

"최 작가님 집 근처에 적당한 원룸이 나와서."

홍연은 다시 방 안으로 들어갔다.

"지하도 아니고 옥탑도 아니야."

열린 문 너머로 홍연의 목소리가 들려왔다.

"너처럼 금수저 손에 들고 태어난 애들은 공감하기 어렵겠지만, 지방에서 가방 하나 들고 상경해서 이 서울 하늘 아래 그정도면 성공한 거야."

태율은 다시 문밖으로 나타난 홍연의 손에 들린 상자를 노려보았다. 이것저것 잡동사니가 가득 찬 큼지막한 상자였다.

"왜 그러고 서 있어? 그만 가. 좀 있으면 이삿짐센터 아저씨랑 용달차 올 거야."

"너 이사하는데 도와야지, 어딜 가?"

"괜찮아. 그냥 가."

"너 설마."

태율이 눈을 가늘게 뜨고 홍연을 노려보았다.

"지금 너 이사 가는 곳 어딘지 나한테 오픈 안 하려는 거야?"

상자를 내려놓은 홍연은 묻은 것도 없으면서 괜히 손을 털어 내며 태율의 시선을 피했다.

"야, 너 진짜 이건 아니다."

흥분한 태율의 목소리가 옥상에 쩌렁하게 울렸다.

"너희 둘 헤어지면 나하고도 끝인 거야? 너 진짜 나한테 이러면 안 돼."

홍연은 대답 없이 상자를 향해 고개를 숙여 무엇인가를 찾기 시작했다. 이내 홍연이 찾아낸 것은 항상 그녀가 라테를 만들 때 쓰는 작고 낡은 냄비였다. 커피포트에 쉽게 데울 수도 있지만 우유 비린내가 남는다며 홍연은 늘 그 냄비에 우유를 끓였다.

"커피 마실래? 냉장고에 남은 우유까지 새 집에 가져가긴 싫은데."

천연한 홍연의 물음에 오히려 태율이 당황하여 얼결에 고개를 끄덕였다. 홍연은 다시 집 안으로 사라졌다. 잔뜩 찌푸려서 주름이 생긴 이마를 손가락으로 문지르던 태율이 평상에 털썩 주저앉았다.

오래 지나지 않아 홍연은 컵 두 개를 양손에 들고 방에서 나왔다.

"난 정말 모르겠다."

홍연에게서 커피를 받아 든 태율이 혼잣말처럼 중얼거렸다.

"둘이 사귈 때 내가 왜 은근히 좋아했는지. 그때 뜯어 말렸어야 했는데."

홍연은 태율의 곁에 놓인 책 꾸러미를 한쪽으로 밀쳐놓고 그의 옆에 앉았다.

"정신 차리라고 주효신 멱살이라도 잡았어야 했는데. 주효신 마음 받아 주지 말라고 이홍연 머리채라도 잡았어야 했는데."

이어진 태율의 혼잣말에 홍연이 픽 웃음을 터뜨렸다.

"웃어? 지금 이 상황에 웃음이 나와?"

"그럼 울까?"

태율은 불만스럽게 뺨을 실룩거리며 커피를 한 모금 마셨다. 두 잔을 만들기에 우유가 부족했는지 에스프레소 맛이 강한 라테였다.

"나 이사하고, 정리하고, 시간이 좀 지난 뒤에 보자."

그녀가 말없이 이삿짐을 꾸린 모습을 본 순간부터 예상하고 있던 말이라 태율은 잠시 눈썹을 치킬 뿐 대꾸하지 않았다.

"너한테 미안해. 그런데."

홍연은 컵을 만지작거리다 다시 말을 이었다.

"나 좀 지쳤어. 어디서부터 잘못된 건지, 뭐가 문제였는지 되짚고 따지는 게 버거워. 아무 생각 하고 싶지 않은데, 솔직히 너를 보면."

미안해하는 홍연의 눈빛과 씁쓸한 태율의 눈길이 마주쳤다.

"너만 보는 게 아니잖아."

더 이상 화를 낼 수 없어 태율은 대신 한숨을 내쉬었다.

그녀가 하던 연애의 끝은 항상 처참했다. 홍연은 실연하고,

술을 마셨고, 엉망으로 취한 채 서강대교를 뛰어다녔다. 넘어지고, 상처를 입고, 울었다. 차라리 그때처럼 두 볼이 퉁퉁 붓도록 울기라도 했으면 지금처럼 그녀가 안쓰럽진 않을 것 같았다.

"언제쯤이면 괜찮아질까?"

바보 같은 질문이라는 걸 알면서도 건넬 수 있는 위로의 말을 단 한마디도 찾지 못한 태율은 어쩔 수 없이 물었다.

"나도 모르지."

홍연은 빈 컵을 평상 위에 내려놓았다.

"내가 헤어지자고 했다고 해서 나한테도 실연이 아닌 게 아니고, 이별이 아닌 게 아니잖아."

효신에게 다시 만나고 싶지 않다고 했던 말은 정말로 진심이었다. 하지만 매일 밤 혹시 그가 골목에 와서 기다리고 있지 않을까 하는 이율배반의 기대감이 그녀를 괴롭혔다. 차마 문을 열어 밖을 내다보지 못했다. 그곳에 그의 차가 없다면, 그 차에 기대선 효신이 없다면 느끼게 될 실망감이 두려웠다.

"괜찮지 않은 게 당연한 일이니까."

홍연은 나머지 짐을 정리하려고 평상에서 몸을 일으켰다. 그리고 태율을 내려다보며 담담히 덧붙였다.

"굳이 괜찮아지려고 애쓰지 않을 거야."

"지금 다시 생각하면 좀 어이없고 우습지만, 그 시나리오를 읽으면서도 머릿속에는 온통 한 가지 생각뿐이었어."

지민의 목소리가 효신의 귓가에서 이명처럼 울렸다. 수면 부족으로 인한 증상이었다.

"어떻게 대답하면 너희 둘 사이가 끝날까."

어떤 대답을 했든지 변하는 건 없었을 거라는 말을 해 주면 지민은 잠깐이나마 자신의 작품을 나락으로 떨어뜨린 것에 대해 억울해할까. 하지만 효신은 아무 말도 하지 않았다. 카페 안을 지나치는 사람들의 소음이 귓가에 웅웅거리며 신경을 긁었다.

"왜 나한테 묻지 않았었어?"

"무서웠어요. 대답을 듣는 게."

그녀와 마주한 이후로 효신이 처음으로 꺼낸 말이었다. 그의 대답에 지민의 얼굴이 복잡한 감정으로 일그러졌다.

"묻지. 물어서 확인하지 그랬어. 그럼 넌 나를 떠나지 않았을 거잖아."

잠시 생각에 잠겼던 효신이 이내 천천히 고개를 끄덕였다.

"그랬을 수도 있죠. 그런데 그땐 물을 용기도, 대답을 듣고 우 감독님을 믿을 자신도 없었어요."

"그때 네가 사랑한 건."

이처럼 연약한 목소리는 지민과 어울리지 않는다. 효신은 새삼스런 눈으로 그녀를 물끄러미 바라보았다.

"홍연이가 아니라 나였잖아."

"네. 사랑했어요. 많이 좋아했고, 존경했어요."

그녀가 따져 묻고 싶은 것이 어떤 것인지 효신은 알고 있었다.

"그런데 홍연이가 울 때마다, 그걸 볼 때마다 감독님을 좋아하는 내가."

숨이 턱 하고 막히는 기분에 효신은 잠시 말을 멈추었다. 이 명은 심해지고, 눈은 참을 수 없이 따가웠다. 효신은 눈을 질끈 감으며 다시 입을 열었다.

"당신을 사랑한다는 이유로 홍연이가 좌절하고 힘들어하는 걸 모른 체하는 나 자신이 혐오스럽고 싫었어요."

아주 짧은 순간이었지만 모든 것을 다시 떠올리고 되새기기엔 충분한 시간이었다. 자책과 후회는 익숙해지는 법이 없다. 천천히 눈을 뜬 효신은 다시 지민을 바라보았다.

"당신을 사랑했지만, 나는 거기까지였어요."

고통스러웠던 이별 후 무작정 덮어 버렸던 상처는 시간이 흐르며 투박하게 아물었다. 이미 치유된 상처를 드러내 봤자 흉터만 확인할 뿐이라 생각하며 효신은 지민을 외면해 왔고, 그 때문에 이처럼 온전한 진심을 드러내며 그녀와 마주한 것은 재회 후 처음이었다.

"어쩐지 난."

지민의 목소리는 어느새 여느 때의 그녀의 것으로 돌아왔다. 또렷하고, 자신감에 넘치며, 여유 있는 웃음이 섞여 있었다.

"옛날부터 홍연이가 신경 쓰이고 참 싫더라."

지민은 천천히 소파에서 몸을 일으켰고, 인사말 없이 그를 두고 돌아섰다. 그녀가 카페에서 나설 때 때마침 들어서던 태율과 마주쳤다. 흠칫 놀라며 지민의 뒷모습을 지켜보던 태율이 화가 난 듯 어깨에 잔뜩 힘을 주고 성큼성큼 효신에게로 다가

왔다.

"너 지금 저 여자 만날 생각이 들어?"

"우연히 여기서 마주친 거야."

효신은 뻑뻑한 눈을 손바닥으로 문지르며 대꾸했다.

"참 우연이겠다. 넌 몰라도 저 여자는 너 만나려고 온 거겠지."

효신 역시 점심으로 해결할 샌드위치를 사러 카페에 와서 지민과 마주친 순간 태율과 같은 생각을 했었지만 굳이 동의의 말을 입 밖으로 꺼내지는 않았다.

"뭐래? 아니다. 물어 뭐 해, 뻔하지."

태율은 조금 전까지 지민이 앉아 있던 효신의 맞은편 소파를 손가락으로 가리켰다.

"이쪽이든 저쪽이든, 넌 원망 들어도 싸."

효신은 씁쓸하게 웃으며 고개를 끄덕였다.

"맞아."

"웃지 마."

'이놈이나 저놈이나 왜 이 상황에 웃고 난리야.' 혼잣말을 덧붙이던 태율이 다시 목소리를 높였다.

"근데 말이야. 그런 생각은 안 들어? 그때 우 감독한테 물었다면? 그래서 모든 게 오해였다고 하나의 에피소드로 정리됐더라면? 네가 어리석고 비겁하지 않았다면 너는 우 감독이랑 헤어지지 않았을지도 몰라. 지금도 여전히 우 감독 옆에서 그 여자만 열렬히 쳐다보고 있었을 거라고."

식은 커피가 반쯤 남은 컵을 집어 들고 자리에서 일어나던 효신이 의아한 듯 태율을 바라보았다.

"그랬다면 주효신한테는 이홍연을 사랑할 기회조차 없었을 거야."

흠칫 놀란 효신은 하마터면 컵을 바닥에 떨어뜨릴 뻔했다.

"그러니까 내 말은."

태율이 효신의 초췌해진 얼굴을 바라보며 퉁명스럽게 소리 쳤다.

"너 스스로 괴롭히는 짓 그만하고 잠이나 좀 자라고, 이 멍 청아."

꿈을 꾸지 않았다. 자책으로 점철된 회상도 없었다. 너무 깊 고 고요한 잠이었던지라 눈을 뜬 효신은 꼬박 하루쯤은 지나지 않았을까 생각했다. 하지만 그리 오랜 시간이 흐르지 않았고, 밤이 여전히 끝나지 않았다는 사실을 깨닫고 적잖이 놀랐다.

효신은 일어나 욕실로 향했다. 퇴근 후 옷도 갈아입지 못하 고 곧장 침대로 직행했던 터라 셔츠가 엉망으로 구겨져 있었 다. 옷을 벗고 샤워기 아래 섰다. 따뜻한 물은 굳은 근육을 이 완시키고 남아 있던 피로감도 남김없이 씻어 내려 주었다.

오랜 샤워를 끝낸 효신은 뽀얗게 김이 서린 거울을 닦아 내 고 자신의 얼굴을 물끄러미 바라보았다. 야윈 얼굴에 그나마 핏기가 돌기 시작했다.

"엉망이네."

욕실을 나와 그가 향한 곳은 주방이었다. 찬장과 냉장고를 뒤져 찾아낸 음식이라고는 시리얼과 유통기한이 임박한 우유뿐이었다. 이내 와그작와그작 시리얼을 씹는 소리가 조용한 집 안에 울렸다. 남은 우유까지 모두 마신 후 빈 그릇을 싱크대에 내려놓은 효신은 옷을 챙겨 입었다.

손가락으로 티셔츠의 주름을 펴고, 카디건의 손목 부근을 접어 단정하게 매무새를 다듬었다. 한참 동안 거울 앞에서 자신의 모습을 꼼꼼히 점검한 뒤 효신은 집을 나섰다.

늦은 밤거리는 비어 있다시피 했다. 도로는 한적했고 인적도 드물었다. 하지만 효신은 차의 속력을 높이지 않고 조심스럽게 운전했다. 열어 둔 차창으로 봄밤의 선선한 바람이 스며들었다.

효신의 차는 정확히 그곳에 멈춰 섰다. 올려다보면 홍연의 옥탑방이 보였고, 반대편으로 고개를 돌리면 버스 정류장에서부터 이어진, 어둠에 휩싸인 좁은 골목길이 훤히 내려다보였다.

차에서 내린 효신은 천천히 그녀의 집으로 향했다. 가파른 계단을 지나 옥상에 올라섰을 때 효신은 자신이 핸드폰을 가져오지 않은 사실을 깨달았다. 문 앞에 선 효신은 잠깐의 머뭇거림도 없이 문을 두드렸다. 하지만 아무런 대답도 들을 수 없었다.

"홍연아."

홍연의 옥탑방 창문에 불이 꺼져 있었다. 그녀의 이름을 하릴없이 부른 후에야 효신은 무엇인가 잘못되었음을 인지하고 옥상을 둘러보았다. 버리지 않고 몇 년째 옥상 구석에 처박혀 있던 고장 난 소형 텔레비전도, 물을 자주 주지 않아도 된다며 홍연이 방치하다시피 했던 평상 위의 스투키 화분도 없었다. 옥상이 어색하리만치 말끔했다.

문으로 향하는 효신의 손길이 떨렸다. 문손잡이가 힘없이 돌아가자 오히려 아무런 기대 없이 문을 열던 효신이 흠칫 놀랐다.

방 안은 비어 있었다. 어떤 누군가가 그곳에 살다 갔는지 알 수 없을 정도로 흔적도 없이 깨끗했다. 한참 동안 방 안을 바라보던 효신은 다시 문을 닫았다. 그리고 천천히 평상으로 가서 앉았다.

봄바람은 여전히 살랑하게 불었다. 효신은 한기를 느꼈다. 몸 깊숙한 곳에서부터 전해지는 떨림이었다. 홍연의 부재는 꿈이 아닌 현실이었다. 효신의 목구멍으로 차츰차츰 울음이 차오르다 결국 입 밖으로 터졌다.

쏟아지는 눈물 사이로 언젠가 그녀와 함께 보았던 브레송의 사진이 떠올랐다. 결정적 순간. 렌즈가 맺는 상은 끊임없이 움직이고 있지만, 그것이 시간을 초월한 형태와 표정과 내용의 조화에 도달한 절정의 순간.

우리에게도 결정적 순간이라는 기회가 있었다. 하지만 우리는 조화에 도달할 수 있는 결정적 순간들을 놓쳤고, 결국 그녀와 나는 우리가 될 수 없었다. 그리고 우리는 정말로 헤어졌다.

시간은 괘넘치 않는다

. . . .

"주 대리, 시사회 같이 안 갈래?"

아직 퇴근 시간 전이었지만 팀원들이 하나둘씩 책상을 정리
하고 일어나기 시작했다. 우 감독의 영화처럼 대형 투자 건에
대해서는 팀원들이 모두 개봉 전 시사회에 참석하는 것이 관례
였다.

"죄송해요. 전 선약이 있어서요."

팀원들이 모두 빠져나간 뒤에야 효신은 가방과 외투를 챙겨
사무실을 나섰다. 주차장 대신 로비로 내려온 그는 산책을 하
듯 느린 걸음으로 태율의 카페로 향했다. 이제는 제법 두꺼운
가을 코트로도 부족할 만큼 바람이 매서웠다.

"웬일로 칼퇴야?"

카페에 도착한 효신은 커피를 주문하고 벽에 새 그림을 걸

고 있는 태율의 앞 테이블에 자리를 잡고 앉았다.

"오늘 행사가 있어서 다들 일찍 퇴근했거든. 저녁이나 같이 먹자."

그림을 걸고 난 후 태율은 손을 툴툴 털고 효신에게 다가왔다.

"이번에 뉴욕 여행 갔다가 사 온 그림이 저거야?"

"응. 괜찮지? 갤러리에 들어선 순간 딱 '이거다.' 싶더라고. 아직 무명작가이긴 하지만 또 모르지."

태율이 탁자 위에 놓여 있는 액자를 가리켰다.

"이 자식처럼 순식간에 이름값 뛸지."

그제야 효신은 은석의 사진을 발견했다.

"저런 놈은 잘 먹고 잘살면 안 되는데. 요즘 연예인들 사진 찍어 주면서 더 유명해졌더라."

벽에 걸려 있을 때는 그토록 운치 있던 흑백의 길이 탁자 위에서는 음산하리만큼 삭막해 보였다.

"잠깐 기다려. 외투 들고 올게."

효신은 사진에서 시선을 떼고 창밖을 바라보았다. 퇴근길 사람들의 발걸음은 모두 갈 곳이 정해져 있는 듯 빠르고 어수선했다. 모든 사람들이 빠르게 변하고, 서둘러 움직이고, 막힘없이 살아가는 세상 속에서 오로지 그만이 멈춰 있는 것 같았다.

"나 최 작가 만났어."

식당에 가서도 뉴욕 여행 이야기를 한참 늘어놓던 태율이 망설이며 말을 꺼냈다. 집게로 익지 않은 고기를 무심히 뒤집던 효신의 손길이 멈추었다.

"여행 도중에 오래된 중고 음반 가게에서 이걸 발견했거든."

태율이 가방에서 시디 하나를 꺼내 테이블 위에 올려놓았다. 효신은 시디를 물끄러미 내려다보았다.

"이 영화 홍연이 베스트 중에 하나잖아. 잭 니콜슨도, 한스 짐머도. 이 영화 너랑 같이 보고 영화 타이틀 의역이 맞니 안 맞니 싸웠다고, 홍연이가 얼굴 실룩거리며 와서 투덜거리던 것도 기억나고."

한스 짐머의 1998년 앨범인 〈As Good As It Gets〉였다.

"시디를 주고 싶기도 하고. 갑자기 이홍연이 좀 보고 싶기도 하고."

태율은 유난스럽지 않게 말을 이어 갔지만 사실 두 사람 사이의 대화에서 그녀의 이름이 오른 것은 꽤 오랜만의 일이었다.

"어차피 이홍연 새 연락처나 집 주소 물어보면 가르쳐 주지도 않을 것 같아서 그냥 최 작가 만났어. 시디 좀 전해 달라고."

효신은 타기 시작한 고기를 다시 뒤집기 시작했다.

"아주 잘 지내고 있대. 새 시나리오도 계약했고, 각색 아르바이트도 하고, 틈틈이 여행도 다니고 그런대."

"그래."

괜한 이야길 꺼내 평온해진 효신의 마음을 다시 어지럽히는 건 아닐까 했던 생각은 공연한 기우였을까. 태율은 담담히 대답한 효신의 얼굴을 물끄러미 바라보았다.

"그런데 나는 홍연이가 잘 지내고 있다는 말이 안 믿긴다고 했어. 잘 지내고 마음도 편해졌는데 어째서 여전히 나를 만나지 않으려 하냐고."

태율은 말을 멈추고 손을 들어 소주를 주문했다. 시디 옆에 차가운 술병과 잔 두 개가 놓이자 태율은 다시 입을 열었다.

"왜 모든 걸 극복해야 괜찮은 거냐고 되묻더라."

태율은 소주를 잔에 따라 빈속에 털어 넣었다.

"더 이상 할 말이 없어서 대꾸도 못 하고, 황망해서 내가 왜 그 여자를 만났는지도 까먹었어. 이거 네가 대신 가져라."

터미널 근처 카페 2층에서는 두 개의 등대가 보였다. 하얀색과 붉은색의 등대는 서로 마주 보고 있었고, 그 사이를 지나는 낡은 어선이 일으킨 파도가 등대에 부딪쳐 하얗게 부서졌다.

'헤어지기 전에 그 친구가 전해 달라고 하더라. 우린 그럭저럭 잘 지내고 있다고.'

우린 그럭저럭 잘 지내고 있다. 홍연은 작게 웃음을 터뜨렸다. 조금은 불만스럽게, 투덜거리는 듯한 태율의 목소리가 귓가에 들리는 것만 같았다.

출항 시간이 가까워 오자 홍연은 남은 커피를 들고 카페를 나섰다. 관광 성수기를 비껴간 시기, 작은 도선이 오가는 시골 터미널은 한가로웠다. 홍연은 미리 예매해 둔 승선권과 승선 신고서를 내고 도선에 올랐다.

섬은 동백꽃으로 유명했다. 하지만 꽃이 피지 않는 계절이었고, 그날 섬으로 들어가는 마지막 도선이었기 때문에 배 안에는 관광객보다는 현지인으로 보이는 몇 사람들만 눈에 띄었다. 홍연은 일박을 하기 위해 섬의 민박을 예약해 둔 터였다.

뱃멀미를 하는 편이긴 했지만 홍연은 크게 걱정하지 않았다. 도선의 운행 시간이 고작 15분 남짓이라는 사실을 그녀는 이미 알고 있었다.

출발한 지 얼마 지나지 않은 것 같았는데 멍하니 바다를 넋놓고 보고 있자니, 어느새 섬의 방파제가 눈에 들어오기 시작했다. 하선 안내 방송을 들으며 홍연은 가방을 챙겨 들었다. 터미널에서 들어온 배는 섬에서 나가는 마지막 배이기도 했다. 다시 배를 타기 위해 기다리는 몇 명의 관광객들과 낚시꾼들 사이를 지나 홍연은 선착장을 빠져나왔다. 민박집을 찾아가기 전에 해가 지기 시작한 섬을 둘러볼 생각이었다.

비록 꽃은 피지 않았지만 여전히 동백림이 우거진 길 끝에 서서 홍연은 한참 동안 미동 없이 따뜻한 남쪽 해풍을 맞았다. 여전히 아름다웠지만 그 때문에 차마 걸음을 옮기지 못한 것은 아니었다.

모든 것은 그대로였지만 기억 속 그 순간의 길이 아니었다. 그때의 감동을 기대했던 홍연은 어쩐지 배신당한 기분마저 들었다. 당황한 채 서 있던 홍연은 이내 허탈한 마음으로 돌아섰다. 타박타박 힘없이 옮기는 그녀의 발끝에 자그마한 돌멩이가 차이고 굴렀다.

기억의 미화도, 왜곡도 아니다. 그때의 감격이 거짓도 아니었다. 단지 이 길 위에 처음 섰던 그때 나는 함께 있던 사람을 사랑했고, 더 이상 그를 사랑하지 않는 내게 이 길의 의미가 이전과 달라진 것뿐이다.

세상마저 다르게 보게 만드는 심정心情의 힘 앞에서 홍연은 쓴웃음을 지었다.

"바람이 쌀랑한데 여기서 먹어도 되겠는겨?"

민박집 아주머니가 밥상을 차려 와 홍연이 앉아 있는 평상에 내려놓았다.

"네. 훨씬 운치 있고 좋은데요."

하얀 고봉밥과 미역국, 정갈한 밑반찬과 생선구이가 작은 밥상을 꽉 채우고 있었다.

"서울 사람이라서 모를 수도 있을 낀데 지금 이맘때가 요 전어철이라. 여까지 와서 안 묵고 가면 섭하지."

"저 부산 사람이에요."

"부산 사람이었어?"

숟가락을 들어 미역국을 떠먹는 홍연을 만족스럽게 바라보던 민박집 아주머니가 벨소리를 듣고 앞치마 주머니에서 핸드폰을 꺼내 들면서도 반가운 듯 목소리를 높여 말을 이었다.

"서울 말씨도 그렇고, 또 숙박한다기에 멀리서 온 줄 알았제. 여보세요."

민박집에 들어설 때까지만 하더라도 이 작은 섬에서 하룻밤을 머물기로 한 결정이 너무 미련한 것은 아닐까 의심했던 홍연이었다. 하지만 바닷바람을 맞으며 소박하고 맛깔스런 저녁식사를 시작하는 순간 남아 있던 일말의 후회는 어느덧 사라져 버렸다.

"막배를 놓쳐 버렸구만. 슈퍼 아지매가 소개해 줬어? 빈방 있지. 저녁상 봐 둘 테니 잘 찾아오이소."

새로운 손님을 위한 저녁을 준비하기 위해 아주머니가 집 안으로 사라졌다. 홍연은 천천히 그리고 깨끗하게 상을 비웠다.

"잘 먹었습니다."

식사를 끝내고 밥상을 치우려던 홍연을 향해 새 반찬 그릇을 들고 마당으로 나온 아주머니가 손을 내저었다.

"또 상 차려야 하니까 그냥 놔두소."

홍연은 반쯤은 어둠으로, 또 절반쯤은 붉은 노을로 물든 바다로 미련 섞인 시선을 한 번 던진 뒤 방으로 돌아왔다. 안채에서는 살림을 하고, 마당을 사이에 두고 개축한 바깥채에 손님을 받는 민박집이었다. 바깥채는 방마다 욕실과 작은 발코니까지 딸린 2층짜리 신축 건물이었다.

오랜 샤워를 끝내고 나왔을 때 창밖은 이미 완전히 해가 저물어 있었다. 홍연은 챙겨 온 인스턴트커피를 텀블러에 넣고 발코니로 나갔다. 완전히 말리지 못한 머리칼로 바닷바람이 파고들었다.

"그럭저럭 잘."

효신은 그렇게 지내고 있다. 계절이 두 번 바뀌었으니 그가 잘 지내지 못할 이유는 없다. 억울할 필요도 없다. 마음이 변하면 세상도 바뀌는데 그깟 이별쯤이야.

몸 깊숙이 파고드는 한기를 육지보다 사늘한 섬의 공기 때문이라 탓하며 홍연은 커피를 한 모금 마셨다.

"아침은 다른 손님이랑 같이 먹어야 하는데 안 불편할라나. 요즘 비수기다 보니 손님이 둘뿐이라."

상을 치워 가며 주인아주머니가 미안한 듯 말을 걸어왔다.

"전 아침 식사까지는 필요 없을 것 같아요. 첫 배 타고 나가야 하거든요."

효신은 평상에 내려놓았던 가방을 챙겨 들었다. 어느새 완전히 해가 져서 칠흑처럼 까매진 바다를 등지고 터벅터벅 방으로 향하는 그의 걸음은 느리고 무거웠다.

방은 아담했지만 깨끗했다. 효신은 선착장 옆 슈퍼마켓에서 사 온 칫솔을 작은 탁자 위에 내려놓았다.

내일 아침 첫 배를 타고 나간 뒤 쉬지 않고 꼬박 다섯 시간을 운전해야 했다. 월요일 아침부터 있을 회의 준비를 하려면 적어도 오후에는 서울에 도착해야 했다.

도대체 무슨 생각으로 시간이 가는 줄도 몰랐을까. 효신은 쓸쓸하게 웃었다. 애초에 이곳을 찾아온 것부터 그 본의마저도 가늠할 수 없었다.

효신은 샤워를 하기 전에 발코니로 향했다. 담배를 꺼내 입에 문 다음 라이터를 찾았다. 담배에 불을 붙이려는 찰나 효신은 인기척을 느꼈다. 간이 벽을 쌓아 막은 옆방의 발코니에 누군가 있었다. 옅은 커피 향도 그곳에서부터 흘러 넘어왔다.

효신은 담배를 주머니에 도로 넣고, 대신 난간에 기대 바다를 바라보았다.

어쩌다가 나는 여기까지 온 걸까. 우연이라도 그녀와 마주치고 싶었다면 차라리 그녀의 영화가 진행되는 제작사 앞에서 기다렸어야 했다. 하다못해 이 작은 섬보다 부산 집이 홍연을 만날 확률이 더 높았을 터였다.

단지.

가까스로 답을 찾은 효신은 작은 한숨을 내쉬었다.

아침에 눈을 떴을 때 태율이 내려놓은 액자 속 사진이 생각났다. 그리고 그는 곧장 집을 나섰다. 그는 단지 홍연이 서 있었을 길 위에 서서, 그녀가 바라보았을 바다를 보고 싶었을 뿐이었다. 효신이 원하는 것은 오로지 그것뿐이었다.

한숨과 함께 터진 입김이 차가운 공기로 사라졌다. 곧 겨울이 시작되리란 걸 효신은 느낄 수 있었다.

"좋은 아침!"

회의에 들어가기 전 커피를 내리기 위해 휴게실에 있던 효신이 팀장의 인사에 고개를 돌렸다.

"잠 못 잤어? 다크서클이 턱까지 내려왔네."

"주말에 지방에 다녀왔거든요. 왕복 열 시간을 운전했더니 잠을 자고 일어나도 컨디션 회복이 안 되네요."

효신은 방금 내린 커피를 팀장에게 먼저 건네고 다시 자신의 것을 내리기 시작했다.

"이제 주 대리도 늙는 거지. 지금 서른셋이지? 한두 살만 더 먹어 봐. 진짜 하루하루 늙는다는 게 어떤 건지 체감하게 될걸."

"그때도."

효신은 커피가 든 컵을 살짝 들어 보였다.

"여기에 의지해야죠."

팀장과 효신은 회의실로 향했다. 효신은 자리에 앉아 회의 테이블 위에 개인별로 놓인 기획안들과 제안서, 시나리오를 집어 들었다.

"일부러 회의 첫 순서로 빼 달라고 부탁했습니다."

모든 팀원들이 회의실에 모이자 첫 번째 기획안의 담당자가 나서서 회의를 시작했다.

"오늘 라인업이 상당히 화려하잖아요. 뒤로 밀려날수록 여러모로 기가 죽을 것 같아서요."

담당자의 우스갯소리에 팀원들이 가볍게 웃음을 터뜨렸다. 기획안을 읽어 내려가며 커피로 손을 뻗던 효신이 순간 멈칫했다.

"저도 제작사에서 보내온 기획안이나 책을 읽고 상당히 애매하긴 했는데, 제 개취 한번 믿고 가시죠."

담당자의 목소리가 효신에게서 아득하게 멀어져 귓가에 윙윙거릴 뿐이었다.

"그럼 프레젠테이션 띄우고 시작하겠습니다."

결정적 순간. 효신은 회의 보드 위에 뜬 화면 대신 기획안 위에 가제로 붙여진 제목을 응시하며 서둘러 다음 장을 넘겼다. 시나리오 작가의 이름을 확인한 순간 효신은 숨을 쉴 수 없을 정도로 긴장했다.

선명하게 인쇄된 이름, 차마 입 밖으로 꺼내서 불러 볼 수도 없는 이름, 부르려고 시도했다가는 목소리보다 울음이 먼저 터질 것 같은 그리운 이름이 그곳에 있었다.

"스토리 라인이 너무 단순한 거 아니야?"

팀장의 날카로운 목소리에 효신은 그제야 고개를 들어 프레젠테이션 화면을 바라보았다.

"그러니까 10년 동안 친구였던 주인공들이 사랑에 빠졌다가 헤어지고 나서 두 사람 사이의 결정적인 순간들을 되짚어 본다는 게 전부잖아. 회상 신만 난무하고, 저예산인데 해외 로케도 필요하고……."

팀장이 부정적인 의견으로 말끝을 흐리자 담당자가 재빨리 덧붙여 말했다.

"첨부한 트리트먼트를 읽어 보면 아시겠지만 플롯이 복잡하지 않은 게 포인트라고 봅니다. 깨고, 부수고, 터뜨리고 물량공세 하는 영화 시원하고 재밌죠. 서스펜스, 긴장되고 스릴 있죠. 그런데 분명 그중에서도 '아, 내 인생이나 저 인생이나 마찬가지다.' 공감하는 영화에 목말라하는 관객이 있을 겁니다."

효신은 다시 기획안에 덧붙여진 트리트먼트를 읽기 시작했다.

"블록버스터에 수십억 투자해 봤자 손익분기점 넘기기도 힘들고, 넘겨 봤자 수익률이 높은 대박은 몇 년에 한 번 나올까 말까 하잖아요. 캐나다 로케가 있긴 한데 전체적으로 예상 제작비 뽑아 보니 손익분기점 낮은 영화예요. 스토리 좋고, 영화 지향점 분명하고, 감독도 믿을 만해요. 배우만 잘 만나면 분명

승산 있습니다."

팀장이 손가락으로 탁자를 톡톡 두드리다가 팀원들을 둘러보았다.

"어때? 의견들 좀 내 봐."

"저는 반대. 요즘같이 가만히 있어도 스트레스 받는 시대에 이런 잔잔한 영화는 영 재미를 못 볼 거라는 데 한 표 던집니다. 그렇다고 완전 초저예산 인디도 아니고. 선배 말대로 포지션이 좀 애매해요."

"전 해 볼 만할 것 같은데요? 어차피 투자액이 크지 않아서 실패하더라도 안고 갈 리스크가 적잖아요. 상영관에 걸릴 땐 스크린 잡기가 좀 힘들 수 있을 것 같긴 한데, IPTV 서비스로 입소문만 타면 수익이 날 거예요."

"주 대리 생각은 어……."

팀원들의 의견을 듣던 팀장이 효신을 향해 고개를 돌렸다. 순간 말문이 막힌 팀장이 눈만 끔뻑거리며 효신을 바라보았다.

"주 대리."

당황한 팀장의 목소리에 팀원들의 시선이 일제히 효신에게로 향했다.

"지금."

놀란 팀원들 중 누군가는 마른기침을 쏟아 냈다.

"우, 울어?"

"또 컵 깼어? 그래, 이 사장님은 커피 팔아서 남는 게 돈뿐이 니까, 맘껏 깨라 깨."

카페 직원에게 장난스럽게 타박하며 돌아서던 태율이 문 앞 에 서 있는 홍연을 발견하고 숨을 헉 들이마셨다.

"야, 너……."

말문이 막혀 차마 말을 잇지 못하는 태율을 향해 홍연이 씨 익 웃으며 손을 흔들었다.

"너, 이 자식!"

계산대를 돌아 나온 태율이 성큼성큼 홍연에게 다가가 그녀 를 끌어안았다.

"오빠가 많이 보고 싶었다."

"겨우 반년 좀 넘었거든?"

홍연의 담백한 인사말에 태율이 얼굴을 찌푸리며 그녀를 밀쳐 냈다.

"야, 하루가 멀다 하고 보던 사이에 반년이면 역사가 새로 쓰이는 시간이지! 어디 보자. 팔다리 다 붙어 있고, 눈코입 멀쩡하지?"

태율의 능청에 홍연이 웃음을 터뜨렸다.

"커피나 한 잔 줘."

태율은 커피를 내리러 바 안으로 들어가면서도 반가운 듯 연방 홍연을 돌아보았다. 홍연은 빈 테이블에 자리를 잡고 앉았다. 창밖으로 지나치는 사람들을 지켜보던 홍연 앞에 태율이 라테잔을 내려놓았다.

"그동안 어떻게 살았는지 네 이야기 좀 해 봐."

태율이 뺨을 실룩거렸다.

"너 아주 잘 먹고 잘살고 있다고 최 작가가 그러더라?"

"응, 잘살았지. 내 단독 시나리오 크랭크인했다."

"응. 효신이한테 들었……."

태율이 순간 움찔하며 말을 멈추었다. 홍연은 자신의 눈치를 살피는 태율을 향해 어깨를 으쓱해 보였다.

"괜찮아."

홍연은 라테를 한 모금 마셨다.

"효신이네 회사에서 투자해 주지 않았으면 이번 영화 크랭크인 못 했어. 다행이고, 고맙게 생각해."

효신이라는 이름을 입에 올린 게 얼마 만인가 기억해 내기 어려울 정도로 오랜만이었지만, 홍연은 그 이름에서 느껴지는 여전한 친밀감에 쓴웃음을 지었다.

두 사람 사이에 묘한 침묵이 흘렀다. 이미 입 밖으로 떠오른 이름이지만 여전히 금기어처럼 화제로 삼기 어려워 태율은 망설였다. 반면 홍연은 하다못해 그의 안부나 근황이라도 물어야 하는지 고민했다.

황망히 시선을 돌리다 문득 무엇인가 생경함을 느끼고 홍연은 다시 고개를 들었다. 한동안 그 벽을 차지하고 있던 사진이 사라지고 새로운 그림이 걸려 있었다.

"뉴욕 여행 갔을 때 샀어."

홍연의 눈길을 따라가던 태율이 마침내 적당한 화젯거리를 찾아냈다는 듯 반갑게 입을 열었다.

"딱 기다려 봐. 한 30년 뒤에 저 작가가 현대미술의 거장으로 떠오르면 이 오빠가 그림 팔아서 너 영화 찍어 준다."

"진짜지? 담에 올 때 계약서 써 올 테니 두말하기 없다, 너."

태율과 허풍스런 우스갯소리를 몇 마디 더 주고받던 홍연은 그림을 올려다보던 시선을 거두고 태율을 바라보았다.

"아무리 우리가 격조하던 시기였다고 해도, 뉴욕씩이나 다녀오면서 내 기념품 하나 안 챙겨 왔어?"

"내가 그때 최 작가 만난 이유가 그것 때문이었는데……."

태율이 곤란한 표정을 지으며 손가락으로 이마를 문질렀다.

"그게 지금 내 손에 없어."

효신에게 주었다는 말을 하며 또다시 녀석의 이름을 입에 올리면, 못 견디게 어색했던 침묵이 다시 찾아올까 봐 태율은 그만두었다.

"뭐, 인연이면 네 손에 다시 돌아오겠지."

홍연은 의아한 듯 태율을 바라보다 이내 다시 라테잔을 집어 들어 커피를 마셨다. 어느 카페에서나 파는 흔한 커피 메뉴였지만, 모든 카페의 라테 맛은 달랐다. 원두의 종류, 탬핑, 우유, 스팀의 온도 등 다양한 조합에 따라 맛이 변했다. 홍연은 자신이 이 라테 맛을 그리워했다는 사실을, 잔이 모두 비워진 순간에야 깨달았다.

"와, 이게 무슨 호강이야."

홍연은 얼떨떨한 듯 식탁을 내려다 보았다.

"오늘 나 말고 집에 초대한 사람 있어?"

"가시나, 해 줘도 난리고."

엄마는 콧방귀를 뀌며 식탁에 빽빽하게 놓은 찬 접시를 밀쳐 가운데 자리를 만든 뒤 갈비찜이 수북하게 쌓인 그릇을 내려놓았다.

"이번에 계모임 갔는데 지난번 니가 쓴 영화를 사람들이 다봤다 안 카나. 그래가꼬 느그 엄마가 간만에 입에 침이 좀 말랐지. 딸내미 자랑하느라."

'쓸데없는 소리, 내가 언제?' 아빠를 향해 퉁명스럽게 대꾸하면서도 엄마는 연방 냉장고에서 음식을 꺼내 내놓았다.

"그 영화는 뭐, 나 혼자 쓴 것도 아닌데. 내년에는 나 혼자 쓴 영화 개봉해."

쑥스럽기도 했고, 한편으로는 으쓱하기도 한 홍연은 괜히 말끝을 흐리며 물병을 집어 입으로 가져갔다. 평소 같으면 컵에 따라 마시라며 등짝을 맞을 게 뻔했지만 엄마는 가볍게 눈을 흘길 뿐이었다.

"그래. 그것도 영화 찍기 시작했다매?"

"엄마가 그걸 어떻게 알아?"

"어제 효신이가 그카던데?"

풋, 놀란 홍연은 입 안에 있던 물을 작게 뿜어냈다.

"효신이가."

입가에 흐른 물을 손등으로 닦아 내며 홍연은 간신히 말을 이었다.

"왔었어?"

"몰랐나?"

마침 생각났다는 듯 엄마는 앞치마 차림으로 식탁에서 일어나 방으로 향했다. 다시 돌아온 엄마의 손에는 작은 시디가 들려 있었다.

"이거, 니 오면 전해 달라 카더라. 어제 효신이 왔다 가고, 오늘 니 온다 하니 내는 둘이서 다 말 된 줄 알았지."

홍연은 물통을 내려놓지도 못하고 그 자리에 못 박힌 듯 서 있었다. 그 물건이 무엇인지, 어째서 그녀 앞에 나타났는지, 그리고 왜 효신이가 그 물건을 전해 달라고 했는지 쉽게 납득하기 어려운 홍연은 식탁 위에 놓인 오래된 시디를 물끄러미 응시했다.

유년 시절부터 청소년기를 보낸 고향집의 작은방은 골동품 가게라고 해도 좋을 만큼 오래된 물건들이 방 안 깊숙한 곳에 잠들어 있었다. 홍연은 시디플레이어를 기어코 찾아내 손바닥으로 먼지를 털어 냈다. 하지만 시디를 넣어 재생 버튼을 눌러도 전원은 들어오지 않았다.

"15년 전 플레이어에 20년 전 시디가 제대로 작동할 거라 생각했니."

자조적인 목소리로 중얼거린 뒤 홍연은 플레이어를 침대에 던져 놓고 곁에 누웠다. 천장을 물끄러미 바라보던 홍연이 조심스럽게 핸드폰을 꺼내 들었다. 효신의 전화번호는 핸드폰 속에서 삭제된 지 오래되었지만, 그렇다고 머릿속에서도 지워진 것은 아니었다.

숫자를 하나씩 눌러 가는 홍연의 손가락 끝이 가볍게 떨렸다. 마침내 마지막 숫자만을 남겨 두었을 때 홍연의 손길은 허공에서 멈추었다. 한참을 망설이던 홍연은 끝내 핸드폰을 도로 내려놓았다. 괜히 침대 위에서 이리저리 몸을 뒤척이던 홍연의 손에 다시 시디플레이어가 잡혔다.

"부산까지 내려오고. 요즘 한가한가 보네, 주효신."

플레이어를 바라보던 홍연이 문득 무슨 생각이 들었는지 침대에서 몸을 일으켰다. 그리고 벽에 걸린 시계로 팔을 뻗었다. 건전지를 꺼내 버리자 시계의 초침은 그 자리에서 멈춰 버렸다. 홍연은 시계를 아무렇게나 내려놓고 플레이어에 건전지를 집어넣었다. 이어폰을 귀에 꽂은 뒤 다시 플레이 버튼을 누르는 홍연의 손길은 침착하고 느릿했다.

윙, 작은 진동과 함께 플레이어 안에서 시디가 돌아가기 시작하자 홍연은 저도 모르게 탄성을 질렀다. 첫 번째 트랙이자 앨범의 타이틀이기도 한 음악이 흐르기 시작했다. 멜로디만으로 오래된 기억을 소환시키고, 감성을 일깨우고, 감정을 조율하는 힘을 가진 한스 짐머의 음악이었다.

홍연은 시디 케이스를 집어 들고 작게 인쇄된 제목을 나직하게 중얼거렸다.

"As good as it gets."

이내 음악에 온전히 집중하기 위해 두 눈을 감은 홍연의 얼굴 위로 미소가 번져 나갔다.

결정적 순간

인생의 가장 밑바닥이라 생각했던 지점이 있었다. 항상 실패했고, 빈털터리였고, 사랑이라 생각했던 사람은 벽 건너에서 다른 여자의 손을 잡고 있었다. 자책, 비탄, 질투, 혐오로 뒤섞인 채 벼랑 끝으로 내몰린 기분이었다.

그때 효신의 온기는 유일한 위로였다. 지탱해 주던 그의 어깨가 아니었다면 홍연은 아마 그 자리에서 무너져 내려 이 세상에서 먼지처럼 사라져 버렸을지도 모른다. 문득 고개를 들어 효신을 바라보았을 때, 그의 시선이 머문 사진이 홍연의 눈에도 들어왔다.

결정적 순간. 시나리오를 완성하고 그것을 무엇으로 불러야 할지 결정해야 할 때, 왜 그 말이 떠올랐을까. 하염없이 사진을 올려다보던 효신의 얼굴에서 나는 무엇을 읽었던 걸까.

"원 라지……."

소리쳐 커피의 주인을 부르려던 앳된 얼굴의 남미계 직원이 픽업 카운터 앞에 서 있던 홍연과 눈이 마주치자 친근하게 미소 지으며 그녀에게 커피를 밀어 주었다.

"엔조이!"

그녀는 계산대 앞에 길게 줄을 선 사람들을 보고 초조해하지도 않았고, 밀려드는 주문에 짜증이 밀려오는 표정도 없이 여유 있고 능숙했다. 같은 자리에서 일했지만 그녀와 달리 실수 연발에, 손님에게 사과하기 바빴고, 매니저에게 잔소리를 밥 먹듯 들었던 10여 년 전의 자신을 떠올리며 홍연은 고개를 설레설레 저었다.

문을 나서려던 홍연은 다시 추적추적 내리기 시작한 창밖의 비를 발견하고 멈칫했다. 세월이 흘러도 변함없는 팀홀튼처럼 밴쿠버의 우기도 여전했다. 빗줄기가 잦아들길 기다리며 홍연은 창가의 딱딱한 플라스틱 의자에 앉아 커피를 한 모금 마셨다.

"촬영팀이 고생하겠네."

홍연은 일부러 촬영 현장에 가지 않았다. 크랭크인이 된 시나리오는 오롯이 감독의 영역이었다.

그런데도 촬영을 핑계 대고 내가 여기까지 온 이유는 뭘까.

홍연은 일회용 커피 컵을 만지작거리며 창밖을 바라보았다. 설탕을 잔뜩 뿌린 도넛의 달콤함과 진한 커피 향기가 섞인 눅눅한 비 냄새는 그녀의 의지와는 상관없이 오래전 기억을 불러왔다.

필름스쿨 수업이 끝나면 홍연은 아르바이트 시간에 늦지 않으려고 이곳으로 달려왔다. 손님들을 상대하고, 청소를 하고, 컵을 씻다가 문득 고개를 들면 제일 구석 자리에서 효신과 태율이 과제를 하거나 시나리오를 쓰고 있었다. 눈이 마주친 효신은 손을 들어 살짝 흔들었고, 그녀를 향해 환하게 웃었다. 무례한 손님, 매니저의 타박, 퉁퉁 부어오른 다리의 통증도 그 미소 하나면 참아 낼 수 있었다.

밤새도록 프로젝트 과제로 스토리보드를 만들어야 할 때, 게스타운과 차이나타운 사이의 작고 낡은 독립극장에서 연속 상영으로 서너 편의 영화를 보고 난 뒤 그 여운을 주체할 수 없을 때도 그들은 이곳으로 달려왔다. 쉴 새 없이 대화했고, 배가 고파지면 값싼 커피와 도넛을 사 먹었다.

요란한 핸드폰 벨소리 때문에 선연하고 혈기왕성했던 어린 날의 그들이 홍연의 눈앞에서 사라져 버렸다.

— 작가님, 촬영 끝내고 철수 중이에요.

조감독이었다. 비가 와서 촬영할 때 애를 먹었을 텐데도 여전히 목소리는 활기차고 의욕에 넘쳤다.

— 어디세요? 저희 회식하러 갈 건데 이쪽으로 오세요.

"살림 빠듯하다고 매일 앓는 소리 할 땐 언제고 웬 회식?"

— 투자사 담당자가 쏜대요.

커피 컵을 입으로 가져가던 홍연의 손길이 허공에서 멈칫했다.

"투자사에서."

갈라진 자신의 목소리에 홍연은 목을 한 번 가다듬은 뒤 다시 입을 열었다.

"왔어? 여기까지?"

— 그러게요. 뭘 감시하려고. 어쨌든 법카로 쏜다니까 스태프들 실컷 먹이려고요. 다운타운 시내 잘 아시죠? 주소 보내드릴 테니 얼른 오세요.

전화를 끊고 난 후에도 홍연은 한참 동안 움직일 수 없었다. 제작비를 채우지 못해 영화 제작이 무산될 뻔했을 때 나서 준 투자사가 효신의 회사였지만, 우연의 일치인지 아니면 효신의 배려였는지 알 도리는 없었다.

홍연은 천천히 자리에서 일어났다. 비는 여전히 내리고 있었다. 홍연은 후드를 뒤집어쓰고 카페 밖으로 한 걸음 내디뎠다. 바람이 섞이지 않은 옅은 비였지만 홍연의 옷은 금방 젖어들었다.

버스를 타면 5분도 채 걸리지 않는 가까운 거리였지만 홍연은 랍슨스트리트를 향해 걷기 시작했다. 레인쿠버라 불릴 만큼 우기가 익숙한 밴쿠버의 사람들은 홍연처럼 개의치 않고 우산 없이 빗속을 걸었다.

이른 오후부터 해가 저물었다. '홍대포차'에서 '청담식당'으로 바뀐 간판에 환하게 불이 들어와 반짝이고 있었다. 식당 문 앞에 서서 간판을 올려다보던 홍연은 조심스럽게 문을 열고 안으로 들어섰다. 간판처럼 가게 안의 인테리어는 예전 모습을 찾아볼 수 없을 정도로 완전히 바뀌어 있었지만, 술집에 밴 맥주 냄새와 맵싸한 음식 냄새, 사람들의 소음은 그때와 같았다.

눈치가 없었던 게 아니었다. 그들이 자신을 반기지 않는 것을 알면서도, 좋아했던 사람이 불러 줬기에 홍연은 꾸역꾸역 그 자리에 앉아 있었다. 그것이 이홍연이 유일하게 알고 있는, 누군가를 좋아하는 방법이었다. 그녀를 쫓으려는 노골적이고 무례한 말과 행동들이 도를 넘어섰을 때, 그래서 홍연이 더 이상 참지 않고 자리를 박차고 일어날 기회를 찾고 있을 때, 그때 누군가 다가와서 그녀 앞에 섰고 다정하게 눈을 맞춰 주었다.

'우리 오후 컨벌세이션 수업 같이 듣는데, 나 기억 안 나?'

어째서 나는, 이런 것까지 기억하고 있을까. 처음으로 효신이 내게 건넸던 그 말, 그리고 그때 나의 당혹감, 의아함, 묘한 설렘까지 어쩌자고 간직하고 있을까.

"이 작가, 여기!"

벌써 알싸하게 취한 듯 얼굴이 붉게 달아오른 감독이 손을 번쩍 들어 홍연을 불렀다. 촬영 스태프들이 앉아 있는 테이블을 향해 걸음을 떼는 홍연의 몸이 조금씩 떨리기 시작했다. 한 걸음 한 걸음 다가갈수록 홍연은 돌아서서 도망치고 싶은 충동과 싸워야 했다.

"왜 그러고 섰어? 이 작가, 얼른 자리 잡고 앉아. 김 대리님, 한 잔 더 받으세요. 기왕 오셨으니 오늘 시원하게 쏘셔야 합니다. 밴쿠버에서 소주 한 병이 얼만지 아시죠?"

"걱정 마세요. 팀장님한테서 법카 받아 왔으니 맘껏 드세요."

감독 곁에 있는 사람이 효신이 아니라는 사실을 확인한 순간, 홍연은 다리에 힘이 쭉 풀렸다.

"작가님, 왜 그러세요?"

며칠 만에 맛보는 한국 음식을 정신없이 먹던 스태프들이 조감독의 목소리에 일제히 홍연을 바라보았다. 자신에게 쏟아지는 사람들의 의아해하는 시선에 홍연은 태연한 척 웃어 보이려 했지만 파르르 떨리는 입술 때문에 오히려 표정이 우스꽝스러워졌다.

"작가님!"

스륵 바닥에 주저앉은 홍연의 모습에 놀란 스태프 몇 명이 그녀에게 다가왔다.

"어디 아프세요?"

"아, 아니야. 괜찮……."

훅 터진 울음에 홍연은 말을 잇지 못했다.

시간이 모든 것을 해결해 줄 거라 믿어 의심치 않았다. 상처는 아물고, 그리움은 옅어질 것이며, 떨림은 기억조차 할 수 없을 거라고 생각했다. 하지만 나는 몇 개월 전의 사랑은 고사하고 10년도 더 지난 그 사람의 한마디 말조차 잊지 못했다.

"미안. 시차 때문에 좀 피곤해서……."

홍연은 당황한 사람들의 눈길을 피하며 몸을 일으킨 뒤 도망치듯 식당을 빠져나왔다. 눈물이 멈추지 않기 때문에 비가 내려 다행이라 생각했다. 황망히 걷는 길이었지만 홍연은 자신의 걸음이 어디로 향하고 있는지 알고 있었다. 한참을 걸었지만 다리가 아픈 것도, 젖은 몸의 추위도 느낄 수 없었다.

해변가의 레스토랑과 카페에서 흐릿한 불빛이 비쳤지만, 비가 내리는 잉글리시베이는 희끄무레하게 어둑했고 한적했다. 해변의 벤치 역할을 하는 모래사장 위의 거대한 통나무들도 비에 젖어 축축했지만 홍연은 개의치 않고 통나무 위에 털썩 앉았다. 무릎에 얼굴을 묻고 파도 소리를 들으며 홍연은 비와 눈물이 잦아들길 기다렸다.

"이러려고 밴쿠버까지 온 거야, 이홍연?"

이불킥 할 흑역사가 또 하나 생겼다. 다시 생각해 봐도 어이가 없고 기가 막혔다. 잘 지내고 있다고, 대견하고 의아할 만큼 기복 없이 평온하다고 믿고 있었기에 이렇게 갑작스럽게, 단번에 무너질 줄은 전혀 예상하지 못했다.

감독 곁의 사람이 효신이 아니라는 사실을 깨달은 순간 온몸의 힘이 쭉 빠져나갔다. 그건 단순한 실망감이 아니었다. 지난 수개월간 마음 깊은 곳의 진심을 모른 체하면 언젠가는 지워지리라 과신했던 스스로에 대한 패배감이었고, 민낯을 드러낸 거대한 그리움이었다.

여전히 효신이 미웠다. 하지만 그 배신감조차 그를 사랑하기 때문에 비롯된 질투라는 것을 인정해야 했다.

비가 그쳤는지 더 이상 머리 위로 차가운 빗줄기가 떨어지지 않았다. 하지만 홍연은 차마 고개를 들지 못했다.

주효신이 보고 싶다.

오래전 두 사람이 함께 하늘을 올려다보았고, 하늘에서 터진 불꽃이 눈부시게 떨어지던 그 바다를 마주하는 순간 더는 진심을 감출 수 없을 것이란 확신에 가까운 예감이 들었다.

"왜 사람들 앞에서 울고 그래?"

순간 홍연은 숨을 멈추었다.

"창피하게."

분명 효신의 목소리였지만 여전히 믿기지 않았다. 홍연은 직접 눈으로 확인하기 위해 천천히 고개를 들었다.

"오랜만에 필름스쿨에 들렀다가 좀 늦게 회식 자리에 갔는데 스태프들이 다 네 이야기만 하고 있더라."

효신이었다. 홍연의 머리 위로 우산을 받쳐 든 효신이 그 자리에 서 있었다.

"갑자기 주저앉아 울다가 가게를 뛰쳐나갔다고. 왜 그랬어? 다들 걱정하게."

효신이 우산을 건네자 홍연이 얼떨결에 건네받았다. 손이 자유로워진 효신이 손수건을 꺼내며 젖은 모래 위에 한쪽 무릎을 꿇고 앉았다.

"여긴 어떻게 왔어?"

효신이 조심스러운 손길로 홍연의 후드를 벗겨 냈다. 그리고 손수건으로 젖은 머리칼과 얼굴을 닦아 주었다.

"너는 슬프거나, 화가 나거나, 눈물이 나거나 그럴 때면 이상하게 물가로 가더라. 누가 부산 사람 아니랄까 봐. 술에 취하면 꼭 서강대교를 뛰어다녀야 직성이 풀리잖아."

농담을 건네는 효신의 부드러운 손가락이 뺨에 스치자 홍연의 얼굴이 붉게 달아올랐다. 그의 손길을 뿌리치며 홍연은 짚

432

게 깔린 어둠에 안도했다.

"내 말은, 밴쿠버에 왜 왔냐는 거야. 아까 회식 때 보니까 우리 영화 담당자는 따로 있는 것 같던데."

홍연에게 우산을 양보한 효신의 머리칼이 비에 젖어 이마 위로 흘러내렸다. 효신은 천천히 몸을 일으켰다.

"너 만나러 왔어."

다시 홍연의 코끝이 알싸해지고, 뺨 근육이 떨렸다. 스스로에게 들켜 버린 진심을, 효신에게는 어떻게든 감추고 싶은 충동에 홍연은 벌떡 일어나 효신을 향해 우산을 내던지듯 돌려주었다.

"누가 너 만나겠대? 왜 멋대로 나타나?"

홍연은 효신을 남겨 두고 성큼성큼 백사장을 가로질렀다. 하지만 앞으로 한 발 한 발 내디딜 때마다 그 거침없는 기세가 조금씩 풀이 죽고 걸음은 느려졌다. 결국 해변 끝에 다다를 때쯤 홍연은 제자리에 멈춰 섰다. 앞으로 나아갈 수도, 그렇다고 뒤돌아볼 수도 없었다.

"네가 가라고 하면 갈 거야."

어느새 가까이 다가온 효신이 등 뒤에서 나직하게 말했다.

"그리고 다시 나타날 거야. 네가 가라고 하면 가고, 내가 보고 싶으면 다시 올 거야."

홍연이 돌아서서 효신을 올려다보았다.

"이제 와서 왜 이래? 내가 아무리 전화번호를 바꿔도, 이사를 했어도 찾으려 했으면 얼마든지 찾을 수 있었잖아."

말을 하고 나니 마치 내내 그를 기다리고 있었다는 뜻처럼 들려 홍연은 혀끝을 살짝 깨물었다.

"너한테 더 미움받을 까 봐. 내 그리움보다 그게 더 무서워서."

"그런 사람이 부산 집도 모자라서 밴쿠버까지 쫓아와?"

"시나리오가."

효신은 다시 홍연의 머리 위로 우산을 씌워 주었다.

"해피엔딩이더라고."

잠시 말문이 막혔던 홍연이 이내 고개를 짧게 흔들었다.

"너 바보야? 그건 그냥 시나리오야. 현실이 아니라 영화 속에서나 가능한 거라고."

"그런데 왜 넌 여기까지 왔어?"

홍연은 입술을 꽉 다물고 효신을 노려보았다.

"거기서 왜 울었어?"

효신의 목소리는 부드럽고 다정했다.

"왜 여기 앉아 있어?"

하지만 집요하고 단호하기도 했다.

"여전히 내가 싫으면 네 눈앞에서 사라지라고 해도 되고, 가라고 해도 돼."

효신은 그새 다시 젖은 홍연의 머리칼과 뺨을 손으로 닦아 주었다.

"그렇지만 내가 아직 너를 기다리고 있다고, 내 사랑이 끝나지 않았다고."

그의 손길이 닿을 때마다 움찔하는 몸의 반응을 감추려 홍연은 주먹을 꽉 쥐었다.

"그러니까 네가 원하면 언제든지 나를 만날 수 있다고, 너한 테 말은 해 줘야 네가 알 거 아냐."

'내 마음 받아 줄 거라는 기대는 안 했어. 그렇지만 내가 너 를 좋아한다고 말은 해야 네가 알 거 아냐.'

"왜 그렇게."

목 안이 따끔거리는 것 같아 홍연은 잠시 말을 멈추었지만 이내 다시 입을 열었다.

"미련해?"

효신이 빙그레 미소 짓자 홍연은 말문이 막혔다. 어떻게 지 금 이 상황에 웃을 수 있어?

"내가 사랑을, 미련한 사람한테 배워서 그래."

효신은 홍연의 손에 우산을 쥐여 주었다.

"이제 안 우는 거 봤으니 됐다. 나 갈게."

고작 이 몇 마디를 위해서 비행기로 열 시간을 뒤쫓아 날아 온 걸까. 일말의 망설임이나 미련도 보이지 않고 돌아선 효신 의 뒷모습을 홍연은 물끄러미 지켜보았다.

"나 아직."

제멋대로 말이 터졌다. 홍연은 눈을 질끈 감고 입술을 꽉 다 물었지만, 소용없는 일이었다. 한번 터져 버린 진심을 더 이상 모른 척할 수 없었다.

"너한테 화 안 풀렸어. 네가 너무 미워. 그래서 너한테 엄청 못되게 굴지도 몰라."

효신은 걸음을 멈추고 돌아섰다.

"그래도 괜찮으면."

효신은 쉽게 그녀에게 다시 다가오지 못하고 홍연을 바라보았다.

"그래도 버틸 수 있으면."

끝나지 않은 마음을 외면하는 것은 어쩌면 처음부터 불가능한 일이었을지도 모른다. 그러기에 자신은 어리석을 만큼 솔직하고 미련이 많다는 사실을 누구보다도 홍연이 잘 알고 있었다.

"그래도 나를 사랑한다면."

그 자리에서 얼어붙은 듯 꼼짝도 할 수 없는 효신을 대신해 홍연이 한 걸음 그에게 다가섰다. 한 걸음, 또 한 걸음 가까이 다가서자 어둠 속에서도 효신의 붉어진 눈시울을 볼 수 있었다. 마침내 홍연이 효신 앞에서 걸음을 멈추었을 때, 그녀가 들고 있던 커다란 우산 안으로 두 사람이 함께 마주 보고 섰다.

"가지 마."

목 안으로 울컥 치민 울음을 삼키느라 효신은 대답을 할 수 없었다.

"가지 말라고!"

재차 말하는 홍연의 단호해진 목소리에 효신은 손바닥으로 자신의 얼굴을 한 번 쓸어내린 뒤, 작게 웃음을 터뜨렸다. 그리고 고개를 끄덕였다.

"그럴게."

내가 그 사람을 사랑할 때, 그 사람은 나를 사랑하지 않았다. 그 사람이 나를 사랑했을 때, 나는 그 사람이 미웠다. 우리는 수없이 어긋났고, 돌이킬 수 없을 만큼 처참하게 실패했었다. 우리가 우리일 수 없었던, 놓쳐 버린 기회는 도대체 언제였을까. 무심코 지나 버린 우리의 결정적 순간들은 언제였을까. 밤을 지새우며 돌이키고 곱씹어야 했다.

그리고 우리는 이제야 알게 되었다. 우리가 처음 만났던 그때부터 지금까지 건네었던 말 한마디, 건네주었던 손길 한 번, 무심히 돌아서 보였던 뒷모습, 웃음 한 번과 다정한 눈빛의 마주침 모두 결코 사소하지 않았다는 걸 깨달았다. 함께해 온 모든 시간들이 바로 지금, 서로를 마주 보는 이 순간을 결정짓고 있었다.

그래서 우리는 결정적인 바로 이 순간, 다시 사랑을 한다.

에필로그. 라스트신
....

"빨리 와, 영화 시작한다."

홍연의 재촉에 냉장고에서 맥주를 꺼내 들던 효신이 전자레인지를 흘끗 바라보았다. 팝콘 봉투가 터질 듯 부푼 채 돌아가고 있었다.

"알았어. 다 됐어."

전자레인지에서 꺼낸 팝콘 봉투를 뜯자 고소한 버터 냄새가 작은 오피스텔 안에 가득 찼다. 맥주 두 병을 한 손에, 나머지 한 손에는 팝콘이 가득 든 그릇을 들고 효신은 홍연의 옆에 자리를 잡고 앉았다.

영화는 이미 시작되었다. 남자 주인공이 타국의 술집 앞에서 망설이는 타이틀 시퀀스는 지나간 후였다. 효신은 서두르지 않고 팝콘 그릇을 내려놓고, 홍연에게 맥주를 건네주었다. 이미 열 번은 족히 본 영화였다. 좋아하는 장면의 대사는 대부분 외울 수 있을 정도였다.

"진짜 괜찮겠어?"

화면 속 배경이 이국적인 밴쿠버의 정경에서 서울 밤거리로 바뀌었을 때, 효신이 반쯤 마신 맥주를 내려놓으며 물었다.

"뭐가?"

와작와작 팝콘을 씹던 홍연이 무심하게 되물었다.

"진짜 상 타면 어떡할래?"

홍연이 움찔하는 것을 보며 효신의 목소리는 더 장난스러워졌다.

"후회 안 하겠어?"

"무슨 후회? 내가 상을 탈 리가 없잖아."

홍연은 여자 주인공이 술에 취한 채 서강대교를 내달리는 장면을 손가락으로 가리켰다.

"50만 겨우 넘겼어."

"스크린 수에 비하면 선방한 거야. IPTV로 제작비도 다 회수했고. 설사 상을 못 탄다고 쳐. 노미네이트된 것만으로도 엄청나게 대단한 거잖아. 그것만으로도 시상식장에서 충분히 기뻐하고 즐길 수 있는 거 아니야?"

홍연은 대답 없이 맥주를 꿀꺽꿀꺽 마셨다.

"그걸로 부족해? 지금 실망하는 게 싫어서 도망치는 거야? 왜 이렇게 이홍연답지 않게 굴어?"

홍연은 빈 병을 방바닥에 탕 내려놓았다. 순간 흔들거리며 균형을 잃은 맥주병이 고꾸라지며 빙그르 굴렀다.

"거기 우지민이 있잖아."

"뭐?"

홍연이 고개를 들고 효신을 바라보며 다시 말을 이었다.

"800만 넘긴 우 감독 영화, 이번에 거의 전 부문에 다 후보에 올랐더라? 노미네이트된 거? 눈물 나게 감사하지. 불과 얼마 전까지만 하더라도 공모전에 내는 족족 떨어지고, 영화 엎어지고, 무산되고 그랬던 나한테 어마어마한 영광이고 꿈이지. 그런데 내가 아직 정신 수양이 부족한가 봐. 우 감독한테 밀려서 떨어지고, '전 후보에 오른 것만으로도 너무 기뻐요.' 하면서 박수를 쳐 줄 수가 없어. 내 마음이 그래."

홍연은 숨도 쉬지 않고 말을 쏟아 냈다. 할 말을 잃고 멀뚱하게 자신을 내려다보는 효신을 마주하고서야 홍연은 얼굴을 붉혔다.

"왜 쪽팔리게 이런 이야기까지 하게 만들어? 남친이라는 놈이 여자 친구 마음 하나 못 읽고."

"어디 가?"

"화장실!"

괜히 소리를 빽 지른 것은 정말로 화가 난 것이 아니라 민망함을 감추기 위해서였다. 홍연은 끈질기게 떨어지지 않는 효신의 시선을 그대로 등짝에 달고 욕실로 향했다. 문을 닫고 세면대에 선 홍연은 짧은 한숨을 내쉬었다.

"가뜩이나 신경 쓰여서 영화에 집중도 못 하고 있었는데."

그렇게 효신이 콕 집어 화제로 꺼낸 순간, 홍연은 속마음을 들킨 것 같아 부끄러웠다. 대한민국에서 세 손가락 안에 드는 영화 시상식에 후보자 자격으로 초대되었을 때, 마치 대수롭지 않은 일이라는 듯 거절했던 것은 꺼드럭거리는 호기가 아니라 위구심이었다.

　홍연은 물을 틀어 가볍게 세수를 했다. 붉어진 얼굴과 더불어 초조함이 섞인 마음도 식어 평연해지길 바랐다.

　욕실에서 나와 효신에게 돌아오던 홍연은 문득 텔레비전 속 화면이 더 이상 영화 속 장면이 아니라는 사실을 깨달았다.

　"야, 주효신 너!"

　시상식이었다. 텔레비전에서 영화 시상식을 생중계로 보여 주고 있었다.

　"꺼. 보기 싫어."

　홍연은 효신의 손에 들린 리모컨을 빼앗으려고 덤벼들었다.

　"내가 하루 종일 하는 일이 시나리오랑 기획안 읽는 거야. 이 영화는 어떤가, 저 영화는 대박 날까, 그런 거 고민하고 판단하면서 월급 받는 사람이라고."

　홍연의 손길을 이리저리 피하던 효신이 이내 그녀의 손목을 꽉 붙잡았다.

　"네가 수상 못 하면, 우 감독 시나리오도 아니야."

　다정한 눈길로 홍연을 바라보던 효신이 그녀의 입술에 가볍게 키스했다. 보드랍고 따뜻한 효신의 입술은 고소하고 짭짤한 버터 맛이 났고, 옅은 맥주 향도 났다.

"나를 믿어 봐."

그는 낮고 조용한 목소리로 덧붙였다. 홍연은 마치 주문에 걸린 듯 꼼짝하지 않고 효신을 응시했다.

— 각본상 시상에 앞서 후보부터 만나 보겠습니다.

텔레비전 속에서 흘러나온 안내 멘트에 홍연은 퍼득 정신을 차리고 두 손으로 귀를 두드렸다.

"싫어. 안 봐. 안 볼 거야. 아아아아, 안 보고 안 들을 거야."

홍연이 그러든지 말든지 효신은 자신만만한 얼굴로 볼륨을 더 높였다.

— 자, 그럼 수상자를 발표하겠습니다. 제40회 청룡영화상 각본상.

홍연은 두 눈마저 꼭 감고 귀를 더 꽉 틀어막았다. 그러자 터질 것처럼 거센 심장 고동이 가슴을 타고 온몸으로 전해지는 것이 느껴졌다. 지금 자신이 느끼고 있는 것이 온전히 두려움만은 아닐지도 모른다고 생각이 든 순간, 나직한 목소리가 그녀를 불렀다.

"홍연아, 이홍연."

홍연은 천천히 눈을 뜨고 텔레비전을 응시했다. '결정적 순간, 이홍연 작가.' 타이틀 뒤로 대리 수상을 위해 감독이 관객석에서 일어나는 장면이 화면에 잡혔다.

더 이상 눈을 감지도 귀를 막지도 않았지만, 여전히 정신은 아득했다. 어리둥절한 그녀를 일깨운 것은 끊이지 않는 전화벨 소리와 쏟아지는 메시지였다. 전화를 받을 엄두를 내지 못한 홍연은 효신에게로 시선을 돌렸다.

"축하해."

마침내 효신의 목소리가 그녀를 완벽하게 현실로 돌아오게
만들어 주었다. 효신은 빙그레 웃으며 말을 이었다.

"그것 봐. 내 말 믿으라고 했잖······."

효신의 말이 끝나기도 전에 홍연은 그의 품 안에 파고들었
다. 그리고 떨림과 웃음이 섞인 묘한 울음을 터뜨렸다.

"다들 술잔 들었지? 무조건 원샷임! 안 마시는 사람 배신이
야아."

벌겋게 달아오른 얼굴로 홍연이 일일이 스태프들과 눈을 맞
춰 가며 잔을 치켜들었다.

"아우, 이 작가 또 시작이야?"

"취했다, 취했어."

홍연의 테이블 주변에 둘러앉아 있던 스태프들의 애정 어
린 타박이 쏟아졌다.

"내버려둬. 상 탔지, 새 시나리오도 크랭크인했지. 이 정도
기분은 당연히 내야지. 마셔 줘, 마셔 줘."

축하해 주는 스태프들과 함께 한 잔, 혼자 흥에 못 이겨 또
한 잔 마시다 보니 어느새 홍연은 혀가 꼬이고 눈앞이 빙글 돌
았다.

"나, 나 화장실 갔다 올 건데 아무도 집에 가면 안 돼요오!"

홍연은 자리에서 일어나 화장실로 향했다. 위태롭게 비틀거

리던 걸음이 화장실에 채 도착하기도 전에 꼬여 버렸다. 그 순간 다리에 힘이 풀려 바닥에 주저앉는 그녀의 팔을 붙잡아 주는 손길이 있었다.

"괜찮으세요?"

"어, 너는."

홍연은 피익 웃으며 아는 척을 했다.

"저 잡고 일어나 보세요, 작가님."

홍연은 스태프의 부축을 받고 똑바로 섰다.

"초반부터 달리시는 것 같아서."

건장한 체구에 아직 앳된 얼굴의 스태프가 주머니에서 약봉지를 하나 꺼내 들었다.

"아까 약국 문 닫기 전에 가서 사 왔어요."

홍연은 손바닥에 놓인 약봉지를 게슴츠레한 눈으로 바라보았다.

"저."

잠시 머뭇거린 스태프가 쑥스러운 얼굴로 다시 입을 열었다.

"작가님, 팬이에요. 이번 영화 퍼스트도 작가님이 시나리오를 썼다고 해서 지원한 거예요."

어라, 이 클래식하고 설레는 신은 뭐지? 홍연의 뺨이 실룩거렸다. 이내 장난기 어린 웃음이 그녀의 얼굴에 퍼져 나갔다.

"작가님하고 조금이라도 친해질 수 있을까 싶어서요. 그래서 말인데요……."

"이홍연!"

등 뒤에서 들려온 낮고 험상한 목소리에 수줍게 이어 나가던 스태프의 말이 댕강 잘려 나갔다. 효신이 한쪽 눈썹을 치켜세운 채 두 사람을 번갈아 바라보다 이내 성큼 다가와 홍연의 어깨를 붙잡아 부축했다.

"효신이 너 여기 왜 왔어?"

"왜 오긴. 너 때문에 오늘 술집에서 밤 꼴딱 새우게 생겼다고 감독이 좀 데려가라고 전화했더라."

이미 홍연의 가방을 챙겨 들고 서 있던 효신이 스태프를 흘끗 바라보며 고갯짓을 해 보였다.

"뭐 해? 가 봐."

스태프가 머쓱한 표정으로 돌아서자 아쉬운 듯 홍연이 그의 뒷모습에서 눈을 떼지 않았다.

"빨리 가자. 다른 사람들 다 너 때문에 집에 못 가고 있잖아."

효신의 재촉에 홍연이 불만스러운 표정을 지었지만, 순순히 그를 따라 술집을 나섰다.

늦가을의 밤바람이 제법 싸늘했다. 효신은 자신의 카디건을 벗어 홍연의 어깨에 감싸 주었다.

"왜 그냥 보내? 고백하기 직전이었는데, 아깝게."

아무리 생각해도 아깝다는 듯 홍연이 입맛을 쩝 다셨다.

"고백은 무슨."

효신이 콧방귀를 뀌었다.

"걔가 뭐가 아쉬워서 열 살은 더 많은 너한테 고백을 해? 그냥 작품 이야길 하고 싶은 거겠지. 영화, 시나리오, 일, 공적인 뭐 그런 것들."

"어어어, 주효신 너."

홍연의 목소리에 장난기가 가득했다.

"지금 그거 질투?"

"질투는 무슨. 그런 꼬맹이한테 내가?"

강하게 부정하면서도 효신은 손에 들고 있던 약봉지를 마구 구겨서 길가의 쓰레기통에 던져 버렸다.

"내 팬이라잖아. 나이가 무슨 상관이야. 설사 지금은 그냥 팬심이라고 쳐. 작품 이야기, 시나리오 이야기 주고받다가 마음이 어떻게 될지 누가 알아?"

홍연이 눈을 가늘게 뜨고 효신을 바라보았다.

"너도 그랬잖아, 우지민 감독."

억울한 듯 말문이 막힌 효신이 고개를 설레설레 흔들었다.

"옛날이야긴 좀 잊자, 응?"

"잊긴. 난 평생 이걸로 너 약점 잡을 거야."

신음을 내며 먼저 한 걸음 앞서 걸어가는 홍연의 뒷모습을 지켜보던 효신이 문득 스친 생각에 서둘러 그녀의 뒤를 따랐다.

"평생?"

"아, 가을바람 좋다. 이것도 잠깐이겠지? 하루아침에 겨울이 올 거야, 아마."

효신은 괜히 딴청을 피우며 말을 돌리는 홍연의 팔을 붙잡아 세웠다. 숨이 닿을 듯 가까이 선 두 사람이 마주했다. 홍연의 입술 사이에서 달큼한 술 냄새가 풍겼다. 길을 빠르게 지나치는 사람들 속에서 두 사람만 시간이 멈춘 듯, 마치 정지 화면처럼 한참 서로를 바라보았다.

"아까 그거 질투 맞나 봐. 뱃속이 긁히고, 당기고, 아파."

홍연이 웃음을 터뜨리는 동시에 효신은 그녀를 품 안에 끌어안았다.

"네가 너무 좋아."

홍연의 뺨에 닿은 효신의 심장이 빠르게 뛰고 있었다. 숨길 수 없는 마음, 클래식하고 설레는 로맨스의 완벽한 마지막 신. 홍연은 눈을 감고 미소 지었다.

"나도 네가 너무 좋아, 주효신."

〈사랑할 일은 절대 없어〉 끝

작가 후기

. . . .

《사랑할 일은 절대 없어》의 초고를 썼을 때 제목은 《여기에 서서》였고 타임슬립을 소재로 한 판타지였다. 다시 현대물로 수정하고 《결정적 순간》이라는 제목으로 연재했고, 출간을 준비하며 제목은 또 한 번 바뀌었다. 그렇게 한 소설을 쓰고 고쳤던 2년은 내 인생에 많은 변화가 일어난 시간이었다. 이 소설을 쓰면서 끊임없이 되새김질했던, 내 인생의 결정적인 순간들이 '바로 지금 이 순간'일지도 모른다는 깨달음이 없었다면 나는 그 모든 변화의 기회들을 놓쳐 버렸을지도 모른다.

비록 고난 했지만 이 소설을 쓰던 2년의 시간, 늘 댓글로 응원해 주었던 몇 명의 독자들, 그리고 연재를 버거워하는 내 옆에서 늘 격려해 주었던, 며칠 뒤 나의 남편이 될 '그 사람'에게 감사의 인사를 전하고 싶다.